DUNGEONS & DRAGONS®

Outros títulos de literatura da Jambô

Dungeons & Dragons
A Lenda de Drizzt, Vol. 1 — Pátria
A Lenda de Drizzt, Vol. 2 — Exílio
A Lenda de Drizzt, Vol. 3 — Refúgio
A Lenda de Drizzt, Vol. 4 — O Fragmento de Cristal
A Lenda de Drizzt, Vol. 5 — Rios de Prata
A Lenda de Drizzt, Vol. 6 — A Joia do Halfling
A Lenda de Drizzt, Vol. 7 — Legado
A Lenda de Drizzt, Vol. 8 — Noite Sem Estrelas
A Lenda de Drizzt, Vol. 9 — Cerco das Trevas
A Lenda de Drizzt, Vol. 10 — Passagem para o Alvorecer
A Lenda de Drizzt, Vol. 11 — A Lâmina Silenciosa

Crônicas de Dragonlance, Vol. 1 — Dragões do Crepúsculo do Outono
Crônicas de Dragonlance, Vol. 2 — Dragões da Noite do Inverno
Crônicas de Dragonlance, Vol. 3 — Dragões do Alvorecer da Primavera
Lendas de Dragonlance, Vol. 1 — Tempo dos Gêmeos
Lendas de Dragonlance, Vol. 2 — Guerra dos Gêmeos
Lendas de Dragonlance, Vol. 3 — Teste dos Gêmeos
Heranças de Dragonlance, Vol. 1 — A Segunda Geração
Heranças de Dragonlance, Vol. 2 — Dragões da Chama do Verão

Tormenta
Trilogia da Tormenta, Vol. 1 — O Inimigo do Mundo
Trilogia da Tormenta, Vol. 2 — O Crânio e o Corvo
Trilogia da Tormenta, Vol. 3 — O Terceiro Deus
A Joia da Alma
A Deusa no Labirinto
A Flecha de Fogo
A Cidade da Raposa
Crônicas da Tormenta, Vol. 1
Crônicas da Tormenta, Vol. 2
Crônicas da Tormenta, Vol. 3

Dragon Age
Dragon Age, Vol. 1 — O Trono Usurpado
Dragon Age, Vol. 2 — O Chamado
Dragon Age, Vol. 3 — Despedaçado

Para saber mais sobre nossos títulos,
visite nosso site em www.jamboeditora.com.br.

R. A. SALVATORE

A Lenda de Drizzt, Vol. 12

A ESPINHA DO MUNDO

TRADUÇÃO
Carine Ribeiro

JAMBÔ

DUNGEONS & DRAGONS®

FORGOTTEN REALMS®

Lenda de Drizzt, Vol. 12 — A Espinha do Mundo

Título Original: The Legend of Drizzt, Book 12: The Spine of the World
Tradução: Carine Ribeiro
Edição: Victória Cernicchiaro
Revisão: Vitória Vozniak
Diagramação: Victória Cernicchiaro
Ilustração da Capa: Todd Lockwood
Ilustrações do Miolo: Dora Lauer e Walter Pax
Auxiliar de Produção: Laura Reginin
Editora-Chefe: Karen Soarele
Diretor-Geral: Guilherme Dei Svaldi

Equipe da Jambô: Guilherme Dei Svaldi, Rafael Dei Svaldi, Leonel Caldela, Ana Carolina Gonçalves, Ana Júlia Gamla, André Schwertz, Andrew Frank, Dan Ramos, Daniel Boff, Davide Di Benedetto, Elisa Guimarães, Glauco Lessa, J. M. Trevisan, Julia Rosiello, Karen Soarele, Laura Reginin, Léo Azevedo, Marcel Reis, Marcelo Cassaro, Marina Alvarez, Marlon Vernes, Maurício Feijó, Priscilla Souza, Tatiana Gomes, Thiago Rosa, Tiago Guimarães e Victória Cernicchiaro.

JAMBÔ

Rua Coronel Genuíno, 209 • Porto Alegre, RS • CEP 90010-350

contato@jamboeditora.com.br • www.jamboeditora.com.br

1ª edição: julho de 2024 | ISBN: 978658863512-4

Dados Internacionais de Catalogação na Publicação

S182e Salvatore, R. A.
A espinha do mundo / R. A. Salvatore; tradução de Carine Ribeiro. — Porto Alegre: Jambô, 2024.
368p. il.

1. Literatura norte-americana. I. Ribeiro, Carine. II. Título.

CDU 869.0(81)-311

Dramatis personae

Arumn Gardbico. O taverneiro da Cutelo, na Rua da Meia-Lua em Luskan.

Banci. Um mercador.

Beornegar. Pai de Wulfgar.

Biaste Ganderlay. Mãe adoentada de Meralda e Tori.

Bruenor Martelo de Batalha. O rei anão do Salão de Mitral.

Bungo. Um durão local em Luskan.

Camerbunne. O clérigo de mais alto escalão em Luskan.

Capitão Deudermont. O mestre caçador de piratas do *Fada do Mar*.

Capitão Pinnickers. Mestre do *Dama da Perna Frouxa*.

Carranca. Um gigante.

Cattibrie. Uma humana criada por anões.

Clemente Dawinkle. Um mercador.

Delenia "Delly" Curtie. Uma garçonete na Cutelo, em Luskan.

Dohni Ganderlay. Um fazendeiro de turfas. Pai de Meralda e Tori.

Drizzt Do'Urden. Um ranger drow.

Errtu. Um demônio balor poderoso do Abismo.

Galway. Um mercador amigo de Feringal.

Gretchen Titchwillow. Uma herbalista idosa.

Guenhwyvar. A companheira pantera de Drizzt.

Gurdy Harkins. Uma plebeia de Auckney.

Jaka Sculi. Um jovem taciturno vindo dos Reinos da Lâmina.

Jarlaxle. Um mercenário drow de Menzoberranzan.

Jerem Boll. Uma pessoa importante em Luskan.

Jharkheld. Juiz em Luskan.

Josi Poças. Antigo segurança da Cutelo.

Kimmuriel Oblodra. Um psionista drow que serve a Jarlaxle.

Lady Priscilla Auck. Irmã solteira de Lorde Feringal.

Liam Porteira. Condutor de carruagem gnomo de Lorde Feringal.

Lorde Brandeburg de Águas Profundas. Um pseudônimo utilizado por Morik, o Renegado.

Lorde Feringal Auck. Lorde do feudo de Auckney.

Lorde Tristan Auck. Falecido pai de Feringal e Priscilla.

Madame Prinkle. Uma costureira.

Mam Jardim. Uma gnoma de Auckney.

Meralda Ganderlay. Uma jovem de dezessete anos de Auckney.

Mickers. Um bandido gnoll.

Morik, o Renegado. Um ladrão da cidade de Luskan.

Petters. Um mercador.

Quebra-Toco. O homem mais durão de Luskan — até ser morto por Wulfgar.

Rai-guy. Um drow misterioso que é associado de Jarlaxle.

Recife. Antigo segurança da Cutelo.

Regis. Um halfling de Vale do Vento Gélido.

Rempini Sculi. Tio de Jaka.

Robillard. Mago do *Fada do Mar*.

Sheila Kree. Pirata famosa, capitã do *Salto da Dama*.

Sumo Vigia Kalorc Risten. Um clérigo do templo de Helm em Luskan.

Tedetalho. Um pirata meio humano, meio-qullano.

Temigast. Intendente do lorde de Auckney.

Togo. Um bandido meio-orc.

Tori Ganderlay. A mais jovem das irmãs Ganderlay.

Tubarão Sinistro. Um pirata de um olho só.

Vigia Beribold. Um clérigo de Helm.

Vohltin. Um prelado em Luskan.

Waillan Micanty. Um tripulante leal a bordo do *Fada do Mar*.

Wulfgar, filho de Beornegar. Um bárbaro da Tribo do Alce.

Introdução

TODO MUNDO POSSUI IMAGINAÇÃO.

Há o pedreiro que pode fechar os olhos e imaginar férias no Havaí. Há o executivo corporativo visualizando sua próxima promoção. E há a mãe dona de casa com seu apaixonante, esbelto e jovem atendente do bar. Poucos de nós tivemos sorte o suficiente para usarmos nossa imaginação como profissão.

Eu, por exemplo, uso caneta e nanquim para desenhar o que visualizo no papel. Acrescente um toque de cor, e a imagem está colorida para que todos a vejam. Já R.A. Salvatore pinta de forma diferente. Sua imaginação ganha vida através do pincel mágico das palavras. Ele não é apenas habilidoso o bastante para criar mundos fantásticos repletos de dezenas e dezenas de personagens, criaturas, paisagens e maravilhas magníficas, mas também nasceu com o talento adicional de tirar o que aparece no tecido de sua mente e trazer à vida com palavras descritivas, coloridas, ricas e significativas. Por isso, só posso descrever R.A. com uma simples expressão: contador de histórias.

Esse, para mim, é o maior elogio que posso dar a outro artista. Quando alguém como R.A. consegue fazer com que acreditemos no mundo que estamos lendo sem dificuldade alguma, novamente nos lembramos do porquê de amarmos tanto os livros. Ao contrário das minhas imagens individuais que mostram apenas uma pequena parte da história, R.A., como outros grandes autores, cria, constrói, guia e nos liga às várias personagens que ele divide em cada um de seus livros.

E ele as divide conosco.

R.A. não apenas imagina aventuras épicas e personagens lendários. Ele não apenas sonha com novos mundos e novas formas de se viver. Ele os dá vida, não apenas para si, mas também para nós, seus leitores. De Drizzt Do'Urden à morte do wookie favorito de todos e além (confie em mim, você pode ter lido muita coisa de R.A. Salvatore, mas ainda não viu nada), ele se tornou um dos autores de fantasia/ficção científica mais produtivos de sua geração, assim como um dos melhores contadores de histórias a agraciar a página impressa com suas palavras maravilhosas.

Por isso sou grato, e tenho inveja, uma vez que só posso imaginar como seria ter esse tipo de talento. Então eu paro um tempo e sorrio, porque ele conseguiu de novo me fazer usar minha imaginação. Mais uma vez ele me capturou nessa armadilha maravilhosa.

— Todd McFarlane
Junho de 2007

Prólogo

O HOMEM MAIS BAIXO, CONHECIDO POR MUITOS nomes em Luskan, mas principalmente por Morik, o Renegado, levantou a garrafa e a sacudiu de leve. Estava suja e ele queria ver a quantidade restante pela linha escura de líquido contra o sol nascente.

— Dá pra mais um — disse ele, e trouxe seu braço para perto de si, na intenção de tomar esse último gole.

O homem imenso, sentado na beirada do píer ao lado dele, roubou a garrafa, se mexendo com uma agilidade excepcional para alguém tão grande quanto ele. Instintivamente, Morik fez menção de pegar a garrafa de volta, mas o grandalhão manteve seu braço musculoso levantado para afastar as mãos de Morik e secou a garrafa em um único gole.

— Ah, Wulfgar. Você tá sempre ficando com o último recentemente — reclamou Morik, dando um golpe brincalhão no ombro de Wulfgar.

— Eu mereci — argumentou Wulfgar.

Morik olhou para ele sem acreditar por um instante, então se lembrou da última competição entre eles em que Wulfgar havia, de fato, ganhado o direito do último gole da próxima garrafa.

— Golpe de sorte — murmurou Morik. Ele sabia que não era, porém, já não se impressionava mais com as proezas de Wulfgar.

— Um que terei de novo — proclamou Wulfgar, se levantando e erguendo Presa de Égide, seu maravilhoso martelo de guerra. Ele cambaleou enquanto batia com a arma sobre sua palma aberta, e um sorriso dissimulado se abriu no rosto negro de Morik. Ele também se levantou, pegando a garrafa vazia e a sacudindo com facilidade pelo gargalo.

— Vai mesmo? — perguntou o Renegado.

— Ou joga alto o suficiente, ou perde — explicou o bárbaro, levantando o braço e apontando a cabeça do martelo na direção do mar aberto. — Tem que contar até cinco antes de acertar a água.

Morik encarou seu amigo de forma fria enquanto recitava os termos do jogo de apostas que criaram há vários dias. Morik havia vencido as primeiras competições, mas, após o quarto dia, Wulfgar havia aprendido a acompanhar apropriadamente a garrafa descendente, com seu martelo espalhando pequenos cacos de vidro ao longo da baía. Ultimamente, Morik só tinha a possibilidade de vitória caso Wulfgar bebesse demais.

— Nunca vai cair — murmurou Wulfgar enquanto Morik fazia menção de jogar a garrafa.

O homem menor fez uma pausa, e novamente ele encarou o maior com um tanto de desdém. Para frente e para trás o braço se moveu. De repente, Morik se mexeu bruscamente, como se fosse lançá-la.

— O quê? — Surpreso, Wulfgar percebeu a finta, percebeu que Morik não havia lançado a garrafa.

Enquanto Wulfgar voltava a olhar para Morik, o homem menor girou um círculo completo e arremessou a garrafa para bem longe.

Bem na direção da linha do sol poente.

Wulfgar não a havia acompanhado desde o começo de seu lançamento, então precisou apertar os olhos na direção da luz, mas, no fim das contas, conseguiu localizá-la. Com um rugido, ele lançou seu martelo, a arma mágica de forja magistral, fazendo-a girar baixo sobre a baía.

Morik guinchou de alegria, acreditando ter sido mais esperto que o homem grandalhão, uma vez que a garrafa já estava baixa no céu quando Wulfgar lançou seu martelo e já a uns bons vinte passos do píer. Ninguém poderia jogar um martelo tão longe e tão rápido que pudesse acertar aquela garrafa, Morik acreditava, especialmente não alguém que tenha acabado de esvaziar mais da metade do conteúdo do alvo!

A garrafa quase chegou a acertar uma onda quando Presa de Égide a atingiu, fazendo com que explodisse em mil pedacinhos.

— Ela tocou a água! — gritou Morik.

— Eu venci — disse Wulfgar com firmeza, em um tom de voz que não dava espaço para o debate.

Morik só pôde resmungar em resposta, porque ele sabia que Wulfgar estava certo. O martelo havia chegado a tempo na garrafa.

— Parece um grande desperdício de um bom martelo só pruma garrafa. — Uma voz foi ouvida por trás da dupla. Ambos se viraram e viram dois homens, com as espadas desembainhadas, de pé, a poucos metros de distância.

— Agora, senhor Morik, o Renegado — começou um deles, um indivíduo alto e esguio com um lenço amarrado ao redor de sua cabeça, um tapa-olho e uma lâmina curva e enferrujada sendo agitada diante de si. — Tô sabendo que você ganhou uma bolada de um mercador de joias na semana passada, e acho que é uma boa ideia dividir um pouco da grana comigo e meu amigo.

Morik olhou para Wulfgar, com seu sorriso irônico e o brilho em seus olhos escuros dizendo ao bárbaro que ele não tinha a intenção de dividir nada, exceto, talvez, a lâmina de sua bela adaga.

— E, se você ainda tivesse com seu martelo, a gente podia até conversar. — Riu o outro valentão, tão alto quanto seu amigo, mas muito mais largo e bem mais sujo. Ele incitou com sua espada na direção de Wulfgar. O bárbaro cambaleou para trás, quase caindo da beirada do píer — ou, pelo menos, foi o que ele fingiu fazer.

— Eu acho que vocês deveriam é ter achado o mercador de joias antes de mim — respondeu Morik calmamente. — Caso tivesse um mercador de joias, meu amigo, porque eu garanto que não tenho ideia do que vocês tão falando.

O valentão esguio rosnou e deu uma estocada à frente com sua espada.

— Agora, Morik! — Ele começou a gritar, mas antes mesmo que as palavras saíssem de sua boca, Morik havia dado um salto à frente, girando para dentro do ângulo da lâmina curva da espada, pondo suas costas contra o antebraço do homem e o empurrando.

Ele se abaixou sob o braço do homem espantado, levantando-o com sua mão direita, enquanto sua mão esquerda se movia bem rápido, em um brilho prateado da última luz do dia na adaga de Morik se afundando na axila do homem chocado.

Enquanto isso, o outro valentão, acreditando ter um alvo fácil e desarmado, se aproximou de forma determinada. Seus olhos injetados de sangue se arregalaram quando Wulfgar estendeu seu braço direito de trás de seu quadril, revelando que o martelo poderoso havia magicamente retornado para sua mão. O valentão parou imediatamente e olhou em pânico para seu companheiro. A essa altura, Morik já tinha feito o homem, agora desarmado, se virar e fugir, com Morik correndo atrás dele, o provocando e rindo histericamente enquanto esfaqueava o homem repetidamente nas nádegas.

— Eita! — gritou o valentão restante, tentando dar meia-volta.

— Eu consegui acertar aquela garrafa — Wulfgar lembrou a ele.

O homem parou subitamente e se virou lentamente para encarar o bárbaro imenso.

— A gente não quer criar problema — explicou o valentão, pousando lentamente sua espada nas madeiras do píer. — Problema nenhum, senhor — continuou ele, se curvando repetidamente. Wulfgar soltou Presa de Égide, e o valentão parou de se mexer, encarando a arma.

— Pegue sua espada, se quiser — sugeriu o bárbaro.

O valentão olhou para ele, incrédulo. Então, vendo o bárbaro sem uma arma, exceto, é claro, pelos seus punhos formidáveis, o homem recolheu sua espada.

Wulfgar chegou até ele antes que sequer tentasse o primeiro golpe. O guerreiro poderoso estendeu a mão para pegar o braço da espada do homem no pulso. Com uma sacudida súbita e furiosa, Wulfgar levantou imediatamente o braço, então acertou o homem no peito com um soco direto e paralisante que roubou seu fôlego e sua força. A espada caiu no píer.

Wulfgar sacudiu o braço novamente, levantando o homem e deslocando seu ombro. O bárbaro então o soltou, fazendo com que caísse com força, ainda de pé, o acertou com um cruzado de esquerda pesado bem na mandíbula. A única coisa que impediu o homem de cair de cabeça no píer foi a mão direita de Wulfgar, que o pegou pela frente de sua camisa. Com força assustadora, içou o valentão com facilidade, o segurando a trinta centímetros do piso de madeira.

O homem tentou agarrar Wulfgar e se soltar, mas o bárbaro o sacudiu com tamanha violência que ele quase arrancou fora a própria língua com uma mordida, e cada membro do homem parecia feito de borracha.

— Esse aqui não tem muito na bolsa — afirmou Morik.

Wulfgar olhou além de sua vítima para ver que seu companheiro havia feito um circuito completo com o valentão em fuga, o conduzindo de volta ao final das docas. O valentão estava mancando bastante a essa altura e choramingando enquanto pedia por misericórdia, o que apenas fazia Morik o acertar novamente nas nádegas, arrancando mais guinchos.

— Por favor, meu amigo — gaguejou o homem que Wulfgar mantinha no alto.

— Cala a boca! — rugiu o bárbaro, abaixando o braço com força, inclinando sua cabeça e forçando seus músculos poderosos do pescoço para que sua testa se chocasse contra o rosto do valentão.

Uma fúria primordial fervilhava no bárbaro, uma raiva que ia além deste incidente, além da tentativa de assalto. Ele não estava mais em um píer em Luskan. Agora ele estava de volta ao Abismo, no covil de Errtu, um prisioneiro atormentado do demônio sórdido. E esse homem era um dos asseclas do grande demônio, o Glabrezu de armas de pinças, ou pior, as tentadoras súcubos. Wulfgar retornou completamente para lá, vendo a fumaça cinzenta, o fedor insuportável, sentindo a dor do fogo e dos chicotes, as pinças em sua garganta, e os beijos frios das demônias.

Era tudo tão real para ele! Tão vívido! O pesadelo vivo voltou, o prendendo em pura fúria, suprimindo sua misericórdia ou compaixão, o lançando nos poços do tormento, em uma tortura física e emocional. Ele sentiu as cócegas e as queimaduras daquelas pequenas centopeias que Errtu usava, cavando sob sua pele e se arrastando por dentro de si, com seus ferrões venenosos o fazendo queimar por dentro. Elas estavam sobre ele e dentro dele, o cobrindo, com suas perninhas fazendo cócegas e deixando seus nervos mais sensíveis para que ele pudesse sentir ainda mais a agonia sofisticada de seu veneno ígneo.

Atormentado novamente, de fato, mas, de forma repentina e inesperada, Wulfgar percebeu que ele não estava mais indefeso.

Então, o valentão foi içado novamente, pois Wulfgar o havia, sem esforço, o erguido sobre sua cabeça, ainda que o homem pesasse bem mais que cem quilos. Com um rugido primal, um grito vindo de seu cerne, o bárbaro o girou na direção do mar aberto.

— Eu não sei nadar! — berrou o homem.

Com os braços e pernas se sacudindo de forma digna de pena, ele acertou a água a uns quatro metros e meio do píer, onde se sacudia e espalhava água, gritando por ajuda. Wulfgar deu meia-volta. Se ele chegou a ouvir o homem, não deu sinal algum.

Morik observou o bárbaro com alguma surpresa.

— Ele não sabe nadar — comentou Morik quando Wulfgar se aproximou.

— É um bom momento para aprender, então — murmurou o bárbaro de forma fria, com os pensamentos ainda presos nos corredores da masmorra imensa de Errtu.

Wulfgar continuou passando suas mãos por seus braços e pernas, afastando as centopeias imaginárias.

Morik deu de ombros. Ele olhou para o homem que estava se contorcendo e chorando sobre o chão de madeira a seus pés:

— Você sabe nadar?

O valentão olhou para cima, timidamente, para o Renegado e assentiu de forma discreta e esperançosa.

— Então vai pegar seu amigo — instruiu Morik.

O homem começou a se arrastar lentamente.

— Temo que seu amigo esteja morto antes que ele o alcance — comentou Morik a Wulfgar.

O bárbaro não pareceu ouvi-lo.

— Ah, vai ajudar aquele miserável — Morik suspirou, agarrando Wulfgar pelo braço e forçando aquele olhar vazio a se focar. — Por mim. Eu odiaria começar a noite com uma morte em nossas mãos.

Com um suspiro de resposta, Wulfgar estendeu suas mãos poderosas. O valentão, de joelhos, se viu repentinamente se levantando do píer, com uma mão o agarrando na parte de trás de suas calças e outra agarrada em seu colarinho. Wulfgar correu por três passos e lançou o homem. O valentão, em seu voo, passou pelo seu companheiro, pousando ali perto com um impacto tremendo em sua barriga.

Wulfgar sequer o viu pousar. Tendo perdido qualquer interesse na cena, ele se virou e, após convocar mentalmente Presa de Égide para suas mãos, passou direto por Morik, que se curvou em deferência a seu amigo perigoso e poderoso. Morik alcançou Wulfgar enquanto saía do píer.

— Eles ainda estão se debatendo na água — comentou o ladrão. — O maior continua sendo tolo o bastante para agarrar seu amigo, puxando os dois para baixo d'água. Talvez ambos se afoguem.

Wulfgar não parecia se importar, e não estava fingindo, Morik sabia. O homem mais baixo lançou um último olhar na direção do porto, então só deu de ombros. Afinal, os dois valentões haviam merecido.

Wulfgar, filho de Beornegar, não era alguém com quem se podia brincar.

Então Morik também os tirou da cabeça — não que ele estivesse realmente preocupado, para começo de conversa — e se focou em seu companheiro em vez disso. Seu companheiro, surpreendente, que havia aprendido a lutar com um drow, aliás!

Morik estremeceu, é claro, mas Wulfgar estava distraído demais para perceber. Ele havia pensado em outro drow, um visitante que viera inesperadamente até ele há não muito tempo, pedindo que vigiasse Wulfgar e o pagando adiantado por seus serviços, ao mesmo tempo em que explicava de forma não muito sutil que, se Morik falhasse na tarefa "solicitada", o mestre drow não ficaria nada satisfeito. Morik não ouvira mais nada dos drow, para seu alívio, mas continuou com sua parte do acordo de vigiar Wulfgar.

Não. Não era isso, Morik se viu obrigado a admitir, ao menos para si mesmo. Ele havia começado a andar com Wulfgar apenas para obter ganho pessoal, parcialmente por medo dos drow, parcialmente por medo de Wulfgar e um desejo de descobrir mais sobre esse homem que havia tão obviamente se tornado seu rival nas ruas. Mas isso fora no começo. Ele não temia mais Wulfgar, embora às vezes temesse pelo homem profundamente perturbado e assombrado. Morik raramente pensava sobre os drow, que não haviam aparecido há várias semanas. Surpreendentemente, Morik havia começado a gostar de Wulfgar, havia começado a gostar da companhia do homem apesar das diversas vezes em que a rispidez dominava a atitude do bárbaro.

Ele quase contou a Wulfgar sobre a visita dos drow, simplesmente pelo desejo básico de informar o fato a esse homem que havia se tornado seu amigo. Quase... Mas o lado prático de Morik, o pragmatismo cauteloso que permitiu que sobrevivesse em um ambiente hostil como as ruas de Luskan, o lembrou que não seria bom para ninguém. Se os drow fossem atrás de Wulfgar, quer Wulfgar estivesse preparado ou não, o bárbaro seria derrotado. Eles eram elfos drow, afinal, possuidores de magia poderosa e das melhores lâminas, elfos que podiam entrar sem ser esperados no quarto de Morik e o acordar. Mesmo Wulfgar precisava dormir. Se esses drow, após acabarem com o pobre Wulfgar, sequer sonhassem que Morik os teria traído...

Um arrepio percorreu a espinha de Morik, e ele forçou os pensamentos a se afastarem, voltando a prestar atenção em seu amigo imenso. Estranhamente, Morik via um espírito irmão ali, um homem que poderia ser — e que de fato fora — um guerreiro nobre e poderoso, um líder entre homens, mas, que por algum motivo, havia caído de seu pedestal.

Era assim que Morik se via, embora, na verdade, ele estivera a caminho de suas circunstâncias atuais desde o começo de sua infância. Ainda assim, se sua mãe não tivesse morrido no parto, ou se pelo menos seu pai não o houvesse abandonado nas ruas...

Ao olhar para Wulfgar, Morik não podia evitar de pensar no homem que ele próprio poderia ter sido, no homem que Wulfgar havia sido. As circunstâncias haviam condenado a ambos, na cabeça de Morik, e, por isso, ele não tinha nenhuma ilusão em sobre sua relação. A realidade de seu vínculo com Wulfgar, o verdadeiro motivo pelo qual continuou tão próximo dele apesar de seu bom senso — o bárbaro estava sendo vigiado por drow, afinal! — era por ele ver o bárbaro como a um irmão mais novo. Isso, e o fato da amizade de Wulfgar ter dado a ele ainda mais respeito entre a ralé. Para Morik, sempre deveria haver um motivo prático.

O dia quase havia terminado e a noite estava começando, o horário de Morik e Wulfgar, o horário da vida nas ruas de Luskan.

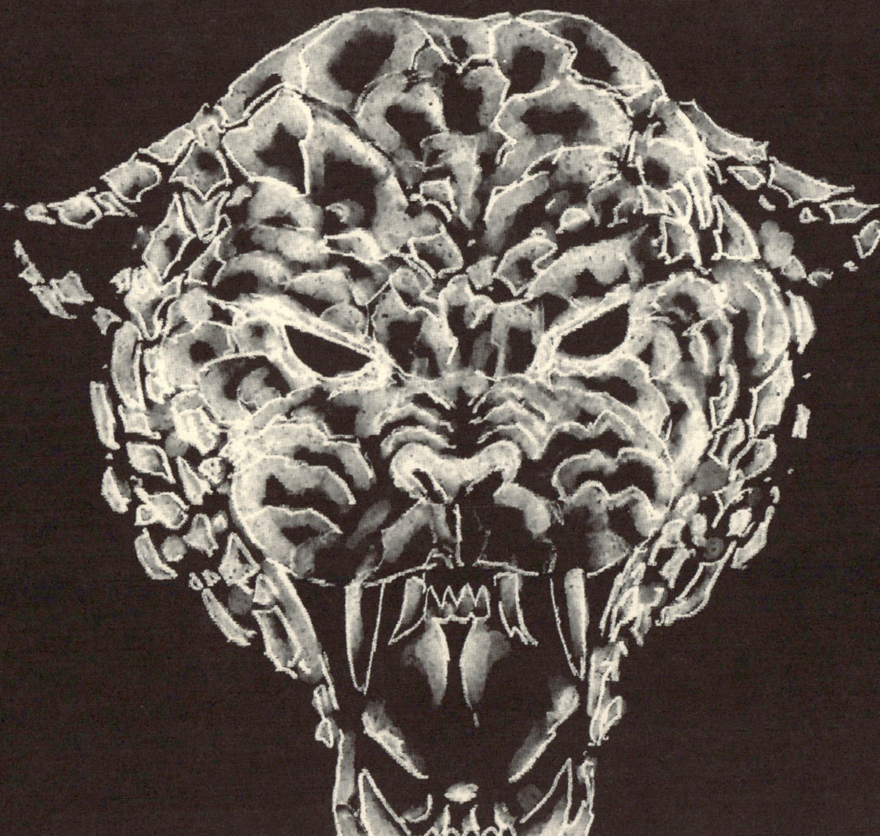

Parte 1
O Presente

Em minha terra natal, em Mezoberranzan, em que demônios brincam e drow se regozijam com o fim terrível de seus rivais, sempre se mantém um estado necessário de alerta e cautela. Um drow desprevenido é um drow morto em Menzoberranzan, e, assim, são poucas as vezes em que os drow se entregam às ervas exóticas ou bebidas que entorpecem os sentidos.

Poucas, mas há exceções. Na cerimônia final de Arena-Magthere, a escola de combatentes que eu frequentei, os formandos se entregavam a uma orgia de ervas que enevoavam a mente e prazeres carnais com as mulheres de Arach-Tinilith. Um momento de hedonismo puro, uma festa apenas de prazeres sem preocupações com consequências futuras.

Eu rejeitei aquela orgia, embora não soubesse o motivo na época. Ela atingia meu senso de moralidade, eu acreditava — e ainda acredito —, e tornava vazia tantas coisas que eram preciosas para mim. Agora, parando para pensar, eu vim a entender outro fato sobre mim que forçou a rejeição àquela orgia. Além das questões morais, e havia muitas, apenas a ideia das ervas que enevoavam a mente me assustavam e me causavam repulsa. Eu sabia disso o tempo todo, é claro — assim que eu senti a atmosfera inebriante naquela cerimônia, eu instintivamente me revoltei contra ela —, mas não foi até bem recentemente que vim a entender o motivo daquela rejeição, a verdadeira causa de tais influências não terem espaço na minha vida.

Essas ervas atacam o corpo de diversas maneiras, é claro, de reduzir os reflexos a destruir a coordenação como um todo, mas, mais importante, elas atacam o espírito em duas maneiras diferentes. A primeira é que elas enevoam o passado, apagando as memórias, sejam elas agradáveis ou desagradáveis. A segunda é que eliminam quaisquer pensamentos de futuro. Recursos inebriantes prendem quem os consome no presente, no aqui e agora, sem se importarem com o futuro, sem pensamentos sobre o passado. Essa é a armadilha, uma perspectiva derrotista que permite a tentativa de se saciar os prazeres carnais de maneira irresponsável e imprudente. Uma pessoa inebriada tentará as proezas mais tolas porque esse guia interior, mesmo o próprio instinto de sobrevivência, podem estar tão afetados. Quantos jovens guerreiros, de forma tola, se lançam contra inimigos maiores, apenas para serem mortos? Quantas jovens se veem com uma criança, concebida com amantes que jamais desejariam ter como futuros maridos?

Essa é a armadilha, a perspectiva derrotista, que eu não tolero. Eu vivo com esperança, sempre a esperança, de que o futuro será melhor do que o presente, mas apenas enquanto eu fizer o possível para que isso aconteça.

Então, com essa labuta, vem a satisfação com a vida, a sensação de vitória da qual todos precisamos para obtermos a verdadeira alegria. Como eu poderia continuar sendo honesto a essa esperança se eu me permitisse um momento de fraqueza que poderia muito bem destruir tudo em que trabalhei para conquistar e tudo o que espero conquistar? Como eu poderia ter reagido a tantas crises inesperadas se, no momento que algo acontecesse, eu estivesse sob influência de alguma substância que altera a mente, uma que prejudicaria minha capacidade de julgamento ou alterasse minha perspectiva?

Além disso, os perigos de onde essas substâncias podem levar não podem ser subestimados. Se eu houvesse permitido me deixar levar pela cerimônia de formatura da Arena-Magthere, se eu me permitisse os prazeres carnais oferecidos pelas sacerdotisas, quão menos importante qualquer encontro honesto de amor poderia se tornar?

Muito, pelo meu ponto de vista. Prazeres carnais são, ou deveriam ser, a culminância dos desejos físicos combinados a uma decisão intelectual e emocional, uma doação de si mesmo, em corpo e espírito, em um vínculo de confiança e respeito. Na forma como aconteceu na cerimônia de formatura, esse compartilhamento não poderia ter acontecido, teria sido uma doação apenas de corpo, e, ainda mais do que isso, uma tomada dos bens oferecidos por outra pessoa. Não haveria nenhuma união maior, nenhuma experiência espiritual, e, assim, nenhuma alegria verdadeira.

Eu não consigo viver em um regozijo impotente dessa maneira, porque é isso o que realmente é: um desfrute digno de pena nos níveis mais baixos e básicos da existência trazido, creio eu, pela falta de esperança em um nível mais sublime de existência.

E, assim, eu rejeito todo exceto o mais moderado uso desses intoxicantes, e, embora não julgue abertamente aqueles que se entregam a eles, sinto pena de suas almas vazias.

O que leva uma pessoa a ir tão baixo? Dor, eu acredito, e memórias miseráveis demais para serem encaradas e resolvidas abertamente. Substâncias intoxicantes podem, de fato, enevoar as dores do passado às custas do futuro. Mas essa não é uma transação justa. Pensando nisso, eu temo por Wulfgar, meu amigo perdido. Será que ele encontrará uma forma de escapar dos tormentos de sua prisão?

— Drizzt Do'Urden

Capítulo 1

Aportando

— Eu odeio tanto esse lugar — comentou Robillard, o mago. Ele estava falando com o Capitão Deudermont do *Fada do Mar* enquanto a escuna de três mastros contornava um longo quebra-mar e surgia à vista do cais do porto norte de Luskan.

Deudermont, um homem alto e imponente, com o comportamento de um lorde e uma atitude calma e pensativa, apenas assentiu ao ouvir a afirmação do mago. Ele já a havia escutado antes, muitas vezes. Ele olhou para a cidade no horizonte e encontrou a peculiar Torre Central do Arcano, a famosa guilda de magos de Luskan. Essa, Deudermont sabia, era a fonte da atitude de desprezo de Robillard em relação a esse porto, embora o mago tenha sido evasivo em suas explicações, fazendo apenas alguns comentários vagos sobre os "idiotas" que dirigiam a Torre Central e sua inabilidade em diferenciar um verdadeiro mestre da magia de um charlatão conspiratório. Deudermont suspeitava que Robillard não tenha conseguido ser aceito na guilda.

— Por que Luskan? — reclamou o mago do navio. — Águas Profundas não atenderia melhor nossas necessidades? Nenhum porto em toda a Costa da Espada se compara às instalações de reparo de Águas Profundas.

— Luskan estava mais perto — Deudermont lembrou a ele.

— Só em alguns dias — rebateu Robillard.

— Se fôssemos pegos por uma tempestade durante esses "alguns dias", o casco danificado poderia se dividir, e então todos nós viraríamos comida de peixe — disse o capitão. — Parecia um preço tolo a se pagar pelo orgulho de um homem.

Robillard começou a responder, mas então entendeu o significado da última afirmação do Capitão antes que pudesse passar ainda mais vergonha. Uma careta nublou seu rosto.

— Os piratas teriam acabado conosco se eu não tivesse calculado o tempo da explosão com perfeição — murmurou o mago após tirar alguns instantes para se acalmar.

Deudermont aceitou o argumento. De fato, o trabalho de Robillard na última caça aos piratas havia sido no mínimo espetacular. Vários anos antes, o *Fada do Mar* — o *Fada do Mar* em sua versão maior, mais rápido e mais forte — fora encomendado pelos senhores de Águas Profundas para ser um caçador de piratas. Nenhuma embarcação jamais foi tão bem-sucedida na tarefa. Tanto que, quando o vigia viu uma dupla de barcos piratas navegando nas águas ao norte da Costa da Espada, tão perto de Luskan, onde o *Fada do Mar* frequentemente rondava, Deudermont mal conseguiu acreditar. Só a reputação da escuna havia sido o suficiente para manter essas águas seguras por muitos meses.

Esses piratas vieram em busca de vingança, não atrás das presas fáceis que eram os navios mercantes, e estavam bem-preparados para o combate, com cada barco armado com uma pequena catapulta, um bom contingente de arqueiros e uma dupla de magos. Mesmo assim, eles se viram superados em suas manobras pelo habilidoso Deudermont e sua tripulação experiente, e encantados pelo poderoso Robillard, que vinha lançando suas magias poderosas em combate entre embarcações há mais de uma década. Uma das ilusões que Robillard dera ao *Fada do Mar* a aparência de estar à deriva, com o mastro principal caído no convés e dezenas de homens mortos na balaustrada. Como lobos famintos, os piratas circularam a escuna, cada vez mais perto, então se posicionaram, um a bombordo e outro a estibordo, para finalizar o navio avariado.

Na verdade, o *Fada do Mar* praticamente não havia sido danificado, com Robillard neutralizando as magias ofensivas dos magos inimigos. As pequenas catapultas dos piratas não fizeram muita diferença contra a lateral reforçada da escuna. Os arqueiros de Deudermont, todos brilhantes, atingiram em cheio as embarcações que se aproximavam, e a escuna reorganizou sua vela de posição de batalha para a vela cheia com precisão e eficiência, com a proa do navio praticamente saltando sobre a água enquanto ele corria entre os piratas surpresos.

Robillard lançou uma magia de silêncio sobre os navios piratas, para evitar que os magos de lá lançassem qualquer magia defensiva, então lançou três bolas de fogo — Cabum! Cabum! Cabum! — em uma sequência veloz, uma em cada navio e uma entre eles. Então veio a barragem de balista e catapulta de sempre, com os artilheiros do *Fada do Mar* lançando as correntes para destruir ainda mais as velas e cordas, e bolas de piche para alimentar o fogo.

Sem o mastro e à deriva, completamente em chamas, os dois navios piratas logo afundaram. O incêndio foi tamanho que Deudermont e sua tripulação conseguiram recuperar apenas alguns sobreviventes das águas frias do oceano.

Ainda assim, o *Fada do Mar* não havia escapado ileso. Ele só podia navegar com uma única vela cheia agora. E, ainda mais perigoso, havia uma rachadura de tamanho considerável logo acima da área tocada pela água. Deudermont precisou manter quase um terço da sua tripulação baldeando, e foi por isso que ele conduziu a escuna até o porto mais próximo: Luskan.

Deudermont acreditava que essa havia sido uma boa escolha. Ele preferia Luskan ao porto muito maior de Águas Profundas, porque, embora seu financiamento viesse da cidade mais ao sul e ele pudesse ter um bom jantar à mesa de qualquer lorde que estivesse na cidade, Luskan era mais hospitaleira para os membros comuns de sua tripulação, homens sem os títulos, sem a etiqueta e sem o desejo de jantar à mesa da nobreza. Luskan, como Águas Profundas, também tinha uma estrutura de classes definida, mas a base da pirâmide social de Luskan estava um pouco acima da base da de Águas Profundas.

Gritos de saudações vinham de cada píer enquanto se aproximavam da cidade, porque o *Fada do Mar* era conhecido e respeitado por aqui. Os pescadores e marinheiros mercadores honestos de Luskan, todos da área mais a norte da Costa da Espada, há muito apreciavam o trabalho do Capitão Deudermont e sua escuna veloz.

— Realmente, uma boa escolha — comentou o capitão.

— A comida, as mulheres e o entretenimento são melhores em Águas Profundas — respondeu Robillard.

— Mas não os magos — Deudermont não conseguiu resistir a dizer. — Certamente a Torre Central está entre as guildas de magos mais respeitadas dentre todos os Reinos.

Robillard gemeu e murmurou alguns palavrões, se afastando enfaticamente. Deudermont não se virou para vê-lo ir embora, mas era impossível ignorar o bater peculiar das botas de solas duras do mago.

— Só umazinha, então — arrulhou a mulher, brincando com uma mecha de seu cabelo loiro escuro com uma mão e assumindo uma postura amuada. — Uma rapidinha pra me desestressar antes de eu começar a servir as mesas.

O bárbaro imenso passou a língua sobre os dentes, porque sua boca se sentia como se estivesse preenchida por tecido. Panos sujos, na verdade. Após uma noite de trabalho na taverna Cutelo, ele havia retornado ao píer com Morik para uma noite de bebedeira ainda maior. Como sempre, a dupla continuou ali até após o nascer do sol, então Wulfgar se arrastara até a Cutelo, sua casa e local de trabalho, direto para a cama.

Mas essa mulher, Delly Curtie, uma garçonete da taverna e amante de Wulfgar nos últimos meses, viera procurando por ele. Antes, ele a via como uma distração agradável, a cereja em seu bolo de uísque, e até como uma amiga querida. Delly havia cuidado de Wulfgar durante seus dias difíceis em Luskan. Ela havia atendido a suas necessidades, fossem emocionais ou físicas, sem questionar, sem julgar, sem pedir nada em troca. Mas, ultimamente, o relacionamento começou a mudar, e não de uma forma sutil. Agora que ele estava mais confortável em sua vida nova, uma vida dedicada quase completamente a afastar a dor da lembrança de seus anos com Errtu, Wulfgar havia começado a ver Delly Curtie de forma diferente. Emocionalmente, ela era uma criança, uma garotinha carente. Wulfgar, que já estava bem além na casa dos vinte, era vários anos mais velho do que ela. Agora, de repente, ele havia se tornado o adulto na relação, e as necessidades de Delly haviam começado a superar as suas.

— Ah, mas você tem alguns momentos pra mim, Wulfgar — disse ela, se aproximando e acariciando a bochecha do bárbaro.

Wulfgar segurou no pulso dela e, gentilmente, mas de forma firme, afastou sua mão.

— Noite longa — respondeu ele. — E eu queria descansar um pouco antes de começar com minhas obrigações para com Arumn.

— Mas eu preciso...

— Descansar — repetiu Wulfgar de forma enfática.

Delly se afastou dele, com sua pose amuada e sedutora se tornando de repente fria e indiferente.

— Bom pra você, então — disse ela com uma voz rouca. — Você acha que é o único homem que quer dividir a cama comigo?

Wulfgar não justificou a explosão com uma resposta. A única resposta que ele poderia oferecer era a de que ele não se importava, que tudo isso — a bebida, as lutas — eram uma forma de se esconder e nada além disso. Na verdade, Wulfgar realmente gostava e respeitava Delly e a considerava uma amiga — ou consideraria, se ele realmente acreditasse que pudesse ser amigo de alguém. Ele não queria machucá-la.

Delly ficou de pé no quarto de Wulfgar, tremendo e incerta. De repente, se sentindo nua em sua camisola, ela cruzou os braços para se cobrir e correu pelo corredor até seu próprio quarto, batendo a porta com força. Wulfgar fechou os olhos e sacudiu a cabeça. Ele deu uma risada baixa, impotente e triste, quando ouviu a porta de Delly se abrir novamente, seguida por passos em corrida descendo o corredor em direção à porta de saída. Aquela porta, também, foi batida com força, e Wulfgar entendeu que todo aquele barulho havia sido para ele e que Delly queria que ele percebesse que ela estava, de fato, indo buscar conforto nos braços de outro.

Ela era complicada, o bárbaro entendia, com uma bagagem emocional maior até do que a dele, se é que isso era possível. Wulfgar se perguntou como as coisas entre eles duraram tanto. Era um relacionamento tão simples no começo, tão direto: duas pessoas que precisavam uma da outra. Recentemente, porém, havia se tornado mais complexa, porque as necessidades haviam se transformado em dependência emocional; Delly precisava que Wulfgar cuidasse dela, a abrigasse, que dissesse que era bonita, mas Wulfgar sabia que ele não conseguia nem cuidar de si mesmo, ainda mais de outra pessoa. Delly queria que Wulfgar a amasse, mas o bárbaro não tinha amor para dar. Para Wulfgar, havia apenas dor e ódio, apenas memórias do demônio Errtu e da prisão do Abismo, onde fora torturado por seis anos.

Wulfgar suspirou e esfregou os olhos, então estendeu a mão para pegar uma garrafa, apenas para ver que estava vazia. Com um rosnado frustrado, ele a jogou do outro lado do quarto, e ela se estilhaçou contra a parede. Ele visualizou, só por um instante, que a havia quebrado no rosto de Delly. A imagem assustou Wulfgar, mas não o surpreendeu. Ele vagamente se perguntou se Delly não o havia levado até esse ponto de propósito. Talvez ela não fosse uma criança inocente, mas sim uma caçadora repleta de malícia. Quando ela foi até ele pela primeira vez, oferecendo conforto, será que ela havia tentado tirar vantagem de sua fraqueza emocional para levá-lo a uma armadilha? Fazer com que se casasse com ela, talvez? Resgatá-lo para que algum dia a resgatasse de sua existência miserável que havia arrumado para si própria como uma prostituta de taverna?

Wulfgar percebeu que os nós de seus dedos estavam brancos pela força com que havia fechado seus punhos, e se forçou a abri-las, e deu vários suspiros para se acalmar. Outro suspiro, outro movimento da língua sobre seus dentes sujos, e o homem se levantou e alongou seu corpo de cerca de dois metros de altura. Ele percebeu, como vinha percebendo a cada tarde quando passava por esse ritual, que sentia ainda mais dores em seus ossos e músculos enormes naquele dia. Wulfgar olhou para seus braços grandes, e, embora ainda fossem mais grossos e mais musculosos do que de praticamente qualquer homem vivo, não conseguiu evitar de notar uma flacidez nesses músculos, como se sua pele estivesse começando a ficar um pouco mais frouxa em sua estrutura imensa.

Como sua vida era diferente do que fora naquelas manhãs anos atrás em Vale do Vento Gélido, quando trabalhava o dia inteiro com Bruenor, o anão que era seu pai adotivo, martelando e levantando pedras gigantescas, ou quando saía para caçar por competição ou para encontrar gigantes com Drizzt, seu amigo guerreiro, correndo o dia inteiro, lutando o dia inteiro. As horas haviam sido mais extenuantes na época, mais cheias do fardo físico, mas era apenas físico e não emocional. Naquela época e naquele lugar, ele não sentia dores.

A escuridão em seu coração, a maior das dores, era a fonte de tudo. Tentou relembrar aqueles anos perdidos em que trabalhara e lutara ao lado de Bruenor e Drizzt, ou quando havia passado o dia correndo pelas inclinações varridas pelo vento do Sepulcro de Kelvin, a montanha solitária em Vale do Vento Gélido, indo atrás de Cattibrie...

O mero pensamento na mulher fez com que congelasse e se sentisse vazio, e, naquele vácuo, as imagens de Errtu e dos asseclas do demônio inevitavelmente se infiltraram. Uma vez, um desses asseclas, uma das terríveis súcubos, havia assumido a forma de Cattibrie, uma imagem perfeita, e Errtu convencera ele de que havia conseguido capturar a mulher, de que ela havia sido trazida para sofrer o mesmo tormento eterno de Wulfgar, e por causa dele.

Errtu havia se apossado da súcubo, Cattibrie, bem diante do olhar horrorizado de Wulfgar, e então desmembrado a mulher e a devorado em uma orgia de sangue e tripas.

Ofegando, Wulfgar tentou lutar contra seus pensamentos de Cattibrie, da verdadeira Cattibrie. Ele a havia amado. Ela fora, talvez, a única mulher que já amou, mas agora estava perdida para ele para sempre, pelo que acreditava. Ainda que viajasse até Dez-Burgos em Vale do Vento Gélido e a encontrasse novamente, o vínculo havia sido danificado, cortado pelas cicatrizes ardentes de Errtu e pelas reações de Wulfgar a essas cicatrizes.

As sombras alongadas que entraram pela janela denunciavam que o dia estava próximo do fim e que seu trabalho como o segurança de Arumn Garbico logo começaria. Exausto, não havia mentido para Delly quando declarou precisar de descanso, então se jogou novamente na cama e caiu em um sono profundo.

A noite já estava avançada em Luskan quando Wulfgar chegou cambaleando na sala comunal lotada da Cutelo.

— Atrasado de novo. Que surpresa — comentou um homem magro e de olhos astutos chamado Josi Poças, um cliente regular da taverna e amigo próximo de Arumn Gardbico, para o taverneiro quando eles notaram a entrada de Wulfgar. — Ele tá trabalhando menos e bebendo todo o seu estoque.

Arumn Gardbico, um homem gentil, mas severo e sempre prático, queria dar sua resposta padrão, que Josi só deveria calar a boca, mas não podia discutir com o que ele havia acabado de dizer. Era doloroso para Arumn ver a derrocada de Wulfgar. Ele havia ficado amigo do bárbaro meses antes, quando Wulfgar havia acabado de chegar em Luskan. Inicialmente, Arumn havia mostrado interesse no homem apenas por causa da habilidade física evidente — um guerreiro poderoso como Wulfgar poderia de fato ser um benefício para os negócios em uma taverna na área das docas daquela cidade implacável. Na primeira conversa com o homem, Arumn havia entendido que seus sentimentos por Wulfgar eram maiores do que qualquer oportunidade de negócios. Ele realmente gostava do bárbaro.

E Josi sempre esteve ali para lembrar Arumn das armadilhas em potencial, para lembrá-lo que, mais cedo ou mais tarde, seguranças poderosos viravam comida de rato na sarjeta.

— Você acha que o sol acabou de cair? — perguntou Josi a Wulfgar enquanto o grandalhão se arrastava, bocejando.

Wulfgar parou e se virou lenta e deliberadamente para encarar o homem menor.

— Metade da noite já passou — disse Josi, com um tom mudando drasticamente de acusatório para casual —, mas eu estava de olho no lugar por você. Achei que eu pudesse quebrar as caras de uns brigões também.

Wulfgar olhou para ele de forma cética.

— Você não conseguiria nem quebrar um vidro fino com um cassetete pesado — comentou o bárbaro, terminando com um bocejo profundo.

Josi, sempre um covarde, aceitou o insulto com um assentir de sua cabeça e um sorriso autodepreciativo.

— Nós realmente temos um acordo sobre seu horário de trabalho — disse Arumn, sério.

— E uma compreensão do que você realmente precisa — Wulfgar o lembrou. — Por palavras suas, minha responsabilidade mesmo começa mais no final da noite, porque raramente há problemas mais cedo. Você disse que o crepúsculo era meu horário de trabalho, mas explicou que eu não seria necessário até bem mais tarde.

— Justo — respondeu Arumn com um assentir que arrancou um gemido de Josi. Ele estava ansioso para ver o grandalhão, que acreditava tê-lo substituído como o melhor amigo de Arumn, finalmente sendo disciplinado.

— A situação mudou — continuou Arumn. — Você agora tem uma reputação e vários inimigos. Toda noite, você chega atrasado e seus... nossos inimigos prestam atenção. Eu temo que em alguma noite você se arraste até aqui tarde da noite e só ache nossos corpos.

Wulfgar fez uma expressão incrédula e se virou com um movimento de sua mão.

— Wulfgar — Arumn gritou para ele com mais ênfase. O bárbaro se virou novamente com uma careta. — Três garrafas sumiram ontem à noite — disse Arumn com calma, baixinho, com um toque evidente de preocupação em sua voz.

— Você prometeu toda a bebida que eu desejasse — respondeu Wulfgar.

— Pra você — insistiu Arumn. — Não pra seu amiguinho esquivo.

Todos ao redor arregalaram os olhos com esse comentário, porque poucos taverneiros de Luskan falariam de forma tão ousada sobre o perigoso Morik, o Renegado.

Wulfgar abaixou os olhos e deu uma risada, sacudindo a cabeça.

— Bom, Arumn — começou ele —, você realmente prefere ser aquele que dirá a Morik que ele não vai mais poder beber da sua bebida?

Arumn estreitou os olhos, e Wulfgar devolveu o olhar por um instante.

Delly Curtie então entrou na sala, com os olhos vermelhos e ainda marcado por lágrimas. Wulfgar olhou para ela e sentiu uma pontada de culpa, porém não era algo que admitiria em público. Ele se virou e começou a seguir com suas tarefas, indo ameaçar um homem bêbado que estava começando a fazer barulho demais.

— Ele tá brincando com ela — comentou Josi Poças a Arumn.

Arumn deu um suspiro frustrado. Ele havia começado a gostar bastante de Wulfgar, mas o comportamento cada vez mais ofensivo do homem estava começando a esgotar esse sentimento. Delly havia sido como uma filha para Arumn por alguns anos. Se Wulfgar estava brincando sem levar as emoções dela em conta, ele e Arumn certamente logo teriam um confronto.

Arumn voltou sua atenção de Delly para Wulfgar bem a tempo de ver o grandalhão içar o barulhento pela garganta, carregar até a porta e, de forma nada gentil, o jogar na rua.

— O homem não fez nada — reclamou Josi Poças. — Se ele continuar assim, não vai te sobrar nenhum cliente.

Arumn apenas suspirou.

Um trio de homens na outra ponta do bar também estudava os movimentos do bárbaro com bastante interesse.

— Não pode ser — disse um deles, um homem magricela e barbudo. — O mundo é grande demais para isso.

— Eu tô dizendo que é — respondeu o do meio. — Você não tava no *Fada do Mar* naquela época. Eu não teria como esquecer daquele lá. Não de Wulfgar. Naveguei com ele de Águas profundas a Memnon, é sério. E então de volta, quando lutamos contra um monte de piratas pelo caminho.

— Parece que temos alguém bom pra brigar contra piratas — comentou Waillan Micanty, o terceiro do grupo.

— Isso é verdade — disse o segundo. — Mas não tão bom quanto o companheiro dele. Esse você conhece. Um cara de pele escura, baixo e bonitão, porém mais feroz do que um sahuagin ferido e mais rápido com uma lâmina, ou um par delas, que qualquer um.

— Drizzt Do'Urden? — perguntou o magricela. — Esse grandalhão viajava com o elfo drow?

— Sim — disse o segundo, agora dominando toda a atenção. Ele estava com um sorriso largo, tanto por estar no centro das atenções quanto por se lembrar da viagem empolgante que fizeram com Wulfgar, Drizzt e a companheira pantera do drow.

— E Cattibrie? — perguntou Waillan, que, como todos da tripulação de Deudermont, havia tido uma queda pela mulher, bela e competente, assim que ela e Drizzt se juntaram a sua tripulação alguns anos antes.

Drizzt, Cattibrie e Guenhwyvar haviam velejado a bordo do *Fada do Mar* por muitos meses, e fora tão mais fácil botar os piratas para correr com aquele trio junto a eles!

— Cattibrie se juntou a nós ao sul de Portão de Baldur — explicou o homem do meio. — Ela veio com um anão, o Rei Bruenor do Salão de Mitral, em uma carruagem voadora que estava em chamas. Nunca vi nada parecido, sério, porque aquele anão maluco fez a coisa passar direto pelas velas de um dos navios piratas que estávamos lutando. Derrubou o raio do navio inteiro, mesmo, e ainda estava cheio de energia e vontade de lutar quando tiramos ele da água.

— Ah, mas você tá inventando — o marinheiro magricela começou a reclamar.

— Não. Eu ouvi a história — interviu Waillan Micanty. — Ouvi direto do capitão e de Drizzt e Cattibrie.

Isso silenciou o homem magricela. Todos pararam para estudar os movimentos de Wulfgar um pouco mais.

— Tem certeza que é ele? — perguntou o primeiro. — Esse é o tal Wulfgar?

Assim que ele fez a pergunta, Wulfgar tirou Presa de Égide de suas costas e o posicionou contra a parede.

— Ah, pelo que tô vendo, é ele sim — respondeu o segundo. — Não dá pra esquecer ele ou aquele martelo. Ele pode quebrar um mastro com essa coisa, eu juro, e enfiar no olho de um pirata, direito ou esquerdo, mesmo a uns cem passos.

Do outro lado do salão, Wulfgar tinha uma discussão curta com um cliente. Com uma mão forte, o bárbaro agarrou a garganta do homem e, com muita, mas muita, facilidade, o ergueu de seu assento. Wulfgar caminhou calmamente pela taverna até a porta e lançou o homem bêbado na rua.

— Homem mais forte que eu já vi — comentou o segundo marinheiro, e seus dois companheiros não iriam discordar.

Eles esvaziaram seus copos e observaram um pouco mais antes de sair da Cutelo para voltar para casa, onde se viram correndo ansiosos para informar a seu capitão sobre quem haviam acabado de ver.

Capitão Deudermont esfregou pensativamente seus dedos sobre sua barba aparada com cuidado, tentando digerir a história que Waillan Micanty havia acabado de contar. Ele estava tentando bastante, porque não parecia fazer sentido. Quando Drizzt e Cattibrie haviam velejado junto dele durante aqueles anos iniciais maravilhosos de sua caçada a piratas ao longo da Costa da Espada, eles o haviam contado uma história triste sobre a morte de Wulfgar. Aquela história havia afetado muito a Deudermont, que havia feito amizade com o bárbaro naquela jornada até Memnon anos antes.

Wulfgar estava morto, era o que Drizzt e Cattibrie haviam dito, e era no que Deudermont acreditava. E lá estava um dos tripulantes confiáveis afirmando que o bárbaro estava vivo, bem e trabalhando na Cutelo, uma taverna que havia frequentado. A imagem levou Deudermont de volta a seu primeiro encontro com o bárbaro e Drizzt na taverna Os

Braços da Sereia em Águas Profundas. Wulfgar havia evitado uma luta contra um brigão conhecido chamado Bungo. Quantas coisas incríveis ele e seus companheiros fizeram depois, de resgatar seu pequeno amigo halfling das garras de um pasha famoso em Porto Calim à recuperação do Salão de Mitral para o clã Martelo de Batalha. A ideia de Wulfgar estar trabalhando como um leão de chácara em uma taverna acabada em Luskan parecia absurda.

Especialmente porque, de acordo com Drizzt e Cattibrie, Wulfgar estava morto. Deudermont pensou na última viagem com a dupla quando o *Fada do Mar* havia sido levado a uma ilha remota bem longe do mar. Uma vidente cega havia apresentado a Drizzt um enigma sobre alguém que ele acreditava ter perdido. A última vez que vira Drizzt e Cattibrie foi em sua despedida, em um lgrande lago que adentrava em terra aliás, para onde o *Fada do Mar* havia sido acidentalmente transportado.

Então Wulfgar poderia estar vivo? Capitão Deudermont havia visto coisas o suficiente para não afastar a ideia de primeira.

Ainda assim, parecia provável ao capitão que seus tripulantes estavam enganados. Eles não tinham muita experiência com os bárbaros do norte, que pareciam todos imensos e loiros e fortes. Eles poderiam se parecer demais aos olhos deles. A Cutelo poderia ter recebido um bárbaro como segurança, mas não era Wulfgar.

Ele não pensou mais no assunto, uma vez que tinha muitas obrigações e tarefas a cumprir nos lares e estabelecimentos mais abastados da cidade. Três dias depois, porém, ao jantar na casa de uma das famílias nobres de Luskan, a conversa passou a ser sobre a morte de um dos valentões mais renomados da cidade.

— Estamos bem melhor sem Quebra-Toco — insistiu um dos convidados. — A forma mais pura de confusão a entrar em nossa cidade.

— Só um brigão, nada além disso — respondeu outro — e não tão durão assim.

— Não, ele conseguia derrubar um cavalo em plena corrida ao parar na frente da criatura — insistiu o primeiro. — Eu vi!

— Mas não deu conta do garoto de Arumn Gardbico — acrescentou o outro. — Quando ele tentou lutar contra aquele cara, nosso Quebra-Toco voou para fora da Cutelo e levou o batente da porta com ele.

Deudermont de repente ficou bem mais atento.

— É. Aquele lá — concordou o primeiro. — Forte demais para qualquer homem, pelas histórias que ouvi. E aquele martelo! A arma mais linda que já vi.

A menção ao martelo quase fez Deudermont engasgar com sua comida, porque ele se lembrava bem de Presa de Égide.

— Qual é o nome dele? — perguntou capitão.

— O nome de quem?

— O garoto novo de Arumn Gardbico.

Os dois homens se encararam e deram de ombros.

— Alguma coisa com "vulgar", ou algo assim, eu acho — disse o primeiro.

Quando ele saiu da casa do nobre, algumas horas depois, o Capitão Deudermont se viu não retornando ao *Fada do Mar*, mas sim indo até a infame Rua da Meia-Lua, a área mais barra-pesada de Luskan, onde ficava a Cutelo. Ele entrou sem hesitar, puxando uma cadeira na primeira mesa vazia. Deudermont viu o homem grandalhão antes mesmo de se sentar. Era, sem a menor dúvida, Wulfgar, filho de Beornegar. O capitão não conhecia Wulfgar tão bem e não o via há anos, mas não havia dúvida. O tamanho descomunal, a aura de força e os olhos azuis penetrantes do homem o entregaram. Bom, ele estava mais abatido agora, com uma barba malcuidada e roupas sujas, mas era Wulfgar.

O homem imenso encontrou o olhar de Deudermont brevemente, mas não havia nenhum sinal de reconhecimento em seus olhos quando o bárbaro se virou. Deudermont teve ainda mais certeza quando viu o martelo magnífico, Presa de Égide, preso nas costas largas de Wulfgar.

— Veio beber ou procurar uma briga?

Deudermont se virou e viu uma jovem de pé ao lado da mesa dele, com uma bandeja na mão.

— Então...?

— Procurar uma briga? — repetiu o capitão de forma monótona, sem entender o que ela queria dizer.

— O jeito que você tá encarando ele — respondeu a jovem, fazendo um movimento na direção de Wulfgar. — Já veio muita gente procurar briga. Muita gente foi carregada pra fora. Mas bom pra você se quiser lutar, e bom pra ele se o deixar morto na rua.

— Não busco briga alguma — garantiu Deudermont. — Mas, me diga, qual é o nome dele?

A mulher bufou e sacudiu a cabeça, frustrada por algum motivo que Deudermont não fazia ideia.

— Wulfgar — respondeu ela. — E seria melhor pra todos nós se ele nunca tivesse aparecido aqui.

Sem perguntar novamente se desejava uma bebida, ela simplesmente se afastou.

Deudermont não pensou mais nela, olhando novamente para o homem imenso. Como Wulfgar havia parado ali? Por que ele não estava morto? E onde estavam Drizzt e Cattibrie?

Permaneceu sentado pacientemente, observando o local enquanto as horas passavam, até o nascer do sol se aproximar e todos os clientes, exceto ele e um homem magricela, terem ido embora.

— Hora de ir — disse o taverneiro. Quando não fez menção de responder ou se levantar, o segurança foi até a mesa.

De pé, imenso, Wulfgar olhou para baixo, para o capitão sentado ali.

— Você pode sair caminhando ou voando — explicou de forma rude. — A escolha é sua.

— Você viajou para bem longe da sua luta contra piratas no Portão de Baldur — respondeu o capitão. — Embora eu estranhe o destino.

Wulfgar inclinou a cabeça e observou o homem mais de perto. Um lampejo de memória, só um lampejo, cruzou seu rosto barbado.

— Você se esqueceu de sua viagem para o sul? — Deudermont tentou refrescar a memória dele. — O combate contra o pirata Pinochet e a carruagem em chamas?

Os olhos de Wulfgar se arregalaram.

— O que você sabe sobre isso?

— Saber sobre? — Deudermont ecoou incrédulo. — Ora, Wulfgar, você navegou no meu navio até Memnon, ida e volta. Seus amigos, Drizzt e Cattibrie, viajaram comigo há não muito tempo, embora eles certamente acreditassem que você estava morto!

O homem imenso recuou como se tivesse levado um tapa no rosto. Uma mistura confusa de emoções passou pelos olhos azuis dele, de nostalgia a desprezo. Ele passou bastante tempo tentando se recuperar do choque.

— Você está enganado, bom homem — respondeu, por fim, para a surpresa de Deudermont. — Sobre meu nome e meu passado. É hora de você ir embora.

— Mas, Wulfgar... — Deudermont tentou argumentar.

Ele saltou de surpresa ao ver outro homem, baixo, de pele escura e ameaçador, de pé logo atrás dele, embora não houvesse escutado um único passo. Wulfgar olhou para o homem baixo, então fez um movimento na direção de Arumn. O taverneiro, após um momento de hesitação, foi até atrás do bar e pegou uma garrafa, jogando-a para o outro lado do balcão, que o ágil Morik pegou com facilidade.

— Caminhar ou voar? — Wulfgar perguntou novamente para Deudermont.

O vazio completo em sua voz, não frio, mas indiferente, feriu Deudermont profundamente, dizendo que o homem cumpriria sua promessa de jogá-lo para fora da taverna sem hesitação caso não se mexesse imediatamente.

— O *Fada do Mar* estará no porto por pelo menos mais uma semana — explicou Deudermont, se levantando e indo na direção da porta. — Você será bem-vindo por lá, seja como convidado ou como tripulante, porque eu não me esqueci — terminou ele com firmeza, com a promessa soando em seu rastro enquanto se retirava da taverna.

— Quem era? — perguntou Morik a Wulfgar após Deudermont ter desaparecido na noite escura de Luskan.

— Um tolo — foi tudo o que o grandalhão conseguiu responder. Ele foi até o bar e enfaticamente tirou outra garrafa da prateleira. Levando seu olhar de Arumn para Delly, o bárbaro carrancudo saiu com Morik.

Capitão Deudermont tinha uma longa caminhada à frente até as docas. As paisagens e sons da vida noturna de Luskan o atingiram — vozes altas e arrastadas saindo de janelas abertas de tavernas, cães latindo, sussurros clandestinos em cantos escuros —, mas Deudermont mal os ouvia, perdido em seus pensamentos.

Então Wulfgar estava vivo, e, ainda assim, em um estado pior do que o capitão jamais pudesse ter imaginado. Sua oferta para o bárbaro de que ele se juntasse à tripulação do *Fada do Mar* havia sido genuína, no entanto, ele sabia pela atitude do bárbaro que Wulfgar nunca a aceitaria.

O que Deudermont poderia fazer?

Queria ajudar Wulfgar, mas era experiente o bastante para entender que não se pode oferecer ajuda para alguém que não a deseja.

— Se você planeja abandonar um compromisso na hora do jantar, por favor, nos informe de seu paradeiro — veio uma saudação repreensiva quando o capitão se aproximou de seu navio. Olhou para cima e viu Robillard e Waillan Micanty olhando para ele da balaustrada.

— Você não deveria sair sozinho — recriminou Waillan Micanty, mas Deudermont apenas afastou a ideia com um gesto.

Robillard fez uma careta de preocupação.

— Quantos inimigos você fez nos últimos anos? — perguntou o mago com toda a seriedade. — Quantos pagariam fortunas só pela possibilidade de conseguir sua cabeça?

— É por isso que emprego um mago para cuidar de mim — respondeu com calma, pisando na prancha de embarque.

Robillard riu com o absurdo do comentário.

— Como vou cuidar de você se eu nem sei onde você está?

Deudermont parou imediatamente, e um sorriso surgiu em seu rosto quando olhou para o mago.

— Se você não conseguir me localizar magicamente, como vou acreditar que pode encontrar aqueles que desejam minha morte?

— Mas é verdade, capitão — interferiu Waillan enquanto Robillard enrubescia intensamente. — Muitos gostariam de te encontrar desprotegido nas ruas.

— Devo confinar toda a tripulação, então? — perguntou Deudermont. — Ninguém pode sair, por medo da retribuição de amigos dos piratas?

— Poucos saem do *Fada do Mar* sozinhos — argumentou Waillan.

— Ainda menos são conhecidos o suficiente pelos piratas para serem alvos! — acrescentou Robillard. — Nossos inimigos não atacariam um tripulante menor e facilmente substituível, porque fazer isso apenas atrairia a fúria de Deudermont e dos senhores de Águas Profundas, mas o preço valeria a pena pela oportunidade de eliminar o capitão do *Fada do Mar* — o mago deu um suspiro profundo e olhou com firmeza para o capitão. — Você não deveria sair sozinho — terminou ele.

— Eu precisava ver como estava um velho amigo — explicou.

— Chamado Wulfgar? — perguntou o mago observador.

— Era o que eu pensava — respondeu Deudermont de forma amarga enquanto seguia pela prancha e passava pelos dois homens, indo para seus aposentos sem dizer mais uma palavra.

Era um lugar pequeno e desagradável demais para sequer ter um nome, um buraco para a reunião do pior tipo de Luskan. A maioria era composta de marinheiros, procurados por lordes ou famílias furiosas por seus crimes hediondos. Era devidamente justificado o medo que sentiam pela possibilidade de serem presos, ou assassinados, ao caminharem livremente pelas ruas de qualquer porto em que seus navios atracassem. Então eles iam a buracos como este, nos fundos de choupanas convenientemente posicionadas perto das docas.

Morik conhecia bem esses lugares, porque começara a agir nas ruas trabalhando como vigia para um dos mais perigosos entre esses estabelecimentos quando era apenas um garoto. Ele não ia mais a esses buracos com frequência. Dentre os lugares mais civilizados, ele era bastante respeitado e estimado — e temido. Essa, provavelmente era a emoção que Morik mais gostava de provocar. Lá, ele só era outro valentão, um ladrãozinho em um ninho de assassinos.

Ele não pôde resistir a entrar em um desses buracos naquela noite, não com o capitão do famoso *Fada do Mar* aparecendo para conversar com seu novo amigo, Wulfgar.

— Qual é a altura? — perguntou Tubarão Sinistro, um dos dois valentões na mesa de Morik. Tubarão era um velho cão do mar com tufos irregulares de barba suja em suas bochechas róseas e um olho faltando. "Sinistro Sovina" era como os clientes frequentemente o chamavam, porque o homem era rápido com sua adaga enferrujada e lento com sua bolsa de moedas. Sinistro era tão mão de vaca que até mesmo se recusava a comprar um tapa olho. A borda escurecida de sua cavidade ocular vazia se destacava para Morik por debaixo das dobras inferiores da bandana que Tubarão havia amarrado em sua cabeça.

— Uma cabeça e meia mais alto que eu — respondeu Morik. — Talvez duas.

Tubarão olhou para seu companheiro pirata, uma criatura exótica, de fato. O homem tinha um topete de cabelo preto e tatuagens por todo o rosto, pescoço, e praticamente qualquer outra área de pele exposta — e, como tudo o que vestia era um kilt de pele de tigre, havia bastante pele exposta. Só o ato de seguir o olhar de Tubarão para o outro homem ali fez com que Morik sentisse um arrepio na espinha, porque, embora não soubesse muito sobre o companheiro de Tubarão, certamente havia ouvido os rumores sobre o "homem", Tedetalho. O pirata era apenas meio-humano, e a outra metade era qullana, uma raça de guerreiros rara e feroz.

— O *Fada do Mar* tá no porto — Tubarão lembrou a Morik.

Ele assentiu, porque havia de fato visto a escuna de três mastros enquanto ia até aquele buraco.

— Tinha uma barba que seguia o maxilar — acrescentou Morik, tentando oferecer a descrição mais completa que pudesse.

— Ele senta reto? — perguntou o pirata tatuado.

Morik olhou para Tedetalho como se não entendesse.

— Ele senta reto na cadeira? — explicou Tubarão, imitando uma postura perfeita. — De um jeito que parece ter uma tábua enfiada da bunda até a garganta?

Morik sorriu e assentiu.

— Alto e reto. — Mais uma vez, os dois piratas trocaram olhares.

— Parece Deudermont — concluiu Tubarão. — Aquele cachorro sarnento. Eu daria minha bolsa de ouro pra rasgar aquela garganta com minha faca. Afundou muito amigo meu, e já custou demais.

O pirata tatuado mostrou que concordava içando uma bolsa de moedas particularmente volumosa acima da mesa. Morik então percebeu que todas as conversas naquele buraco se interromperam bruscamente e que todos estavam de olho nele e em seus dois companheiros decadentes.

— É, Morik, mas você tá gostando do que tá vendo — comentou Tubarão, indicando a bolsa. — Bom, é sua, e até mais dez dela, eu acho. — Tubarão se levantou com um salto, fazendo sua cadeira deslizar pelo chão. — E aí, rapazes? — gritou. — Quem tem uma ou dez moedas de ouro pela cabeça de Deudermont do *Fada do Mar*?

Um grito longe de comemoração ressoou por aquele buraco de ratos, com várias ofensas dirigidas a Deudermont e sua tripulação assassina de piratas.

Morik mal os ouviu, de tão focado que estava na bolsa de ouro. Deudermont viera encontrar Wulfgar. Todos no lugar, e mais cem como eles, sem dúvida, reuniriam mais moedas. Deudermont conhecia Wulfgar e confiava nele. Mil peças de ouro. Dez mil? Morik e Wulfgar poderiam dar conta de Deudermont, e fácil. A mente ladina e gananciosa de Morik fervilhava com as possibilidades.

Capítulo 2

Encanto

Ela desceu a rua saltitando, como uma garotinha, e ainda assim tão obviamente uma jovem adulta. Seu cabelo preto brilhante se sacudia ao redor dos seus ombros, e seus olhos verdes brilhavam tanto quanto o sorriso cintilante em seu rosto.

Ela havia acabado de falar com ele, com Jaka Sculi, com seus olhos azuis comoventes e seu cabelo castanho cacheado, com uma mecha caída sobre o dorso de seu nariz. E apenas o fato de falar com ele a fazia saltitar em vez de andar, fazia com que se esquecesse da lama que se infiltrava pelos buracos de seus sapatos velhos ou a comida insossa que encontraria na sua tigela de madeira à mesa de seus pais naquela noite. Nada disso importava: nem os insetos, nem a água suja... Nada. Ela havia falado com Jaka, e esse fato por si só a fazia se sentir flutuando e dormente e assustada e viva ao mesmo tempo.

É irônico como a mesma alma liberta por seu encontro com o taciturno Jaka atraiu o olhar de outra pessoa sobre sua figura alegre.

O coração de Lorde Feringal Auck já palpitou ao ver diversas mulheres diferentes ao longe de seus vinte e quatro anos, especialmente filhas de mercadores cujos pais estavam fora procurando por outro porto seguro a noroeste de Luskan. A vila era próxima da passagem mais viajada que atravessava a Espinha do Mundo, onde eles poderiam reabastecer e descansar no meio daquela jornada perigosa entre Dez-Burgos e Vale do Vento Gélido.

Nunca antes Feringal Auck se sentira tão sem fôlego a ponto de estar praticamente ofegando em busca de ar na janela de sua carruagem decorada.

— Feri, o vento já começou a carregar o pólen dos pinheiros — surgiu a voz de Priscilla, a irmã mais velha de Feringal. Ela era a única pessoa que o chamava de Feri, o que sempre o irritava intensamente. — Volte já para dentro da carruagem! Essa poeira de fazer espirrar está se acumulando. Você sabe como é terrível...

A mulher fez uma pausa e começou a observar seu irmão com mais atenção, especialmente como ele estava de boca aberta.

— Feri? — perguntou ela, escorregando em seu assento para se aproximar dele e agarrar seu cotovelo, dando uma sacudida. — Feri?

— Quem é ela? — perguntou o lorde de Auckney, sequer ouvindo sua irmã. — Quem é essa criatura angelical, o avatar da deusa da beleza, a figura dos desejos mais puros de um homem, a encarnação da tentação?

Priscilla empurrou seu irmão para o lado e colocou a cabeça para fora da janela da carruagem.

— Hein? Aquela camponesa? — perguntou ela, incrédula e com um toque evidente de desdém em sua voz.

— Eu preciso saber — Lorde Feringal mais cantou do que falou. A lateral de seu rosto afundou contra as bordas da janela da carruagem, com seu olhar, sem piscar, firmes na mulher saltitante. Ela desapareceu das vistas deles assim que a carruagem acelerou após uma curva na estrada.

— Feri! — repreendeu Priscilla. Ela fez menção de dar um tapa em seu irmão mais novo, mas errou o alvo.

O lorde de Auckney afastou sua letargia apaixonada o suficiente para olhar diretamente para sua irmã de forma até assustadora.

— Eu preciso saber quem ela é — disse ele.

Priscilla Auck se recostou em seu assento e não disse mais nada, embora estivesse realmente abalada pela demonstração incomum de emoção de seu irmão mais novo. Feringal sempre fora uma pessoa gentil e calma, facilmente manipulado por sua irmã rabugenta, quinze anos mais velha. Próxima a seu quadragésimo aniversário, Priscilla nunca se casou. Na verdade, ela nunca teve interesse algum em homens exceto para satisfazer suas necessidades físicas. A mãe deles havia morrido ao dar à luz Feringal, e o pai deles, cinco anos depois, o que deixou Priscilla, junto ao intendente de seu pai, Temigast, com a responsabilidade de reger o feudo até que Feringal estivesse na idade certa para reinar. Ela sempre achou esse acordo vantajoso, uma vez que, ainda após Feringal chegar à idade apropriada, e mesmo agora, uma década depois, suas opiniões eram essenciais no governo de Auckney. Priscilla nunca desejou trazer outra pessoa para a família, e ela havia imaginado que Feri sentiria o mesmo.

De cara feia, Priscilla olhou para trás uma última vez na direção da jovem, embora já estivessem há muito fora de vista. A carruagem passou pela pequena ponte de pedra que se erguia sobre a baía em direção à ilha pequenina na qual ficava o Castelo Auck.

Assim como o feudo, essa vila de duzentas pessoas que raramente aparecia nos mapas, o castelo tinha uma arquitetura modesta. Havia cerca de uma dezena de cômodos para a família — e para Temigast, é claro — e outros cinco para a meia dúzia de servos e dez soldados que serviam no local. Duas torres baixas e largas ancoravam o castelo, mal passando de quatro metros e meio de altura, porque o vento era forte em Auckney. Uma piada comum era a de que se o vento algum dia parasse de soprar, todos os aldeões cairiam no chão imediatamente, de tão acostumados que estavam a se inclinar enquanto andavam.

— Eu deveria sair mais do castelo — insistiu Lorde Feringal enquanto ele e sua irmã saíam do saguão e iam até uma sala de estar, onde o velho Intendente Temigast estava sentado, pintando mais uma de suas intermináveis paisagens marítimas.

— Para a vila propriamente dita, no caso? — disse Priscilla, obviamente sendo sarcástica. — Ou para as fazendas de turfa que ficam longe da área central? De qualquer maneira, é pura lama e pedra, apenas sujeira.

— É, em meio àquela lama que uma joia pode brilhar ainda mais — insistiu o lorde apaixonado, com um suspiro.

O intendente ergueu uma sobrancelha ao ouvir a conversa estranha e levantou os olhos de sua pintura. Temigast havia passado a maior parte de sua juventude em Águas Profundas, chegando em Auckney já na meia-idade, há aproximadamente trinta anos. Bem cosmopolita se comparado aos cidadãos de Auckney — incluindo a família governante —, Temigast tivera poucas dificuldades em ganhar as graças do senhor feudal, Tristan Auck, e em ascender ao posto de conselheiro principal e então a intendente. Aquela experiência acabou sendo útil a Temigast naquele momento, porque ele reconheceu a motivação por trás do suspiro de Feringal e entendeu o que isso queria dizer.

— Era só uma garota — reclamou Priscilla. — Uma criança, e uma bem suja, por sinal — ela olhou para Temigast em busca de apoio ao ver que ele estava prestando atenção à conversa. — Temo que Feringal esteja apaixonado. E por uma camponesa. O lorde de Auckney deseja uma camponesa suja e malcheirosa.

— De fato — respondeu Temigast, fingindo horror.

Em seu ponto de vista, no ponto de vista de qualquer pessoa que não fosse de Auckney, o "lorde de Auckney" não estava muito acima de um camponês. Havia uma história ali. O castelo fora erguido há mais de seiscentos anos, pelos Dogernasts, que governaram pelos primeiros dois séculos. Então, por meio de casamento, fora passado para os Auckneys.

Mas o que, exatamente, eles governavam? Auckney estava na extremidade das rotas de comércio, ao sul do esporão mais a oeste da Espinha do Mundo. A maioria das caravanas de mercadores que viajavam entre Dez-Burgos e Luskan evitavam completamente o lugar, e muitos usavam a passagem mais direta em meio às montanhas que ficavam a vários quilômetros a leste. Mesmo aqueles que não ousavam desbravar os ermos daquela passagem desguarnecida cruzavam a leste de Auckney por outra passagem que levava à cidade de Hundelrocha, que possuía seis vezes a população de Auckney e muitos suprimentos e artesãos a mais.

Embora fosse uma cidade costeira, Auckney estava isolada demais ao norte para qualquer comércio. De vez em quando, um navio — normalmente um pescador pego por um vendaval de Labareda, ao sul — flutuava até o pequeno porto ao redor de Auckney, normalmente em busca de reparos. Alguns desses pescadores ficavam no feudo, mas a população se mantinha basicamente constante, desde a fundação, pelo malandro Lorde Dorgenast e seus seguidores, refugiados de uma falha e de uma manobra política menor entre famílias governantes secundárias em Águas Profundas. Com cerca de duzentos habitantes, a população estava maior do que nunca, principalmente por causa do fluxo de gnomos de Hundelrocha, embora em vários momentos tenha sido menos da metade disso. A maioria dos aldeões tinham laços familiares, normalmente mais de um — exceto, é claro, pelos Aucks, que normalmente buscavam seus cônjuges vindos de fora.

— Você não consegue achar uma esposa entre as boas famílias de Luskan? — perguntou Priscilla. — Ou em algum acordo lucrativo com algum mercador rico? Um dote grande poderia ser bem útil, afinal.

— Esposa? — disse Temigast com uma risada. — Não acha que estamos sendo um pouco apressados?

— Não mesmo — insistiu Feringal com a expressão séria. — Eu a amo. Eu sei que sim.

— Tolo! — lamentou Priscilla, mas Temigast começou a dar tapinhas em seu ombro para acalmá-la, rindo o tempo todo.

— É claro que sim, meu senhor — disso o intendente —, mas o casamento de um nobre raramente tem a ver com amor, temo eu. É uma questão de status, alianças políticas e fortuna — explicou Temigast com gentileza.

Os olhos de Feringal se arregalaram.

— Eu a amo! — insistiu o jovem.

— Então a receba como amante — sugeriu Temigast, tentando ser sensato. — Um brinquedo. Com certeza, um homem de seu status merece pelo menos uma.

Incapaz de falar graças ao nó que se formou em sua garganta, Feringal deu meia-volta e saiu imediatamente batendo o pé no chão de pedra até seus aposentos particulares.

— Você beijou ele? — perguntou Tori, a mais nova das irmãs Ganderlay, dando risadinhas só de pensar nisso. Tori tinha apenas onze anos, e estava só agora começando a perceber a diferença entre garotos e garotas, algo que estava aprendendo cada vez mais rápido desde que Meralda, sua irmã mais velha por seis anos, havia começado a se interessar por Jaka Sculi, com seu rosto delicado, cílios longos e olhos azuis taciturnos.

— Não. É claro que não. — respondeu Meralda, afastando seus longos cabelos pretos de seu rosto negro claro, o belo rosto que havia, sem que ela soubesse, chamado a atenção do senhor de Auckney.

— Mas você queria — provocou Tori, começando a gargalhar. Meralda a acompanhou, como uma confissão.

— Ah, eu quis — disse a irmã mais velha.

— Ah, e você queria tocar nele! — sua irmã continuou a provocar. — Ah, se eu pudesse dar um abraço e um beijo nele! Meu doce e querido Jaka.

Tori finalizou sua brincadeira fazendo barulhos desajeitados de beijos e apertando os braços ao redor do peito, com as mãos agarrando os próprios ombros enquanto se virava de costas para parecer que alguém a estava abraçando.

— Pode parando com isso! — disse Meralda, dando um tapa brincalhão nas costas de sua irmã.

— Mas você nem beijou ele — reclamou Tori. — Por que não, se você queria? Ele não queria?

— Pra fazer ele querer ainda mais — explicou a garota mais velha. — Pra fazer ele pensar em mim o tempo todo. Pra fazer ele sonhar comigo.

— Mas se você quer...

— Eu quero mais que isso — explicou Meralda —, e se eu fizer ele esperar, posso fazer ele implorar. Se eu fizer ele implorar, posso ter tudo que eu quero dele e ainda mais.

— O que mais? — perguntou Tori, obviamente confusa.

— Ser a esposa dele — afirmou Meralda, sem hesitar.

Tori quase desfaleceu. Ela agarrou seu travesseiro de palha e acertou sua irmã na cabeça com ele.

— Jamais! — gritou ela. Alto demais. A cortina do quarto delas se abriu e o pai, Dohni Ganderlay, um homem corado com músculos fortes de trabalhar nos campos de turfa e uma pele escurecida pelo sol, colocou sua cabeça para dentro.

— Vocês já deviam estar dormindo — repreendeu Dohni.

As garotas se deitaram ao mesmo tempo, mergulhando sob o tique-taque áspero e ladeado por palha, o puxando até alcançar seus queixos, dando risadinhas o tempo todo.

— Ei, não quero saber dessa bobajada! — gritou Dohni, e ele foi com tudo até elas, caindo por cima delas como um monstro em caçada, em um emaranhado de luta que terminou em um abraço entre as duas garotas e seu amado pai. — Agora, vocês duas: descansem — disse Dohni baixinho pouco tempo depois. — A mãe de vocês não tá muito bem, e essa risada não tá deixando ela dormir.

Ele deu um beijo em cada uma e saiu. As meninas, por respeitarem o pai e estarem preocupadas com a mãe, que de fato estava se sentindo pior do que o normal, ficaram em silêncio com seus pensamentos.

O que Meralda havia admitido era estranho e assustador para Tori. Mas, embora estivesse incerta quanto a sua irmã se casar e sair de casa, ela também estava muito empolgada com a ideia de crescer e se tornar uma jovem como ela.

Deitada ao lado da irmã, Meralda estava perdida em sua mente acelerada de expectativas. Ela já havia beijado um rapaz antes. Vários, na verdade, mas sempre fora por curiosidade ou por causa de um desafio de suas amigas. Essa era a primeira vez que ela realmente queria beijar alguém. E como ela queria beijar Jaka Sculi! Beijá-lo e correr as mãos por seu cabelo castanho cacheado, e então por suas bochechas macias e imberbes e ter as mãos dele acariciando seu cabelo, seu rosto...

Meralda dormiu e teve sonhos agradáveis.

Em uma cama muito mais confortável, em um quarto muito menos frio, não muito longe dali, Lorde Feringal estava aninhado em seus travesseiros de pena macios. Ele ansiava escapar para os sonhos de abraçar a garota da vila, onde poderia se despir de seu status sufocante, onde poderia fazer o que quisesse sem a interferência de sua irmã ou do velho Temigast.

Ele quis escapar um pouco demais, talvez, porque Feringal não conseguia dormir em sua cama imensa e macia, e se viu com seu lençol enrolado em suas pernas após se mexer demais. Ele deu sorte de estar abraçado a um de seus travesseiros, porque foi a única coisa a amortecer sua queda quando rolou para fora da cama e se chocou contra o chão duro.

Finalmente Feringal conseguiu se desenrolar de seu lençol, então começou a andar de um lado para o outro em seu quarto, coçando a cabeça, mais nervoso do que jamais esteve. O que essa ninfa havia feito com ele?

— Um copo de leite de cabra quente — murmurou ele, tentando pensar no que o acalmaria para ajudá-lo a dormir.

Feringal saiu de seu quarto e começou a descer a escadaria estreita. Na metade do caminho, ele começou a ouvir vozes vindas de baixo. Ele fez uma pausa, reconhecendo a voz nasalada de Priscilla, seguida por uma gargalhada dela assim como uma do velho e ofegante Temigast. Algo pareceu estranho para Feringal, um sexto sentido dizia que estavam fazendo chacota dele. Ele continuou a descer, mais silenciosamente, chegando à altura do teto do primeiro andar e então se abaixando próximo às sombras contra o corrimão de pedra. Lá estava Priscilla no divã, tricotando, com o velho Temigast sentado em uma cadeira de costas retas de frente para ela, com um decantador de uísque em sua mão.

— Ah, mas eu a amo! — uivou Priscilla, interrompendo seu tricô para passar uma mão pela testa de forma dramática. — Não consigo viver sem ela!

— Se saiu bem o suficiente nos últimos anos — comentou Temigast se juntando à piada.

— Mas estou cansado, bom intendente — respondeu Priscilla, obviamente zombando de seu irmão. — Como é trabalhoso apenas a cópula!

Temigast se engasgou em sua bebida e Priscilla novamente caiu na gargalhada. Feringal não aguentou mais. Desceu com tudo as escadas, repleto de raiva.

— Chega! Chega dessa palhaçada! — rugiu. Assustados, ambos se viraram para ele e morderam os lábios, embora Priscilla não tenha conseguido segurar completamente o riso. Lorde Feringal a encarou de forma firme, com os punhos fechados ao seu lado, mais próximo da fúria que os dois jamais viram o homem gentil ter chegado antes.

— Como ousam? — perguntou através de dentes cerrados e lábios trêmulos. — Zombar de mim assim!

— Apenas uma brincadeira, meu senhor — Temigast tentou apaziguar a situação com uma explicação fraca —, nada além disso.

Feringal ignorou a explicação do intendente e virou sua ira na direção de sua irmã.

— O que você sabe sobre amor? Você jamais teve um único pensamento luxurioso em sua vida miserável. Você nem faz ideia de como é se deitar com um homem, não é, irmãzinha?

— Você não sabe de nada — rebateu Priscilla, jogando seu tricô de lado e começando a se levantar.

Foi a mão de Temigast, se agarrando a seu joelho, que a fez ficar parada. Ela se acalmou bastante com isso, mas a expressão do velho era um lembrete claro de que ela deveria medir suas palavras com cuidado, para manter um certo segredo entre eles.

— Meu caro senhor Feringal — disse o intendente baixinho —, não há nada errado com seus desejos. Pelo contrário. Diria inclusive que é um sinal saudável, embora um pouco tardio. Não duvido que seu coração anseie por essa camponesa, mas garanto que não há nada errado em tê-la como amante. Com toda a certeza há precedentes para isso entre os lordes anteriores de Auckney, e da maioria dos reinos, ouso dizer.

Feringal deu um suspiro profundo e sacudiu sua cabeça enquanto Temigast continuava tagarelando.

— Eu a amo — insistiu ele novamente. — Vocês não entendem?

— Você nem conhece essa garota — Priscilla ousou interferir. — Ela trabalha em uma fazenda de turfa, sem dúvidas, com os dedos sujos daquela maneira.

Feringal deu um passo ameaçador na direção dela, mas Temigast, extremamente ágil para alguém de sua idade, foi parar entre eles e, gentilmente, levou o jovem até uma cadeira.

— Eu acredito em você, Feringal. Você a ama e quer resgatá-la.

Aquilo pegou Feringal de surpresa.

— Resgatá-la? — ecoou ele de forma inexpressiva.

— É claro — raciocinou Temigast. — Você é o Lorde, o senhor de Auckney, e tem todo o poder de tirar essa jovem de sua atual situação miserável.

Feringal continuou perplexo por um instante, então disse:

— Isso! — disse enquanto assentia de forma exuberante.

— Já vi isso antes — disse Temigast, sacudindo a cabeça. — É uma doença comum entre jovens senhores, essa necessidade de salvar um ou outro camponês. Vai passar, Lorde Feringal, e pode ficar tranquilo, porque você poderá aproveitar todos os benefícios da companhia da jovem que sentir vontade.

— Está achando que meus sentimentos são vazios! — acusou Feringal.

— Eu estou falando a verdade — Temigast respondeu imediatamente.

— Não! — insistiu Feringal. — O que você sabe sobre meus sentimentos, velho? Você nunca poderia ter amado uma mulher para sugerir algo assim. Você não faz ideia do que queima dentro de mim.

Essa afirmação parecia ter atingido o velho intendente, mas, por algum motivo, Temigast ficou em silêncio e seus lábios se estreitaram. Ele retornou a sua cadeira e se sentou de forma desconfortável, olhando firmemente para Feringal. O jovem senhor, mais repleto da chama da vida do que jamais esteve, não cedeu àquele olhar imponente.

— Eu não a quero como amante — disse ele, determinado. — Nunca. Ela é a mulher que amarei para sempre, a mulher que eu terei como esposa, a senhora do Castelo Auck.

— Feri! — guinchou Priscilla.

O jovem senhor, determinado a não ceder como normalmente o fazia ante os desejos de sua irmã autoritária, se virou e saiu, de volta ao santuário de seu quarto. Ele tomou cuidado para não correr, como normalmente fazia após confrontos com sua irmã rabugenta, em vez disso, se permitiu manter um pouco de dignidade, um ar severo e real. Agora era um homem, ele entendia.

— Ele enlouqueceu — disse Priscilla a Temigast quando ouviram a porta de Feringal se fechar. — Só viu essa garota uma vez, e de longe.

Se Temigast sequer a ouviu, ele não demonstrou. A teimosa Priscilla escorregou do divã até estar de joelhos e se moveu até ficar diante do homem ali sentado.

— Ele só a viu uma vez — repetiu ela, forçando a atenção de Temigast.

— Às vezes só basta isso — respondeu o intendente, baixinho.

Priscilla silenciou e olhou firmemente para o homem cuja cama ela vinha dividindo em segredo desde os primeiros dias de sua fase adulta. Apesar de toda a sua intimidade física, Temigast nunca havia falado de si mesmo com Priscilla exceto uma vez, e rapidamente, quando contara sobre sua vida em Águas Profundas antes de ir para Auckney. Ele havia interrompido a conversa rapidamente, mas só após mencionar o nome de uma mulher. Priscilla sempre se perguntara se aquela mulher tinha significado para Temigast mais do que ele demonstrava. Ela reconheceu que o homem estava sobre o efeito de alguma memória, levado pelas afirmações de seu irmão sobre amor eterno.

A mulher deu as costas para ele, com uma raiva causada pelo ciúmes que fervilhava dentro dela, porém, como sempre, ela logo deixou passar, para se lembrar da qualidade e dos prazeres de sua vida. O passado de Temigast pode ter diminuído sua determinação em relação a Feringal correr atrás dessa camponesa, mas Priscilla não estava tão pronta para aceitar a decisão impetuosa de seu irmão. Ela estava confortável com a forma como as coisas iam no Castelo Auck há muitos anos, e a última coisa que ela queria agora era alguma camponesa, e talvez sua família malcheirosa de camponeses, indo morar com eles.

Temigast se recolheu logo depois, recusando o convite de Priscilla de acompanhá-la até sua cama. Os pensamentos do intendente viajaram pelas décadas até uma mulher que ele conhecera, uma mulher que havia roubado seu coração de tal forma e que, por morrer tão jovem, deixara um amargor e um cinismo nele que perduravam até a época atual. Temigast não havia reconhecido o quão intensos eram esses sentimentos até perceber sua própria dúvida e rejeição dos sentimentos óbvios de Feringal. Que velho miserável ele acreditava ser naquele momento.

Ele se sentou em uma cadeira próxima a janela estreita que dava para o porto de Auckney. A lua havia há muito desaparecido, deixando as águas frias escuras e refletindo os pontos brancos como neve sob o céu estrelado. Temigast, como Priscilla, jamais vira esse jovem tão animado e agitado, tão intenso e cheio de vida. Feringal sempre teve uma atmosfera entediada ao seu redor, uma letargia perpétua, no entanto, Temigast não tinha visto nada de letárgico na forma como o jovem descera as escadas para declarar seu amor pela camponesa, nada letárgico na forma que Feringal havia abordado sua impetuosa irmã mais velha.

Aquela imagem o fez sorrir. Talvez o Castelo Auck precisasse daquela intensidade novamente. Talvez fosse a hora de dar uma agitada no local e todo o feudo ao seu redor. Talvez um pouco de intensidade do lorde de Auckney pudesse elevar a vila frequentemente ignorada ao status de suas vizinhas mais famosas, Hundelrocha e Labareda. Nenhum lorde de Auckney jamais se casou com uma das camponesas da vila antes. Havia simplesmente gente de menos para se escolher, a maioria de famílias que habitavam a cidade há séculos, e a possibilidade de levar tantos daqueles servos para a família governante, por mais distante que fosse, era um argumento definitivo contra deixar Feringal fazer o que queria.

Mas a pura energia que o jovem lorde havia mostrado era um argumento igualmente forte a favor da união naquele momento, e, assim, ele decidiu que pensaria cuidadosamente no assunto e descobriria quem poderia ser essa camponesa, e se poderia fazer algo.

Capítulo 3

Gota d'água

— Ele te conhecia — Morik ousou dizer após se reunir com Wulfgar bem mais tarde naquela mesma noite após sua incursão àquele buraco caindo aos pedaços. Até Morik alcançar seu amigo nas docas, o homem imenso havia esvaziado quase toda a segunda garrafa. — E você conhecia ele.

— Ele achou que me conhecia — corrigiu Wulfgar, arrastando cada palavra.

Mal conseguia ficar sentado sem oscilar, obviamente mais bêbado do que o comum para aquela hora, ainda tão cedo. Ele e Morik seguiram caminhos separados do lado de fora da Cutelo, com Wulfgar levando as duas garrafas. Em vez de ir direto para as docas, o bárbaro havia perambulado pelas ruas e logo se viu na área mais exclusiva de Luskan, a área dos cidadãos e dos mercadores mais respeitáveis. Nenhum guarda da cidade veio afastá-lo, porque naquela área de cidade estava o Festival do Prisioneiro, uma plataforma pública onde os fora-da-lei eram punidos abertamente. Um ladrão estava no palco naquela noite, ouvindo repetidamente do torturador se ele admitia seu crime. Quando ele não admitiu, o torturador pegou uma tesoura pesada e arrancou seu mindinho. A resposta do ladrão para a pergunta que se repetia trazia uivos de aprovação das dezenas de pessoas assistindo ao espetáculo diário.

Naturalmente, admitir o crime não era uma opção para o pobre homem. Ele perdeu toda a mão, um dedo de cada vez, com a multidão gritando de alegria.

Mas não Wulfgar. Não, a imagem havia sido demais para o bárbaro, o levara para o passado, direto para o Abismo de Errtu e a agonia impotente. Quantas torturas ele viera a conhecer por lá! Havia sido cortado e chicoteado e espancado até quase morrer, até ser curado por magias de um dos asseclas imundos de Errtu. Ele havia tido seus dedos arrancados a mordidas e depois recolocados.

A visão do ladrão infeliz trouxe tudo de volta de uma forma quase real.

A bigorna. Sim, aquela era a pior, a tortura física mais agonizante que Errtu havia preparado para ele, reservada para os momentos em que o demônio estava em um surto de fúria tão grande que não teria tempo para planejar uma tortura mental mais sutil e devastadora.

A bigorna. Era fria, como um bloco de gelo, tão fria que parecia fogo nas coxas de Wulfgar quando os asseclas poderosos de Errtu o puxavam até ela, forçando suas pernas a se afastarem, nu e com as costas contra a superfície gelada.

Errtu então ia até lá, lenta e ameaçadoramente, andava e parava de frente para ele e, em um único movimento súbito, golpeava com um pequeno martelo cravejado de agulhas pequeninas, os olhos abertos de Wulfgar, os explodindo e lançando ondas de náusea e agonia pelo bárbaro.

E, é claro, os asseclas de Errtu o curavam, o deixavam inteiro novamente, para que pudessem repetir a brincadeira.

Mesmo agora, há muito longe do lar abissal de Errtu, Wulfgar frequentemente acordava em posição fetal, com as mãos sobre os olhos, sentindo a agonia. O bárbaro conhecia apenas uma fuga para a dor. Sendo assim, ele pegou suas garrafas e fugiu, e, só após engolir o líquido ardente, conseguiu enevoar aquela memória.

— Achava que te conhecia? — perguntou Morik, cético. Wulfgar olhou para ele, inexpressivo. — O homem na Cutelo — explicou Morik.

— Ele estava errado — disse Wulfgar com a voz arrastada. Morik olhou para ele, não acreditando. — Ele conhecia quem eu fui — admitiu o homem imenso. — Não quem eu sou.

— Deudermont — concluiu Morik.

Agora era a vez de Wulfgar parecer surpreso. Morik conhecia a maioria das pessoas em Luskan, naturalmente — ele sobrevivia à base de informações —, mas Wulfgar ficou genuinamente surpreso que ele conhecesse um marinheiro tão desconhecido, que é o que Wulfgar acreditava que Deudermont fosse, que estava apenas visitando o porto.

— Capitão Deudermont do *Fada do Mar* — explicou Morik. — Muito conhecido e muito temido pelos piratas da Costa da Espada. Ele te conhecia e você conhecia ele.

— Eu viajei com ele... Uma vida atrás — admitiu Wulfgar.

— Eu tenho muitos amigos que vivem do mar, e pagariam muito bem para que aquele lá fosse eliminado — comentou Morik, se curvando para se aproximar de Wulfgar, que estava sentado. — Talvez possamos usar sua familiaridade com esse homem em nossa vantagem.

Assim que essas palavras foram ditas, Wulfgar se levantou rapidamente, levando sua mão ao redor do pescoço de Morik. Cambaleando com suas pernas instáveis, ainda tinha a força naquele único braço para içar o ladrão. Após alguns passos incertos, eles se chocaram com força contra a parede de um depósito, no qual Wulfgar prendeu o Renegado, cujos pés estavam dependurados a vários centímetros do chão.

A mão de Morik foi até um bolso fundo, agarrando uma faca, uma que ele sabia que poderia afundar no coração de Wulfgar em um instante. Ele se segurou, porém, porque o bárbaro não o forçou ainda mais, não tentou feri-lo. Além disso, havia aquelas memórias enervantes de elfos drow interessados em Wulfgar. Como Morik poderia explicar a eles que havia matado o homem? O que aconteceria com ele se não conseguisse terminar o serviço?

— Se você pedir isso para mim de novo, eu vou... — Wulfgar deixou a ameaça no ar, soltando Morik. Ele se virou novamente para o mar, quase se desequilibrando e caindo do píer em sua pressa alcoolizada.

O ladrão passou uma mão pela garganta ferida, paralisado momentaneamente pela explosão do bárbaro. Ao pensar sobre isso, porém, ele apenas assentiu. Havia colocado o dedo em uma ferida dolorosa, que tinha sido reaberta pela aparição inesperada do antigo companheiro de Wulfgar, Deudermont. Era a batalha clássica entre o passado e o presente, Morik sabia, porque ele já a vira destruir pessoas várias vezes enquanto desciam pelo gargalo de uma garrafa. Os sentimentos trazidos pela visão do capitão, o homem com quem ele já havia navegado, eram intensos demais para Wulfgar. O bárbaro não conseguia equilibrar seu estado atual com o que ele já fora. Morik sorriu e deixou para lá, percebendo que claramente a briga emocional do passado contra o presente estava longe de ter acabado para seu amigo grandão.

Talvez o presente fosse vencer e Wulfgar então ouviria à proposta potencialmente lucrativa de Morik em relação a Deudermont. Ou, caso contrário, talvez Morik poderia agir de forma independente e usar a familiaridade de Wulfgar com o capitão em benefício próprio sem que Wulfgar soubesse.

Morik perdoou Wulfgar por atacá-lo. Dessa vez...

— Você gostaria de viajar com ele de novo, então? — perguntou Morik, deixando seu tom mais leve de propósito.

Wulfgar se deixou cair sentado, então olhou incrédulo com seu olhar embaçado para seu companheiro de bebida.

— Temos que deixar nossas bolsas cheias — Morik o lembrou. — Você realmente parece estar ficando de saco cheio de Arumn e da Cutelo. Talvez alguns meses no mar...

Wulfgar sacudiu uma mão para sinalizar que ele deveria se calar, então se virou e cuspiu no mar. Logo depois, ele se curvou sobre o píer e vomitou.

Morik olhou para ele em um misto de pena, nojo e raiva. Sim, soube naquele momento que ele iria até Deudermont, quer Wulfgar se juntasse a ele, quer não. Usaria seu amigo para encontrar uma fraqueza no infame capitão do *Fada do Mar*. Uma pontada de culpa o atingiu quando percebeu isso. Wulfgar era seu amigo, afinal, mas Morik era das ruas, e alguém esperto não deixaria passar uma oportunidade tão óbvia de conseguir tanto ouro.

— Cê taxa que Morik vai fez isso? — o pirata tatuado, Tedetalho, perguntou assim que acordou em um beco.

Perto dele, em meio ao lixo, Tubarão Sinistro o olhou com curiosidade, então decifrou as palavras.

— "Acha", meu amigo, não "taxa" — corrigiu.

— Cê taxa que ele vai fez isso?

Apoiado em um cotovelo, Sinistro riu e olhou para o lado, com seu olhar de um olho só vagando pelo beco fétido.

Sem receber uma resposta, Tedetalho golpeou Tubarão Sinistro com força na nuca.

— O que é isso? — reclamou o outro pirata, tentando se virar, mas simplesmente falhando e caindo com o rosto no chão, então girando lentamente até ficar de barriga para cima, olhando para seu companheiro meio-qullano.

— Morik vai fez isso? — perguntou Tedetalho.

— Matar Deudermont? — Tubarão tossiu uma bola de muco e conseguiu, com muito esforço, se sentar. — Ah! — ele bufou, duvidando. — Morik é danado, com certeza, mas não tem cacife pra encarar Deudermont. É mais fácil o capitão acabar com ele.

— Dez mil — disse Tedetalho, lamentando, porque ele e Tubarão, ao espalhar a ideia de que Deudermont pudesse ser abatido antes que o *Fada do Mar* saísse de Luskan, garantiriam a promessa de quase dez mil moedas de ouro de recompensa, um preço que eles sabiam que os piratas pagariam de bom grado pela tarefa concluída. Tubarão e Tedetalho já haviam decidido que, se Morik concluísse o trabalho, eles pagariam a ele sete dos dez, ficando com os outros três.

— Acho que Morik pode armar bem pra Deudermont — continuou Tubarão. — Aquele rato pode fazer alguma coisa de útil sem saber que tá fazendo. Se Deudermont gosta do amigo de Morik, então Deudermont pode baixar bem a guarda.

— Cê taxa que a gente fez? — perguntou Tedetalho, parecendo curioso.

Tubarão olhou para seu amigo. Ele riu da dificuldade constante do meio-qullano com a língua, ainda que Tedetalho estivesse velejando com humanos por quase toda a sua vida, desde que fora pego na ilha ainda jovem. Seu próprio povo, os qullanos selvagens e de quase dois metros e meio de altura, era intolerante contra mestiços e o abandonou, por considerá-lo inferior.

Tedetalho assoprou rápido, terminando com um sorriso, e Tubarão Sinistro entendeu imediatamente. Nenhum pirata em nenhum mar lidava com uma certa arma — um tubo oco e comprido que o pirata tatuado chamava de zarabatana — melhor que Tedetalho. Tubarão já viu seu amigo acertar uma mosca na balaustrada do outro lado do convés de um grande navio. Tedetalho também sabia bastante sobre venenos, um resquício de sua vida com os qullanos, pelo que Tubarão imaginava, para embeber as garras de gato que usava como munição de sua zarabatana. Venenos que clérigos humanos não conseguiam entender e neutralizar.

Um tiro bem dado poderia fazer Tubarão e Tedetalho homens muito ricos, talvez até ricos o suficiente para terem o próprio navio.

— Você tem algum veneno bom pra Deudermont? — perguntou Tubarão.

O meio-qullano tatuado sorriu.

— Cê taxa que a gente fez — afirmou ele.

Arumn Gardbico suspirou quando viu o dano feito à porta que levava a ala de hóspedes da Cutelo. As dobradiças estavam tão retorcidas que não ficava mais reta no batente. Agora, estava inclinada e não fechava direito.

— De mau humor de novo — observou Josi Poças, de pé por trás do taverneiro. — Mau humor hoje, mau humor amanhã. Esse aí tá sempre de mau humor.

Arumn ignorou o homem e seguiu pelo corredor até a porta do quarto de Delly Curtie. Ele pôs sua orelha contra madeira e ouviu soluços baixos vindos de lá de dentro.

— Botou ela pra fora de novo — concluiu Josi. — Ah, o desgraçado.

Arumn encarou o homem baixinho, embora seus pensamentos não fossem muito diferentes. As reclamações não afetavam em nada o taverneiro. Já havia notado que o homem tinha criado uma implicância contra Wulfgar, baseada principalmente em ciúmes, a emoção que parecia governar as ações de Josi.

Os soluços de Delly, porém, feriram profundamente Arumn, que havia passado a ver a garota como sua filha. A princípio, esteve muito empolgado com o começo do relacionamento entre Delly e Wulfgar, apesar das reclamações de Josi, que era interessado pela garota há anos. Agora essas reclamações pareciam ter alguma verdade, porque as ações de Wulfgar com Delly estavam deixando um gosto amargo na boca de Arumn.

— Ele tá custando mais do que tá dando — continuou Josi, quase correndo para acompanhar Arumn enquanto ele ia de forma determinada na direção da porta de Wulfgar no final do corredor. — Ele quebra tudo e afastou os clientes honestos da Cutelo. Eles tão com medo de apanhar.

Arumn parou à porta e se virou de forma determinada para Josi.

— Cala a boca — instruiu de forma firme e direta. Ele se virou e levantou a mão para bater na porta, mas mudou de ideia e foi entrando. Wulfgar estava esparramado pela cama, ainda usando suas roupas do dia anterior e fedendo a álcool.

— Sempre a bebida — lamentou Arumn. A tristeza em sua voz era genuína, porque, apesar de sua raiva de Wulfgar, não conseguia afastar sua culpa pela situação. Ele havia apresentado a bebida ao bárbaro perturbado, mas não havia reconhecido a profundidade do desespero do homem. O taverneiro agora entendia o desespero completo em Wulfgar de escapar da agonia do seu passado recente.

— O que você tá fazendo? — perguntou Josi.

Arumn o ignorou e foi até a cama para sacudir Wulfgar com força. Após uma segunda, e então uma terceira sacudida, o bárbaro levantou a cabeça e se virou para olhar para Arumn, embora seus olhos não estivessem muito abertos.

— Você não pode continuar aqui — disse o taverneiro de forma calma e direta, sacudindo Wulfgar novamente. — Não posso mais deixar você fazer isso com minha taverna e meus amigos. Você vai pegar suas coisas hoje à noite e sair, para onde quer que seja, porque eu não quero te ver no salão. Vou deixar uma bolsa de moedas dentro da sua porta pra te ajudar a se ajeitar em algum outro lugar. Pelo menos isso eu te devo.

Wulfgar não respondeu.

— Você tá ouvindo? — perguntou.

Wulfgar assentiu e resmungou para Arumn se afastar, um pedido enfatizado por uma sacudida de braço do bárbaro, que, mesmo estando meio grogue, ainda afastou o taverneiro com facilidade da cama. Com outro suspiro e outra sacudida de sua cabeça, Arumn saiu. Josi Poças passou um bom tempo estudando o homem imenso na cama e o quarto ao seu redor, especialmente o martelo de guerra magnífico contra a parede no canto.

— Eu devo isso a ele — disse Capitão Deudermont a Robillard, enquanto ambos estavam à balaustrada do *Fada do Mar*, aportado e quase consertado.

— Porque ele já viajou com você? — perguntou o mago de forma cética.

— Mais do que isso.

— Ele prestou um serviço para sua embarcação, é verdade — argumentou Robillard —, mas você não pagou por isso? Você levou ele e seus amigos até Memnon, ida e volta.

Deudermont baixou a cabeça, pensativo, então a levantou para olhar para o mago.

— Eu devo isso a ele não por negócios — explicou —, mas porque nos tornamos amigos.

— Você mal o conheceu.

— Mas eu conheço Drizzt Do'Urden e Cattibrie — argumentou Deudermont. — Por quantos anos eles navegaram comigo? Você nega nossa amizade?

— Mas...

— Como você pode negar minha responsabilidade tão rápido? — perguntou Deudermont.

— Ele não é Drizzt nem Cattibrie — respondeu Robillard.

— Não. Mas ele é um grande amigo de ambos e um homem em uma situação que precisa de ajuda.

— Ele não quer sua ajuda — terminou o mago.

Deudermont abaixou sua cabeça novamente, pensando nas palavras. Elas pareciam verdadeiras. Wulfgar havia, de fato, negado suas ofertas de ajuda. Dado o estado do bárbaro, o capitão precisava admitir para si mesmo que as chances eram mínimas que ele pudesse dizer ou fazer qualquer coisa para tirar o homem de sua queda constante.

— Eu preciso tentar — disse logo depois, sem se preocupar em olhar para cima.

Robillard nem perdeu tempo discutindo. O mago entendeu, levando em conta o tom determinado do capitão, que não era papel dele fazer isso. Havia sido contratado para proteger Deudermont, então ele faria apenas isso. Ainda assim, pelo seu ponto de vista, quanto mais cedo o *Fada do Mar* estivesse fora de Luskan e muito, muito longe desse tal Wulfgar, melhor seria para eles.

Ele estava mais do que consciente do som de sua respiração, ofegante, na verdade, porque estava mais apavorado do que nunca. Um escorregão, um barulho acidental, acordaria o gigante, e duvidava que qualquer uma das explicações malfeitas na qual tinha pensado fosse salvá-lo.

Algo mais forte do que o medo fez com que Josi Poças continuasse. Acima de tudo, ele havia passado a odiar esse homem. Wulfgar havia tirado Delly dele — de suas fantasias, pelo menos. Wulfgar havia se aproximado de Arumn, substituindo Josi ao lado do taverneiro. Wulfgar poderia levar a ruína à Cutelo, o único lar que Josi Poças conhecia.

Josi não acreditava que o bárbaro imenso e furioso aceitaria as ordens de Arumn para ir embora sem brigar, e já havia visto o suficiente das lutas do homem para entender o quão devastadoras poderiam ser. Josi também entendia que, se a situação na Cutelo ficasse violenta, ele provavelmente seria o primeiro alvo da fúria de Wulfgar.

Ele abriu a porta. Wulfgar estava na cama exatamente na mesma posição em que estivera quando Josi e Arumn estiveram ali duas horas antes.

Presa de Égide estava apoiado contra a parede no canto. Ele estremeceu só de olhar, imaginando o martelo poderoso girando em sua direção.

O homem baixinho se esgueirou no quarto e fez uma pausa para olhar para a pequena bolsa de moedas que Arumn havia deixado do lado de dentro, perto da cama de Wulfgar. Sacando uma faca comprida, ele pôs seu dedo nas costas do bárbaro, logo abaixo da omoplata, procurando pela batida do coração, então trocou seu dedo pela ponta da faca. Tudo o que ele precisava fazer era pôr seu peso ali, ele disse a si mesmo. Tudo o que precisava fazer era fincar a faca no coração de Wulfgar e seus problemas acabariam. A Cutelo sobreviveria, como havia sobrevivido antes desse demônio ter vindo para Luskan, e Delly Curtie seria dele.

Ele se inclinou sobre a lâmina. Wulfgar se mexeu de leve, embora estivesse bem longe de estar consciente.

E se errasse o alvo? Josi pensou, em um surto repentino de pânico. E se seu golpe apenas ferisse o grandalhão? A imagem de Wulfgar, rugindo e saltando de sua cama para encurralar um pretenso assassino roubou a força dos joelhos dele, e quase caiu sobre o bárbaro adormecido. O homem baixinho se afastou da cama e se virou para a porta, tentando não gritar de medo. Ele se recompôs e se lembrou de seus medos sobre a cena que esperava que acontecesse naquela noite, quando Wulfgar descesse para confrontar Arumn, quando o bárbaro e seu terrível martelo derrubassem a Cutelo e todos lá dentro.

Antes que pudesse sequer pensar nisso, Josi correu para o outro lado do quarto e, com muito esforço, levantou o martelo pesado, segurando-o como a um bebê. Ele correu para fora do quarto e pela porta dos fundos da taverna.

— Você não devia ter trazido eles — Arumn repreendeu Josi Poças mais uma vez.

Assim que acabou de falar, a porta que separava o salão dos aposentos particulares se abriu e um Wulfgar exausto entrou.

— De mau humor — comentou Josi, como se fosse vingança contra a repreensão de Arumn. Josi havia convidado alguns amigos para a Cutelo naquela noite, um larápio de membros grossos chamado Recife e seus amigos igualmente durões, incluindo um homem magro de mãos macias — não era um guerreiro, com certeza — que Arumn acreditava ter visto antes usando vestes longas e esvoaçantes, e não com calças e uma túnica. Recife tinha contas a acertar com Wulfgar, porque, quando o bárbaro havia chegado pela primeira vez na Cutelo, Recife e mais alguns amigos estavam trabalhando como seguranças de Arumn. Quando tentaram tirar Wulfgar à força da taverna, o bárbaro havia dado um tapa em Recife que o fez parar do outro lado do salão.

A cara feia de Arumn não se desfez. Ele estava um tanto surpreso de ver Wulfgar na taverna, mas ainda desejava lidar com a situação usando apenas palavras. Uma luta contra o bárbaro, especialmente se estivesse furioso, custaria muito ao proprietário. A multidão no salão se silenciou de uma vez quando Wulfgar começou a atravessar o local. Olhando cheio de suspeitas para Arumn, o grandalhão deixou cair uma bolsa de moedas no balcão do bar.

— É tudo que tenho a oferecer — comentou Arumn, reconhecendo a bolsa que havia deixado para Wulfgar.

— Quem pediu? — respondeu o bárbaro, como se não tivesse ideia do que estava acontecendo.

— É o que eu disse — começou Arumn, mas então parou e gesticulou como se estivesse tentando acalmar Wulfgar, embora, na verdade, o bárbaro poderoso não parecia nem um pouco agitado. — Você não pode mais ficar aqui — explicou Arumn. — Não dá mais.

Wulfgar não deu resposta além de encarar o taverneiro de forma intensa.

— Agora, eu não quero problemas — explicou o taverneiro, mais uma vez gesticulando para acalmá-lo.

Wulfgar não pretendia causar nenhum, embora ele estivesse com certeza de mau humor. Ele notou um movimento de Josi Poças, obviamente um sinal, e meia dúzia de homens poderosos, incluindo alguns que Wulfgar reconheceu como os antigos seguranças de Arumn, formaram um semicírculo ao redor do homem.

— Não quero problemas — disse Arumn de forma mais intensa, direcionando esse comentário mais ao grupo de Josi do que a Wulfgar.

— Presa de Égide — murmurou Wulfgar.

Um pouco além, sentado ao bar, Josi congelou e rezou para ter deixado o martelo em segurança, fora da distância em que ele podia conjurá-lo magicamente. Um instante se passou, mas o martelo não se materializou na mão de Wulfgar.

— Está no seu quarto — disse Arumn.

Em um movimento súbito e furioso, Wulfgar deu um tapa na bolsa de moedas, fazendo-a cair e espalhar seu conteúdo pelo chão.

— Você acha que isso é pagamento o suficiente?

— Mais do que te devo — Arumn ousou discutir.

— Algumas moedas por Presa de Égide? — Wulfgar perguntou incrédulo.

— Não pelo martelo — gaguejou Arumn, sentindo que a situação estava ficando cada vez mais crítica. — O martelo tá no seu quarto.

— Se estivesse no meu quarto, eu teria visto — respondeu Wulfgar, se inclinando de forma ameaçadora. O grupo de Josi se aproximou um pouco, com dois deles sacando pequenos tacapes e um terceiro enrolando uma corrente em seu punho. — Mesmo se eu não tivesse visto, ele teria respondido a meu chamado até aqui — argumentou Wulfgar antes de chamar novamente, desta vez gritando — Presa de Égide!

Nada.

— Onde está meu martelo? — Wulfgar exigiu saber.

— Só vai embora, Wulfgar — implorou o taverneiro. — Só vai. Se encontrarmos seu martelo, faremos com que o receba, mas vai de uma vez.

Wulfgar imaginou o que ia acontecer, então provocou. Ele estendeu a mão além do balcão na direção da garganta de Arumn, então se interrompeu e jogou o braço para trás, acertando o atacante que vinha pelo seu flanco direito, Recife, bem no rosto com seu cotovelo. Recife cambaleou e bambeou, até Wulfgar fazer outro movimento com seu braço e atingi-lo novamente, fazendo com que voasse para longe.

Movido apenas por instinto, o bárbaro se virou e levantou seu braço esquerdo de forma defensiva, bem a tempo de um dos comparsas de Recife vir com tudo, balançando um tacape curto e largo que acertou Wulfgar no antebraço.

Toda a tentativa de estratégia e postura desapareceu em um piscar de olhos quando todos os cinco valentões atacaram ao mesmo tempo. O bárbaro começou a chutar e sacudir seus punhos poderosos, repetidamente gritando por Presa de Égide, sem sucesso. Ele até mesmo jogou sua cabeça para a frente diversas vezes, acertando direto o nariz de um atacante, e mais uma vez, acertando outro homem na lateral da cabeça e o fazendo cambalear para longe.

Delly Curtie berrava, e Arumn gritava "Não!" repetidamente.

Mas Wulfgar não os ouvia. Mesmo se ouvisse, ele não teria parado um instante para obedecer. Ele precisava ganhar tempo e espaço, porque estava recebendo três golpes para cada um dado nesse espaço fechado. Embora seus socos e chutes fossem os mais fortes de longe, os amigos de Recife tinham experiência em brigas.

O resto dos clientes da Cutelo olhavam para a confusão entre divertidos e confusos, porque eles sabiam que Wulfgar trabalhava para Arumn. Os únicos que se mexiam o faziam para sair do caminho do emaranhado de homens lutando. Um homem em um canto se levantou, sacudindo seus braços e andando em círculos.

— Eles estão atacando os funcionários da Cutelo! — gritou o homem. — Às armas, amigos! Defendam Arumn e Wulfgar! Com certeza esses bandidos vão destruir nossa taverna!

— Pelos deuses — murmurou Arumn Gardbico, porque ele conhecia quem havia acabado de falar, sabia que Morik, o Renegado havia acabado de condenar seu estabelecimento precioso à destruição. Sacudindo a cabeça e soltando um gemido frustrado, Arumn, impotente, se abaixou por trás do balcão do bar.

Seguindo a deixa, toda a Cutelo explodiu em uma briga descontrolada. Mulheres e homens, uivando e sem perder tempo para definir de que lado estavam, apenas socavam a próxima vítima em potencial.

Ainda no bar, Wulfgar acabou deixando seu flanco direito exposto, recebendo um soco brutal em sua mandíbula, porque ele estava se focando no flanco esquerdo, de onde o homem com o tacape fora novamente em sua direção. Ele levantou as mãos para desviar o primeiro golpe e o segundo, então deu um passo na direção do homem, aceitando uma pancada nas costelas, mas pegando o homem pelo antebraço. Segurando firme, Wulfgar o afastou, então o puxou com força, se abaixando e prendendo sua mão livre na virilha dele. O homem foi içado bem alto, com Wulfgar chegando ao limite de seus braços e girando rapidamente, em busca de um alvo.

O homem voou, acertando outro, e ambos se chocaram contra o pobre Recife e fizeram ele se esborrachar novamente.

Mas outro atacante veio na direção de Wulfgar, com o braço recolhido para um soco. O bárbaro firmou seu olhar e mandíbula, pronto para trocar golpes, mas esse rufião tinha uma corrente enrolada em seu punho. Uma explosão de dor atingiu o rosto de Wulfgar e o gosto de sangue se espalhou em sua boca. Então seu braço se estendeu, e seu punho só pegou no ombro de seu atacante de raspão.

Outro homem abaixou o seu ombro e seguiu em sua investida, acertando Wulfgar pelo lado, mas o bárbaro, de postura estável, não se mexeu. Outro soco enrolado em correntes veio na direção de seu rosto — ele chegou a ver os elos vermelhos com seu sangue — porém conseguiu se desviar da maior parte, embora ainda tenha recebido um corte de tamanho considerável em sua bochecha.

O outro homem, que havia ricocheteado de forma inofensiva, saltou até o flanco de Wulfgar com uma investida voadora, mas, com um rugido desafiador, nem se mexeu. Ele contorceu e remexeu seu braço esquerdo até deixá-lo sob o ombro do homem e o agarrou pelo cabelo de sua nuca.

O bárbaro caminhou em frente, rugindo, socando repetidamente com sua mão livre enquanto puxava com a esquerda para manter o homem agarrado sem controle. O rufião com as correntes no punho recuou defensivamente, usando seu braço esquerdo para aparar os golpes. Ele viu uma abertura à qual não conseguiu resistir e avançou até dar outro golpe direto em Wulfgar, cortando a clavícula do bárbaro. Mas o rufião deveria ter continuado recuando, porque Wulfgar agora estava equilibrado e com a base firme, o suficiente para usar todo o seu peso em um cruzado de direita.

O rufião com a corrente no punho mal conseguiu segurar o golpe. O punho de Wulfgar atravessou as defesas e foi direto na bochecha do rufião, fazendo com que girasse até cair no chão.

Morik ficou sentado em sua mesa no canto, vez ou outra desviando de uma garrafa ou um corpo que voava em sua direção, impassível enquanto tomava sua bebida. Apesar de sua fachada calma, ele estava preocupado com seu amigo e com a Cutelo, porque não conseguia acreditar na brutalidade dos brutamontes naquela noite. Parecia que todos os valentões de Luskan haviam decidido aproveitar essa oportunidade única de brigar em uma taverna que estava relativamente sem lutas desde a chegada de Wulfgar, assustando ou batendo em quaisquer rufiões em potencial.

Morik se encolheu quando a corrente atingiu o rosto de Wulfgar, fazendo o sangue borrifar. Ele considerou ir ajudar seu amigo, mas logo mudou de ideia. Morik era um agente de informações, um ladrão que sobrevivia com base em seus esquemas e armas, e nenhum dos dois ajudaria em uma briga de taverna.

Então, ficou em sua mesa, observando o tumulto ao seu redor. Quase todos no salão estavam envolvidos na briga. Um homem se aproximou, arrastando uma mulher por seu cabelo comprido e escuro, indo em direção à porta. Mas ele mal havia passado por Morik quando outro homem quebrou uma cadeira em sua cabeça, fazendo com que caísse desacordado.

Quando quem a resgatou se virou para a mulher, ela imediatamente quebrou uma garrafa no rosto sorridente dele, então se virou e correu de volta à luta generalizada, saltando sobre um homem e o derrubando, arranhando o rosto dele com suas unhas. Morik observou a mulher com mais intensidade, memorizando seu rosto e pensando em como sua atitude irascível poderia ser bem agradável em futuros assuntos particulares.

Ao notar um movimento vindo pela sua direita, Morik correu para recuar sua cadeira e levantar sua garrafa e sua caneca quando dois homens caíram sobre sua mesa, a quebrando e espalhando os pedaços com sua briga. Morik apenas deu de ombros, cruzou as pernas, se recostou na parede e deu outro gole.

Wulfgar ganhou um tempo para respirar após derrubar o homem com as correntes ao redor do punho, mas outro imediatamente o substituiu, ainda mais de perto, pendurado na lateral de Wulfgar. Ele finalmente desistiu de tentar se soltar do braço forte do bárbaro. Em vez disso, se agarrou ao rosto de Wulfgar com as duas mãos, na intenção de arranhar, e tentou puxar a cabeça do bárbaro na sua direção, mordendo a orelha dele.

Ganindo de dor e rugindo com o ultraje, Wulfgar puxou o cabelo do homem com força, fazendo a cabeça dele ser jogada para longe, junto com um pequeno pedaço da orelha do bárbaro. Wulfgar posicionou sua mão direita sobre o braço esquerdo do homem e forçou para cima e para fora, torcendo o braço até fazer o homem soltar a camisa de Wulfgar. Ele agarrou com força por dentro dos bíceps do homem. Um giro fez o bárbaro virar de frente para o bar, e baixou ambos os braços na direção dele com força, batendo a cabeça do homem contra a madeira com tanta força que deixou uma rachadura no balcão. Wulfgar puxou o homem para cima novamente. Sem ter notado que sua vítima havia parado de se debater, bateu com o rosto do inimigo contra a madeira novamente. Com um dar de ombros seguido de um rugido ainda mais alto, Wulfgar jogou o homem inconsciente longe. Ele se virou, se preparando para a próxima rodada de ataques.

Wulfgar, com sangue nos olhos, conseguiu se focar por um instante. Ele não conseguia acreditar no tumulto. Parecia que o mundo inteiro havia enlouquecido. Mesas e corpos voavam. Praticamente todos no local, quase cem clientes naquela noite, estavam envolvidos na briga. Do outro lado, viu Morik sentado silenciosamente, recostado na parede, mexendo as pernas de vez em quando para evitar o que quer que passasse por ele. Morik o notou e levantou sua caneca cordialmente. Wulfgar se abaixou e se preparou. Um homem, indo golpear com uma tábua pesada a cabeça de Wulfgar, passou rolando sobre as costas do bárbaro.

Então viu Delly, correndo do outro lado do salão, se abaixando em busca de cobertura onde conseguisse e gritando por ele. Ela estava no meio do caminho até o outro lado da taverna quando uma cadeira chegou voando e se quebrou na lateral da cabeça dela, a derrubando na hora.

Wulfgar fez menção de ir até ela, mas outro homem foi até o bárbaro distraído, por baixo e com força, direto em seus joelhos. Esforçou-se para manter o equilíbrio, então outro homem saltou em suas costas. O homem abaixado agarrou seu tornozelo em um abraço e rolou, torcendo a perna de Wulfgar. Um terceiro homem se chocou contra ele a toda velocidade, e todos caíram juntos em um emaranhado de braços que se agitavam e pernas que chutavam. Wulfgar rolou sobre o primeiro atacante, batendo o antebraço no rosto do homem e o usando como apoio para tentar se levantar, mas uma bota pesada pisou em suas costas. Ele caiu de novo com tudo, sem fôlego. O atacante oculto tentou pisar nele mais uma vez, mas Wulfgar teve a frieza de rolar para o lado, e o homem acabou pisando na barriga exposta de seu camarada.

O movimento súbito lembrou Wulfgar de que ainda havia um outro homem agarrado a seu tornozelo. O bárbaro o chutou com sua perna livre, porém estava sem apoio, caído de costas, então entrou em um frenesi enquanto se sacudia e se debatia tentando desesperadamente se soltar.

O homem se agarrou teimosamente, ainda mais porque estava com medo de se soltar. Wulfgar tentou outra abordagem, subindo a perna e carregando o homem junto, então a esticando subitamente, fazendo seu pé agarrado ficar abaixo do alcance de seu oponente. Ao mesmo tempo, o bárbaro jogou a outra perna sobre as costas do homem e conseguiu entrelaçar seus tornozelos. Um segundo homem pulou sobre o bárbaro, agarrando um braço e o abaixando com seu peso enquanto um terceiro fez o mesmo com o outro braço. Wulfgar lutou furiosamente contra eles, torcendo os braços. Quando não funcionou, ele simplesmente rosnou e os forçou para cima nos ângulos certos com seus cotovelos e os levantando e aproximando sobre seu peito imenso. Ao mesmo tempo, Wulfgar usou suas pernas imensas para apertar. O homem lutou freneticamente contra o agarro e tentou gritar, mas o único som que saiu dele foi o estalo de quando seu ombro se deslocou.

Sentindo que seu oponente não estava mais se debatendo lá embaixo, Wulfgar soltou suas pernas e chutou até que o homem, gemendo, rolasse para longe. O bárbaro então voltou sua atenção para os dois homens acima que o estavam socando e arranhando. Com uma força que humilhava qualquer mortal, Wulfgar estendeu seus braços, levantando ambos os rufiões e então os puxando para acima de sua cabeça de repente, ao mesmo tempo levantando suas pernas de uma vez. O impulso jogou Wulfgar para trás, e ele conseguiu empurrar com suas mãos ao retornar, ficando de pé, ainda que instável, de frente para os dois homens caídos que estavam se atrapalhando para se levantar.

Apenas o instinto fez o bárbaro se virar para ver o próximo atacante, com o punho já em movimento. Ele acertou o oponente, o homem da corrente, direto no peito. Foi um impacto tremendo, no entanto, Wulfgar não havia conseguido se virar rápido o suficiente para posicionar qualquer defesa contra o punho do homem, que o acertou direto no rosto, ao mesmo tempo. Os dois pararam, tremendo, e o homem com as correntes no punho caiu direto nos braços de Wulfgar. O bárbaro o largou de lado e ele caiu com tudo, bem longe de estar consciente.

O golpe havia ferido bastante Wulfgar, ele sabia, porque sua visão estava embaçada e girava enquanto precisava se lembrar de onde estava. Ele levantou um braço de repente, que só bloqueou em parte uma cadeira que havia sido arremessada, e uma perna o atingiu com força na testa, apenas aumentando sua tontura. A luta generalizada ao redor dele começou a diminuir, porque havia mais gente caída e gemendo de dor do que de pé e lutando, mas Wulfgar precisava de um respiro, ainda que temporário. Seguiu o único caminho que parecia viável, correndo até o balcão do bar e rolando sobre ele, caindo do outro lado da barricada.

Pousou cara a cara com Arumn Gardbico.

— Ah, mas você se superou dessa vez, hein? — disse Arumn de forma seca. — Uma luta por noite para Wulfgar, senão não tem graça.

Wulfgar agarrou um homem pela frente de sua túnica. Ele o puxou para cima sem cerimônias por sua virilha, o levantou com facilidade e o bateu com força contra a parede acima da prateleira de bebidas, destruindo grande parte do estoque mais caro no processo.

— E fique feliz por eu não estar te socando — rosnou o bárbaro, sem um pingo de remorso.

— Ou melhor, que eu fique feliz por você não ter brincado com meus sentimentos como você fez com a coitada da Delly — rosnou Arumn de volta.

Suas palavras feriram Wulfgar profundamente, porque não tinha nenhuma resposta para a acusação de Arumn, não tinha o direito de dizer que não tinha culpa na situação de Delly Curtie. Wulfgar sacudiu

Arumn de leve, então o pôs no chão e deu um passo para trás, encarando o taverneiro sem sequer piscar. Ele notou um movimento vindo pela lateral e olhou de relance, vendo um punho imenso, que não estava ligado a um corpo, flutuando sobre o bar.

Wulfgar foi atingido no lado da cabeça, com mais força do que jamais se lembrou de ter sido atingido. Ele girou, agarrando outra prateleira repleta de uísque potente e a puxando para baixo, então cambaleou e girou novamente, agarrando o balcão em busca de apoio. Do outro lado, Josi Poças cuspiu em seu rosto. Antes que Wulfgar pudesse retaliar, ele percebeu a mão mágica flutuando em sua direção vinda pela lateral. Foi atingido novamente, e suas pernas enfraqueceram. Foi atingido mais uma vez, içado e jogado com força contra a parede do fundo. Todo o mundo estava girando, e se sentiu como se estivesse afundando.

Estava sendo meio carregado, meio arrastado de trás do bar e através do salão, e toda a luta cessou magicamente com a visão do poderoso Wulfgar finalmente derrotado.

— Acaba com isso lá fora — disse Recife, abrindo a porta com um chute. Assim que o homem se virou na direção da rua, ele notou que uma adaga estava contra sua garganta.

— Já acabou — explicou Morik em um tom casual, embora denunciasse sua agitação ao olhar para dentro, na direção do mago magro que estava juntando suas coisas, aparentemente nem um pouco preocupado. Recife o havia contratado como um tipo de seguro. Como o mago aparentemente não tinha nada de pessoal na luta, Morik se acalmou um pouco e murmurou baixinho — Odeio magos.

Ele voltou a prestar atenção em Recife e apertou um pouco mais a faca.

Recife olhou para seu companheiro, segurando o outro braço de Wulfgar e, juntos, jogaram o bárbaro sem sutilezas na lama.

Wulfgar se levantou, entrando em um estado de prontidão por pura força de vontade. Virou-se na direção da porta fechada, mas Morik estava ali, agarrando seu braço.

— Não — instruiu o homem. — Eles não te querem por lá. O que você vai provar?

Wulfgar abriu a boca para argumentar, porém olhou Morik nos olhos e viu que não haveria como discutir. O bárbaro sabia que ele estava certo. E sabia que não tinha mais um lar.

Capítulo 4

A vida de uma dama

— GANDERLAY — ANUNCIOU TEMIGAST enquanto entrava na sala para se juntar a Priscilla e Feringal. Ambos olharam para o intendente com curiosidade, sem entender.

— A mulher que você viu, Lorde Feringal — explicou Temigast. — O nome da família dela é Ganderlay.

— Não conheço nenhum Ganderlay em Auckney — contestou Priscilla.

— Há poucas famílias na vila cujos nomes são familiares para você, cara senhora — respondeu Temigast, de forma um tanto seca —, mas essa mulher é de fato uma Ganderlay. Ela vive com sua família na inclinação sul da Montanha Maerlon — explicou ele, se referindo a uma região de Auckney relativamente populosa a uns três quilômetros do castelo em uma montanha em níveis de frente ao porto.

— Garota — corrigiu Priscila, condescendente. — Ela nem está perto de ser uma mulher.

Feringal nem pareceu ouvir o comentário de tão empolgado que estava pelas novidades do intendente.

— Tem certeza? — perguntou ele a Temigast, se levantando de um salto e caminhando de forma determinada até estar diante do homem. — Será possível?

— A garo... a mulher estava caminhando pela estrada na mesma hora que sua carruagem passava — confirmou o intendente. — E ela se encaixa com a descrição dada por várias pessoas que a conhecem e que a viram na estrada naquela hora. Todos falaram de seu impressionante cabelo preto comprido, que combina com a sua descrição dela, meu lorde. Tenho certeza de que ela é a filha mais velha de um homem chamado Dohni Ganderlay.

— Eu vou atrás dela — anunciou Feringal, andando pela sala, ansioso, batendo com um dedo em seu dente, então se virando bem rápido, e depois fazendo isso de novo, para o outro lado, como se não soubesse o que fazer ou para onde ir. — Vou chamar a carruagem.

— Lorde Feringal! — disse Temigast baixinho em um tom tão autoritário que pareceu fazer o jovem parar. — Isso seria extremamente inapropriado.

Feringal ficou olhando para ele de olhos arregalados.

— Mas por quê?

— Porque ela é uma camponesa e não é digna de sua... — começou Priscilla, mas sua voz morreu, porque estava óbvio que ninguém a estava ouvindo.

— Ninguém vai sem aviso para a casa de uma dama — explicou Temigast. — Isso deve ser combinado entre seu intendente e o pai dela.

— Mas eu sou o lorde de Auckney! — protestou Feringal. — Eu posso...

— Você pode fazer o que quiser se a desejar como seu brinquedo — interrompeu Temigast imediatamente, fazendo tanto Feringal quanto Priscilla fazerem uma careta —, mas, se você a deseja como esposa, então faça as coisas da forma apropriada. Há uma maneira, Lorde Feringal uma expectativa de como devemos nos comportar. Não seguir a etiqueta nesse assunto seria um desastre para seus interesses, eu garanto.

— Eu não entendo.

— É claro que não — disse Temigast —, mas, felizmente, eu entendo. Agora vá se banhar. Se estivesse contra o vento na direção da jovem Ganderlay, ela fugiria.

Após essa afirmação, ele fez Lorde Feringal se virar na direção da porta e o empurrou para que seguisse seu caminho.

— Você me traiu! — gritou Priscilla após seu irmão ter saído. Temigast riu ante a afirmação ridícula. — Não aceito ela nessa casa — disse a mulher de forma determinada.

— Você ainda não percebeu que não há nada além de assassinato que você possa fazer para evitar que isso aconteça? — respondeu Temigast, sério. — O assassinato de seu irmão, no caso, não da garota, porque isso só causaria a ira de Feringal sobre você.

— Mas você o ajudou nessa busca tola.

— Eu apenas ofereci o que ele poderia ter descoberto por si só ao fazer perguntas a qualquer camponês, incluindo três mulheres que trabalham aqui, uma das quais estava na estrada ontem.

— Se o tolo chegou a notar — argumentou Priscilla.

— Ele teria descoberto o nome dela — insistiu Temigast — e ele poderia envergonhar a todos nós nessa caçada sem dignidade. — O intendente riu e se aproximou bastante de Priscilla, jogando um braço sobre os ombros dela. — Eu entendo sua preocupação, cara Priscilla — disse ele — e eu não discordo por completo de você. Eu também preferia que seu irmão se apaixonasse por alguma mercadora de outro lugar, em vez de por uma camponesa de Auckney, ou que ele se esquecesse do conceito de amor por completo e simplesmente cedesse a sua luxúria quando o interessasse sem desposar ninguém. Talvez ainda chegue a esse ponto.

— É menos provável, agora que você o ajudou — disse Priscilla, ainda chateada.

— Não exatamente — explicou Temigast com um sorriso aberto, um que chamou a atenção de Priscilla, porque sua expressão mudou para uma de curiosidade. — Tudo o que fiz foi aumentar a confiança de seu irmão em mim e em meu julgamento. Talvez ele continue com essa ideia maluca de estar amando essa garota e se casar com ela, mas eu vou vigiar cada passo dele. Prometo. Não vou permitir que ele envergonhe a família Auck, nem que essa garota e a família dela tire de nós o que não merecem. Não vamos conseguir derrotar a determinação dele nessa questão, eu garanto, e sua indignação só vai fortalecer a firmeza de Feringal.

Priscilla bufou, duvidando.

— Não notou a raiva dele quando você o repreende? — insistiu Temigast, e ela se encolheu com suas palavras. — Se nos distanciarmos de seu irmão agora, já aviso: essa jovem Ganderlay vai ter ele, e toda Auckney, ainda mais na palma da mão dela.

Priscilla não riu, não sacudiu a cabeça, não mostrou nenhum sinal de discordância. Ela apenas ficou encarando Temigast. Ele deu um beijo em sua bochecha e se afastou, na intenção de chamar a carruagem do castelo de uma vez e fazer logo o que precisava ser feito como emissário de Lorde Feringal.

Jaka Sculi olhou por sobre a extensão lamacenta junto com os outros trabalhadores, humanos e gnomos, e viu a carruagem dourada seguindo pela travessa de barro. Ela parou na frente da casa de Dohni Ganderlay. Um idoso saiu pela porta da carruagem e andou lentamente na direção da casa. Os olhos de Jaka se estreitaram sutilmente. Percebendo de repente que os outros poderiam o estar observando, ele retomou seu ar comumente distante. Ele era Jaka Sculi, afinal, o homem com quem todas as jovens em Auckney sonhavam, especialmente a mulher que morava na casa na qual a carruagem do lorde havia acabado de parar. A ideia que a bela Meralda o desejava não era pouca coisa para o jovem — embora, é claro, ele não poderia deixar mais ninguém perceber que ele se importava.

— Dohni — gritou um dos outros trabalhadores do campo, um gnomo de postura torta. — Dohni Ganderlay, você tem visita!

— Ou será que descobriram o malandro que você é! — gritou outro gnomo, e todos começaram a rir.

Exceto por Jaka, é claro. Jaka não permitia que o vissem rir. Dohni Ganderlay atravessou a colina atrás do campo de turfa. Ele olhou para aqueles que gritaram em busca de alguma explicação, mas eles apenas mexeram a cabeça na direção de sua casa. Dohni acompanhou aquele movimento com os olhos, viu a carruagem e começou a correr freneticamente.

Jaka Sculi o viu correr até em casa.

— Você quer tentar investigar, garoto? — veio uma pergunta ao lado de Jaka. Quando se virou para observar o idoso banguela, o tolo passou a mão pelo cabelo castanho e cacheado de Jaka.

O jovem sacudiu a cabeça com nojo, notando a turfa escura cobrindo os dedos do idoso. Ele sacudiu a cabeça mais uma vez e penteou furiosamente os cabelos, então deu um tapa para afastar a mão do homem quando ela subiu mais uma vez na sua direção.

— Hihihi — riu o idoso. — Parece que sua garota tem um pretendente — ele continuou rindo.

— E um bem velho — comentou outro, mais do que interessado a entrar na brincadeira às custas dele.

— Tô pensando em até tentar eu mesmo conseguir a garota — comentou o velho sujo ao lado de Jaka.

Isso fez Jaka fazer uma careta e, por isso, o idoso riu ainda mais, por finalmente conseguir arrancar alguma reação do garoto. Jaka virou sua cabeça lentamente, observando o campo e os trabalhadores, as poucas casas espalhadas pela montanha, o Castelo Auck ao longe e as águas frias e escuras além dele. Aquelas águas trouxeram a ele, sua mãe e seu tio para esse lugar isolado apenas quatro anos antes. Jaka não sabia porque vieram para Auckney — estava bem confortável com sua vida em Luskan —, além de que tinha algo haver com seu pai, que costumava agredir sua mãe impiedosamente. Tinha a teoria de que estavam fugindo, ou do homem ou do executor. Parecia uma tática simples para a família Sculi, porque eles fizeram a mesma coisa quando Jaka era pouco mais de um bebê, fugindo de seu lar ancestral nos Reinos da Lâmina até Luskan. Com certeza seu pai, um homem horrível que Jaka mal conhecia, procuraria por eles e mataria sua mãe e o irmão dela por terem fugido. Ou talvez seu pai já estivesse morto, em meio ao próprio sangue derramado por Rempini, seu tio.

De qualquer maneira, Jaka não se importava. Tudo o que sabia era que estava nesse lugar: um feudo terrível, frio, deserto e onde não parava de ventar um instante que fosse. Até recentemente, a única coisa boa nisso tudo, pelo seu ponto de vista, era a melancolia constante do lugar, aumentada por sua natureza poética. Embora acreditasse ser um herói romântico, já havia passado de seu décimo sétimo aniversário, e por diversas vezes pensou em se juntar a alguns dos mercadores que volta e meia apareciam, e assim veria o mundo, voltaria para Luskan talvez, ou, ainda melhor, iria até a poderosa Águas Profundas. Ele planejava reunir fortuna por lá algum dia, de alguma forma, e talvez retornar aos Reinos da Lâmina.

Mas esses planos foram interrompidos, porque outro aspecto positivo de Auckney havia se revelado para o jovem. Jaka não conseguia negar a atração que sentia por uma certa garota dos Ganderlay.

Naturalmente, não podia permitir que ela — ou qualquer outra pessoa — soubesse disso, pelo menos não até que tivesse certeza de que ela seria completamente dele.

Correndo além da carruagem, Dohni Ganderlay reconheceu o condutor, um gnomo de barba grisalha chamado Liam Porteira. Liam sorriu e cumprimentou Dohni com um movimento de cabeça, o que fez com que ele relaxasse consideravelmente, embora continuasse a andar em passos rápidos pela porta. Sentado à sua pequena mesa da cozinha estava o intendente do Castelo Auck. Do outro lado estava a esposa doente de Dohni, Biaste, cuja expressão radiante o fazendeiro de turfa não via há muito tempo.

— Mestre Ganderlay — disse de forma educada. — Sou Temigast, intendente do Castelo Auck, emissário de Lorde Feringal.

— Eu sei — respondeu Dohni cautelosamente.

Sem tirar os olhos do convidado, Dohni Ganderlay circulou a mesa, ignorando as duas cadeiras restantes e parando de pé ao lado de sua esposa, pousando as mãos nos ombros dela.

— Eu estava explicando que meu senhor, e o de vocês, solicita a presença de sua filha mais velha no castelo para jantar hoje à noite — anunciou o intendente.

A notícia inesperada acertou Dohni Ganderlay como uma pancada, mas ele manteve o equilíbrio e a expressão vazia, absorvendo a informação. Enquanto pensava nas palavras, olhou para os olhos cinzas de Temigast.

— Naturalmente, tenho roupas apropriadas para a Senhorita Meralda na carruagem, caso concorde — terminou Temigast com um sorriso reconfortante.

O orgulhoso Dohni Ganderlay viu por trás da fachada sorridente, por trás do tom educado e respeitoso. Ele viu a condescendência ali e reconheceu a confiança em Temigast. É claro que não recusariam, Temigast acreditava, porque eram apenas camponeses sujos. O lorde de Auckney tinha chamado e os Ganderlays responderiam vorazmente a esse chamado.

— Onde é que Meralda tá? — perguntou ele à esposa.

— Ela e Tori tão nos mercados — explicou a mulher. Dohni não podia ignorar o tremor frágil na voz dela. — Pra arrumar uns ovos pro jantar.

— Meralda pode comer de um banquete essa noite, e talvez muitas outras noites — lembrou Temigast.

Dohni viu muito claramente de novo a condescendência maldita que o lembrava de seu lugar, do destino de seus filhos, de todos os seus amigos e os filhos deles também.

— Então ela vai comparecer? — perguntou Temigast após um silêncio longo e desconfortável.

— Isso é escolha de Meralda — respondeu Dohni Ganderlay em um tom mais cortante do que pretendia.

— Ah — disse o intendente, sorrindo. Sempre sorrindo. Ele se levantou de sua cadeira e fez sinal para que Biaste continuasse sentada. — É claro, é claro. Mas venha pegar o vestido. Caso decida mandar a jovem, será melhor e mais fácil se ele estiver com ela.

— E se ela não quiser ir?

Temigast levantou uma sobrancelha, sugerindo que achava a ideia de ela recusar absurda.

— Então meu condutor voltará amanhã para buscar o vestido, é claro.

Dohni olhou para sua esposa doente e viu a expressão de lamento em seu rosto delicado demais.

— Mestre Ganderlay? — perguntou Temigast, fazendo um movimento na direção da porta.

Dohni deu um tapinha nos ombros de Biaste e acompanhou o intendente até a carruagem. O gnomo condutor estava à espera deles, com o vestido nas mãos e os braços elevados para evitar que o tecido delicado roçasse na estrada empoeirada.

— Você deveria insistir para que sua filha comparecesse — aconselhou Temigast enquanto entregava o vestido, o que fez Dohni Ganderlay franzir ainda mais o cenho. — Sua esposa está doente — argumentou Temigast. — Sem dúvida uma existência tão frágil em uma casa tão aberta não faria bem a ela com esse inverno frio chegando.

— Você fala como se a gente tivesse alguma escolha quanto a isso.

— Lorde Feringal é um homem com muitos recursos — explicou Temigast. — Ele tem acesso fácil a ervas incríveis, camas quentes e clérigos poderosos. Seria uma pena se sua esposa sofresse sem necessidade. — O intendente deu um tapinha no vestido. — Nosso jantar é logo após o pôr do sol — explicou. — Farei a carruagem passar por sua casa ao entardecer.

Dito isto, Temigast entrou na carruagem e fechou a porta. O condutor não perdeu tempo e chicoteou os cavalos para que seguissem.

Dohni Ganderlay ficou de pé por bastante tempo na poeira deixada pela carruagem que se afastava, com o vestido na mão e olhando para o vazio diante dele. Ele queria gritar que, se Lorde Feringal fosse um lorde tão bem-relacionado e benfeitor, então ele deveria usar de bom grado seus recursos pelo bem de seu povo. Pessoas como Biaste Ganderlay deveriam ter o auxílio de que precisavam sem precisar vender suas filhas. O que Temigast havia acabado de oferecer a ele era próximo a vender sua filha pelo bem da família. Vender sua filha!

E ainda assim, apesar de seu orgulho, Dohni Ganderlay não podia negar a oportunidade disposta diante dele.

— Era a carruagem do lorde — insistiu Jaka Sculi para Meralda quando ele a interceptou a caminho de casa, mais tarde naquele mesmo dia. — Na porta da frente da sua casa — acrescentou ele em seu sotaque exótico, um dialeto repleto de suspiros e sopros dramáticos.

Tori Ganderlay deu uma risadinha. Meralda deu um soquinho no ombro dela e sinalizou para que ele seguisse em frente.

— Mas eu quero saber — choramingou ela.

— Você vai saber como é o gosto da poeira — Meralda prometeu a ela.

Ela começou a ir na direção da irmã, mas parou imediatamente e se recompôs ao se lembrar de quem estava assistindo. Ela tornou a se virar na direção de Jaka após abrir um sorriso suave, ainda conseguindo encarar sua irmã pelo canto do olho. Tori começou a saltitar pela estrada.

— Mas eu queria ver você beijar ele! — gritou ela alegremente enquanto corria.

— Tem certeza disso da carruagem? — Meralda perguntou a Jaka, se esforçando muito para deixar o comentário constrangedor de Tori para trás. O jovem apenas suspirou em frustração dramática. — Mas o que Lorde Feringal teria a ver com meus pais? — perguntou a jovem.

Jaka inclinou a cabeça, com as mãos nos bolsos, e deu de ombros.

— Bom, preciso ir, então — disse Meralda, dando um passo, mas Jaka se pôs em seu caminho. — O que você tá fazendo?

Jaka olhou para ela com seus olhos azuis claros, passando uma mão em seu cabelo cacheado com seu rosto ainda inclinado, embora olhando direto para ela.

Meralda se sentiu como se fosse sufocar com o nó que se formou na sua garganta, ou que seu coração fosse bater tão forte que sairia de seu peito.

— O que você tá fazendo? — perguntou ela novamente, mas muito mais baixo e sem nenhuma convicção.

Jaka se moveu na direção dela. Ela se lembrou de seu conselho para Tori, sobre como era preciso fazer um rapaz implorar. Ela se lembrou de que não deveria estar fazendo isso. Não ainda. Ela repetiu esses argumentos para si mesma enfaticamente, e, mesmo assim, ela não estava recuando. Ele se aproximou, e, quando ela sentiu o calor do hálito dele, também se aproximou. Jaka deixou seus lábios roçarem contra os dela, então recuou, parecendo estar tímido de repente.

— O quê? — perguntou Meralda de novo, dessa vez com ímpeto óbvio.

Jaka suspirou, e a mulher se aproximou mais uma vez, indo beijá-lo, com o corpo inteiro tremendo e pedindo, implorando, para que ele a beijasse de volta. Ele o fez, dando um beijo longo e suave, então recuou de novo.

— Vou estar te esperando depois do jantar — disse ele. Então ele se virou dando de ombros e começou a ir embora lentamente.

Meralda mal conseguia respirar, porque aquele beijo havia sido tudo com o que havia sonhado que seria e ainda mais. Ela sentiu um calor na barriga, uma fraqueza nos joelhos e o corpo inteiro formigando. Sequer se importava que Jaka, com uma simples hesitação, havia feito exatamente o que ela havia dito a Tori que uma mulher deveria fazer com um homem. Meralda nem conseguiu pensar nisso naquele momento, de tão deslumbrada que estava pela realidade do que havia acabado de acontecer e pela promessa do que aconteceria depois.

Ela seguiu o mesmo caminho que Tori havia pegado, e seu saltitar estava igualmente repleto de alegria pueril, como se o beijo de Jaka a houvesse libertado das amarras da temperança e dignidade que vinham com o fato de ser uma adulta.

Meralda entrou sorridente em casa. Seus olhos se arregalaram quando viu sua mãe doente de pé ao lado da mesa, mais feliz do que ela a havia visto em semanas. Biaste estava segurando um belo vestido verde-esmeralda com joias cintilantes bordadas.

— Ah, mas você vai ser a coisa mais linda que Auckney já viu quando vestir isso — disse Biaste Ganderlay e, ao lado dela, Tori explodiu em risadinhas.

Meralda encarou o vestido de olhos arregalados, então se virou para olhar para seu pai, de pé mais ao lado na sala, também sorrindo. Meralda percebeu que a expressão dele era mais forçada que a de Biaste.

— Mas mamãe, não temos dinheiro — argumentou Meralda, embora estivesse realmente encantada pelo vestido. Ela se aproximou para acariciar o material macio, pensando no quanto Jaka adoraria vê-la nele.

— Foi um presente, não comprado — explicou Biaste enquanto Tori continuava com suas risadinhas.

A expressão de Meralda se tornou uma de curiosidade e ela olhou para seu pai novamente em busca de explicações, mas ele simplesmente deu as costas.

— O que tá acontecendo, mamãe? — perguntou a jovem.

— Você tem um pretendente, minha filha — disse Biaste, alegre, afastando o vestido para poder abraçar sua filha. — Ah, mas é um lorde quem deseja te cortejar!

Sempre atenciosa para com os sentimentos de sua mãe, especialmente agora que ela estava doente, Meralda ficou feliz que a cabeça de Biaste estivesse sobre seu ombro, porque assim sua mãe não veria a expressão chocada e infeliz que surgiu no rosto de sua filha. Tori viu, porém a garota só olhou para Meralda e juntou os lábios repetidamente em uma zombaria de um beijo. Meralda olhou para seu pai, que agora estava de frente para ela, mas apenas assentiu de forma solene. Biaste a empurrou à distância de seus braços.

— Ah, minha garotinha! — disse ela. — Quando você ficou tão linda? E pensar que você conquistou o coração de Lorde Feringal.

Lorde Feringal. Meralda mal conseguia respirar, e definitivamente não de alegria. Ela não conhecia direito o senhor do Castelo Auck, embora o tivesse visto algumas vezes de longe, normalmente limpando as unhas e parecendo entediado nas reuniões celebratórias que aconteciam na praça.

— Ele gosta de você, minha filha — continuou Biaste — e bastante, pelo que seu intendente disse.

Meralda conseguiu sorrir, mas apenas por sua mãe.

— Eles vão aparecer pra te buscar daqui a pouco — explicou Biaste. — Então vai tomar um banho rápido. E — acrescentou ela — a gente vai te colocar nesse vestido, e nossa, quando todos os homens que te virem, vão cair aos seus pés.

Meralda se moveu metodicamente, pegando o vestido e indo para o seu quarto com Tori a seguindo. A situação toda parecia ser um sonho para a jovem, e não era um sonho bom. Seu pai passou por ela e foi até sua mãe. Ela os ouviu começarem uma conversa, embora as palavras parecessem confusas, e a única coisa que conseguiu entender foi a exclamação de Biaste.

— Um lorde pra minha menina!

Auckney não era um lugar grande, e, embora as casas não estivessem grudadas umas nas outras, eles certamente conseguiam ouvir gritos que viessem de outras casas. Não levou muito tempo para o acordo entre Lorde Feringal e Meralda Ganderlay se espalhar.

Jaka Sculi descobriu o motivo da visita do intendente de Lorde Feringal antes mesmo que terminasse seu jantar, antes que o sol tocasse o horizonte a oeste.

— E pensar que alguém dessa posição se rebaixaria ao ponto de querer uma camponesa — comentou a mãe de Jaka, sempre pessimista, em uma voz repleta do sotaque forte de sua terra natal há muito perdida nos Reinos da Lâmina. — Ah, a ruína do mundo!

— Nada bom — concordou o tio de Jaka, um homem grisalho que parecia ter visto coisas demais do mundo.

Jaka também achou que esse acontecimento era uma reviravolta terrível, mas por um motivo bem diferente — pelo menos ele achava que sua raiva vinha de uma fonte diferente, porque não tinha certeza do motivo pelo qual sua mãe e seu tio estavam tão chateados com a notícia, e sua expressão deixou sua confusão evidente.

— Cada um tem seu lugar — explicou seu tio. — São limites claros que não deviam ser atravessados.

— Lorde Feringal tá desonrando a família — disse sua mãe.

— Meralda é uma mulher maravilhosa — argumentou Jaka antes que pudesse perceber o que estava falando e se impedir.

— Ela é uma camponesa, que nem a gente. A gente tem nosso lugar, e Lorde Feringal, o dele. Ah, os pais dela vão ficar bem felizes com a notícia, sem dúvida, vão achar que vão se dar bem com a sorte de Meralda, mas eles não sabem a verdade.

— Que verdade?

— Ele vai usar essa menina, e isso vai acabar mal — previu sua mãe. — Ele vai se passar por tolo, e a garota, por meretriz.

— E, no fim, ela estará acabada ou morta e Lorde Feringal vai ter perdido seu favor com todos os seus iguais — acrescentou seu tio. — Nada bom.

— O que faz vocês acreditarem que ela vai ceder? — perguntou o jovem, tentando esconder o desespero em sua voz.

Sua mãe e seu tio só riram daquela pergunta. Jaka entendeu bem demais o que eles queriam dizer. Feringal era o lorde de Auckney. Como Meralda poderia recusar?

Era mais do que o pobre e sensível Jaka podia aguentar. Ele bateu forte na mesa e recuou sua cadeira. Se levantando rápido, ele respondeu aos olhares surpresos de sua mãe e seu tio com uma encarada repleta de fúria. Depois disso, Jaka se virou e saiu, batendo a porta atrás de si.

Antes que percebesse, já estava correndo, com seus pensamentos em um turbilhão. Jaka logo chegou a um terreno elevado, um aglomerado de rochas logo acima do campo enlameado em que estivera trabalhando naquele mesmo dia, mais cedo, um lugar que oferecia uma visão esplêndida do pôr do sol, assim como da casa de Meralda. No sudoeste, ao longe, ele viu o castelo, e imaginou a carruagem magnífica seguindo o caminho estrada acima com Meralda lá dentro.

Jaka sentiu um peso imenso em seu peito, como se todas as limitações de sua existência miserável houvessem de repente se tornado paredes tangíveis, se fechando cada vez mais. Pelos últimos anos, Jaka havia se esforçado muito para assumir a personalidade certa, a pose certa e a atitude certa para conquistar o coração de qualquer jovem. Então apareceu esse nobre tolo, esse almofadinhas com suas roupas caras e perfumes e sem nenhuma reputação além da posição sob a qual havia nascido, para tirar tudo pelo que Jaka trabalhou de suas mãos.

Jaka, naturalmente, não via as coisas de forma tão clara. Para ele, parecia apenas uma verdade simples, uma injustiça grave cometida contra ele simplesmente por causa da posição, ou falta dela, que teve desde seu nascimento. Porque esses camponeses dignos de pena de Auckney não sabiam a verdade sobre ele, a grandiosidade que havia dentro dele, oculta pela sujeira dos campos de fazendas e pântanos de turfa. O homem atormentado passou as mãos por suas madeixas castanhas e deu um suspiro profundo.

— É melhor limpar tudo, porque você não sabe o que Lorde Feringal vai ver — provocou Tori, passando um pano grosso nas costas de Meralda, enquanto sua irmã se sentava como um gato recurvado na banheira quente.

Meralda se virou com as palavras e espirrou água no rosto de Tori. As risadinhas da garota mais nova pararam imediatamente quando ela notou a expressão sombria no rosto de Meralda.

— Eu sei muito bem o que Lorde Feringal vai ver, tá bom? — garantiu Meralda a sua irmã. — Se ele quiser o vestido de volta, ele vai voltar aqui pra buscar.

— Você rejeitaria ele?

— Não vou nem beijar ele — insistiu Meralda logo antes de levantar um punho. — Se ele tentar me beijar, eu vou...

— Você vai agir como uma dama — veio a voz de seu pai. Ambas as garotas olharam para a cortina e viram o homem entrar no quarto. — Saia — instruiu ele a Tori. A garota conhecia bem aquele tom de voz e saiu sem questionar.

Dohni Ganderlay ficou parado à porta por mais um instante até garantir que a sempre curiosa Tori havia, de fato, saído. Então, ele foi para o lado da banheira e entregou a Meralda um tecido mais macio para ela se secar. Eles viviam em uma casa muito pequena em que a modéstia não fazia sentido, então Meralda não estava nem um pouco constrangida quando saiu de sua banheira, embora tenha se enrolado no tecido antes de se sentar em um banco ali perto.

— Você não tá feliz com isso — observou Dohni.

Meralda apertou os lábios, e ela se inclinou, nervosa, para tentar se distrair colocando uma mão na água do banho, agora fria.

— Você não gosta de Lorde Feringal?

— Eu não conheço ele — rebateu a jovem — E ele não me conhece. Nem um pouco!

— Mas ele quer conhecer — argumentou Dohni. — Você deveria aceitar esse elogio como um dos maiores.

— E aceitar um elogio significa ceder a quem elogia? — perguntou Meralda de forma sarcástica. — Eu não tenho escolha nisso? Lorde Feringal tá te esperando, então vai lá?

Os movimentos nervosos de sua mão na água refletiam sua raiva, e ela, acidentalmente, fez uma pequena onda acertar Dohni Ganderlay. A jovem entendeu que não foi a água, mas sua atitude, que provou a reação inesperadamente violenta. Ele pegou seu pulso com sua mão forte e o puxou, virando Meralda na direção dele.

— Não — respondeu ele sem rodeios. — Você não tem escolha. Feringal é o lorde de Auckney, um homem de muitos recursos, um homem que pode nos tirar da sujeira.

— Talvez eu prefira a sujeira — Meralda começou a dizer, mas Dohni Ganderlay a interrompeu.

— Um homem que pode curar sua mãe.

Ele não conseguiria a chocar mais com o efeito dessas sete palavras do que se houvesse dado um soco em seu rosto. Ela ficou olhando para seu pai, incrédula, para a expressão desesperada e quase selvagem em seu rosto normalmente estoico e ela sentiu muito medo.

— Você não tem escolha — repetiu ele, forçando sua voz a parecer inexpressiva. — Sua mãe tá sofrendo com o quebranto faz tempo e é capaz de não ver o fim da próxima primavera. Você vai até Lorde Feringal e vai agir feito uma dama. Você vai rir das piadas dele e vai elogiar sua grandeza. Isso você vai fazer pela sua mãe — terminou ele, com a derrota preenchendo sua voz. Quando ele se virou e ela viu um lampejo de umidade se acumulando em seus olhos, entendeu.

Saber o quão horrível aquilo era para seu pai realmente ajudou a jovem a se preparar para a noite e a ajudou a lidar com essa reviravolta aparentemente cruel do destino.

O sol havia se posto e o céu estava ficando azul escuro. A carruagem passou sob ele na direção da casa humilde de Meralda. Ela saiu pela porta e, mesmo àquela distância, Jaka pôde ver como estava bela, como uma joia brilhante que zombava da escuridão do crepúsculo. Sua joia. A recompensa justa pela beleza que estava dentro dele, não um presente comprado por aquele mimado do lorde de Auckney.

Ele imaginou Lorde Feringal estendendo sua mão para fora da carruagem, a tocando e a afagando quando ela entrasse para se juntar a ele. A imagem o fez querer gritar com a injustiça daquela situação toda. A carruagem seguiu em direção ao castelo distante, com Meralda lá dentro, justamente como ele havia visualizado antes. Jaka não se sentiria tão roubado nem se Lorde Feringal tirasse suas últimas moedas de seu bolso.

Ele ficou sentado se remoendo no elevado coberto de poeira de turfa por muito tempo, passando as mãos pelo cabelo sem parar e amaldiçoando a inequalidade de sua vida miserável. Estava tão introspectivo que foi pego totalmente de surpresa pelo som repentino da voz de uma menina.

— Eu sabia que você ia tá por aqui.

Jaka abriu seus belos olhos úmidos e viu Tori Ganderlay olhando para ele.

— Eu sabia — provocou a menina.

— O que você sabe?

— Você ouviu falar do jantar da minha irmã e veio ver — raciocinou Tori. — E ainda tá vigiando e esperando.

— Sua irmã? — perguntou Jaka de forma nada inteligente. — Eu venho aqui toda noite — explicou ele.

Tori deixou de olhar para ele e, em vez disso, olhou para as casas, para a sua casa, com a luz da lareira acesa escapando pela janela.

— Querendo ver Meralda pelada pela janela? — perguntou ela com uma risadinha.

— Eu venho aqui, sozinho, no escuro, pra me afastar do fogo e da luz — respondeu Jaka com firmeza. — Pra me afastar de gente irritante que não entende.

— Entende o quê?

— A verdade — respondeu o jovem de forma misteriosa, na esperança de soar profundo.

— A verdade sobre o quê?

— A verdade sobre a vida — respondeu Jaka.

Tori ficou encarando o rapaz, com seu rosto se contorcendo enquanto tentava decifrar as palavras. Ela tornou a olhar para sua casa.

— Ah, ainda acho que você só quer ver Meralda pelada — disse ela mais uma vez, então voltou a saltitar animada caminho abaixo.

"Ela iria se divertir bastante com Meralda às minhas custas", pensou Jaka. Ele deu outro de seus suspiros profundos, então se virou e se afastou para os campos ainda mais escuros montanha acima.

— Ai dessa vida! — gritou ele, levantando os braços na direção da lua cheia ascendente. — Ai da vida e ai de mim, e me deixe, prisão mortal! Que destino cruel viver e ver os indignos roubarem de mim meus espólios. Quando a justiça está em um poço com estacas. Quando o valor se mede pela hereditariedade. Ah, Lorde Feringal se banqueteia no pescoço de Meralda. Ai dessa vida e me deixe!

Ele terminou seu verso improvisado caindo de joelhos e se agarrando a seu rosto marcado por lágrimas e, ali, ficou remoendo por muito tempo.

A raiva substituiu sua autopiedade e Jaka chegou a um final para seu verso.

— Quando a justiça está em um poço com estacas — recitou ele, com sua voz tremendo de fúria. — Quando o valor se mede pela hereditariedade.

Agora, um sorriso se formou em seu rosto inegavelmente belo.

— O maldito Lorde Feringal se banqueteia no pescoço de Meralda, mas não terá sua virgindade!

Jaka se levantou de forma instável e olhou novamente para a lua cheia.

— Eu juro — disse ele com um rosnado, e, antes de se levantar para ir para casa, murmurou de forma dramática — Ai dessa vida.

Meralda passou pela noite de forma estoica, respondendo a perguntas de forma educada e fazendo o possível para evitar o olhar direto de Lady Priscilla Auck, que estava evidentemente nada satisfeita. Ela percebeu que gostava bastante do Intendente Temigast, especialmente porque ele mantinha a conversa viva contando várias histórias interessantes sobre seu passado e sobre o antigo lorde do Castelo, o pai de Feringal. Temigast inclusive desenvolveu um sistema de sinalização com Meralda para ajudá-la a entender qual talher ela deveria usar para os vários pratos que se seguiam.

Embora não tivesse ficado nada impressionada com o jovem lorde de Auckney, que estava sentado bem na sua frente e não parava de encará-la, a jovem não podia negar que estava maravilhada com o banquete maravilhoso que os servos dispunham diante dela. Será que eles se alimentavam daquela forma todos os dias no Castelo Auck — com pombo e peixe, batatas e algas — iguarias que Meralda jamais havia provado antes?

Por insistência de Lorde Feringal, após o jantar, o grupo se retirou para a sala de estar, uma sala quadrada e sem janelas no centro do térreo do castelo. Paredes grossas os protegiam do vento frio do oceano e uma lareira imensa, com o fogo tão intenso quanto o de uma fogueira da vila, aumentava o ar aconchegante de lá.

— Talvez você deseje mais comida — ofereceu Priscilla, mas não havia nada generoso em seu tom. — Posso pedir a uma das servas que traga para você.

— Ah, não, minha senhora. Eu não consigo comer nem mais uma migalha.

— De fato — disse Priscilla —, mas você realmente fartou-se durante o jantar propriamente dito, não? — perguntou ela, com um sorriso doce e falso em seu rosto feio.

Meralda então notou que Feringal era quase charmoso se comparado com sua irmã. Quase.

Uma serva entrou então, com uma bandeja com pequenas taças contendo um líquido amarronzado que Meralda não reconheceu. Ela pegou a taça, com medo de recusar e, seguindo o brinde e o movimento de Temigast, ela a elevou e deu um gole considerável. A jovem quase se sufocou com a sensação ardente que se seguiu ao líquido descendo por sua garganta.

— Não tomamos tanto conhaque de uma vez por aqui — comentou Priscilla de forma seca. — Camponeses fazem isso.

Meralda queria se esconder debaixo do tapete grosso da sala. Torcendo o nariz para ela, Lorde Feringal não ajudou muito.

— Pessoas que não estão acostumadas com essa bebida potente fazem isso, mais provavelmente — interrompeu Temigast, indo em auxílio de Meralda. — Goles pequenos, querida. Você vai aprender, embora talvez nunca passe a gostar dessa bebida única. Eu mesmo ainda não adquiri gosto por ela.

Meralda sorriu e assentiu em um agradecimento silencioso ao homem idoso, que, mais uma vez aliviou a tensão, e não pela última vez. Sentindo sua mente um pouco enevoada, Meralda perdeu a concentração na conversa, alheia aos comentários ácidos de Priscilla e aos olhares de Lorde Feringal. Sua mente divagou e ela estava ao lado de

Jaka Sculi, em um campo à luz da lua, ou talvez nessa mesma sala. Quão maravilhoso esse lugar seria, com o tapete grosso, fogo enorme e essa bebida que aquecia se ela tivesse a companhia de seu querido Jaka em vez dos vis irmãos Auck.

A voz de Temigast cortou por sua névoa, lembrando a Lorde Feringal que haviam prometido o retorno da jovem até uma certa hora, e que aquela hora estava chegando.

— Alguns momentos a sós, então — respondeu Feringal.

Meralda tentou não entrar em pânico.

— Não é um pedido muito apropriado — comentou Priscilla. Ela olhou para Meralda e riu entredentes. — É claro, que mal poderia fazer?

A irmã de Feringal saiu, assim como Temigast, que deu tapinhas reconfortantes no ombro de Meralda logo antes de passar pela porta.

— Confio que agirá como um cavalheiro, meu senhor — disse ele a Feringal —, conforme exige sua posição. Há poucas mulheres em todo o mundo tão belas quanto Lady Meralda. — Ele sorriu para a jovem. — Vou chamar a carruagem para que venha à porta da frente.

O senhor era seu aliado, Meralda reconheceu, um aliado mais do que bem-vindo.

— Foi uma refeição maravilhosa, não? — perguntou Lorde Feringal, indo imediatamente se sentar ao lado de Meralda.

— Ah, sim, meu senhor — respondeu ela, baixando os olhos.

— Não, não — repreendeu Feringal. — Você deve me chamar de Lorde Feringal, não "meu senhor".

— Sim, meu... Lorde Feringal. — Meralda tentou desviar o olhar, mas o homem estava perto demais, imponente demais. Ela levantou os olhos até ele, e, em defesa dele, o rapaz conseguiu tirar os olhos de seus seios e olhou em seus olhos.

— Eu te vi na estrada — explicou ele. — Eu precisava te conhecer. Eu precisava te ver de novo. Nunca vi mulher tão bela.

— Ah, meu... Lorde Feringal — disse ela, e desviou os olhos novamente, porque ele estava chegando ainda mais perto, perto demais no ponto de vista de Meralda.

— Eu precisava te ver — disse ele novamente, com uma voz pouco além de um sussurro, mas ele estava perto o bastante para Meralda ouvi-lo com clareza e sentir o hálito dele em sua orelha.

Meralda tentou segurar o pânico quando as costas da mão de Feringal acariciaram sua bochecha. Ele pegou seu queixo e virou sua cabeça na direção dele. Ele a beijou suavemente a princípio, então mais urgentemente — apesar do fato de ela mal estar retribuindo o beijo —, chegando a levantar de sua cadeira para se inclinar em direção a ela. Enquanto ele forçava o beijo, Meralda pensou em Jaka e em sua mãe doente e o tolerou, mesmo quando sua mão cobriu o tecido suave sobre seu peito.

— Perdão, Lorde Feringal — veio a voz de Temigast vinda da porta.

Enrubescendo, o jovem a soltou e se levantou para olhar para o intendente.

— A carruagem está esperando — explicou Temigast. — É hora de Lady Meralda voltar para casa.

Meralda quase saiu correndo da sala.

— Irei chamá-la novamente — disse Lorde Feringal para ela. — E em breve, com toda a certeza.

Quando a carruagem atravessou a ponte que separava o Castelo Auck da terra propriamente dita, Meralda havia, de alguma forma, conseguido desacelerar seus batimentos cardíacos. Ela entendia sua obrigação para com sua família e sua mãe doente, mas se sentia como se fosse desmaiar, ou vomitar. A maldita Priscilla ficaria muito satisfeita com isso se descobrisse que a camponesa havia vomitado na carruagem dourada.

Um quilômetro e meio depois, ainda enjoada e desesperada para ficar longe dessas armadilhas, Meralda se inclinou para fora da janela da carruagem.

— Pare! Por favor, pare! — ela gritou para o condutor. A carruagem parou, mas antes mesmo de ter parado por completo, a jovem abriu a porta e saiu de lá.

— Minha senhora, eu devo levá-la até sua casa — disse Liam Porteira, saltando para o lado de Meralda.

— E foi o que você fez — respondeu a mulher. — Já tá perto.

— Mas você tem uma rua escura à frente — reclamou o gnomo. — Intendente Temigast vai arrancar meu coração se...

— Ele não vai ficar sabendo — prometeu Meralda. — Não precisa ficar preocupado. Eu passo por essa rua toda noite e conheço cada arbusto, pedra e pessoa em cada residência entre aqui e minha casa.

— Mas... — o gnomo começou a discutir, porém Meralda passou por ele, lançou um sorriso confiante e saltitou pela escuridão.

A carruagem a seguiu por um tempo, então, aparentemente convencido que a mulher de fato estava acostumada com o lugar o suficiente para estar segura, Liam deu meia volta e foi embora.

A noite estava fria, mas não muito. Meralda saiu da estrada, indo para os campos escuros mais acima. Ela esperava encontrar Jaka ali, esperando por ela como haviam combinado, mas o lugar estava vazio. Sozinha e no escuro, Meralda se sentiu como se fosse a única pessoa no mundo. Ansiosa para esquecer a noite, para esquecer de Lorde Feringal e sua maldita irmã, ela se despiu, precisando tirar aquele vestido chique. Naquela noite, havia jantado como a nobreza e, fora a comida e talvez aquela bebida quente, ela não estava impressionada. Nem um pouco.

Vestindo apenas suas roupas de baixo, a jovem perambulou pelo campo à luz da lua, caminhando, a princípio, mas, quando os pensamentos sobre Jaka Sculi apagaram a imagem recente demais de Lorde Feringal, ela começou a saltitar, então a dançar... Meralda estendeu a mão para pegar uma estrela cadente, girando para segui-la, então caindo sentada na grama macia e na lama, rindo o tempo todo e pensando em Jaka.

Ela não sabia que estava quase no mesmo lugar em que ele estivera naquela noite. O lugar onde Jaka havia cuspido maldições a um deus que não o ouviria, onde ele havia gritado contra a injustiça de tudo, quando havia gritado para que a vida o deixasse e onde ele havia jurado roubar a virgindade de Meralda apenas para garantir que Lorde Feringal não a teria.

Capítulo 5

Numa fria

— Onde você botou aquela porcaria? — Arumn Gardbico, frustrado, perguntou a Josi Poças na tarde seguinte. — Eu sei que você pegou, então sem mentir pra mim.

— E você tem que me agradecer por pegar — rebateu Josi, nem um pouco arrependido, com o dedo na direção do rosto de Arumn. — Wulfgar ia acabar demolindo a taverna e transformando tudo em lasca de madeira com aquele martelo na mão.

— Ah, você é um tolo, Josi Poças. Ele ia ter saído sem brigar.

— É o que você diz. Você sempre fala isso, sempre tá do lado dele, mesmo sabendo que ele só trouxe problemas pra você e todo mundo que foi leal a ele. O que Wulfgar fez de bom pra você, Arumn Gardbico? O que ele fez?

Arumn estreitou os olhos e encarou o homem.

— E toda briga que parou, ele que tinha começado — acrescentou Josi. — Ah, ele já foi. E que bom pra ele e pra todo mundo.

— Onde você botou o martelo? — Arumn tornou a perguntar. Josi levantou as mãos e se virou para se afastar, mas Arumn não iria deixá-lo escapar tão facilmente. Ele agarrou o ombro do homem baixinho e o girou com força. — Já perguntei duas vezes — disse ele de forma sombria. — Não vai me fazer perguntar de novo.

— Já era — respondeu Josi — Já era e tá longe o suficiente pra Wulfgar não conseguir mais chamar aquela coisa.

— Já era? — ecoou Arumn. Sua expressão ficou astuta, porque ele conhecia Josi bem o bastante pra achar que ele havia jogado uma arma tão maravilhosa no oceano.

— E quanto você ganhou com ele?

Josi começou a gaguejar uma reclamação, sacudiu a mão e gaguejou mais uma vez, o que só confirmou as suspeitas de Arumn.

— Você vai pegar de volta, Josi Poças — instruiu o taverneiro.

Os olhos de Josi se arregalaram.

— Não dá... — ele começou a dizer, mas Arumn o agarrou pelo ombro e pelas calças e o empurrou até a porta.

— Vai pegar de volta — repetiu Arumn, sem dar espaço para discussão em seu tom severo. — E nem pense em voltar aqui até estar com o martelo.

— Mas não dá — reclamou Josi. — Não com aquela tripulação.

— Então você não é mais bem-vindo aqui — disse Arumn, empurrando Josi com força porta afora até a rua. — Não mesmo, Josi Poças. Ou volta com o martelo, ou não volta.

Ele bateu a porta, deixando Josi, chocado, na rua.

Os olhos do homem magricela se moveram rapidamente, como se esperasse que alguém aparecesse para roubá-lo. Ele tinha um bom motivo para se preocupar. A Cutelo, de Arumn, era a aliança principal de Josi e, de certa forma, sua fonte de proteção nas ruas. Poucos ligavam para Josi, até porque não valia a pena perder tempo com ele, mas principalmente porque Josi iria bani-los da Cutelo, um lugar favorito do pessoal.

Josi havia feito alguns inimigos, e se ficassem sabendo que ele e Arumn estavam brigados...

Ele precisava voltar às graças de Arumn, porém, quando parou para pensar na tarefa necessária diante de si, seus joelhos enfraqueceram. Havia vendido Presa de Égide por um valor baixo a uma pirata casca-grossa em um desses buracos, um lugar que ele visitava raramente. Os olhos de Josi continuavam a esquadrinhar tudo ao seu redor, varrendo a Rua da Meia-Lua e os becos que o levariam ao buraco secreto perto das docas. Sheila Kree ainda não estaria ali, ele sabia. Ela estaria em seu navio, o *Salto da Dama*. O nome se referia à imagem de Sheila Kree saltando de seu navio para o de suas vítimas infelizes, com o sabre ensanguentado em uma mão. Josi estremeceu ante a ideia de se encontrar com ela no mesmo convés onde se sabe que ela havia torturado dezenas de inocentes até a morte. Não mesmo, ele decidiu. Ele iria esperar por ela no buraco, um lugar um pouco mais público.

O homem baixinho procurou em seus bolsos. Ele ainda tinha todo o ouro que Sheila havia pagado por Presa de Égide e algumas outras moedas, também.

Não achava que seria o suficiente, mas, com a amizade com Arumn em jogo, precisava tentar.

— Ficar aqui com você é maravilhoso — disse Delly Curtie, passando a mão sobre o ombro nu e imenso de Wulfgar, o que fez o homem se encolher. Aquele ombro, assim como todas as outras partes de seu corpo, não havia escapado da surra na Cutelo.

Wulfgar murmurou alguma coisa ininteligível e saiu da cama, e, embora as mãos de Delly continuassem o acariciando, ele ignorou o toque.

— Tem certeza de que já quer ir embora? — perguntou a mulher de forma sedutora.

Wulfgar se virou para olhar para ela, se esticando de forma lânguida na cama amarrotada.

— Sim, eu tenho — resmungou enquanto botava as roupas e ia na direção da porta.

Delly fez menção de chamar por ele, mas se conteve. E fez menção de repreendê-lo, mas se conteve novamente, entendendo que não daria em nada, e sabendo que suas palavras duras não esconderiam sua dor. Não dessa vez. Ela fora até Wulfgar na noite anterior, assim que Arumn havia fechado as portas, não muito tempo após a briga generalizada que havia acontecido na Cutelo. Delly sabia onde encontrar o homem, que agora não tinha onde morar, porque Morik tinha um quarto ali por perto.

Ela havia ficado tão feliz quando Wulfgar havia permitido que entrasse, apesar das reclamações de Morik. E tinha baixado a guarda mais uma vez, porque Delly passou a noite nos braços de Wulfgar, fantasiando sobre fugir de sua vida miserável com o homem heroico. Eles poderiam sair de Luskan, talvez, até Vale do Vento Gélido, onde ela poderia criar os filhos deles como sua esposa.

É claro, a manhã, ou melhor, o começo da tarde, havia mostrado como essas fantasias eram inúteis na forma de uma rejeição resmungada.

Ela ficou na cama, então, se sentindo vazia e solitária, impotente e sem esperanças. Embora as coisas com Wulfgar estivessem doloridas ultimamente, o mero fato de que ele ainda estava por lá permitia que ainda sonhasse. Se Wulfgar não estivesse mais por lá, Delly não teria mais como escapar.

— Você esperava que fosse diferente? — veio a pergunta de Morik, como se estivesse lendo sua mente.

Delly lançou a ele um olhar triste e amargo.

— Você já deveria saber a essa altura o que esperar dele — concluiu Morik, indo se sentar na cama. Delly começou a puxar os lençóis, então se lembrou que era só Morik, e ele sabia muito bem como ela era. — Ele nunca vai te dar o que você realmente quer — acrescentou Morik. — Fardos demais nublando a mente dele, memórias de agonia demais. Se ele se abrisse para você como você deseja, ele provavelmente te mataria por acidente.

Delly o olhou como se não entendesse. Nem um pouco surpreso, Morik só sorriu e repetiu:

— Ele não vai te dar o que você realmente deseja.

— E quem vai? Você? — perguntou Delly, sendo obviamente sarcástica.

Ele riu com a ideia.

— Duvido — admitiu. — Mas pelo menos eu deixo isso claro. Exceto quanto a minha palavra, eu não sou um homem honesto e não quero uma mulher honesta. Minha vida pertence a mim e não quero perder tempo com uma esposa ou filhos.

— Parece solitário.

— Parece livre — corrigiu Morik com uma risada. — Ah, Delly — disse ele, estendendo a mão para acariciar seu cabelo. — Sua vida seria tão mais agradável se você aproveitasse a alegria do momento sem temer pela futura.

Delly Curtie se inclinou contra a cabeceira, pensando nas palavras e não mostrando nenhuma resposta direta.

Morik entendeu isso como uma deixa e subiu na cama ao lado dela.

— Vou te dar isso, meu amiguinho esganiçado, pelas moedas — disse a irritadiça Sheila Kree, batendo a cabeça de Presa de Égide contra sua mão. Ela se mexeu subitamente, levando o martelo sobre sua cabeça e o fazendo se chocar contra o centro da mesa que a separava de Josi Poças.

De repente, Josi, horrorizado, percebeu que havia apenas o nada entre ele e a pirata cruel, porque a mesa havia se transformado em lascas no chão.

Sheila Kree sorriu e levantou Presa de Égide. Com um guincho, Josi correu até a porta e a atravessou, alcançando o ar úmido e salgado. Ele ouviu a explosão por trás dele, do martelo se chocando contra o batente e ouviu a risada dos vários clientes brutais lá dentro. Josi não olhou para trás. Na verdade, quando parou de correr, ele estava contra a parede da Cutelo, se perguntando em como nos Nove Infernos ele explicaria essa situação para Arumn.

Ele ainda estava ofegante e tentando recuperar o ar quando viu Delly andando rápido pela rua, com a capa apertada contra si. Ela não deveria estar voltando tão tarde para a Cutelo, porque o lugar já estava repleto de clientes, a não ser que estivesse fazendo uma tarefa a pedido de Arumn. Suas mãos estavam vazias, exceto pelas dobras de sua capa, então Josi não teve dificuldade em perceber para onde ela fora, ou pelo menos a quem havia visitado. Quando ela se aproximou, o homem baixinho ouviu seus soluços, que apenas confirmou que Delly fora até Wulfgar e que o bárbaro havia partido ainda mais seu coração.

— Tá tudo bem? — perguntou o homem, indo encontrar a mulher. Delly pulou de surpresa, pois não havia percebido que Josi estava ali. — Por que a tristeza? — perguntou Josi com suavidade, levando suas mãos para dar tapinhas nos ombros de Delly e planejando usar esse momento de dor e vulnerabilidade em benefício próprio, para finalmente levar a mulher com quem havia fantasiado por anos para a cama.

Delly, apesar de seus soluços e expressão deprimida, subitamente o empurrou. O olhar que ela devolveu não era de luxúria, nem mesmo de amizade.

— Ele te machucou, Delly — comentou Josi baixinho, de forma reconfortante. — Ele te machucou, e eu posso te ajudar a se sentir melhor.

Delly caçoou abertamente dele.

— Foi você quem armou aquilo tudo, não foi, Josi Poças? — acusou ela. — Que bebum feliz você deve ser agora que Wulfgar foi embora!

Antes que Josi pudesse começar a responder, a mulher passou por ele e desapareceu dentro da Cutelo, um lugar onde ele não poderia segui-la. Ele ficou parado na rua vazia, nem meio à noite escura, sem ter para onde ir ou amigos com quem conversar. Culpou Wulfgar por isso.

Josi Poças passou aquela noite perambulando pelos becos e buracos das áreas mais perigosas de Luskan. Não falou uma palavra a ninguém durante aquelas horas, em vez disso, ouviu com cuidado, sempre alerta naqueles lugares. Para sua surpresa, ouviu algo importante e que não era uma ameaça. Era uma história interessante sobre Morik, o Renegado, e seu amigo bárbaro e um contrato gordo pra eliminar o capitão de um certo navio.

Capítulo 6

Altruísmo

— Bom, Lorde Dohni, vou me curvar até afundar a cara na lama — disse um velho camponês para Dohni Ganderlay no campo na manhã seguinte. Todos os homens e gnomos reunidos ao redor de Dohni caíram em uma gargalhada zombeteira.

— Vou ter que pagar imposto direto pra você agora? — perguntou outro. — Um pouco de cada coisa, a comida do porco e o porco também?

— Só a parte de trás do porco — disse o primeiro. — Tem que ficar com a da frente.

— Você fica com a parte que come, mas não a parte gorda que dá pra comer — disse um gnomo. — Não parece com como um nobre pensa?

Eles caíram na gargalhada mais uma vez. Dohni Ganderlay se esforçou muito, mas não conseguiu se juntar a eles. Ele entendia o bom humor, é claro. Esses camponeses não tinham muita chance de sair da lama em que chafurdavam, no entanto, agora, inesperadamente e sem aviso, parecia que o destino havia mudado para a família Ganderlay, como se um deles pudesse ascender na pirâmide social.

Dohni poderia ter aceitado as provocações, poderia se juntar à risada, e até mesmo feito alguns comentários por si só, exceto por um fato desconfortável, algo que o incomodara por toda aquela noite insone e por toda a manhã. Meralda não quisera ir. Se sua garota tivesse demonstrado algum sentimento positivo em relação a Lorde Feringal, então Dohni seria um dos homens mais felizes do norte. Ele sabia a verdade, e não conseguia superar sua culpa. Por isso, as brincadeiras o incomodaram aquela manhã naquele campo enlameado, mexendo com um ponto sensível que seus amigos não conseguiriam entender.

— E então, quando você e sua família vão morar no castelo, Lorde Dohni? — perguntou outro homem, se pondo na frente dele e se abaixando em uma reverência desajeitada.

Agindo apenas por instinto, antes que sequer pudesse parar para pensar no movimento, Dohni empurrou o ombro do homem, o jogando direto na lama. Ele se levantou rindo, assim como os outros.

— Olha, mas já tá agindo como um nobre! — riu o primeiro velho. — Melhor todo mundo ir pra lama, ou Lorde Dohni vai pisar na gente!

Imediatamente, todos os trabalhadores caíram de joelhos na lama e começaram a fazer reverências diante de Dohni.

Segurando sua fúria e se lembrando que eles eram seus amigos e não entendiam o que estava acontecendo, Dohni Ganderlay passou por eles e se afastou, com os punhos tão apertados que os nós de seus dedos estavam brancos e os dentes rangendo tanto que sua mandíbula doía, além de um fluxo constante de palavrões saindo de sua boca.

— E eu me senti tão idiota — Meralda disse de forma honesta para Tori, quando as duas garotas estavam em seu quarto na pequena casa de pedra. Sua mãe havia saído pela primeira vez em mais de uma semana e meia, de tão ansiosa que estava para ir contar a seus amigos que moravam ali perto sobre o período que sua filha havia passado com Lorde Feringal.

— Mas você tava tão linda naquele vestido — argumentou Tori. Meralda conseguiu abrir um sorriso fraco, mas grato, para sua irmã. — Ele não conseguia parar de olhar pra você, com certeza — acrescentou Tori. Pela expressão dela, a garotinha parecia estar perdida em uma terra dos sonhos de fantasia romântica.

— Nem a irmã dele, Lady Priscilla, parava de me esculachar — respondeu Meralda, usando o termo que os camponeses usavam para insultos.

— Bom, ela é uma vaca feia — rebateu Tori — e sua beleza só lembrou ela disso.

As duas garotas deram uma risadinha do comentário, mas a de Meralda não durou muito, e sua careta retornou.

— Como é possível que você não tá sorrindo? — perguntou Tori. — Ele é o lorde de Auckney e pode te dar tudo o que qualquer uma sempre quis.

— Pode? — rebateu Meralda de forma sarcástica. — Ele pode me dar minha liberdade? Ele pode me dar meu Jaka?

— Ele pode te dar um beijo? — perguntou Tori de forma travessa.

— Eu não tive como evitar o beijo — respondeu Meralda —, mas ele não vai ter nada além disso, não duvide. Eu vou dar meu coração pra Jaka e não pra um lorde cheiroso.

A declaração dela perdeu o fervor e sua voz foi sumindo até um sussurro quando a cortina se abriu e um Dohni Ganderlay furioso entrou com tudo no quarto.

— Sai — ele ordenou a Tori. Quando ela hesitou, com uma expressão preocupada na direção de sua irmã, ele rugiu ainda mais alto. — Vai embora, sua fofoqueira!

Tori correu para fora do quarto e se virou para olhar para seu pai, mas a expressão dele fez com que saísse da casa de vez.

Dohni Ganderlay virou a carranca na direção de Meralda e ela não sabia como reagir, porque ela não estava acostumada a ver seu pai assim.

— Papai — começou ela, hesitante.

— Você deixou ele te beijar? — rebateu Dohni Ganderlay com a voz tremendo. — E ele queria mais?

— Eu não consegui parar ele — insistiu Meralda. — Ele veio até mim do nada.

— Mas você queria que ele parasse.

— Claro que sim!

As palavras mal saíram de sua boca quando a mão grande e calejada de Dohni Ganderlay acertou o rosto de Meralda.

— E você quer dar seu coração e todo o resto para aquele garoto camponês, não é?

— Mas, papai...

Outro tapa acertou o rosto de Meralda, fazendo com que caísse da cama no chão. Dohni Ganderlay, botando para fora toda a sua frustração, se jogou sobre ela, com suas mãos grandes e endurecidas a esbofeteando, batendo em sua cabeça e ombros, enquanto gritava que ela era uma "vadia" e "vagabunda" que não pensava na mãe e não ligava para seus pais que a alimentavam e a vestiam.

Ela tentou protestar, tentou explicar que ela amava Jaka e não Lorde Feringal, que não havia feito nada de errado, mas seu pai não a ouvia. Ele continuou fazendo chover golpes e ofensas sobre ela, um após o outro, até ficar caída no chão, com os braços cruzados sobre a cabeça em uma tentativa inútil de se proteger. A surra parou de forma tão súbita quanto começou. Após algum tempo, Meralda ousou levantar seu rosto ferido do chão e lentamente se virar para olhar para seu pai. Dohni Ganderlay estava sentado na cama, com o rosto nas mãos, claramente chorando. Meralda nunca havia se sentido dessa forma antes. Ela foi até ele lentamente, calmamente, sussurrando que estava tudo bem. Uma raiva súbita substituiu as lágrimas dele e ele agarrou a garota pelos cabelos e a fez se levantar.

— Agora você vai me ouvir, garota — disse ele entredentes —, e vai me ouvir bem. Você não tem escolha. Nenhuma. Você vai dar pra Lorde Feringal tudo o que ele quiser e ainda mais, e vai fazer isso sorrindo. Sua mãe vai morrer, logo, sua garota tola, e Lorde Feringal pode salvar ela. Ela não vai morrer, não por causa do seu egoísmo.

Ele a sacudiu com força e então a soltou. Ela olhou para ele como se fosse um estranho, e isso, talvez tivesse sido a coisa mais dolorosa para Dohni Ganderlay, que já estava frustrado.

— Ou melhor — disse ele de forma aparentemente calma. — Vou garantir que esse Jaka Sculi morra, com o corpo nas pedras pras gaivotas e andorinhas do mar comerem.

— Papai... — protestou a jovem, com a voz pouco acima de um sussurro trêmulo.

— Fica longe dele — mandou Dohni Ganderlay. — Você vai até Lorde Feringal, e nem vai pensar em discutir.

Meralda não se mexeu, nem para secar as lágrimas que começaram a descer de seus delicados olhos verdes.

— Vai se limpar — instruiu Dohni Ganderlay. — Sua mãe vai chegar daqui a pouco e ela não vai te ver assim. São os sonhos dela, garota, e se você tirar isso dela, ela não vai durar.

Após isso, Dohni se levantou da cama e foi na direção de Meralda como se para abraçá-la, mas, quando suas mãos se aproximaram dela, ela ficou tensa de uma forma que o homem nunca vira antes. Ele passou por ela, com os ombros caindo em derrota.

Ele a deixou sozinha em casa e então, indo para a inclinação a noroeste da montanha, o lado rochoso onde ninguém cultivava nada, onde poderia ficar sozinho com seus pensamentos. E seus horrores.

— O que você tá fazendo? — perguntou Tori a Meralda quando a garota correu para casa assim que seu pai sumiu de vista. Meralda, que estava ocupada limpando o resto do sangue do canto de sua boca, não respondeu.

— Você devia fugir com Jaka — disse Tori de repente, com seu rosto se iluminando como se tivesse encontrado a solução para todos os problemas do mundo. Meralda olhou para ela com uma expressão de quem duvidava.

— Ah, mas seria o cúmulo do amor! — sorriu a mais jovem. — Fugir de Lorde Feringal. Eu não acredito que papai bateu em você.

Meralda olhou mais uma vez para o espelho prateado, observando seus hematomas: um lembrete pungente daquela explosão horrível. Ao contrário de Tori, ela acreditava por completo. Ela não era mais uma criança, e havia reconhecido a agonia no rosto de seu pai mesmo enquanto ele lhe batia. Ele estava com medo, com muito medo, por sua mãe e por todos eles.

Ela então entendeu sua obrigação. Meralda reconheceu que sua obrigação para com sua família era essencial não por causa de ameaças, mas por causa de seu amor por sua mãe e por sua irmãzinha irritante. Só então, olhando para o espelho e vendo seu rosto ferido, é que Meralda Ganderlay entendeu a responsabilidade que havia sido largada sobre seus ombros e a oportunidade que sua família havia recebido.

Ainda assim, quando pensou nos lábios de Lorde Feringal contra os seus e sua mão em seu seio, ela não conseguiu evitar estremecer.

Dohni Ganderlay nem estava ciente do sol baixando na água à distância, nem dos mosquitos que o acharam imóvel e estavam se banqueteando em seus braços e pescoço expostos. O desconforto não importava. Como ele podia ter batido em sua amada garotinha? De onde surgiu aquela raiva? Como ele podia ter ficado com raiva dela quando ela não havia feito nada de errado nem o tinha desobedecido?

Ele reviu aqueles momentos mais uma vez em sua mente, viu Meralda, sua bela e maravilhosa Meralda, caindo no chão para se esconder dele, para se cobrir e se proteger de seus golpes cruéis. No fundo, Dohni Ganderlay entendia que não estava com raiva dela, que sua frustração e fúria eram contra Lorde Feringal. Sua fúria vinha de um lugar insignificante no mundo, um lugar que fazia de sua família camponeses, que havia permitido sua esposa adoecer e que permitiria que morresse se não fosse pela intervenção possível de Lorde Feringal.

Dohni Ganderlay sabia daquilo tudo, mas, em seu coração, sabia apenas que, por motivos egoístas, havia jogado sua amada filha nos braços e na cama de um homem que ela não amava. Dohni Ganderlay sabia que estava sendo um covarde naquele momento, principalmente porque não podia criar a coragem de se jogar do afloramento rochoso, de se quebrar contra as rochas pontudas lá embaixo.

Parte 2
Seguindo uma estrada sombria

Eu vivi em muitas sociedades, de Menzoberranzan dos drow a Gruta das Pedras Preciosas dos gnomos das profundezas, a Dez-Burgos, governada como a maioria dos assentamentos humanos comuns, às tribos bárbaras e seus próprios modos curiosos, ao Salão de Mitral dos anões do Clã Martelo de Batalha. Eu vivi a bordo de um navio, um outro tipo completamente diferente de sociedade. Todos esses lugares têm costumes diferentes e convenções morais, todos têm estruturas governamentais variadas, forças sociais, igrejas e sociedades.

Qual é o sistema superior? Seria possível ouvir muitos argumentos em relação a isso, principalmente baseados em prosperidade, direito divino ou simplesmente destino. Para os drow, é apenas uma questão religiosa — eles estruturam sua sociedade de acordo com os desejos da caótica Rainha Aranha, então guerreiam constantemente para mudar os detalhes daquela estrutura, embora nunca a estrutura em si. Para os gnomos das profundezas, é uma questão de prestar homenagem e respeito aos anciãos de sua raça, aceitando a sabedoria daqueles que viveram por tantos anos. No assentamento humano de Dez-Burgos, a liderança vem da popularidade, enquanto os bárbaros escolhem seus líderes apenas por habilidade física. Para os anões, a liderança vem da linhagem. Bruenor se tornou rei porque seu pai era rei, e o pai do pai dele antes dele, e o pai do pai do pai dele antes dele.

Eu meço a superioridade de qualquer sociedade de uma forma diferente, baseada completamente na liberdade individual. De todos os lugares onde vivi, eu prefiro o Salão de Mitral. Mas isso, eu entendo, é por causa da sabedoria de Bruenor em permitir a seu povo que tenha liberdade, e não por causa da estrutura política anã. Bruenor não é um rei ativo. Ele serve como porta-voz para o clã em questões políticas, como comandando em questões marciais e como mediador em conflitos entre seus súditos, apenas quando solicitado. O rei anão continua sendo ferozmente independente e compartilha essa alegria com aqueles do Clã Martelo de Batalha.

Já ouvi falar de muitas rainhas e reis, matriarcas mães, clérigas e clérigos que justificam sua regência e se absolvem de qualquer erro ao afirmar que os súditos que os servem precisam de orientação. Pode ser verdade em várias sociedades há muito estabelecidas, no entanto, se é dessa forma, é porque tantas gerações de condicionamento roubaram algo essencial do coração e da alma dos súditos, porque muitas gerações de subordinação roubaram do povo a confiança em determinar seu próprio caminho. Todos os sistemas de governo têm a característica de roubar a liberdade do indivíduo, de forçar certas condições nas vidas de cada cidadão em nome da "comunidade".

Esse conceito de "comunidade" é um que me é muito caro, e, com certeza, os indivíduos de qualquer sociedade devem sacrificar e aceitar certos desconfortos em nome do bem comum para fazer qualquer comunidade prosperar. Quão mais forte seriam se esses sacrifícios viessem do coração de cada cidadão e não por decretos de anciãos, matriarcas mães, rainhas ou reis?

Liberdade é a chave de tudo. A liberdade de ficar ou ir, de trabalhar em harmonia com outros ou escolher um curso mais individual. A liberdade em ajudar em coisas maiores ou se abster. A liberdade de construir uma boa vida ou viver em miséria. A liberdade de tentar qualquer coisa, ou simplesmente fazer nada.

Poucos discordariam desse desejo por liberdade. Todos os seres que conheci desejam o livre arbítrio, ou acreditam desejar. Quão curioso é o fato de que muitos se recusam a aceitar o custo inverso dela: responsabilidade.

Uma comunidade ideal funcionaria bem porque os membros individualmente aceitariam a responsabilidade do bem-estar um do outro e da comunidade como um todo, não porque receberam ordens, mas porque entendem e aceitam os benefícios dessa escolha. Porque há, de fato, consequências para cada escolha que fazemos, para tudo o que fazemos ou escolhemos não fazer. Essas consequências não são tão óbvias, infelizmente. A pessoa egoísta pode acreditar que está ganhando, porém, quando essa pessoa mais precisar de seus amigos, provavelmente não os encontrará e, no fim das contas, no legado que a pessoa egoísta deixar, não ficarão memórias gentis sobre ela.

A ganância da pessoa egoísta pode trazer o luxo material, mas não pode trazer as verdadeiras alegrias, o prazer intangível do amor. O mesmo vale para a pessoa repleta de ódio, a pessoa preguiçosa, a ladra e a valentona, a ébria e a fofoqueira. A liberdade permite que cada um tenha o direito de escolher a vida diante de si, mas a liberdade exige que a pessoa aceite a responsabilidade por essas escolhas, sejam elas boas ou ruins.

Frequentemente, ouvi histórias daqueles que acreditavam estar à beira da morte, que diziam rever os eventos de suas vidas, inclusive eventos do passado distante, ocultos nos confins de suas memórias. No fim das contas, eu acho, nos últimos instantes da existência, antes dos mistérios do que viria a seguir, recebemos a bênção, ou maldição, de rever nossas escolhas, de vê-las cruas diante de nossa consciência, sem a confusão das armadilhas do dia a dia, sem justificativas distorcidas ou o potencial de promessas vazias de redenção.

Quantas clérigas e clérigos, me pergunto, incluem esse momento mais vulnerável em suas descrições de céu e inferno?

— Drizzt Do'Urden

Capítulo 7

Abrindo mão de um velho amigo

O HOMEM IMENSO ESTAVA A APENAS UM PASSO DE distância. Josi Poças o viu chegando tarde demais. Chocado, foi lançado contra a parede, tentando se proteger, mas Wulfgar o tinha nas mãos em um instante, o levantando com uma mão e afastando as tentativas frágeis do homem baixinho de bater nele com a outra.

Então... Bang! Josi foi batido com força contra a parede.

— Eu quero de volta — disse o bárbaro calmamente. Para o pobre Josi, a serenidade na voz e na expressão de Wulfgar era talvez o mais apavorante da situação toda.

— O... O que você quer achar? — gaguejou o homem baixinho em resposta. Ainda usando apenas um braço, Wulfgar puxou Josi de contra a parede e o bateu de novo contra ela.

— Você sabe do que estou falando — disse ele — e eu sei que foi você quem pegou.

Josi deu de ombros e sacudiu a cabeça, o que lhe fez ser jogado mais uma vez contra a parede.

— Você pegou Presa de Égide — explicou Wulfgar, agora levando sua carranca bem diante do rosto de Josi — e se você não devolver, eu vou te despedaçar e juntar seus ossos para fazer minha próxima arma.

— Eu... Eu... Eu peguei emprestado... — Josi começou a dizer, mas foi interrompido por mais outra pancada contra a parede. — Eu achei que você ia matar Arumn! — gritou o homem. — Eu achei que você ia matar todo mundo.

Wulfgar se acalmou um pouco ao ouvir aquelas palavras intrigantes.

— Matar Arumn? — ecoou ele, incrédulo.

— Quando ele te botou pra fora — explicou Josi. — Eu sabia que ele ia te botar pra fora. Ele me disse isso quando você tava dormindo. Eu achei que você ia matar ele por causa da raiva.

— Então você pegou meu martelo?

— Sim — admitiu Josi —, mas eu queria pegar ele de volta. Eu tentei pegar ele de volta.

— Onde ele está? — Wulfgar exigiu saber.

— Eu dei para um amigo — respondeu Josi. — Ele deu pra uma pirata cuidar, pra ela deixar longe de você, assim não ia poder chamar. Eu tentei pegar de volta, mas a pirata não quer devolver. Ela tentou esmagar minha cabeça, é verdade!

— Quem? — perguntou Wulfgar.

— Sheila Kree do *Salto da Dama* — Josi respondeu sem sequer pensar. — Ela tá com ele e quer continuar assim.

Wulfgar fez uma longa pausa, digerindo a informação, analisando se era ou não verdade. Ele voltou a olhar para Josi, e sua carranca voltou dez vezes pior.

— Eu não gosto de ladrões — disse. Ele sacudiu Josi e, quando tentou resistir, chegando a dar uns tapas em Wulfgar, o bárbaro o afastou da parede e o bateu com força, depois mais uma vez.

— Apedrejamos ladrões de onde venho — rosnou Wulfgar enquanto batia Josi contra a parede com tanta força que o local se sacudia.

— E em Luskan algemamos rufiões — veio uma voz vinda da lateral deles. Wulfgar e Josi olharam para o lado e viram Arumn Gardbico sair do estabelecimento, junto com vários outros homens. Esses outros estavam bem mais atrás, porém, obviamente sem querer se envolver com Wulfgar, enquanto Arumn, com um tacape na mão, se aproximava com cautela. — Bota ele no chão — disse o taverneiro.

Wulfgar bateu Josi contra a parede mais uma vez então o abaixou até que ele ficasse de pé, mas o sacudiu com força e não o soltou.

— Ele roubou meu martelo e eu quero ele de volta.

Arumn encarou Josi.

— Eu tentei — uivou Josi —, mas Sheila Kree... É, é ela. Ela tá com ele e não quer devolver.

Wulfgar o sacudiu mais uma vez, fazendo seus dentes rangerem.

— Ela está com ele porque você o entregou —lembrou a Josi.

— Mas ele tentou pegar de volta — disse Arumn. — Ele fez o que podia. Agora, você pretende acabar com ele por isso? Vai te fazer se sentir melhor, Wulfgar, o bruto? Com certeza não vai te ajudar a ter seu martelo de volta.

Wulfgar encarou Arumn, então lançou seu olhar sobre o pobre Josi.

— Iria, de fato, fazer com que eu me sentisse melhor — admitiu ele, e Josi pareceu se encolher, tremendo visivelmente.

— Então vai ter que bater em mim também — disse Arumn. — Josi é meu amigo, como eu achei que você também era, e vou lutar por ele.

Wulfgar riu da ideia. Com um movimento simples de seu braço, ele jogou Josi aos pés de Arumn.

— Ele falou onde achar o martelo — disse Arumn.

Wulfgar entendeu a deixa e começou a se afastar, mas olhou para trás e viu Arumn ajudando Josi a se levantar, então pondo seu braço sobre os ombros do homem trêmulo e o guiando até a Cutelo.

A última imagem, uma cena de amizade verdadeira, incomodou profundamente o bárbaro. Ele havia tido uma amizade assim, já fora abençoado com amigos que viriam em seu auxílio mesmo quando as circunstâncias faziam parecer impossível. Imagens de Drizzt e Bruenor, de Regis e Guenhwyvar e principalmente de Cattibrie inundaram seus pensamentos.

Mas era tudo uma mentira, uma parte sombria dos pensamentos mais profundos de Wulfgar o lembrou. O bárbaro fechou os olhos e cambaleou, quase caindo. Havia lugares onde nenhum amigo poderia seguir, horrores que nenhuma amizade poderia aliviar. Era uma mentira, essa coisa de amizade, uma fachada criada por aquela necessidade tão humana e infantil de segurança, de se cobrir de falsas esperanças. Ele sabia disso porque vira como era inútil, vira a verdade, e era uma verdade sombria, de fato.

Sem sequer estar muito consciente da ação, Wulfgar correu até a porta da Cutelo e a abriu com tanta força que o barulho chamou a atenção de todos no local. Um único passo levou o bárbaro até Arumn e Josi, que havia jogado casualmente o tacape de Arumn de lado, então deu um tapa no rosto de Josi, o lançando por vários metros até cair no chão.

Arumn foi direto até ele, brandindo o tacape, mas Wulfgar o pegou em uma mão, tirando-o do taverneiro, então empurrou Arumn para trás. Levou o tacape para a frente dele, com uma mão em cada extremidade, e, com um rosnado e uma contração de seu pescoço e ombros imensos, quebrou a arma ao meio.

— Por que você tá fazendo isso? — perguntou Arumn.

Wulfgar não tinha nenhuma resposta, nem parou para olhar para eles. Em seus pensamentos distorcidos, havia tido uma vitória ali, ainda que pequena, sobre Errtu e os demônios. Ali ele havia acabado de negar a mentira da amizade, e, ao fazer isso, negado a Errtu uma arma, a arma mais dolorosa, para usar contra ele. Jogou a madeira quebrada no chão e saiu da Cutelo, sabendo que nenhum dos que o atormentaram ousaria segui-lo.

Ele ainda estava rosnando, murmurando maldições contra Errtu, contra Arumn, contra Josi Poças, quando chegou nas docas. Ele andou lentamente sobre o píer comprido, com suas botas pesadas se chocando contra a madeira.

— Ei, o que você tá fazendo? — perguntou uma senhora idosa.

— O *Salto da Dama*? — perguntou Wulfgar. — Onde está?

— O barco daquela tal de Kree? — perguntou a mulher, mais para si mesma do que para Wulfgar. — Ah, ela não tá aqui. Deve tá fugindo, com medo daquele ali.

Quando ela terminou, apontou para a silhueta escura de uma embarcação esguia presa do outro lado das docas.

Wulfgar, curioso, se aproximou, notando as velas, sendo a última triangular, uma coisa que ele nunca havia visto antes. Quando atravessou o calçadão, ele se lembrou das histórias que Drizzt e Cattibrie haviam contado para ele, e então entendeu. *Fada do Mar*.

Wulfgar se empertigou, trazido de volta de seus pensamentos confusos pela lembrança do nome. Seus olhos percorreram o entabuamento, do nome ao balaústre do convés, e lá estava um marinheiro, o olhando de volta.

— Wulfgar! — cumprimentou Waillan Micanty. — Saudações!

O bárbaro deu meia volta e se afastou, batendo os pés.

— Talvez ele estivesse vindo falar conosco — raciocinou o Capitão Deudermont.

— É mais provável que ele estivesse apenas perdido — respondeu Robillard, cético. — Pela descrição de Micanty, a reação do bárbaro ao ver o *Fada do Mar* parecia mais ter sido de surpresa.

— Não podemos ter certeza — insistiu Deudermont, indo até a porta de sua cabine.

— Não precisamos ter certeza — rebateu Robillard, e então ele agarrou o capitão pelo braço para fazê-lo parar.

Deudermont realmente parou e se virou para encarar a mão do mago, e, então, os olhos inflexíveis do homem.

— Ele não é seu filho — lembrou Robillard ao capitão. — Ele é mais um conhecido, e você não tem nenhuma responsabilidade.

— Drizzt e Cattibrie são meus amigos — respondeu Deudermont. — Eles são nossos amigos, e Wulfgar é amigo deles. Vamos ignorar esse fato apenas por conveniência?

O mago, frustrado, soltou o braço do capitão.

— Por segurança, capitão — corrigiu ele —, não conveniência.

— Eu vou atrás dele.

— Você já tentou, e foi sumariamente rejeitado — o mago o lembrou sem rodeios.

— Mesmo assim, ele veio até nós ontem à noite, talvez desistindo daquela rejeição.

— Ou estava perdido nas docas.

Deudermont assentiu, reconhecendo a possibilidade.

— Nunca saberemos se eu não voltar até Wulfgar e perguntar — raciocinou ele, antes de voltar a ir até sua cabine.

— Mande outra pessoa — disse Robillard de repente, com a ideia tendo acabado de surgir em sua mente. — Mande o Senhor Micanty, talvez. Ou vou eu mesmo.

— Wulfgar não conhece nem você nem Micanty.

— Certamente há membros da tripulação a bordo que estiveram naquela viagem — insistiu o mago teimoso. — Gente que o conhece.

Deudermont sacudiu a cabeça em uma expressão determinada.

— Só há um homem a bordo do *Fada do Mar* que pode chegar até Wulfgar — disse ele. — Eu vou voltar até ele, e mais uma vez, se necessário, antes de voltarmos ao mar.

Robillard fez menção de responder, mas finalmente percebeu que seria inútil, então apenas jogou as mãos para o alto, em sinal de derrota.

— As ruas de Luskan não estão cheias de amigos seus, capitão — lembrou ele. — Cuidado, porque cada sombra pode ser perigosa.

— Eu sempre tomo e sempre tomei — disse Deudermont com um sorriso que aumentou quando Robillard foi até ele e conjurou diversas magias nele, magias para aparar golpes ou refletir projéteis, e inclusive uma para desviar certos ataques mágicos.

— Cuidado com a duração — avisou o mago.

Deudermont assentiu, grato pelas precauções de seu amigo, então foi na direção da saída.

Robillard se deixou cair em uma cadeira assim que o homem se fora. Ele pensou em sua bola de cristal e na energia necessária para operá-la.

— Vai ser muito trabalho para nada — disse ele com um suspiro frustrado. — Tanto para o capitão quanto para mim. Um esforço inútil por um rato de sarjeta indigno.

Ia ser uma longa noite.

— E você precisa tanto assim dele? — Morik ousou perguntar. Pelo mal humor de Wulfgar, ele sabia que realmente estava correndo um grande risco em até mesmo fazer a pergunta.

Wulfgar não perdeu tempo em responder à pergunta absurda, mas o olhar que ele lançou na direção de Morik já servia como resposta para o ladrão.

— Deve ser uma arma maravilhosa, então — disse Morik, mudando rapidamente de assunto para desviar a atenção de seu pensamento obviamente sacrílego.

Naturalmente, Morik sempre soube o quão magnífico era Presa de Égide, quão perfeita havia sido sua execução e o quão bem ele se encaixava nas mãos fortes de Wulfgar. Na cabeça do ladrão pragmático, nem isso justificaria uma excursão ao mar aberto atrás do bando implacável de Sheila Kree.

Talvez fosse algo mais abstrato, imaginou Morik. Talvez Wulfgar tivesse alguma ligação emocional ao martelo. Seu pai adotivo o tinha feito para ele, afinal. Talvez Presa de Égide fosse a única coisa restante de sua antiga vida, a que lembrava de quem ele já foi. Era uma pergunta que Morik não ousaria fazer, porque, mesmo que Wulfgar concordasse com ele, o bárbaro orgulhoso jamais admitiria, e provavelmente jogaria Morik para o alto apenas por perguntar.

— Você consegue organizar algo? — perguntou novamente Wulfgar, impaciente.

Ele queria que Morik conseguisse um navio rápido o bastante e comandado por alguém com conhecimento o bastante para alcançar Sheila Kree, segui-la talvez até outro porto ou pelo menos chegar perto o bastante para Wulfgar poder pegar um pequeno barco no meio da noite e embarcar em silêncio no navio pirata. Ele não esperava nenhuma ajuda para recuperar o martelo que fora entregue a Kree. Ele não achava que iria precisar.

— E seu amigo capitão? — respondeu Morik. Wulfgar olhou para ele, incrédulo. — O *Fada do Mar* de Deudermont é o navio caçador de piratas de maior reputação na Costa da Espada — disse Morik sem rodeios. — Se há um navio em Luskan que é capaz de alcançar Sheila Kree é o *Fada do Mar* e, pela maneira como o Capitão Deudermont te cumprimentou, acho que ele aceitaria a tarefa.

Wulfgar não teve numa resposta direta para as afirmações de Morik além de dizer:

— Arrume um barco diferente.

Morik o observou por um bom momento, então assentiu.

— Vou tentar — prometeu ele.

— Agora — instruiu Wulfgar. — Antes que o *Salto da Dama* chegue muito longe.

— Temos um trabalho — Morik lembrou a ele.

Com as finanças um pouco apertadas, a dupla havia concordado em ajudar um taverneiro a descarregar a carga de um navio: uma remessa de gado abatido, naquela noite.

— Eu descarrego a carne — ofereceu Wulfgar, e aquelas palavras soaram como música para os ouvidos de Morik, que nunca havia realmente gostado do trabalho honesto.

O ladrão não tinha ideia de por onde começar a procurar por um barco que alcançaria Sheila Kree, mas ele preferia muito mais procurar pelo tal barco, e talvez encontrar algumas vítimas para pugnar no caminho, a ficar encharcado e fedorento sob toneladas de carne salgada.

Robillard olhava para a bola de cristal, vigiando Deudermont enquanto o capitão seguia por uma avenida larga e bem iluminada, altamente vigiada pelos guardas da cidade. A maioria deles parava para cumprimentar o capitão e oferecer elogios. Robillard entendia a intenção deles mesmo sem poder ouvir as palavras pela bola de cristal, que só oferecia imagens, não som. Uma batida na porta quebrou a concentração do mago e fez a imagem em sua bola de cristal desaparecer em uma fumaça cinzenta em espiral. Ele poderia ter voltado à cena imediatamente, mas supôs que Deudermont não estava sob nenhum perigo imediato naquele momento, especialmente com a quantidade de magias defensivas que havia conjurado no homem. Ainda assim, preferindo a privacidade, ele gritou:

— Vai embora! — após o grito rude, ele decidiu pegar uma bebida forte.

Outra batida soou, dessa vez mais insistente.

— Você tem que ver isso, Mestre Robillard — veio a explicação em uma voz que reconhecia.

Com um rosnado de reclamação e uma bebida na mão, abriu a porta e viu um membro da tripulação de pé, olhando para trás, na direção da balaustrada perto da prancha de embarque. Waillan Micanty e outro marinheiro estavam ali, olhando para baixo, na direção das docas, aparentemente falando com alguém.

— Temos um convidado — comentou o marinheiro à porta de Robillard e o mago imaginou imediatamente que poderia ser Wulfgar. Sem saber se era algo bom ou ruim, Robillard começou a atravessar o convés, parando apenas para se virar e fechar a posta na cara do marinheiro curioso demais.

— Você não pode subir até Robillard dar a permissão — disse Micanty, e veio um pedido por silêncio vindo de baixo como resposta. Robillard foi até Micanty. O mago olhou para baixo e viu uma figura lamentável encolhida sob um cobertor, um sinal revelador, porque a noite certamente não estava fria.

— Quer falar com o Capitão Deudermont — explicou Micanty.

— De fato — respondeu Robillard.

Para o homem nas docas ele disse:

— E devemos deixar qualquer andarilho vir à bordo para falar com o Capitão Deudermont?

— Você não entende — respondeu o homem lá embaixo, abaixando a voz e olhando nervoso ao redor, como se esperasse que um assassino o atacasse a qualquer momento. — Tenho notícias que precisam ser ouvidas. Mas não aqui — continuou ele, olhando ao redor mais uma vez. — Não onde qualquer um pode ouvir.

— Deixe que suba — instruiu Robillard a Micanty.

Quando o marinheiro olhou para ele de forma cética, o mago retribuiu o olhar com uma expressão que lembrava a Micanty de quem ele era. Também deixava claro que Robillard achava um absurdo se preocupar que esse homem miserável pudesse causar problemas apesar do poder mágico de Robillard.

— Vou encontrá-lo em meus aposentos.

Alguns momentos mais tarde, Waillan Micanty levou o homenzinho trêmulo até a cabine de Robillard. Vários outros tripulantes curiosos esticaram suas cabeças para dentro do cômodo, mas Micanty, sem esperar pela permissão de Robillard, abriu espaço e fechou a porta.

— Você é Deudermont? — perguntou o homem.

— Não — admitiu o mago —, mas tenha certeza de que sou o mais próximo que chegará dele.

— Tenho que ver Deudermont — explicou o homenzinho.

— Qual é o seu nome? — perguntou o mago.

Ele balançou a cabeça.

— Só posso falar pra Deudermont — disse. — Mas não vem de mim, se é que me entende.

Nem um pouco paciente, Robillard certamente não entendia. Ele deu um peteleco no ar e lançou um raio de energia que fez o homenzinho pular para trás.

— Seu nome? — perguntou ele novamente e, quando o homem hesitou, ele lançou outro raio. — Tem muitos outros esperando, eu garanto — disse Robillard.

O homenzinho se virou para a porta, mas foi atingido no rosto por uma lufada de vento tremenda que quase o derrubou e o fez girar até estar de frente para o mago mais uma vez.

— Seu nome? — perguntou Robillard com calma.

— Josi Poças — disse Josi antes que pudesse pensar ou criar um nome falso. Robillard parou um instante para pensar no nome, tocando seu queixo com um dedo. Ele se reclinou em sua cadeira e ficou em uma posição pensativa.

— Me diga suas notícias, Senhor Poças.

— Pra Capitão Deudermont — respondeu Josi, obviamente sobrecarregado. — Querem matar ele. Muito dinheiro pela cabeça dele.

— Quem?

— Um homem grande — respondeu Josi. — Um grandalhão chamado Wulfgar e seu amigo Morik, o Renegado.

Robillard fez bem em esconder sua surpresa.

— E como você sabe disso? — perguntou ele.

— Todo mundo nas ruas sabe — respondeu Josi. — Querem matar Deudermont por dez mil peças de ouro, pelo que tão falando.

— O que mais? — Robillard exigiu saber, com sua voz quase ameaçadora. Josi deu de ombros, com seus olhos pequenos correndo pela cabine. — Por que você veio aqui? — pressionou Robillard.

— Achei que vocês tinham que saber — respondeu Josi. — Eu sei que eu ia querer saber se gente com a reputação de Wulfgar e Morik tivessem me caçando.

Robillard assentiu, então riu.

— Você vem até um navio, um navio caçador de piratas infame, entre as pessoas mais perigosas nas docas, para dar um aviso a um homem que você nunca viu, sabendo muito bem que fazer isso poderia te colocar em perigo mortal. Sinto muito, Senhor Poças, mas sinto uma inconsistência aqui.

— Achei que deviam saber — disse Josi mais uma vez, baixando os olhos. — Só isso.

— Acho que não — disse Robillard com calma. Josi voltou a olhar para ele, com uma expressão de medo. — Quanto você deseja?

A expressão de Josi se transformou em uma de curiosidade.

— Um homem mais sábio teria negociado mais antes da informação — explicou Robillard —, mas não somos ingratos. Cinquenta peças de ouro são o suficiente?

— Ah, é, sim — gaguejou Josi, antes de se corrigir. — É, não. Quer dizer, eu tava pensando em cem.

— Você é um negociante poderoso, Senhor Poças — disse Robillard antes de assentir para Micanty para acalmar o marinheiro cada vez mais agitado. — Sua informação pode muito bem ser valiosa, se não estiver mentindo, é claro.

— Não, senhor, nunca!

— Então cem de ouro será — disse Robillard. — Volte amanhã para falar com o Capitão Deudermont e você será pago.

Josi olhou ao redor.

— Eu não vou voltar se puder, Mestre Robillard — disse ele.

Robillard riu novamente.

— É claro — respondeu ele enquanto levava a mão até uma bolsa no pescoço. Ele pegou uma chave e jogou para Waillan Micanty.

— Resolva isso — disse ele ao homem. — Você vai encontrar o valor no armário inferior esquerdo. Pague em peças de dez. Então escolte o Senhor Poças para fora de nosso bom navio e mande alguns tripulantes para levá-lo com segurança para fora das docas.

Micanty mal podia acreditar no que estava ouvindo, mas não iria discutir com o mago perigoso. Ele pegou Josi Poças pelo braço e saiu da cabine.

Quando ele voltou pouco depois, ele viu Robillard inclinado sobre sua bola de cristal, estudando a imagem com mais atenção.

— Você acredita nele — afirmou Micanty. — O bastante para pagá-lo sem provas.

— Cem peças de cobre não é tanto dinheiro — respondeu Robillard.

— Cobre? — respondeu Micanty. — Eram de ouro. Eu vi!

— Era o que parecia — explicou o mago. — Mas eram de cobre, eu garanto, e são moedas que posso rastrear com facilidade para encontrar o Senhor Poças. Até mesmo para puni-lo, se necessário, ou para recompensá-lo apropriadamente pela informação se for verdade.

— Ele não veio até nós em busca de nenhuma recompensa — comentou Micanty, sempre observador. — Nem é amigo de Deudermont, com certeza. Não, me parece que nosso amigo Poças não gosta muito de Wulfgar ou desse tal Morik.

Robillard olhou mais uma vez em sua bola de cristal, então se reclinou em sua cadeira, pensando.

— Você achou o capitão? — Micanty ousou perguntar.

— Sim — respondeu o mago. — Venha. Veja isso.

Quando Micanty se aproximou de Robillard, ele viu a cena na bola de cristal mudar das ruas de Luskan para um navio em algum lugar do oceano.

— O capitão? — perguntou ele, preocupado.

— Não, não — respondeu Robillard. — Wulfgar, talvez, ou pelo menos o martelo mágico dele. Eu conheço a arma. Foi muito bem descrita para mim. Imaginando que me mostraria Wulfgar, minha pesquisa mágica me mostrou esse navio, *Salto da Dama* é o nome.

— Pirata?

— Provavelmente — respondeu o mago. — Se Wulfgar realmente está nele, provavelmente vamos encontrar o homem mais uma vez. Embora, se for ele, a história de nosso amigo Poças seja um pouco improvável.

— Você pode chamar o capitão? — perguntou Micanty, ainda preocupado. — Trazê-lo para casa?

— Ele não ouviria — disse Robillard com um sorriso de lado. — Algumas coisas o nosso teimoso Capitão Deudermont deve aprender sozinho. Vou observá-lo de perto. Vá e cuide da segurança do navio. Duplique a guarda, triplique, até, e diga aos tripulantes para vigiarem as sombras com cuidado. Se houver, de fato, alguém determinado a assassinar o Capitão Deudermont, podem acreditar que está por aqui.

Robillard estava sozinho mais uma vez, e então se virou para a bola de cristal, voltando à imagem do Capitão Deudermont. Ele suspirou, decepcionado. Esperava algo assim, mas ainda estava triste ao perceber que o capitão havia, mais uma vez, viajado para a região mais perigosa da cidade. Quando Robillard voltou a prestar atenção nele, Deudermont passou sob a placa da Rua da Meia-Lua.

Se Robillard pudesse verificar toda a área, ele poderia ter notado as duas figuras se esgueirando até um beco paralelo à avenida em que Deudermont havia acabado de entrar.

Tubarão Sinistro e Tedetalho seguiram por lá, então atravessaram um beco, saindo na Rua da Meia-Lua logo ao lado da Cutelo. Eles correram para dentro, porque Tubarão estava convencido de que era para onde Deudermont estava indo. A dupla se sentou à mesa em um canto à direita da porta, expulsando os dois clientes que estavam lá com rosnados ameaçadores. Eles se acomodaram e pediram bebidas a Delly

Curtie. Seus sorrisos presunçosos cresceram quando o Capitão Deudermont passou pela porta, indo até o bar.

— Ele não fica muito tempo sem Wulfgar aqui — comentou Tedetalho.

Tubarão primeiro decifrou as palavras, então a ideia por trás delas, e assentiu. Ele tinha uma boa ideia de onde Wulfgar e Morik pudessem estar. Um colega os vira perto das docas mais cedo naquela noite.

— Fica de olho nele — instruiu Tubarão. Ele levantou uma bolsa que havia preparado antes, então começou a sair.

— Muito fácil — comentou Tedetalho, retomando suas reclamações sobre o plano que Tubarão havia elaborado mais cedo.

— Ah, mas essa é a beleza do plano, meu amigo — disse Tubarão. — Morik é arrogante e curioso demais pra deixar passar. Não, ele vai morder a isca, vai sim, e ele vai correr até a gente ainda mais rápido.

Tubarão saiu e observou em volta. Ele não teve muita dificuldade em localizar uma das crianças de rua que estavam na área, servindo como olheiros ou meninos de recados.

— Vem cá, garoto — ele chamou um. O moleque, uma criança de não mais que dez invernos, o observou com desconfiança, mas não se aproximou. — Tenho um trabalho pra você — explicou Tubarão, levantando uma bolsa.

O garoto foi hesitantemente na direção do pirata de aparência perigosa.

— Pega isso aqui — instruiu Tubarão, entregando a bolsinha. — E não olha pra dentro — ordenou ele quando o garoto começou a afrouxar a amarração para olhar para espiar o conteúdo.

Tubarão mudou de ideia imediatamente, percebendo que o garoto poderia acabar achando que havia algo especial na bolsa, como ouro ou magia, e pudesse apenas fugir com ela. Ele a tirou da mão do garoto e a abriu, revelando seus conteúdos: algumas garras pequenas, como as de um gato, um pequeno vidro cheio com um líquido transparente e uma pedra aparentemente comum.

— Pronto, você já viu, então você sabe que não tem nada pra roubar — disse Tubarão.

— Eu não roubo — debateu o garoto.

— Claro que não — riu Tubarão. — Você é um bom rapaz, não é? Bom, você sabe de alguém chamado Wulfgar? Um cara grandão de cabelo amarelo que batia nas pessoas pra Arumn na Cutelo?

O garoto assentiu.

— E você conhece o amigo dele?

— Morik, o Renegado — recitou o menino. — Todo mundo conhece Morik.

— Bom pra você — disse Tubarão. — Eles tão nas docas, ou no caminho pra lá, eu acho. Você tem que achar eles e dar isso pra Morik. Fala pra ele e pra Wulfgar que um Capitão Deudermont quer encontrar com eles na Cutelo. Algo sobre um martelo grande. Você consegue?

O garoto sorriu como se a pergunta fosse ridícula.

— E você vai fazer isso? — perguntou Tubarão.

Ele pôs a mão no bolso e puxou uma peça de prata. Tubarão fez menção de entregar, mas mudou de ideia e levou a mão ao bolso novamente, a retirando com várias das peças de prata brilhantes.

— Você vai botar seus amiguinhos pra procurar em toda Luskan — instruiu ele, entregando as moedas para o menino de olhos arregalados. — Vai ter ainda mais, não duvide, se você conseguir trazer Wulfgar e Morik pra Cutelo.

Antes que Tubarão pudesse dizer mais alguma coisa, o garoto pegou as moedas, se virou, e desapareceu no beco.

Tubarão estava sorrindo quando se reuniu com Tedetalho pouco depois, confiante de que o moleque, e a grande rede de crianças de rua que ele acessara, completaria a tarefa rapidamente.

— Ele só espera — explicou Tedetalho, fazendo um movimento na direção de Deudermont, que estava inclinado no bar, bebericando uma taça de vinho.

— Um homem paciente — disse Tubarão, com aquele sorriso cheio de dentes verdes e amarelos. — Se ele soubesse quanto tempo tem de vida, taria com um pouco mais de pressa, eu acho.

Ele fez sinal para Tedetalho para que saíssem da Cutelo. Logo encontraram um telhado baixo próximo o suficiente para que tivesse uma boa visão da porta da frente da taverna.

Tedetalho puxou um tubo comprido e oco de trás de sua camisa, então pegou uma garra de gato, presa com algumas penas, de seu bolso. Se ajoelhando e se mexendo com cuidado, o meio-qullano tatuado virou a palma da sua mão direita para cima e então, pegando a garra de gato na sua mão esquerda, espremeu um pacote secreto em sua pulseira ao redor do pulso direito. Muito lentamente, o homem tatuado aumentou a pressão até o pacote se abrir e uma gota de uma seiva grudenta escorrer. Ele tocou a maior parte dela com a ponta da garra de gato, então enfiou o dardo na extremidade de sua zarabatana.

— Tedetalho paciente também — disse ele com um sorriso cruel.

Capítulo 8

Sentimentos agradáveis

— AH, OLHA SÓ PRA VOCÊ! — EXCLAMOU BIASTE Ganderlay quando foi ajudar Meralda com o novo vestido que Lorde Feringal enviara para o jantar naquela noite. Só então, só após Meralda haver retirado o vestido de gola alta que estivera usando o dia inteiro que sua mãe viu a extensão de seus hematomas, manchas roxas por todo o seu pescoço e ombros, marcas ainda maiores do que as duas em seu rosto.

— Você não pode ver Lorde Feringal desse jeito — lamentou Biaste. — O que ele vai achar de você?

— Então eu não vou — respondeu Meralda, nem um pouco animada, mas isso só serviu para agitar Biaste ainda mais. A resposta de Meralda fez o rosto cansado de Biaste se firmar em uma careta, um lembrete pungente para Meralda da doença de sua mãe e da única forma possível de curá-la.

A garota baixou o olhar e continuou olhando para baixo enquanto Biaste ia até as prateleiras, remexendo caixas e vidros. Ela encontrou cera de abelha e lavanda, raiz de confrei e óleo, então correu para fora e buscou um pouco de argila mais suave para pôr na mistura. Ela retornou rapidamente para o quarto de Meralda, com um pilão que usou para macerar as ervas, óleo e argila juntos vigorosamente.

— Eu vou dizer que foi um acidente — sugeriu Meralda enquanto Biaste ia até ela para começar a aplicar o unguento que ocultaria e acalmaria os hematomas. — Se ele caísse das escadas de pedra do

Castelo Auck, com certeza teria umas manchas roxas que fariam essas não parecerem nada!

— Foi assim que isso aconteceu? — perguntou Biaste, embora Meralda já houvesse insistido que havia se machucado ao se chocar acidentalmente contra uma árvore. Uma onda de pânico se abateu sobre a garota, porque ela não queria revelar a verdade, não queria dizer à sua mãe que seu pai, normalmente tão gentil e carinhoso, a havia agredido.

— Do que você tá falando? — perguntou ela, na defensiva. — Você acha que sou burra o bastante pra bater numa árvore de propósito, mamãe?

— Ah, claro que não — disse Biaste, conseguindo sorrir. Meralda também sorriu, aliviada por ter conseguido disfarçar. Biaste pegou o retalho de flanela que estava usando para esfregar os hematomas e bateu de forma brincalhona com ela na cabeça de Meralda. — Não tá tão ruim. Lorde Feringal nem vai perceber.

— Lorde Feringal me olha com mais atenção do que você pensa — respondeu Meralda, o que fez Biaste dar uma gargalhada antes de abraçar sua filha. Meralda achava que sua mãe estava um pouco mais forte hoje.

— Intendente Temigast disse que vocês vão caminhar nos jardins hoje — disse Biaste. — Ah, e a lua tá grande no céu. Minha menina, será que eu ia conseguir ousar esperar algo assim pra você?

Meralda respondeu com outro sorriso, porque ela temia que, se abrisse a boca, toda a raiva dessa situação injusta poderia sair, e isso faria sua mãe voltar para a cama.

Biaste pegou Meralda pela mão e a levou para o cômodo principal da cabana, onde a mesa já estava posta para o jantar. Tori estava sentada, se remexendo, impaciente. Dohni Ganderlay apareceu na porta naquele instante e olhou diretamente para as duas mulheres.

— Ela bateu de frente com uma árvore — comentou Biaste. — Dá pra acreditar na tolice dessa garota? Batendo de cara numa árvore quando Lorde Feringal quer ver ela!

Ela riu mais uma vez, assim como Meralda, que não piscava enquanto encarava seu pai. Dohni e Tori trocaram um olhar desconfortável e o momento passou. A família Ganderlay se sentou para um jantar tranquilo. Pelo menos teria sido tranquilo se não fosse a exuberância energética de Biaste Ganderlay, obviamente maravilhada.

Logo depois, bem antes do sol tocar a borda do horizonte a oeste, os Ganderlays se reuniram, do lado de fora de casa, vendo Meralda escalar a carruagem dourada. Biaste estava tão empolgada que correu até o meio da estrada empoeirada para acenar em despedida. Esse esforço, porém, parecia drenar todo o resto de suas forças, porque ela quase desmaiou, e teria tropeçado se não fosse o fato de Dohni Ganderlay estar ali para pegá-la e apoiá-la.

— Agora vai pra cama — instruiu Dohni e entregou gentilmente sua esposa para Tori, que a ajudou a entrar em casa.

Dohni esperou do lado de fora, observando a carruagem diminuir com a distância na estrada de terra. O homem estava dividido. Ele não se arrependia da lição que dera em Meralda — a garota precisava arrumar suas prioridades, mas bater na filha havia, em seu ponto de vista, o ferido tanto quanto à garota.

— Porque mamãe quase caiu, papai? — perguntou Tori logo depois, e o som da voz da menina pegou Dohni de surpresa. — Ela tava tão forte! Tava até sorrindo.

— Ela exagerou — explicou Dohni, não muito preocupado. Ele sabia a verdade sobre a condição de Biaste, "o quebranto", como chamavam, e entendia que era preciso mais do que bom humor para curá-la. O bom humor poderia dar um ânimo temporário, mas a doença acabaria com ela no fim. Seria preciso que as conexões de Lorde Feringal agissem para que se curasse.

Ele olhou para Tori e viu medo genuíno ali.

— Ela só precisa descansar — explicou ele, jogando um braço sobre os ombros da menina.

— Meralda disse que bateu numa árvore — Tori ousou dizer, fazendo a expressão de Dohni se fechar.

— Sim — concordou Dohni baixinho.

— Por que ela não quer? — perguntou ele a sua filha mais nova de forma impulsiva. — O próprio lorde tá interessado nela. É uma vida melhor do que ela ia poder ter.

Tori desviou o olhar, o que disse a Dohni que a mais nova sabia mais do que queria falar. Ele foi para a frente de Tori, e, quando ela tentou continuar desviando o olhar, ele a pegou pelo queixo e a forçou a olhar diretamente para ele.

— O que você sabe?

Tori não respondeu.

— Fala, garota! — exigiu Dohni, sacudindo Tori com força. — O que sua irmã tá pensando?

— Ela ama outra pessoa — disse Tori por fim.

— Jaka Sculi — concluiu ele em voz alta.

Dohni Ganderlay a segurou com menos força, mas estreitou os olhos. Ele havia suspeitado disso, havia entendido que os sentimentos de Meralda por Jaka Sculi pudessem ser mais fortes, ou pelo menos que Meralda pudesse acreditar que eram mais fortes. Dohni conhecia Jaka o bastante para entender que o rapaz era mais fachada do que profundidade. Ainda assim, Dohni não ignorava o fato de que quase todas as garotas da vila estavam encantadas pelo jovem taciturno.

— Ela vai me matar se souber que eu te contei — Tori começou a implorar, porém foi interrompida por outra sacudida forte. A expressão de seu pai era uma que ela nunca vira antes, mas tinha certeza de que era a mesma que Meralda havia testemunhado mais cedo.

— Você acha que isso é brincadeira? — gritou Dohni.

Tori começou a chorar e Dohni a soltou.

— Cala a boca e não fala nada pra sua mãe e pra sua irmã — instruiu ele.

— O que você vai fazer?

— Vou fazer o que precisa ser feito sem dar satisfação pras minhas garotas — rebateu Dohni.

Ele forçou Tori a se virar e a empurrou na direção da casa. A menina estava mais do que disposta a sair de lá, correndo porta adentro sem olhar para trás.

Dohni ficou olhando para a estrada vazia que levava ao castelo onde sua filha mais velha, sua bela Meralda, permutava seu coração e seu corpo pelo bem de sua família. Ele queria correr para o Castelo Auck e estrangular Lorde Feringal naquele momento, mas desistiu da ideia, se lembrando de que havia outro jovem com quem tinha que lidar.

Na praia rochosa do outro lado do Castelo Auck, Jaka Sculi observou a carruagem dourada atravessando a ponte e entrando no castelo de Lorde Feringal. Ele sabia quem estava lá antes mesmo de ver Meralda desaparecer no domínio do jovem lorde. Seu sangue ferveu e fez com que se sentisse nauseado.

— Maldito! — rosnou ele, com uma das mãos em punho na direção do castelo. — Droga, droga, droga! Eu vou, eu vou... achar uma espada e partir seu coração como você partiu o meu, Feringal! A alegria de ver seu sangue manchando o chão sob seus pés, de suspirar em seu ouvido moribundo que eu, não você, venci no final.

— Mas, se não puder, que seja — uivou o jovem antes de rolar na pedra úmida e bater seu braço contra a testa.

— Mas espera — gritou ele, se sentando e mexendo seus braços para que tocasse sua testa com seus dedos. — Estou febril. Uma febre trazida por Meralda. Feiticeira cruel! Uma febre trazida por Meralda e por Feringal, que me nega o que é meu por direito. Negue-o, Meralda! — gritou alto antes de perder o controle, chutando uma pedra e rangendo os dentes.

Ele recuperou o controle rapidamente, se lembrando de que apenas sua perspicácia poderia permitir que derrotasse Lorde Feringal, que sua esperteza permitiria que superasse a desvantagem injusta de seu inimigo, uma que fora concedida por nascimento e não pela qualidade do caráter. Então Jaka começou a formular seu plano, pensando em como poderia tornar essa doença mortal que sentia estar se alimentando de seu coração partido para obter alguma vantagem sobre a força de vontade daquela garota teimosa.

Meralda não podia negar os aromas e imagens incríveis do pequeno jardim no lado sul do Castelo Auck. Roseiras altas, brancas e cor de rosa, se misturavam com pés-de-leão e lavanda, o que formava o jardim principal, criando uma multitude de formas e cores que atraíam o olhar de Meralda em todas as direções. Amores-perfeitos preenchiam a área inferior e botões de perpétuas surgiam por entre as plantas mais altas como prêmios secretos para o observador mais atento. Mesmo sob a névoa incessante de Auckney, ou talvez principalmente por causa dela, o jardim brilhava, como mensagens sobre nascimento e renovação, sobre primavera e a própria vida.

Por mais encantada que estivesse, Meralda não podia evitar de desejar que seu acompanhante nesse entardecer não fosse Lorde Feringal, e sim seu Jaka. Ela não adoraria trazê-lo e beijá-lo aqui, entre os aromas e imagens das flores, entre o zumbir feliz das abelhas?

— Priscilla cuida daqui, no geral — comentou Lorde Feringal, caminhando educadamente um passo atrás de Meralda enquanto ela seguia ao longo da cerca do jardim.

A informação pegou Meralda de surpresa e fez com que repensasse sua primeira impressão da senhora do castelo de Auck. Qualquer pessoa que pudesse cuidar de um jardim com tanto amor e cuidado até chegar a esse nível de beleza deveria ter alguma qualidade que a redimisse.

— E você nunca vem aqui? — perguntou a mulher, se virando para olhar para o jovem lorde.

Feringal deu de ombros e sorriu encabulado, como se tivesse vergonha de admitir que raramente ia até o lugar.

— Então você não acha que é um lugar bonito? — perguntou Meralda.

Lorde Feringal correu até a mulher e pegou suas mãos entre as dele.

— Com certeza não é mais bonito do que você — disse ele imediatamente.

Muito mais corajosa do que havia sido no primeiro encontro, Meralda afastou sua mão.

— O jardim — insistiu ela. — As flores. Todas as suas formas e cheiros. Você não acha bonito?

— É claro — respondeu Lorde Feringal imediatamente, de forma obediente, pelo que Meralda percebeu.

— Então olhe pra elas! — gritou Meralda para ele. — Não fica só olhando pra mim. Olhe pras flores, pro resultado do bom trabalho da sua irmã. Tá vendo como elas vivem juntas? Como uma flor dá espaço pra outra, todas juntas, mas sem bloquear o sol?

Lorde Feringal acabou desviando o olhar de Meralda para observar a miríade de flores, e uma expressão estranha de compreensão surgiu em seu rosto.

— Você conseguiu ver — comentou Meralda após um silêncio longo. Lorde Feringal continuou a estudar as cores o cercando.

Ele se virou para Meralda como se estivesse maravilhado.

— Eu moro aqui a vida inteira — disse ele. — E, em todos esses anos... Não... décadas, esse jardim esteve aqui, mas eu jamais o vi. Foi preciso que você me mostrasse a beleza.

Ele se aproximou de Meralda e pegou sua mão na dele, então se aproximou e a beijou, embora não de forma urgente e exigente como em seu primeiro encontro. Ele foi gentil e agradecido.

— Obrigado — disse ele ao se afastar dela.

Meralda conseguiu oferecer um sorriso fraco em resposta.

— Bom, você devia era agradecer à sua irmã — disse ela. — É muito trabalho pra deixar assim.

— Eu irei — respondeu Lorde Feringal de uma forma nada convincente.

Meralda sorriu, entendendo, e voltou sua atenção para o jardim, pensando mais uma vez em como seria maravilhoso caminhar por lá ao lado de Jaka. O jovem lorde enamorado estava mais uma vez ao lado dela, perto demais, com as mãos sobre ela, e ela não conseguiu manter a fantasia. Em vez disso, focou-se nas flores, imaginando que, se só se perdesse na beleza delas, só olhando para elas até o sol se pôr e até depois, sob o brilho suave da lua, ela poderia sobreviver a essa noite.

Em defesa de Lorde Feringal, ele permitiu que ela passasse bastante tempo apenas parada ali, olhando as flores. O sol desapareceu e a lua surgiu, e, embora estivesse cheia, o jardim perdeu parte de seu brilho e encanto, exceto pelo aroma constante, se misturando como ar salgado.

— Você não vai olhar para mim a noite toda? — perguntou Feringal, gentilmente fazendo com que ela se virasse.

— Só tava pensando — respondeu Meralda.

— Fale sobre seus pensamentos — pediu ele, ansioso.

A mulher deu de ombros.

— Só coisa boba — respondeu.

O rosto de Lorde Feringal se iluminou com um sorriso.

— Eu aposto que estava pensando em como seria maravilhoso caminhar entre essas flores todos os dias — arriscou ele. — Vir para esse lugar sempre que desejasse, durante o dia ou durante a noite, até mesmo no inverno, para olhar para as águas frias e os icebergs que se formam no norte?

Meralda não era tola o bastante para negar as suposições ou acrescentar que havia imaginado essas coisas, mas com outro homem, seu amado Jaka, ao lado dela em vez de Lorde Feringal.

— Porque você pode ter isso tudo — disse Feringal, empolgado. — Você pode, e você sabe disso. Tudo isso e muito mais.

— Você mal me conhece — exclamou a jovem, quase entrando em pânico e mal acreditando no que ouvia.

— Ah, mas eu conheço, minha Meralda — declarou Feringal antes de ficar sobre um joelho, segurando sua mão em uma das dele e a acariciando gentilmente com a outra. — Eu te conheço, porque tenho procurado por você a vida inteira.

— Você tá falando tolices — murmurou Meralda, mas Feringal continuou.

— Sempre me perguntei se encontraria a mulher que poderia roubar meu coração — disse, e Meralda teve a impressão de que ele estava falando tanto consigo mesmo quanto com ela. — Outras já tentaram antes, é claro. Muitos mercadores desejaram criar um porto seguro em Auckney tentando oferecer suas filhas para o papel de minha esposa, mas nenhuma me interessou. — Ele se levantou de forma dramática, indo na direção do mar.

— Nenhuma — repetiu ele.

Feringal se virou para ela novamente, olhando em seus olhos.

— Até eu ser contemplado com a visão de Meralda. Em meu coração, sei que não há outra mulher em todo o mundo que eu teria como esposa.

Meralda gaguejou com essa afirmação, paralisada pela audácia do homem, pela velocidade absurda com que ele desejava seguir com essa corte. Assim que ela se levantou, tentando pensar em uma resposta, ele a abraçou, a beijando repetidamente, sem gentileza, forçando seus lábios contra os ela, com suas mãos correndo pelas costas dela.

— Eu preciso tê-la — disse ele, quase fazendo com que ela caísse.

Meralda levantou seu braço entre eles, batendo sua palma aberta no rosto de Lorde Feringal e o empurrando um passo atrás. Ela se afastou, mas ele a abraçou mais uma vez.

— Por favor, Meralda — gritou ele. — Meu sangue ferve dentro de mim!

— Você disse que me quer como esposa, mas tá me tratando como uma rameira! — gritou ela. — Ninguém se casa com uma mulher que já foi levada para a cama — implorou Meralda.

Lorde Feringal parou.

— Mas por quê? — perguntou o jovem ingênuo. — É amor, afinal, e, sendo assim, é certo. Meu sangue ferve e meu coração bate forte em meu peito por te desejar.

Meralda olhou desesperada em busca de uma fuga, e a encontrou vinda de uma fonte inesperada.

— Me perdoe, meu lorde — surgiu voz vinda da porta, e a dupla se virou e viu o Intendente Temigast saindo do castelo. — Eu ouvi um grito e temi que um de vocês pudesse ter escorregado e caído.

— Bom, como pode ver, não é o caso, então vai embora — respondeu Feringal, frustrado, sacudindo uma das mãos e se virando para Meralda.

Intendente Temigast olhou para o rosto pálido e apavorado da jovem, com uma expressão de empatia.

— Meu senhor — arriscou ele calmamente. — Se você de fato deseja se casar com essa mulher, então deve tratá-la como uma dama. Está tarde — anunciou ele. — A família Ganderlay aguarda o retorno de sua filha. Chamarei a carruagem.

— Ainda não — respondeu Lorde Feringal imediatamente, antes que Temigast pudesse sequer se virar. — Por favor — disse ele mais baixo e mais calmamente para Temigast, mas principalmente para Meralda. — Só um pouco mais?

Temigast olhou para Meralda que, relutantemente, assentiu.

— Voltarei em breve — disse Temigast antes de voltar ao castelo.

— Não vou aceitar mais suas tolices — avisou Meralda, ganhando confiança com o apelo desesperado dele.

— É difícil para mim, Meralda — ele tentou explicar com sinceridade. — Mais do que você poderia entender. Penso em você dia e noite. Fico impaciente esperando pelo dia em que finalmente estaremos casados, o dia em que se entregará por completo a mim.

Meralda não conseguiu responder, mas teve que se esforçar bastante para evitar que uma expressão de raiva surgisse em seu rosto. Ela pensou então em sua mãe, lembrou-se de uma conversa que ouvira entre seu pai e uma amiga da família, quando a mulher lamentou que Biaste provavelmente não sobreviveria ao inverno se não conseguissem encontrar um abrigo melhor ou algum clérigo ou curandeiro habilidoso para curá-la.

— Não esperarei muito, eu garanto — continuou Lorde Feringal. — Direi a Priscilla para começar as preparações ainda essa noite.

— Eu não disse que ia me casar com você — exclamou Meralda em um protesto fraco.

— Mas você vai se casar comigo, é claro — disse Feringal com confiança. — Toda a vila estará lá, uma feira que ficará nos corações e nas memórias por todas as vidas daqueles que a testemunharem. Naquele dia, Meralda, será você a quem eles celebrarão acima de tudo — disse ele, se aproximando e pegando em sua mão de novo, dessa vez com gentileza e respeito. — Daqui a anos. Não... décadas, as mulheres da vila ainda comentarão sobre a beleza da noiva de Lorde Feringal.

Meralda não podia negar que estava tocada pela sinceridade do homem e um pouco empolgada pela ideia de ter um dia tão incrível como o que Feringal havia descrito, um casamento do qual Auckney falaria por vários anos. Que mulher não desejaria algo assim?

Ainda assim, Meralda também não podia negar que, embora o casamento glorioso fosse atraente, seu coração desejava outro. Ela estava começando a notar outro lado de Lorde Feringal, uma natureza decente e cuidadosa, talvez enterrada sob as armadilhas de sua criação. Apesar disso, Meralda não conseguia esquecer, nem por um instante, que Lorde Feringal simplesmente não era seu amado Jaka.

Intendente Temigast retornou e anunciou que a carruagem estava pronta e Meralda foi até ele, mas não fora rápida o suficiente para desviar da última tentativa do jovem de roubar um beijo.

Não importava. Meralda estava começando a ver as coisas com clareza, entendia a responsabilidade que tinha para com sua família e iria colocar aquela responsabilidade acima de tudo. Ainda assim, foi uma viagem longa e infeliz pela ponte e pela estrada, com a cabeça da jovem presa em um turbilhão de tantos pensamentos e emoções conflitantes.

Mais uma vez, ela pediu para o condutor gnomo que a deixasse um pouco longe de casa. Tirando os sapatos desconfortáveis que Temigast havia enviado junto ao vestido, Meralda caminhou descalça pela rua sob a luz da lua. Confusa demais pelos eventos, e por pensar que em breve iria se casar, Meralda mal estava prestando atenção aos seus arredores e nem estava esperando, ao contrário do retorno daquele primeiro encontro, se encontrar com Jaka na estrada. Ela foi pega completamente de surpresa quando o jovem apareceu diante dela.

— O que ele fez com você? — perguntou Jaka antes que Meralda pudesse sequer dizer seu nome.

— Fez? — ecoou ela.

— O que você fez? — Jaka exigiu saber. — Você ficou lá por muito tempo.

— A gente caminhou no jardim — respondeu a mulher.

— Só isso? — a voz de Jaka ficou afiada naquele instante, de uma forma que fez Meralda recuar.

— O que você tá pensando? — ela ousou perguntar.

Jaka deu um suspiro profundo e se virou.

— Eu não tô pensando, e esse é o problema — lamentou ele. — Que magia você jogou em mim, Meralda? Ah, o encantamento! Eu sei que o infeliz do Feringal deve se sentir da mesma forma — acrescentou ele, tornando a se virar para ela. — Que homem não se sentiria?

Um sorriso se abriu no rosto da jovem, mas não ficou, não mesmo. "Por que Jaka estava agindo de forma tão peculiar, tão apaixonada, de repente?", ela se perguntou. "Por que ele não havia agido dessa forma antes?"

— Ele a teve? — perguntou a Jaka, se aproximando demais. — Você permitiu?

As perguntas atingiram a Meralda como uma toalha molhada direto no rosto.

— Como você pode me perguntar algo assim? — protestou ela.

Jaka caiu de joelhos, pegando ambas as mãos dela e as levando à própria bochecha.

— Porque eu morrerei de pensar em você com ele — explicou.

Meralda sentiu os joelhos se enfraquecendo e se sentiu nauseada. Ela era jovem e inexperiente demais, percebeu, e não conseguia processar nada disso: nem o casamento, nem as polaridades de Lorde Feringal, alternando entre educado e quase animalesco, e definitivamente não a conversão súbita de Jaka em um pretendente apaixonado.

— Eu... — começou ela. — A gente não fez nada. Ah, ele roubou um beijo, mas eu não beijei de volta.

Jaka olhou para ela, e o sorriso em seu rosto era um tanto perturbador para Meralda. Ele se aproximou, então, levando os lábios dele a se roçarem contra os seus e fazendo seu corpo inteiro pegar fogo, ao que parecia. Ela sentiu as mãos dele passeando por seu corpo, e ela não as temia, ao menos não da maneira que temia as de seu pretendente nobre. Não, dessa vez era algo empolgante, mas ainda assim o afastou.

— Você nega o amor que temos um pelo outro? — perguntou Jaka, ferido.

— Mas não tem a ver com a maneira como a gente se sente — Meralda tentou explicar.

— Claro que tem — disse o homem baixinho antes de se aproximar mais uma vez. — É tudo o que importa.

Ele a beijou gentilmente mais uma vez e Meralda percebeu que acreditava nele. A única coisa em todo o mundo que importava naquele momento era como ela e Jaka se sentiam em relação um ao outro. Ela devolveu o beijo, caindo cada vez mais fundo, despencando em um abismo de felicidade.

Então, ele se afastou dela, subitamente demais. Meralda abriu os olhos e viu Jaka caindo no chão, com um Dohni Ganderlay furioso de pé diante dela.

— Você é uma idiota? — perguntou o homem, e ele levantou o braço como se fosse atingir Meralda.

Uma expressão de dor apareceu em seu rosto bruto e ele imediatamente abaixou o braço, então o levantou de novo, agarrando Meralda com força pelos ombros e a girando na direção da casa. Dohni a empurrou na direção de casa, então de virou para Jaka, que levantou as mãos de forma defensiva na frente do rosto e disparou, tentando escapar.

— Não bate nele, papai! — gritou a jovem, e apenas aquele apelo parou Dohni.

— Fica longe da minha garota — avisou Dohni a Jaka.

— Eu amo... — Jaka começou a responder.

— Eles vão encontrar seu corpo na praia — disse Dohni.

Quando Meralda gritou novamente, o homem autoritário se virou na direção dela de forma ameaçadora.

— Pra casa! — ordenou ele.

Meralda correu a toda velocidade, sem sequer se preocupar em pegar os sapatos que havia deixado cair quando Dohni a empurrara. Dohni se virou para Jaka com os olhos vermelhos de raiva e das noites insones, uma visão das mais ameaçadoras da vida do jovem. Jaka se virou e fugiu. Ou pelo menos tentou, porque antes de ter avançado três passos Dohni o atingiu com uma investida voadora por trás de seus joelhos, fazendo com que caísse com o rosto no chão.

— Meralda implorou pra você não me bater — apelou o jovem apavorado.

Dohni se pôs sobre ele, puxando com força o jovem.

— Meralda não sabe o que é melhor pra Meralda — respondeu Dohni com um rosnado e um soco que faz a cabeça do jovem pender para o lado.

O jovem tentou gritar e sacudir os braços para afastar Dohni. Os golpes o acertaram, porém, um após o outro, fazendo os belos olhos de Jaka se fecharem e inchando ambos os seus lábios, arrancando um dente de seu sorriso perfeito e cobrindo suas bochechas normalmente róseas de hematomas. Jaka finalmente teve o bom senso de cobrir seu rosto ferido com seus braços, mas Dohni, com sua raiva longe de estar aplacada, simplesmente mirou seus golpes mais para baixo, atingindo Jaka repetidamente no peito. Sempre que Jaka tentava abaixar um braço para bloquear o peito, Dohni fazia um soco entrar em seu rosto mais uma vez.

Finalmente, Dohni saiu de cima do homem, o agarrou pela frente da camisa e o fez se levantar com um puxão súbito e violento. Jaka estendeu as mãos em sinal de rendição. Aquele ato covarde só fez com que Dohni o atingisse mais uma vez com um cruzado na mandíbula que fez o jovem cair novamente. Dohni tornou a puxá-lo para cima, e ele preparou o braço mais uma vez. O gemido de Jaka fez com que Dohni pensasse em Meralda, do olhar inevitável no rosto dela quando ele chegou, com os punhos ensanguentados. Ele agarrou Jaka com ambas as mãos e o virou, fazendo com que corresse até em casa.

— Vai embora! — rosnou o homem para Jaka. — E não vem pra cima da minha garota de novo!

Jaka fez um som de lamento e seguiu cambaleando pela rua.

Capítulo 9

O fundo do poço

Robillard coçou o queixo quando viu a dupla, Wulfgar e Morik, saindo de um beco e indo na direção da porta da frente da Cutelo. Deudermont ainda estava lá dentro, um fato que não parecia agradável para o mago, dada toda a atividade que vira à porta da taverna. Robillard havia visto quando alguém suspeito saiu e pagou uma criança de rua. O mago entendia a utilidade dessas crianças. Quando havia pagado a criança, alguém bastante incomum, de fato, havia saído novamente da Cutelo e se misturado às sombras.

Wulfgar apareceu com um homem baixo e de pele marrom. Robillard não ficou surpreso quando a mesma criança surgiu parcialmente de um beco a alguma distância, sem dúvidas esperando pela oportunidade de retornar a seu lugar preferido de fazer negócios. Robillard entendeu o que estava acontecendo após juntar as peças junto com uma dose de suspeita justificável. Ele se virou para a porta e entoou uma magia simples, agarrando o ar e o agindo para abrir um portal.

— Senhor Micanty! — gritou ele, amplificando a voz com mais outra magia. — Saia com mais dois tripulantes e alerte a guarda da cidade — exigiu Robillard. — Para a Cutelo, na Rua da Meia-Lua a toda velocidade.

Com um rosnado o mago desfez o primeiro feitiço e fechou a porta mais uma vez, então voltou a observar atentamente as imagens na bola de cristal, se focando na porta da frente da Cutelo. Ele passou a observar o lado de dentro e viu Deudermont inclinado calmamente contra o bar.

Um tempo monótono se passou e Robillard voltou a prestar atenção no lado de fora por tempo o suficiente para notar Wulfgar e seu amigo ocultos pelas sombras, como se estivessem esperando por algo.

Assim que a visão mágica do mago atravessou mais uma vez a porta da taverna, ele viu Deudermont se aproximando da saída.

— Rápido, Micanty — murmurou Robillard baixinho, mas ele sabia que a guarda, por mais treinada que fosse, provavelmente não chegaria a tempo e ele teria que fazer algo. O mago bolou seu plano bem rápido: uma porta dimensional para o outro lado das docas e uma outra para o beco que seguia ao lado da Cutelo. Uma última olhada na bola de cristal mostrou Deudermont saindo e Wulfgar e o outro homem indo na direção dele. Robillard abandonou sua conexão mental com a bola e abriu sua primeira porta dimensional.

Tubarão Sinistro e Tedetalho se abaixaram nas sombras do telhado. O homem tatuado levou a zarabatana aos lábios no segundo em que Deudermont saiu da taverna.

— Ainda não — instruiu Tubarão, abaixando a arma com a mão. — Deixa ele falar com Wulfgar e Morik e chegar perto da minha pedra que vai tirar as proteções mágicas dele. E deixa os outros verem eles juntos, antes e quando Deudermont cair morto. — O pirata miserável lambeu os lábios em expectativa. — Eles ficam com a culpa, e a gente fica com a grana — disse.

— Wulfgar — cumprimentou Capitão Deudermont quando o bárbaro e seu acompanhante saíram das sombras e se aproximaram dele. — Meus homens disseram que você foi até o *Fada do Mar*.

— Não porque eu quis — murmurou Wulfgar, o que o fez levar uma cotovelada de Morik.

— Você disse que quer o martelo de volta — lembrou o homem para ele em voz baixa.

O que Morik realmente estava pensando, porém, era que essa poderia ser a oportunidade perfeita para que ele aprendesse mais sobre Deudermont, sobre as proteções do homem e, mais importante, suas fraquezas. O menino de rua havia encontrado o bárbaro e Morik nas docas e entregado a pequena bolsa com o conteúdo intrigante, além de explicar que o Capitão Deudermont desejava a presença deles na Cutelo na Rua da Meia-Lua.

Mais uma vez, Morik havia falado com Wulfgar dos lucros em potencial ali, mas recuou assim que viu a carranca perigosa. Se Wulfgar não queria cometer o assassinato, Morik tinha a intenção de fazer isso sozinho. Ele não tinha nada contra Deudermont, é claro, e normalmente não trabalhava com assassinato, mas o pagamento era simplesmente bom demais para se ignorar. Bom o bastante para Wulfgar, imaginou Morik, quando estiver vivendo no luxo, nos melhores quartos, com a melhor comida, a melhor bebida e as melhores mulheres.

Wulfgar assentiu e foi parar logo na frente de Deudermont, embora não houvesse aceitado a mão que o homem ofereceu.

— O que você sabe? — perguntou ele.

— Só que você foi até as docas e viu Waillan Micanty — respondeu Deudermont. — Supus que quisesse falar comigo.

— Tudo o que quero é informação sobre Presa de Égide — disse ele de forma amarga.

— Seu martelo? — perguntou Deudermont, olhando curioso para Wulfgar, só então notando que o bárbaro não estava com a arma.

— O garoto disse que você tinha informações — explicou Morik.

— Garoto? — perguntou o capitão, confuso.

— O garoto que me deu isso — explicou Morik, levantando a bolsa. Deudermont fez menção de pegá-la mas parou, vendo Robillard correndo do beco ao lado.

— Pare! — gritou o mago.

Deudermont sentiu uma dor aguda na lateral do pescoço. Ele levantou a mão por instinto para agarrar o que quer que fosse, mas, antes que seus dedos se fechassem ao redor da garra de gato, uma escuridão profunda tomou conta dele, fazendo com que dobrasse seus joelhos. Wulfgar saltou para a frente na intenção de agarrá-lo.

Robillard gritou e estendeu a mão na direção de Wulfgar, acertando o bárbaro direto no peito com uma bola de gosma grudenta que o fez se chocar contra a Cutelo e o prendeu ali. Morik virou-se e correu.

— Capitão! Capitão! — gritou Robillard antes de lançar outro globo na direção de Morik, mas o ladrão, sempre ágil, conseguiu desviar enquanto entrava correndo em outro beco.

Ele precisou mudar a direção quase imediatamente, porque, entrando do outro lado, estava uma dupla de guardas da cidade, empunhando tochas e espadas brilhantes. Ele teve o bom senso de jogar a bolsa que havia recebido do garoto em um cubículo na lateral do beco antes de se virar.

Toda a Rua da Meia-Lua entrou em frenesi então, com guardas e tripulantes do *Fada do Mar* saindo de cada ângulo imaginável.

Contra a parede da Cutelo, Wulfgar lutava com todas as forças para respirar. Sua mente foi levada de volta ao Abismo, à magia parecida que Errtu havia usado para prendê-lo, impotente diante de seus asseclas diabólicos. Essa imagem lhe trouxe fúria, e a fúria lhe trouxe força. O bárbaro frenético se equilibrou e puxou com força, arrancando tábuas da lateral do prédio.

Robillard, uivando de frustração e medo enquanto se ajoelhava ao lado de Deudermont, que mal respirava, acertou Wulfgar com outro globo, o prendendo novamente à parede.

— Eles o mataram! — gritou o mago aos guardas. — Peguem aquele rato!

— Hora ir — disse Tedetalho assim que as pernas de Deudermont falharam.

— Acerta ele de novo — implorou Tubarão.

O homem tatuado balançou a cabeça.

— Um dá. Hora ir.

Assim que ele e Tubarão começaram a se mexer, os guardas entraram na Rua da Meia-Lua e todas as avenidas que cercavam a área. Tubarão levou seu amigo pelas sombras até uma água-furtada na construção, onde deixaram a zarabatana e o veneno. Eles foram para outra água-furtada do outro lado e se sentaram com as costas contra a parede. Tubarão pegou uma garrafa e os dois começaram a beber, fingindo ser dois bêbados felizes e desavisados. Em alguns instantes, um trio de guardas se aproximou da extremidade do telhado e se aproximou deles. Após uma inspeção superficial e um grito vindo de baixo revelando que um dos assassinos havia sido capturado e o outro estava fugindo pelas ruas, os guardas se viraram com nojo.

Morik se virou e disparou para um lado, depois para o outro, mas o cerco estava se fechando. Ele encontrou uma sombra no canto de uma construção e achou que poderia se esconder ali enquanto seus perseguidores passavam quando começou a brilhar em uma luz mágica.

— Magos — murmurou Morik. — Odeio magos! — ele correu até uma construção e começou a escalar, mas foi pego pelas pernas e puxado, então espancado e chutado até que parasse de se debater. — Eu não fiz nada! — reclamou ele, cuspindo sangue a cada palavra enquanto o forçavam a se levantar.

— Cala a boca! — exigiu um guarda, batendo o punho de sua espada na barriga de Morik, fazendo ele se curvar de dor.

Ele meio caminhou meio foi arrastado de volta, onde Robillard trabalhava freneticamente em Deudermont.

— Corra e ache um curandeiro — instruiu o mago, e um guarda e dois tripulantes saíram.

— Que veneno? — exigiu o mago de Morik. Morik deu de ombros como se não entendesse. — A bolsa — disse Robillard. — Você tinha uma bolsa.

— Eu não tenho... — Morik começou a dizer, mas perdeu as palavras quando o guarda ao lado dele o atingiu com força na barriga mais uma vez.

— Refaça os passos dele — instruiu Robillard aos guardas. — Ele tinha uma pequena algibeira. Quero que encontrem.

— E quanto a ele? — perguntou um dos guardas, fazendo menção ao monte de carne que era Wulfgar. Com certeza não dá pra respirar debaixo daquilo tudo.

— Libere o rosto dele, então — sibilou Robillard. — Ele não deveria morrer tão fácil assim.

— Capitão! — gritou Waillan Micanty ao ver Deudermont.

Ele correu e se ajoelhou ao lado de seu capitão caído. Robillard pôs uma mão reconfortante no ombro do homem, encarando Morik de forma violenta.

— Eu sou inocente! — declarou o ladrão, mas, assim que ele gritou, veio outro grito, dessa vez direto do beco.

Um instante depois, um guarda surgiu correndo com a algibeira na mão. Robillard abriu a bolsa, primeiro levantando a pedra e sentindo imediatamente o que poderia ser. Ele havia passado pelo Tempo das Perturbações, afinal, e sabia bem sobre as regiões sem magia e como pedras vindas desses lugares poderiam dissipar qualquer magia perto delas. Se seu palpite estivesse certo, isso explicaria como Morik e Wulfgar haviam ultrapassado com tanta facilidade as proteções que havia lançado sobre o capitão.

Em seguida, Robillard levantou uma garra de gato da bolsa. Ele levou o olhar de Morik e de todos os outros do item incomum ao pescoço de Deudermont, de onde ele retirou outra garra semelhante do ferimento do capitão.

— De fato — disse Robillard de forma seca, levantando as sobrancelhas.

— Odeio magos! — murmurou Morik baixinho.

Uma cuspida de Wulfgar fez todos se virarem. O homem grandalhão estava tossindo restos da substância grudenta. Ele começou a rugir de raiva quase imediatamente e começou a puxar com tamanha ferocidade que toda a Cutelo se sacudia.

Robillard percebeu então que Arumn Gardbico e vários outros haviam saído do lugar e estavam de pé olhando incrédulos para a cena diante deles. O taverneiro caminhou até Wulfgar, então sacudiu a cabeça.

— O que você fez? — perguntou ele.

— Nada de bom, pra variar — comentou Josi Poças.

Robillard foi até eles.

— Você conhece esse homem? — perguntou ele a Arumn, fazendo um movimento de cabeça na direção de Wulfgar.

— Ele trabalhava pra mim desde que chegou em Luskan na primavera passada — explicou Arumn. — Até... — o taverneiro hesitou e olhou mais uma vez para o bárbaro, sacudindo a cabeça.

— Até...? — perguntou Robillard.

— Até ele ter raiva demais do mundo todo — Josi Poças ficou feliz em completar.

— Vocês serão convocados para testemunhar contra ele pelos juízes — explicou Robillard. — Os dois.

Arumn assentiu solenemente, mas a cabeça de Josi só se balançou, ansiosa. Talvez ansiosa demais, observou Robillard, mas, pessoalmente, ele precisava admitir que era grato ao pequeno miserável.

Uma multidão de clérigos chegou logo depois, e seu número e velocidade eram por si só um testemunho da reputação do caçador de piratas Capitão Deudermont. Em alguns instantes, o homem ferido foi levado em uma maca.

Em um telhado próximo, Tubarão Sinistro sorriu enquanto entregava uma garrafa vazia a Tedetalho.

A prisão de Luskan consistia em uma série de cavernas sob o porto, tortuosas e enlameadas, com paredes duras e dentadas de pedra. Fogo perpetuamente alimentado mantinha o lugar terrivelmente quente e úmido. Véus grossos de vapor irrompiam sempre que o ar quente se chocava com as águas frias da Costa da Espada que se infiltravam por ali. Havia algumas celas, reservadas principalmente para presos políticos, ameaças às famílias governantes e mercadores que poderiam se tornar mais fortes caso virassem mártires. A maioria dos prisioneiros, porém, não durava o bastante para receber celas, uma vez que logo seriam vítimas do macabro, e brutalmente eficiente, Festival do Prisioneiro.

A cela desse grupo consistia em algumas algemas altas o suficiente na parede para mantê-los na ponta dos pés, pendurados em agonia pelos braços. Completando aquela tortura estavam os carcereiros, valentões imensos, principalmente meio-ogros, caminhando lentamente e metodicamente pelo complexo com atiçadores brilhantes nas mãos.

— É tudo um grande erro, entende? — reclamou Morik para o último carcereiro que veio na direção dele e de Wulfgar.

O brutamontes deu uma risada baixa que parecia pedras sendo esfregadas e, casualmente, deu uma estocada com a ponta ardente do atiçador na direção da barriga de Morik. O ladrão, sempre ágil, saltou para o lado, puxando com força pelo seu braço acorrentado, mas, inda assim recebeu uma queimadura dolorosa no flanco. O carcereiro ogro continuou caminhando, indo na direção de Wulfgar e rindo de forma lenta.

— E você? — disse o brutamontes, levando seu hálito fedorento para perto do bárbaro. — Você também, né? Nunca fez nada pra merecer ser preso?

Wulfgar, com a expressão vazia, continuou a olhar em frente. Ele mal se encolheu quando o brutamontes poderoso o socou na barriga ou quando aquele atiçador horrível se chocou contra sua axila, fazendo sua pele fumegar.

— Esse é forte — disse o brutamontes antes de rir mais uma vez. — Mais diversão pra mim.

Ele levou o atiçador ao nível do rosto de Wulfgar e começou a movê-lo lentamente na direção do olho do homem.

— Ah, mas você vai gritar — disse ele.

— Mas nem tivemos um julgamento! — reclamou Morik.

— E você acha que isso importa? — respondeu o carcereiro, parando apenas para sorrir na direção de Morik. — Vocês são culpados porque é divertido, se não for por ser verdade.

Para Wulfgar, essa afirmação foi profunda. Assim era a justiça. Ele olhou para o carcereiro como se o visse pela primeira vez, vendo uma sabedoria simples ali, um ponto de vista vindo da observação. Pelas bocas de idiotas, pensou.

O atiçador se aproximou mais uma vez, mas Wulfgar encarou o carcereiro com um olhar extremamente calmo e devastador, um olhar nascido da confiança irrefutável de que esse homem, assim como todos esses mortais tolos, não poderia fazer nada a ele que se igualassem às agonias que sofrera nas mãos do demônio Errtu.

O carcereiro aparentemente entendeu a mensagem, ou algo assim, porque ele hesitou, até mesmo recuou o atiçador para que pudesse ver a expressão firme de Wulfgar mais claramente.

— Você acha que aguenta? — perguntou o torturador brutal a Wulfgar. — Você acha que consegue ficar com a cara assim quando eu acertar seu olho?

E mais uma vez ele se aproximou.

Wulfgar deu um rosnado que veio de um lugar muito, muito profundo dentro de si, um som feral, primordial, que roubou as palavras da boca de Morik antes que o ladrão pudesse começar a reclamar. Um rosnado que veio de seu tormento nos fossos do Abismo.

O bárbaro estufou o peito com força, reuniu sua força, e levou um ombro para a frente com tanta ferocidade e velocidade que a parte que prendia uma das algemas foi arrancada da parede, fazendo o carcereiro, chocado, cambalear para trás.

— Ah, mas eu vou te matar! — gritou o meio-ogro antes de avançar brandindo o atiçador como a um tacape.

Wulfgar estava pronto para ele. O bárbaro recuou, quase se virando de frente para a parede, então brandiu seu braço livre, com a corrente e o bloco de metal e pedra ainda presa a ela sibilando até bater contra o atiçador e arrancá-lo das mãos do carcereiro. Mais uma vez, o brutamontes cambaleou para trás, e, dessa vez, Wulfgar se virou por completo de frente para a parede, posicionando as pernas nela de forma que seus pés estavam bem firmes, um em cada lado da algema restante.

— Derruba as paredes! — incentivou Morik.

O carcereiro virou-se e correu.

Outro rosnado saiu de Wulfgar, e ele puxou com toda a força, fazendo cada músculo em seu corpo poderoso ser levado ao limite. Essa âncora estava presa melhor do que a outra, e a parede de pedra mais sólida, mas o puxão de Wulfgar foi tão impressionante que um elo na corrente pesada começou a ceder.

— Continua! — gritou Morik.

E assim Wulfgar o fez, e logo ele se afastou da parede, girando em uma cambalhota para trás. Ele caiu, sem nenhum ferimento, porém foi atingido por uma onda de angústia mais poderosa do que qualquer tortura que o carcereiro sádico poderia provocar. Na sua cabeça, ele não estava mais nas masmorras de Luskan, mas no Abismo, e, embora não estivesse mais preso por algemas, ele sabia que não haveria como fugir, não havia como obter a vitória sobre seus captores poderosos demais. Quantas vezes Errtu havia o enganado dessa forma, fazendo com que acreditasse estar livre apenas para o capturar e o arrastar de volta ao fedor e imundície, apenas para o espancar, então curar e, espancar mais um pouco?

— Wulfgar? — implorou Morik, puxando suas próprias algemas, embora sem resultado. — Wulfgar!

O bárbaro não podia ouvi-lo, de tão perdido que estava na espiral de sua mente enevoada. Wulfgar se deitou no chão em posição fetal, e estava tremendo quando o carcereiro voltou com uma dezena de companheiros. Pouco tempo depois, Wulfgar, espancado, estava novamente pendurado na parede, dessa vez com algemas feitas para gigantes e correntes sólidas que faziam seus pés ficarem dependurados a vários centímetros do chão e seus braços esticados para os lados. Como uma precaução extra, um bloco de espinhos afiados foi colocado por trás do bárbaro, para, caso ele puxasse com força, ele se empalaria em vez de arrancar as correntes. Ele agora estava em outra câmara, bem longe de Morik. Ele estava sozinho com as memórias do Abismo, sem ter onde se esconder, sem uma garrafa para distraí-lo.

— Devia tá funcionando — resmungou a mulher idosa. — São as ervas certas pro veneno.

Três clérigos caminhavam de um lado para o outro na sala, um murmurando orações, outro verificando Capitão Deudermont em busca de respiração, batimentos cardíacos e pulso, enquanto o terceiro só passava as mãos sobre seu cabelo bem cortado.

— Mas não tá funcionando — argumentou Robillard antes de olhar para os clérigos em busca de ajuda.

— Eu não entendo — disse Camerbunne, o clérigo de posto mais alto do trio. — Esse veneno resiste as nossas magias e até a um antídoto a base de ervas poderoso.

— E, já que a gente tem um pouco do veneno, era pra tá funcionando — afirmou a idosa.

— Se for o mesmo veneno — comentou Robillard.

— Você mesmo tirou daquele que se chama Morik — explicou Camerbunne.

— Isso não significa necessariamente... — Robillard começou a responder. Ele deixou a afirmação incompleta. A expressão nos rostos de seus quatro companheiros disse a ele que entenderam. — O que faremos, então? — perguntou o mago.

— Não dá pra prometer nada — alegou a idosa, levantando as mãos de forma dramática. — Sem o veneno, minhas ervas fazem o que dá.

Ela foi para a lateral da sala, onde haviam colocado uma pequena mesa para funcionar como sua bancada de trabalho, e começou a mexer com frascos e garrafas diferentes. Robillard olhou para Camerbunne. O homem o encarou de volta com uma expressão derrotada. Os clérigos haviam trabalhado incansavelmente em Deudermont desde o dia em que entrara sob seus cuidados, conjurando magias que deveriam ter neutralizado o veneno cruel que corria por ele. Essas magias traziam apenas um alívio temporário, desacelerando o efeito do veneno, permitindo ao capitão respirar com mais facilidade e abaixando um pouco sua febre, pelo menos. Deudermont não abrira os olhos desde o ataque. Logo depois, a respiração dele tornou a ficar chiada e começou a sangrar mais uma vez pelos olhos e pelas gengivas. Robillard não era um curandeiro, mas vira mortes o suficiente para entender que se não encontrassem algo logo, seu amado Capitão Deudermont não continuaria vivo.

— Veneno maligno — comentou Camerbunne.

— É uma erva, sem dúvidas — disse Robillard. — Nem má, nem maliciosa. Apenas é o que é.

Camerbunne sacudiu a cabeça.

— Tem um toque de mágica no veneno, não duvide, bom mago — declarou. — Nossas magias derrotam qualquer veneno natural. Não, esse foi preparado especialmente por um mestre e com a ajuda de magia das trevas.

— Então o que podemos fazer? — perguntou o mago.

— Continuamos lançando nossas magias para tentar dar a ele o máximo de conforto possível e esperamos que o veneno saia do corpo dele — explicou Camerbunne. — Podemos esperar que a velha Gretchen encontre a mistura certa de ervas.

— Mais fácil se a gente tivesse o veneno — reclamou Gretchen.

— E podemos rezar — terminou Camerbunne.

A última afirmação fez Robillard, ateu, fazer uma careta. Ele era um homem de lógica e regras específicas e não rezava.

— Vou até Morik, o Renegado e descobrir mais sobre o veneno — disse Robillard com um rosnado.

— Ele já foi torturado — garantiu Camerbunne ao mago. — Eu duvido que saiba de algo. Foi só algo que ele comprou nas ruas, sem dúvida.

— Torturado? — respondeu Robillard de forma cética. — Uns anjinhos, um cavalete? Não, isso não é tortura. Isso é uma brincadeira sádica, nada além disso. A arte da tortura se torna muito mais sofisticada quando a magia é aplicada.

Ele começou a ir na direção da porta, mas Camerbunne o pegou pelo braço.

— Morik não vai saber — disse ele novamente, encarando de forma sóbria para os olhos fundos e ultrajados do mago. — Fique conosco.

Fique com seu capitão. Ele pode não passar dessa noite, e, se ele acordar antes de morrer, seria melhor se visse um amigo à espera dele.

Robillard não tinha nenhum argumento contra aquele comentário pesado, então suspirou e voltou à sua cadeira, se deixando cair nela.

Pouco tempo depois, um guarda entrou na sala, o chamado de rotina do juiz.

— Diga a Jerem Boll e o velho Jharkheld que a acusação contra Wulfgar e Morik será de homicídio qualificado — explicou Camerbunne em voz baixa.

Robillard ouviu o clérigo e as palavras o fizeram se sentir ainda pior. Não importava muito para Wulfgar e Morik qual era a acusação que receberiam. De qualquer maneira, fosse homicídio qualificado ou doloso, eles seriam executados, embora, com o primeiro, o processo seria muito mais longo, para o prazer da multidão no Festival do Prisioneiro.

No entanto, vê-los morrer não satisfaria Robillard caso se seu amado capitão não sobrevivesse. Ele pôs sua cabeça entre as mãos, pensando mais uma vez em ir até Morik e punir o homem com magias sucessivas até que ele quebrasse e revelasse o tipo de veneno que fora utilizado. Mas Camerbunne estava certo, Robillard sabia, porque entendia ladrões de cidades como o Renegado. Com certeza Morik não havia feito o veneno, mas sim o conseguido de alguma fonte bem paga.

O mago levantou a cabeça, com um olhar de revelação em seu rosto acabado. Ele se lembrou dos dois homens que estiveram na Cutelo antes de Wulfgar e Morik chegarem, os dois homens que foram até o garoto que futuramente veio a correr até encontrar Wulfgar e Morik, o marinheiro sujo e seu companheiro tatuado. Ele se lembrou do *Salto da Dama*, navegando o mais rápido que podia para fora do porto de Luskan. Será que Wulfgar e Morik trocaram o martelo maravilhoso do bárbaro pelo veneno para matar Deudermont?

Robillard saltou de sua cadeira, sem saber bem por onde começar, mas acreditando que estava próximo a uma conclusão importante. Alguém, seja a dupla que havia sinalizado a chegada de Deudermont, ou a criança de rua que havia sido paga para ir até Wulfgar e Morik, ou qualquer um no *Salto da Dama* conhecia os segredos do veneno.

Robillard olhou mais uma vez para seu pobre e abatido capitão, tão obviamente perto da morte. Ele disparou para fora da sala, determinado a obter algumas respostas.

Capítulo 10

Passagem

Meralda caminhou hesitantemente para a cozinha na manhã seguinte, consciente do olhar de seu pai em sua direção. Ela olhou para sua mãe também, procurando por algum sinal de que seu pai contara a ela sobre sua indiscrição com Jaka na noite anterior. Mas Biaste estava radiante, alheia a tudo.

— Ah, o jardim! — gritou Biaste, toda sorrisos. — Fale do jardim! É bonito que nem Gurdy Harkins diz?

Meralda olhou para seu pai. Aliviado por também vê-lo sorrindo, ela pegou sua cadeira e a colocou perto da de Biaste.

— Mais bonito — disse ela com um sorriso aberto. — Todas as cores, mesmo no pôr do sol! E à noite, mesmo que não brilhe tanto, os aromas te prendem. Não foi só isso que chamou minha atenção — disse Meralda, forçando uma voz animada para dar as notícias que todos estavam esperando para ouvir. — Lorde Feringal pediu pra se casar comigo.

Biaste deu um gritinho de alegria. Tori deu um grito de surpresa, deixando cair parte da comida da boca. Dohni Ganderlay bateu as mãos contra a mesa, alegre.

Biaste, que mal conseguia sair da cama na semana anterior, corria de um lado para o outro, se arrumando e insistindo que deveria sair imediatamente e contar para todas as amigas, especialmente Gurdy

Harkins, que sempre agia de forma superior, porque às vezes costurava vestidos para Lady Priscilla.

— Por que você entrou ontem à noite tão aflita e chorando? — perguntou Tori a Meralda assim que estavam sozinhas em seus quartos.

— Só cuida do que te interessa — respondeu Meralda.

— Você vai morar no castelo e viajar pra Hundelrocha e Labareda e até pra Luskan e todos os lugares maravilhosos — insistiu Tori —, mas você tava chorando. Eu ouvi.

Com os olhos marejando novamente, Meralda encarou a menina e depois voltou as suas tarefas.

— É Jaka — concluiu a menina, com um sorriso se abrindo. — Você ainda tá pensando nele.

Meralda fez uma pausa de sua tarefa de afofar o travesseiro, se aproximou dela um instante, o que revelou a Tori que ela havia acertado, então girou de repente e lançou o travesseiro no rosto de Tori, seguindo--o com uma investida que tombou a irmã na cama.

— Fala que sou a rainha! — exigiu a mais velha.

— Você vai ser — rebateu a teimosa Tori, o que fez Meralda fazer mais cócegas nela. Logo Tori não aguentou mais e gritou repetidamente — Rainha, Rainha!

— Mas você tá triste por causa do Jaka — disse Tori, séria, alguns instantes depois, quando Meralda voltou a organizar as roupas de cama.

— Eu vi ele ontem à noite — admitiu Meralda. — Voltando pra casa. Ele ficou doente pensando em mim e Lorde Feringal. — Tori arfou e se balançou, se agarrando a cada palavra. — Ele também me beijou.

— Melhor que Lorde Feringal?

Meralda suspirou e assentiu, fechando os olhos enquanto se perdia na memória daquele momento curto, mas delicado, com Jaka.

— Ah, Meralda, o que você vai fazer? — perguntou Tori.

— Jaka quer que eu fuja com ele — respondeu ela. Tori gemeu e agarrou o travesseiro.

— E você vai? — Meralda se empertigou e lançou à menina um sorriso corajoso.

— Meu lugar é com Lorde Feringal — explicou.

— Mas, Jaka...

— Jaka não pode fazer nada pela mamãe, e nada por vocês — continuou Meralda. — Você pode dar seu coração a quem quiser, mas tem que dar sua vida pra quem é melhor pra você e pra quem você ama.

Tori ia começar a reclamar mais uma vez, mas Dohni Ganderlay entrou no quarto.

— Vocês têm trabalho — ele lembrou a elas e olhou para Meralda de uma forma que dizia à jovem que ele havia, de fato, ouvido a conversa. Ele até assentiu em aprovação de leve antas de sair do quarto.

Meralda passou por aquele dia perdida, tentando alinhar seu coração com a aceitação de sua responsabilidade. Ela queria o que era certo para sua família, queria mesmo, mas não podia ignorar seu coração, o desejo de aprender os modos do amor nos braços de um homem que amasse de verdade.

Nos campos nos degraus escavados da montanha, Dohni Ganderlay também estava devastado. Ele vira Jaka Sculi naquela manhã e os dois trocaram apenas um olhar rápido, de apenas um olho para Jaka, porque o esquerdo havia inchado a ponto de se fechar. Por mais que Dohni quisesse esganar o jovem por prejudicar sua família, ele não podia negar suas memórias de amor juvenil, memórias que faziam com que se sentisse culpado ao olhar para Jaka e vê-lo daquela forma. Algo mais insistente que responsabilidade havia atraído Jaka e Meralda na noite anterior, e Dohni lembrou a si mesmo de não guardar rancor, nem contra sua filha nem contra Jaka, cujo único crime, pelo que Dohni soubesse, era amar Meralda.

A casa estava silenciosa e perfeitamente quieta na escuridão logo após o pôr do sol, o que só aumentava o barulho feito por cada um dos movimentos de Meralda. A família havia se recolhido cedo após um longo dia de trabalho e da empolgação de Meralda por receber mais um convite para o castelo em três dias, acompanhado pelo vestido de seda verde mais bonito que as Ganderlays já viram. Meralda tentou vestir a roupa em silêncio, mas o material farfalhava e estalava.

— O que você tá fazendo? — veio um sussurro de Tori.

— Shh! — respondeu Meralda, indo logo ao lado da cama da garota e se ajoelhando para que Tori pudesse ouvir sua resposta sussurrada. — Volta a dormir e fique quieta — instruiu.

— Você vai ver Jaka! — exclamou Tori, e Meralda cobriu a boca da garota com sua mão.

— Não vou fazer isso — protestou Meralda. — Só tô experimentando.

— Não tá não — disse Tori, agora completamente acordada e se sentando. — Você vai ver Jaka. Fala a verdade ou vou chamar o papai.

— Promete que não vai falar nada? — disse Meralda, se sentando na cama ao lado de sua irmã. A cabeça de Tori se sacudiu, mostrando sua empolgação. — Eu espero encontrar Jaka lá fora, no escuro — explicou Meralda. — Ele sai toda noite pra olhar a lua e as estrelas.

— E você vai fugir pra casar com ele?

Meralda deu uma risada triste.

— Não, isso não — respondeu. — Eu vou dar minha vida a Lorde Feringal pelo bem da mamãe, do papai e pelo seu também — explicou ela. — E não me arrependo — acrescentou ela rapidamente, vendo que sua irmã estava aponto de reclamar.

— Não. Ele vai me dar uma boa vida no castelo, disso tenho certeza. Ele não é um homem ruim, mesmo tendo que aprender muita coisa. Mas hoje à noite vai ser pro meu coração. Uma noite com Jaka pra me despedir. — Meralda deu um tapinha no braço de Tori quando se levantou para sair. — Agora volta a dormir.

— Só se prometer me contar tudo amanhã — respondeu Tori. — Promete, ou vou contar.

— Você não vai — disse Meralda com confiança, porque ela entendia que Tori estava tão encantada pelo romance dessa história quanto ela. Ainda mais, talvez, porque a menina não entendia as consequências vitais dessas decisões como Meralda entendia. — Vai dormir — disse Meralda baixinho após beijar a testa de Tori.

Ajeitando o vestido com um olhar nervoso em direção à cortina que servia de porta do quarto, Meralda foi até a pequena janela e saiu pela escuridão.

Dohni Ganderlay viu sua filha mais velha desaparecer em meio à noite, sabendo muito bem o que ela pretendia fazer. Uma parte imensa dele queria segui-la, pegá-la com Jaka e matar aquele garoto problemático de uma vez, mas Dohni também sabia que sua filha voltaria, que ela faria o que era certo para a família como ela tinha dito à sua irmã naquela manhã. Aquilo partia seu coração, com certeza, mas ele entendia a atração e a insistência do amor juvenil. Decidiu dar a ela aquela noite, sem perguntas nem julgamentos.

Meralda caminhou pelo escuro com medo. Não de que algum monstro a atacasse, porque aquele era seu lar e a jovem nunca havia temido essas coisas, mas da reação de seus pais, especialmente de seu pai, se percebessem que ela não estava lá.

Em pouco tempo, porém, a mulher deixou sua casa para trás e se permitiu ser levada pela atração do céu estrelado. Ela foi até um campo e começou a girar e dançar, se regozijando pelo toque da grama nos seus pés descalços, como se estivesse se esticando até os céus para comungar com aqueles pontos brilhantes de luz. Ela cantarolou para si mesma suavemente, uma melodia baixa que parecia espiritual e que, certamente, se encaixava em como estava se sentindo ali, sozinha, em paz, como se fosse uma com as estrelas. Ela mal pensou em Lorde Feringal, em seus pais, em sua responsabilidade, ou mesmo em seu amado Jaka. Ela não estava pensando, apenas existindo na glória da noite e da dança.

— O que faz aqui? — veio uma pergunta por trás dela, a voz afetada de Jaka.

A magia desapareceu e Meralda se virou lentamente para olhar para o jovem. Ele estava ali, com as mãos nos bolsos, cabeça abaixada e seu cabelo castanho cacheado caindo sobre seu rosto para que ela não conseguisse ver seus olhos. De repente, outro medo atingiu a jovem, o medo do que ela imaginava que aconteceria naquela noite com aquele homem.

— Lorde Feringal te deixou sair? — perguntou sarcasticamente o jovem.

— Não sou fantoche dele — respondeu Meralda.

— Você não vai ser esposa dele? — exigiu Jaka. Ele olhou para cima e encarou a mulher, um tanto satisfeito ao ver os olhos dela se marejando. — É o que a vila toda tá falando — continuou, antes de mudar o tom de voz. — Meralda Ganderlay — gargalhou, soando como uma gnoma idosa. — Ah, como ela é sortuda! Imagina que o próprio Lorde Feringal veio chamar por ela!

— Para — implorou Meralda baixinho.

Jaka continuou mais intensamente, com sua voz mudando o timbre.

— E o que aquele tolo, Feringal tá pensando? — disse ele, agora com a entonação bruta de um aldeão. — Vai trazer desgraça pra todo mundo, com uma mulher tão abaixo dele. E com o quê? Umas cem mercadoras ricas e bonitas implorando pra casar com ele. Ai, o tolo!

Meralda deu as costas e de repente se sentiu mais tola do que bonita no vestido verde. Ela também sentiu uma mão no ombro, e Jaka estava lá, atrás dela.

— Você precisa saber — disse ele baixinho. — Metade das pessoas estão achando que Lorde Feringal é um tolo, e a outra metade tá cega com as falsas esperanças da situação toda, como se estivessem revivendo seus próprios cortejos através de você, desejando que as próprias vidas miseráveis fossem mais parecidas com a sua.

— E o que você acha? — disse Meralda com firmeza, se virando para encarar o homem e se aproximando para ver com mais clareza os hematomas em seu rosto, seu lábio inchado e seu olho fechado. Ela se recompôs imediatamente, entendendo bem como ele havia se ferido.

— Eu acho que Lorde Feringal acha que está acima de você — respondeu Jaka sem rodeios.

— E ele tá.

— Não! — a resposta veio afiada, fazendo Meralda pular para trás em surpresa. — Não, ele não é melhor do que você — continuou Jaka baixinho antes de levantar a mão para acariciar gentilmente a bochecha úmida de Meralda. — Na verdade, você é boa demais para ele, mas ele não vai ver as coisas assim. Não, vai te usar como quiser, e então te descartar.

Meralda queria discutir, mas não tinha certeza se ele estava errado. Não importava, porém, porque seja lá o que Lorde Feringal tinha em mente para ela, o que ele poderia fazer por sua família continuava sendo mais importante.

— Por que você veio pra cá? — Jaka perguntou mais uma vez, e pareceu para Meralda que só então ele notou o vestido, porque ele sentiu o material de uma das mangas bufantes entre o polegar e o indicador, percebendo a qualidade.

— Eu vim em busca de uma noite para Meralda — respondeu a jovem. — De uma noite em que meus desejos valem mais que minha responsabilidade. Uma noite...

Ela parou quando Jaka pôs um dedo sobre seus lábios, o mantendo ali por um bom tempo.

— Desejos? — perguntou ele de forma astuta. — E você me inclui entre eles? Você veio para cá, vestida assim, só pra me ver?

Meralda assentiu lentamente e, antes mesmo de terminar, Jaka estava contra ela, pressionando seus lábios nos dela, beijando-a de forma ávida e apaixonada. Ela se sentiu como se estivesse flutuando, e então percebeu que Jaka a estava guiando para a grama macia, mantendo o beijo por todo o percurso. As mãos dele continuaram a se mover pelo corpo de Meralda, e ela não as afastou, sequer paralisou quando roçaram em locais privados. Não. Essa era a noite dela, a noite em que se tornaria mulher com o homem de sua escolha, o homem de seus desejos, e não de suas responsabilidades.

Jaka baixou as mãos e puxou o vestido para cima, sobre suas coxas e não perdeu tempo em colocar as próprias pernas entre as dela.

— Mais devagar, por favor — disse Meralda suavemente, segurando o rosto dele entre as duas mãos e o mantendo bem perto, para que olhasse em seus olhos. — Quero que seja perfeito — explicou.

— Meralda — suspirou o homem, parecendo desesperado. — Não consigo esperar mais um minuto.

— Você não precisa — garantiu a jovem logo antes de puxá-lo para perto e beijá-lo gentilmente.

Logo depois, ambos estavam deitados lado a lado, nus na grama úmida, com o ar frio do oceano passando por seus corpos enquanto olhavam para o céu estrelado. Meralda se sentia diferente, zonza e tonta, e, de alguma forma, espiritualizada, como se houvesse acabado de ter passado por algo mágico, por um rito de passagem. Milhares de pensamentos corriam por sua mente. Como ela poderia voltar para Lorde Feringal após essa noite maravilhosa com Jaka? Como poderia virar as costas a esses sentimentos de puro acolhimento e alegria? Ela se sentia incrível naquele momento, e queria que durasse pelo resto de sua vida. O resto de sua vida com Jaka.

Mas não duraria, ela sabia. Iria embora no amanhecer, para nunca mais voltar. Ela havia acabado de ter seu momento. Um nó se prendeu em sua garganta. Para Jaka Sculi, o momento era um pouco diferente, embora não menos satisfatório. Ele havia tomado a virgindade de Meralda, havia chegado antes do próprio senhor de Auckney naquele lugar especial. Ele, um camponês inferior aos olhos de Lorde Feringal, havia tirado de Feringal algo que nunca poderia ser substituído, algo mais valioso que todo o ouro e pedras preciosas do Castelo Auck.

Jaka gostava daquela sensação, mas temia, assim como Meralda, que esse resplendor não durasse.

— Você vai casar com ele? — perguntou ele de repente.

Linda sob a luz da lua, Meralda virou seu olhar sonolento na direção dele.

— Não vamos falar sobre essas coisas hoje — implorou a mulher. — Nada sobre Lorde Feringal ou mais ninguém.

— Eu preciso saber, Meralda — disse Jaka com firmeza, se sentando e olhando para ela. — Diga.

Meralda lançou na direção dele o olhar mais repleto de lamentação que ele já vira.

— Ele pode ajudar minha mãe e meu pai — ela tentou explicar. — Você precisa entender que não é minha escolha — terminou Meralda, cada vez mais desesperada, com a voz falhando.

— Entender? — ecoou Jaka, incrédulo, se levantando e se afastando. — Entender! Como posso entender depois do que acabamos de fazer? Por que você veio até mim se planeja se casar com Lorde Feringal?

Meralda o alcançou e o agarrou pelos ombros.

— Eu vim em busca de uma noite em que eu possa escolher. Eu vim porque eu te amo e desejo de todo o meu coração que as coisas pudessem ser diferentes.

— Só tivemos um momento — choramingou Jaka, voltando a se virar para ela.

Meralda ficou na ponta dos pés e o beijou gentilmente.

— Temos mais tempo — explicou ela, com uma oferta que Jaka não poderia resistir.

Pouco tempo depois, Jaka estava deitado na grama mais uma vez, enquanto Meralda estava de pé, se vestindo.

— Diga não — disse Jaka de forma inesperada, e a jovem parou para olhar para ele. — Diga não a Lorde Feringal — disse Jaka novamente, de forma casual, como se fosse a decisão mais simples. — Esqueça ele e fuja comigo. Para Luskan, ou talvez até Águas Profundas.

Meralda suspirou e balançou a cabeça.

— Eu imploro que não me peça isso — ela começou a dizer, mas Jaka não desistiu.

— Pense na vida que teríamos juntos — disse ele. — Correndo pelas ruas de Águas Profundas, aquele lugar mágico! Correndo e rindo e fazendo amor. Formando uma família, e nossos filhos serão lindos.

— Para! — Meralda explodiu com tanta intensidade que fez Jaka se calar. — Eu sei o que eu quero, e também sei que não posso.

Meralda deu outro suspiro profundo. Foi a coisa mais difícil que já fez em toda sua vida, mas ela se abaixou, beijou a boca furiosa de Jaka uma última vez e então foi na direção de sua casa. Jaka se permitiu ficar deitado no campo por um bom tempo, com sua mente em um turbilhão. Ele havia conseguido sua vitória, e fora tão doce quanto ele imaginava. Ainda assim, a sensação não durou. Lorde Feringal se casaria com Meralda, e iria vencê-lo no fim. A ideia o deixava enojado. Ele olhou para a lua, agora oculta por trás das linhas de nuvens que corriam, rápidas.

— Ai dessa vida — resmungou.

Tinha que haver algo que ele pudesse fazer para vencer Lorde Feringal, algo para trazer Meralda de volta para ele.

Um sorriso confiante surgiu no rosto belo de Jaka. Ele se lembrou dos sons que saíram de Meralda, da forma como seu corpo se movera em harmonia com o dele.

Ele não perderia.

Capítulo 11

Todos trabalhando juntos

— Fale sobre o veneno — disse Prelado Vohltin, um associado de Camerbunne. Ele estava sentado em uma cadeira confortável no meio da sala extremamente quente, com sua silhueta delineada pelo brilho da lareira imensa e escaldante por trás dele.

— Nunca é bom — respondeu Morik, fazendo com que o carcereiro corpulento, sádico e de um olho só (e ele não fazia questão de usar um tapa-olho) apertar ainda mais o aparelho de tortura. Esse tinha mais sangue orc do que humano. — Veneno, no caso — explicou Morik, com a voz espremida pelas ondas de agonia que seguiam por seu braço.

— Não é o mesmo do veneno no frasco — explicou Vohltin antes de assentir para o carcereiro, que foi até atrás de Morik.

Ele tentou seguir os movimentos do meio-orc, mas ambos os braços estavam puxados para fora, algemado nos pulsos. Uma mão estava em uma prensa, a outra em uma caixa com uma estrutura de aparência estranha, com seus dedos sendo mantidos abertos, para que o carcereiro pudesse "brincar" com um de cada vez.

O prelado deu de ombros, levantando as mãos, e, quando Morik não respondeu imediatamente, um açoite se chocou contra as costas nuas do prisioneiro, deixando marcas profundas que doíam ainda mais por causa do suor.

— Você estava com o veneno — apontou Vohltin, sendo lógico — e as armas traiçoeiras, mas não era o mesmo veneno que estava no frasco que recuperamos. Um ardil inteligente, para nos desviar do caminho correto em tentar curar os ferimentos do Capitão Deudermont.

— Um ardil, de fato — disse Morik de forma seca. O carcereiro o açoitou mais uma vez e ergue a mão para um terceiro golpe. Vohltin, porém, levantou um braço para que o carcereiro parasse.

— Você admite? — perguntou Vohltin.

— Tudo isso — respondeu Morik. — Um ardil cometido por outra pessoa, que entregou pra mim e Wulfgar isso que vocês acham que é prova contra a gente, e então atacou Deudermont quando ele veio falar...

— Chega! — disse Vohltin, obviamente frustrado, porque tanto ele quanto todos os outros interrogadores ouviram a mesma história repetidamente tanto de Morik quanto de Wulfgar. O prelado se levantou e se virou para sair, sacudindo a cabeça. Morik sabia o que isso queria dizer.

— Eu posso falar outras coisas — apelou Morik, no entanto, Vohltin apenas levantou o braço e sacudiu a mão, descartando qualquer argumento.

Morik tentou falar mais uma vez, mas não conseguiu falar após o carcereiro desferir um soco forte em um de seus rins. Morik gritou e deu um pulo, o que fez com que a dor em sua mão e seu polegar ficassem ainda mais fortes. Ainda assim, apesar de todo o autocontrole, ele pulou mais uma vez quando o carcereiro o acertou com outro golpe, porque estava usando uma tira de metal pelos punhos incrustada com diversos cravos.

Morik pensou em seus visitantes drow aquela noite há tanto tempo naquele pequeno apartamento que possuía perto da Cutelo. Será que eles sabiam que aquilo estava acontecendo? Será que viriam resgatar Wulfgar e, se o fizerem, será que resgatariam Morik também? Ele quase havia falado a Wulfgar sobre eles naquelas primeiras horas em que estiverem acorrentados na mesma sala, hesitando apenas por temer que Wulfgar, obviamente tão perdido em memórias perturbadoras, sequer o ouvisse e que outra pessoa acabasse ouvindo.

Não seria maravilhoso se os juízes pudessem somar as acusações de ser um associado de drow às atuais? Não que importasse. Outro soco o acertou, então o carcereiro foi até o açoite, fazendo mais cortes nas costas do prisioneiro.

Se esses drow não viessem, seu futuro, Morik sabia, estaria selado da forma mais dolorosa possível.

Robillard havia saído há apenas pouco tempo, mas, ao voltar ao quarto de Deudermont, viu meio dúzia de clérigos trabalhando furiosamente sobre o capitão. Camerbunne estava mais para trás, dirigindo o grupo.

— Ele está pegando fogo por dentro — explicou o clérigo, e, mesmo à distância, Robillard podia ver que ele estava falando a verdade, tanto pela cor de Deudermont quanto pelas linhas de suor que corriam pelo seu rosto febril. Robillard também notou que a sala estava ficando mais fria e percebeu que dois dos seis que estavam atendando Deudermont não estavam conjurando magias de cura e, sim, de frio.

— Tenho magias que fazem o mesmo — ofereceu Robillard. — Magias poderosas em pergaminhos lá no *Fada do Mar*. Talvez meu capitão pudesse ser melhor assistido se seus clérigos pudessem se focar na cura.

— Corra — disse Camerbunne, mas Robillard fez ainda melhor ao usar a série de portas dimensioneis para retornar ao *Fada do Mar* em poucos instantes.

O mago procurou entre seus diversos componentes e tubos de pergaminhos, itens mágicos e peças incrivelmente bem-feitas que ele tinha a intenção de encantar quando tivesse tempo, até finalmente encontrar um pergaminho com três magias para criar gelo, junto aos componentes necessários. Se repreendendo por não estar mais bem preparado e prometendo a si mesmo que dedicaria todas as suas energias mágicas no dia seguinte para memorizar essas magias, Robillard retornou por suas portas até a câmara na capela. Os clérigos estavam trabalhando freneticamente, e a herbalista também estava ali, esfregando um bálsamo branco e cremoso sobre o peito molhado de suor de Deudermont.

Robillard preparou os componentes — um frasco de sangue de troll do gelo e um pouco de pelo de um grande urso branco — e desenrolou o pergaminho, o deixando aberto em uma mesa pequena. Ele desviou o olhar de Deudermont, moribundo, se focando na tarefa em mãos, e com uma disciplina que apenas um mago poderia ter, voltou metodicamente ao trabalho, entoando suavemente e mexendo os dedos das mãos. Ele pôs o sangue frio de troll do gelo no polegar e indicador, então pôs o pelo entre eles e soprou uma, duas, três vezes e, finalmente jogou o pelo no chão, além de em uma parede vazia na lateral da sala. Um som de coisas caindo começou a ecoar pela sala, vindo do granizo, se espalhando pelo chão, ficando mais alto à medida que as pedras ficavam maiores, até, em alguns instantes, Capitão Deudermont estar deitado sobre uma nova cama, um bloco de gelo.

— Esse momento é crítico — explicou Camerbunne. — A febre está muito forte e temo que ele possa morrer por causa dela. Sangue tão ralo quanto água está saindo de seus orifícios. Tenho mais clérigos em prontidão para assumir quando acabarem as magias de cura desse grupo, e mandei vários a outras capelas, mesmo a de deuses rivais, implorando por auxílio.

Camerbunne sorriu ante a expressão surpresa do mago.

— Eles virão — garantiu ele a Robillard. — Todos eles.

Robillard não era um homem religioso, principalmente porque, na época que tentava buscar um deus adequado a seu coração, se via irritado com as picuinhas constantes dentre as diversas igrejas. Então ele entendeu como o capitão era bem-quisto aos olhos de Camerbunne. Que reputação incrível Deudermont havia construído entre o povo honesto do norte da Costa da Espada para que todos pusessem de lado as rivalidades e animosidades para trabalharem juntos por ele.

Eles vieram, conforme Camerbunne havia prometido, clérigos de quase todas as fés em Luskan, chegando em grupos de seis para porem suas energias curativas em uso sobre o capitão em sofrimento.

A febre de Deudermont cedeu por volta da meia-noite. Ele abriu um olho, exausto, e viu Robillard adormecido ao seu lado. A cabeça do mago estava acomodada sobre os braços dobrados e apoiados na pequena cama do capitão, ao lado de Deudermont.

— Quantos dias? — perguntou o capitão, fraco, porque reconhecia que havia algo muito errado por ali, muito estranho, como se houvesse acabado de acordar de um pesadelo longo e terrível. Além disso, embora estivesse enrolado em um lençol, ele sabia que não estava em uma cama normal, porque era dura demais e suas costas estavam molhadas.

Robillard pulou com o som, de olhos arregalados. Ele pôs a mão na testa de Deudermont, e seu sorriso se abriu consideravelmente quando sentiu que o homem estava mais fresco.

— Camerbunne! — gritou, fazendo o capitão olhar confuso para ele.

Era a imagem mais bela que Robillard já viu.

— Três circuitos — veio a voz anasalada de Jharkheld, o juiz, um velho miserável magricela que tinha prazer demais no seu trabalho para o gosto de Morik.

Todos os dias o homem caminhava pelas cavernas da masmorra, apontando aqueles cuja hora para o Festival do Prisioneiro havia chegado e declarando, baseado na gravidade do crime ou, às vezes, em seu humor, o período de preparação para cada. O "circuito", de acordo com o carcereiro que batia frequentemente em Morik, era o tempo que a caminhada lenta ao redor da praça onde acontecia o Festival do Prisioneiro levava. Sendo assim, o homem que havia acabado de receber a informação sobre os três circuitos seria levado ao festival e torturado de várias formas por cerca de meia hora antes que Jharkheld sequer começasse a audiência. Isso era feito para inflamar a multidão, Morik entendia, e aquele velho miserável gostava bastante dos gritos animados.

— Então você veio me bater de novo — disse Morik quando o carcereiro bruto entrou na câmara natural de pedra onde ele estava acorrentado à parede. — Você trouxe o homem santo com você? Ou o juiz, talvez? Ele veio se juntar a nós pra me mandar para o festival?

— Não vou te bater hoje, Morik, o Renegado — disse o carcereiro. — Não querem mais nada de você. Capitão Deudermont não precisa mais de você.

— Ele morreu? — perguntou, sem conseguir esconder a leve preocupação do tom de sua voz. Se Deudermont houvesse morrido, a acusação contra ele e Wulfgar seria a de homicídio qualificado, e Morik estava em Luskan há tempo o bastante para ter testemunhado algumas execuções de pessoas sob essas acusações, execuções por tortura que duravam pelo menos a maior parte do dia.

— Não — disse o carcereiro com uma tristeza evidente na voz. — Não, a gente não teve tanta sorte. Deudermont tá vivo e bem melhor, então parece que você e Wulfgar vão morrer rápido.

— Ah, que maravilha — disse Morik.

O brutamontes fez uma pausa por um instante e olhou ao redor, então se aproximou de Morik e o golpeou com uma série de socos no estômago e no peito.

— Acho que Juiz Jharkheld vai te chamar pro festival logo — explicou o carcereiro. — Só tô me despedindo.

— Muito agradecido — respondeu Morik, sempre sarcástico, o que lhe rendeu um cruzado esquerdo na mandíbula que arrancou um dente e encheu sua boca de sangue.

A força de Deudermont estava retornando rapidamente, tanto que os clérigos estavam tendo dificuldades em manter o homem na cama. Eles ainda rezavam por ele, ministrando magias de cura, e a herbalista entrou com bules de chá e outro unguento calmante.

— Não pode ter sido Wulfgar — protestou Deudermont para Robillard, que contou a ele a história completa desde a quase tragédia em frente à Cutelo.

— Wulfgar e Morik — disse Robillard com firmeza. — Eu vi tudo, Capitão, e foi bom para você eu estar vigiando.

— Não faz sentido para mim — respondeu Deudermont. — Eu conheço Wulfgar.

— Conhecia — corrigiu Robillard.

— Mas ele é amigo de Drizzt e Cattibrie, e nós dois sabemos que aqueles dois jamais se envolveriam com um assassino. Nada bom, pelo menos.

— Era um amigo — corrigiu Robillard, de forma teimosa. — Agora Wulfgar faz amizade com gente como Morik, o Renegado, um ladrão de rua e outra dupla, acredito, bem pior.

— Outra dupla? — perguntou Deudermont e, assim que terminou de falar, Waillan Micanty e outro tripulante do *Fada do Mar* entraram na sala. Eles foram primeiro até o capitão, se curvaram e fizeram uma saudação, ambos com sorrisos abertos, porque Deudermont parecia ainda melhor do que mais cedo quando toda a tripulação havia corrido para atender ao chamado alegre de Robillard.

— Encontraram? — perguntou o mago, impaciente.

— Achamos que sim — respondeu Waillan com uma expressão convencida. — Se escondendo no porão de um barco a dois ancoradouros do *Fada do Mar*.

— Não têm saído muito ultimamente — acrescentou outro tripulante —, mas falamos com algumas pessoas na Cutelo que achavam que conheciam a dupla e disseram que o marinheiro de um olho só estava gastando moedas de ouro sem se preocupar com nada.

Robillard assentiu, entendendo. Então era um ataque contratado, e aqueles dois eram parte do plano.

— Com sua permissão, Capitão — disse o mago —, eu gostaria de tirar o *Fada do Mar* do porto.

Deudermont olhou para ele com curiosidade, porque o capitão não tinha ideia do que poderiam estar falando.

— Mandei Senhor Micanty em uma busca pelos dois outros cúmplices no ataque contra você — explicou Robillard. — Parece que os localizamos.

— Mas o Senhor Micanty acabou de dizer que estavam no porto — raciocinou Deudermont. — Eles estão a bordo do *Dama da Perna Frouxa*, como passageiros pagantes. Quando eu puser o *Fada do Mar* por trás deles, com as armas em prontidão, provavelmente vão entregar os dois sem luta — raciocinou Robillard, com os olhos brilhando.

Agora Deudermont conseguiu dar uma risada leve.

— Só gostaria de poder ir com vocês — disse.

Os três entenderam a deixa e se viraram imediatamente na direção da porta.

— E quanto ao Juiz Jharkheld? — perguntou Deudermont rapidamente antes que pudessem escapar.

— Eu pedi que não aplicasse a justiça à dupla por enquanto — respondeu Robillard —, atendendo ao seu pedido. Precisamos que eles confirmem que esses outros dois também estavam no ataque.

Deudermont assentiu e sinalizou para que o trio saísse, se permitindo ficar com seus pensamentos. Ele ainda não acreditava que Wulfgar poderia estar envolvido, embora não tivesse ideia de como poderia provar isso. Em Luskan, como na maioria das cidades de Faerûn, até mesmo a possibilidade de atividade criminosa poderia fazer um homem ser enforcado ou desmembrado, ou seja lá qual forma desagradável de morrer em que o juiz residente pudesse pensar.

— Um comerciante honesto, eu sou, e você não tem prova do contrário — declarou o Capitão Pinnickers do *Dama da Perna Frouxa*, se inclinando sobre o balaústre da popa e gritando reclamações em relação à aparição da catapulta, balista e fileiras de arqueiros treinados no convés do imponente *Fada do Mar*.

— Como já falei, Capitão Pinnickers, não viemos em busca do seu navio, nem de você, mas de uma dupla que está levando — respondeu Robillard com todo o respeito.

— Ah! Vai embora, ou vou chamar a guarda! — declarou o velho marinheiro.

— Não vai ser difícil — respondeu Robillard de forma arrogante antes de fazer sinal para as docas ao lado do *Dama da Perna Frouxa*.

Capitão Pinnickers se virou e viu uma centena ou mais de guardas contornando o píer, com expressões severas e armados para a batalha.

— Você não tem para onde correr ou se esconder — explicou Robillard. — Eu peço sua permissão mais uma vez como uma cortesia a você. Pelo seu bem, permita que eu e minha tripulação entremos a bordo de seu navio e encontremos a dupla que buscamos.

— Meu navio — disse Pinnickers, apontando para o próprio peito.

— Ou posso ordenar para que meus artilheiros ajam — explicou Robillard, alto e imponente no balaústre do *Fada do Mar*, com toda a fachada de educação descartada. — Eu vou me juntar a eles conjurando magias destrutivas que você nem sonha. Então vamos procurar pela dupla no meio dos destroços sem ajuda mesmo.

Pinnickers pareceu se encolher levemente, porém manteve sua expressão sombria e determinada.

— Vou oferecer a opção uma última vez — disse com sua falsa educação de volta.

— Muita opção — resmungou Pinnickers.

Ele sinalizou de forma impotente, indicando que Robillard e os outros deveriam ir até o convés. Eles encontraram Tubarão Sinistro e Tedetalho quase imediatamente, com Robillard os identificando sem problemas. Eles também encontraram um objeto interessante em uma viga perto do homem tatuado: um tubo oco.

— Zarabatana — explicou Waillan Micanty, entregando a Robillard.

— De fato — disse o mago, examinando a arma exótica e confirmando rapidamente sua utilidade pela sua aparência.

— O que alguém poderia atirar por aqui?

— Algo pequeno para caber no tubo — explicou Micanty. Ele pegou a arma, a pôs nos lábios e soprou pelo tubo. — Não funcionaria bem se passasse muito ar ao redor do projétil.

— Pequeno... como uma garra de gato? — perguntou Robillard, observando a dupla capturada. — Com penas flexíveis na extremidade?

Acompanhando o olhar de Robillard na direção dos prisioneiros, Waillan Micanty assentiu de forma sombria.

Wulfgar estava perdido muito além da dor, com o corpo mole dependurado pelas algemas em seus pulsos feridos e ensanguentados. Os músculos de sua nuca estavam tensos em nós há muito tempo, e mesmo se o libertassem e o soltassem no chão, apenas a gravidade mudaria sua postura. A dor fora além dos limites de Wulfgar e o libertara de sua prisão atual. Infelizmente para o grandalhão, essa fuga o levara para outra prisão, um lugar muito mais sombrio, com tormentos além de qualquer coisa que aqueles mortais poderiam causar a ele. Súcubos tentadoras, nuas e cruelmente belas voavam ao seu redor. Os grandes glabrezu, com seus braços de pinças, iam repetidamente até ele, cortando, cortando e tirando partes de seu corpo. E, durante todo o tempo, ele ouvia o riso demoníaco de Errtu, o conquistador. Errtu, o grande balor que odiava Drizzt Do'Urden acima de todos os outros mortais e que descontara aquela raiva incessantemente em Wulfgar.

— Wulfgar? — o chamado veio de bem longe, não em uma voz demoníaca e gutural como a de Errtu, mas gentil e suave.

Wulfgar conhecia a armadilha, a falsa amizade. Errtu havia usado dessa tática diversas vezes, o encontrando em momentos de desespero, o resgatando dos vales da emoção, e então o jogando ainda mais fundo no poço do desespero.

— Eu falei com Morik — continuou a voz, mas Wulfgar não estava mais ouvindo. — Ele diz ser inocente — continuou Capitão Deudermont teimosamente, apesar das dúvidas furiosas de Robillard, que estava a seu lado. — Ainda assim, Tubarão acusou a ambos vocês.

Tentando ignorar as palavras, Wulfgar soltou um rosnado baixo, certo de que era Errtu voltando para atormentá-lo.

— Wulfgar? — perguntou Deudermont.

— É inútil — disse Robillard.

— Me diga algo, meu amigo — continuou Deudermont, apoiado em uma bengala para ter algum apoio. — Algo que diga que é inocente para que eu peça ao Juiz Jharkheld que te liberte.

Não houve nenhuma resposta além do rosnado contínuo.

— Só diga a verdade — cutucou Deudermont. — Eu não acredito que você estava envolvido, mas preciso ouvir de você se for pedir um julgamento propriamente dito.

— Ele não pode responder, Capitão, porque não há verdade que possa exonerá-lo.

— Você ouviu Morik — respondeu Deudermont, uma vez que ambos haviam acabado de retornar da cela de Morik, em que o ladrão havia proclamado veementemente a inocência dele e de Wulfgar.

Ele explicara que Tubarão Sinistro havia oferecido um tesouro pela cabeça de Deudermont, mas que ele e Wulfgar recusaram imediatamente.

— Eu ouvi um homem desesperado criar uma história desesperada — respondeu Robillard.

— Podemos achar um clérigo para interrogá-lo — disse Deudermont. — Muitos têm magias que detectam mentiras.

— Não é permitido pela lei de Luskan. — Clérigos demais podem usar o interrogatório para benefício próprio. O juiz faz seu interrogatório de sua própria, e eficaz, forma.

— Ele os tortura até admitirem a culpa, quer seja verdade ou não — acusou Deudermont.

Robillard deu de ombros.

— Ele tem resultados.

— Ele enche o festival.

— Quantos no festival você acredita que sejam inocentes, capitão? — perguntou Robillard sem rodeios. — Mesmo aqueles inocentes do crime em específico pelo qual estão sendo punidos sem dúvida cometeram outras atrocidades.

— É uma visão bem cínica da justiça, meu amigo — disse Deudermont.

— É a realidade — respondeu Robillard.

Deudermont suspirou e tornou a olhar para Wulfgar, pendurado e rosnando, sem proclamar sua inocência, nem nada, na verdade. Deudermont chamou o homem mais uma vez. Até mesmo se moveu e o tocou no lado.

— Você precisa me dar um motivo para acreditar em Morik — disse.

Wulfgar sentiu o toque gentil de uma súcubo o atraindo para o inferno emocional. Com um rugido, ele sacudiu os quadris, pegando de raspão no capitão pego de surpresa, mas o acertando com força o bastante para fazê-lo cambalear até cair.

Robillard lançou uma bola da gosma grudenta de sua varinha, mirando baixo, na intenção de prender as pernas de Wulfgar contra a parede. O homem imenso se sacudiu ferozmente, mas com seus pulsos presos com firmeza e suas pernas presas à parede, o movimento não fez muita coisa além de aumentar a agonia em seus ombros.

Robillard logo estava diante dele, sibilando e sorrindo desdenhosamente, sussurrando as palavras de alguma magia. O mago estendeu a mão, a prendendo entre as pernas do homem, e lançou uma onda de eletricidade por Wulfgar que o fez uivar de dor.

— Não! — disse Deudermont, se esforçando para se levantar. — Chega.

Robillard deu uma torção firme e se afastou, com o rosto contorcido de raiva.

— Precisa de mais provas, Capitão? — exigiu ele.

Deudermont queria rebater, mas não encontrou nenhum argumento.

— Vamos embora desse lugar — disse.

— Seria melhor se nem tivéssemos vindo — murmurou Robillard.

Wulfgar estava sozinho mais uma vez, com menos dor até o material da varinha de Robillard se dissipar, porque a gosma segurava seu peso. Logo, porém, ele estava, mais uma vez, pendurado pelas algemas, com os músculos se contraindo em uma dor renovada. Ele então despencou, mais fundo e mais no escuro que jamais esteve.

Ele queria uma garrafa para esvaziar, precisava do líquido ardente para libertar sua mente dos tormentos.

Capítulo 12

Em honra à sua família

— O MERCADOR BANCI DESEJA UMA AUDIÊNCIA — anunciou Intendente Temigast quando chegou ao jardim.

Lorde Feringal e Meralda estavam em silêncio, sentindo os aromas e vendo as belas imagens, se misturando às flores e observando o brilho do pôr do sol laranja sobre as águas escuras.

— Traga-o para cá — respondeu o jovem, animado para exibir seu mais novo troféu.

— É melhor que vá até ele. Banci é nervoso, e está com pressa. Ele não será uma companhia agradável para a cara Meralda. E suspeito que ele arruinaria a atmosfera do jardim.

— Bom, não posso permitir isso — admitiu Lorde Feringal. Com um sorriso na direção de Meralda e um tapinha gentil em sua mão, ele foi na direção de Temigast.

Feringal passou pelo intendente e Temigast piscou para Meralda, para que ela soubesse que acabara de ser salva de um longo período de tédio. A jovem não se sentia nem um pouco insultada por ter sido excluída. Além disso, a facilidade com a qual Feringal havia concordado em sair a surpreendera.

Agora ela estava livre para aproveitar sozinha o jardim fabuloso, livre para tocar as flores e sentir a textura sedosa, de se regozijar com os aromas sem a pressão constante de ter um homem apaixonado seguindo cada movimento com seus olhos e mãos. Ela saboreou o momento e decidiu que, após se tornar senhora do castelo, ela passaria vários momentos sozinha nesse jardim.

Mas não estava sozinha. Ela girou e viu Priscilla a vigiando.

— Este é meu jardim, afinal — disse a mulher com frieza, indo regar uma fileira azul vívido de botões de escovinhas.

— Foi o que Intendente Temigast me disse — comentou Meralda.

Priscilla não respondeu. Sequer desviou os olhos enquanto regava.

— Fiquei surpresa ao saber disso — continuou Meralda, estreitando os olhos. — É tão bonito, afinal.

Isso fez Priscilla olhar imediatamente para ela. A mulher entendia bem de insultos. Com uma carranca, ela caminhou rapidamente na direção de Meralda. Por um instante, a jovem imaginou que Priscilla poderia bater nela ou encharcá-la, talvez, com o balde de água.

— Ah, você não é bonita? — comentou Priscilla. — E só alguém bonita como você poderia fazer um jardim tão bonito, naturalmente.

— Bonita por dentro — respondeu Meralda, sem recuar. Ela reconheceu que a postura dela havia, de fato, feito Priscilla baixar a guarda. — E sim, eu sei o suficiente sobre flores pra entender que o jeito que você fala com ela e toca nelas é o que faz elas crescerem. Com todo o respeito, Lady Priscilla, mas você não mostrou nenhum lado seu que seja bom pra flores.

— Com todo o respeito? — ecoou Priscilla.

Ela se empertigou, com os olhos arregalados, chocada pela audácia da camponesa. A lady gaguejou algumas respostas antes que Meralda a interrompesse.

— Pelo o que eu vejo, é o jardim mais bonito em toda Auckney — disse ela, parando de encarar Priscilla para absorver mais uma vez a visão das flores, enfatizando suas observações com um olhar de aprovação. — Eu achei que você fosse intolerante.

Ela se virou para encarar a mulher diretamente, mas Meralda não estava carrancuda. A expressão de Priscilla, também, havia se suavizado um pouco.

— Agora eu entendo melhor, porque qualquer pessoa que consegue fazer um jardim tão maravilhoso deve estar escondendo maravilhas nela também.

Ela terminou com um sorriso tão desconcertante que Priscilla não conseguiria ignorar com facilidade.

— Eu venho trabalhando nesse jardim há anos — explicou a mulher mais velha. — Plantando e cuidando, vendo flores trazendo cor a cada semana de cada verão.

— E dá pra ver — parabenizou Meralda com sinceridade. — Aposto que não tem um jardim assim nem em Luskan e nem mesmo em Águas Profundas.

Meralda não conseguiu segurar um leve sorriso ao ver Priscilla corar. Ela havia acabado de encontrar o ponto fraco da mulher.

— É um jardim bonito — disse a lady —, mas Águas Profundas tem jardins do tamanho do Castelo Auck.

— Maiores pode até ser, mas com certeza não são mais bonitos — comentou Meralda, incansável.

Priscilla gaguejou mais uma vez, obviamente pega de surpresa pelo elogio inesperado dessa plebeia.

— Obrigada — ela conseguiu dizer, e seu rosto redondo se iluminou com um sorriso que Meralda jamais poderia imaginar. — Gostaria de ver uma coisa especial?

Meralda estava relutante a princípio, porque ela com certeza tinha dificuldades de confiar em Priscilla, mas decidiu arriscar. A lady a agarrou pela mão e a puxou de volta ao castelo, passou por algumas salas menores, depois por uma escadaria oculta até um pequeno pátio que parecia mais um buraco no projeto do castelo, um espaço vazio que mal era largo o suficiente para ambas ficarem lado a lado. Meralda riu alto com a visão, porque, embora as paredes não fossem nada além de pedras cinzas e desgastadas, lá, no meio do pátio, estava uma fileira de papoulas, a maioria do vermelho comum, mas várias de uma variedade de um rosa delicado que Meralda não reconhecia.

— Eu trabalho nas plantas aqui — explicou Priscilla, guiando Meralda até os potes. Ela se ajoelhou primeiro na frente das papoulas vermelhas, acariciando o caule com uma mão enquanto empurrava as pétalas para revelar o centro escuro da flor com a outra. — Vê como o caule é áspero? — perguntou. Meralda assentiu enquanto estendia a mão para tocar a planta sólida.

Priscilla se levantou de repente e a guiou até os outros potes contendo papoulas mais claras. Mais uma vez, ela revelou o centro da flor, dessa vez mostrando que era branco, não escuro. Quando Meralda tocou o caule dessa planta, ela percebeu ser bem mais delicado.

— Há anos venho usando plantas cada vez mais claras — explicou Priscilla. — Até chegar a isso, uma papoula tão diferente de sua forma original.

— Papoulas Priscilla! — exclamou Meralda. Ela estava encantada em ver a rabugenta Auckney caindo na gargalhada.

— Mas você merece o nome — continuou. — Você deveria levá-las até os mercadores quando vierem em sua viagem entre Hundelrocha e Luskan. As damas de Luskan não pagariam um bom preço em uma papoula tão delicada?

— Os mercadores que vêm a Auckney estão interessados em comercializar apenas coisas práticas — respondeu Priscilla. — Ferramentas e armas, comida e bebida, sempre bebida, e talvez um pouco da arte em truta cabeça-dura de Dez-Burgos. Lorde Feri tem uma coleção grande delas.

— Eu adoraria ver.

Priscilla então lançou um olhar estranho na direção dela.

— Você vai, eu acho — disse de forma um tanto seca, como se houvesse acabado de se lembrar de que ela não era uma camponesa comum, mas a mulher que logo seria a senhora de Auckney.

— Mas você deveria vender suas flores — continuou Meralda de forma encorajadora. — Levar pra Luskan, talvez, pros mercados a céu aberto que ouvi que são tão maravilhosos!

O sorriso voltou ao rosto de Priscilla, ainda que leve.

— Bom, veremos — respondeu ela, com um toque de arrogância voltando a sua voz. — Naturalmente, apenas plebeus vendem seus bens.

Meralda não estava tão desanimada. Ela havia feito mais progresso com Priscilla naquele dia do que esperava fazer em uma vida.

— Ah, aí está você — Intendente Temigast estava de pé na porta para o castelo. Como sempre, ele havia chegado na hora certa. — Mil perdões, cara Meralda, mas Lorde Feringal ficará preso em uma reunião a noite inteira, temo eu, porque Banci pode ser um demônio no comércio, e ele realmente trouxe algumas peças que chamaram a atenção de Lorde Feringal. Ele solicitou que eu perguntasse se desejaria visitar o castelo amanhã durante o dia.

Meralda olhou para Priscilla, esperando encontrar alguma dica do que fazer, mas a mulher estava cuidando de suas flores novamente como se Meralda e Temigast sequer estivessem ali.

— Diga que certamente irei — respondeu Meralda.

— Espero que não esteja muito chateada conosco — disse Temigast. Meralda riu da ideia absurda. — Muito bem, então. Talvez você deva ir agora, porque a carruagem está esperando e temo que uma tempestade chegue hoje à noite. — completou o intendente enquanto abria espaço.

— Suas papoulas Priscilla são as flores mais bonitas que já vi — disse Meralda à mulher que logo seria sua familiar. Priscilla a pegou pelas pregas do vestido e, quando ela se virou, assustada, ficou ainda mais surpresa, porque Priscilla havia estendido uma pequena papoula cor de rosa para ela.

As duas sorriram uma para a outra e Meralda passou por Temigast e entrou no castelo propriamente dito. O intendente hesitou em segui-la, porém, levando sua atenção a Lady Priscilla.

— Uma amiga? — perguntou.

— Duvido — veio a resposta fria. — Talvez se ela tiver a flor dela, ela deixa as minhas em paz.

Temigast deu uma risada, o que lhe rendeu um olhar gelado de Priscilla.

— Uma amiga, uma amiga mulher, pode não ser tão ruim quanto você parece imaginar — comentou o intendente.

Ele se virou e apressou o passo para alcançar Meralda, deixando Priscilla ajoelhada em seu jardim particular com alguns pensamentos bastante intrigantes e inesperados.

Muitos rascunhos de ideias acompanharam Meralda no caminho de volta a sua casa. Ela havia lidado bem com Priscilla, acreditava, e até ousava esperar que ambas pudessem se tornar amigas de verdade um dia. Quando a ideia passou por sua cabeça, uma gargalhada irrompeu dos lábios da jovem. Na verdade, ela jamais conseguiria imaginar ter uma amizade próxima com Priscilla, que sempre — sempre — se consideraria superior a Meralda.

Porém estava mais sábia agora, e não por causa da interação daquele dia com a mulher, mas por causa da interação na noite anterior com Jaka Sculi. Quão melhor Meralda entendia o mundo agora, ou, pelo menos, a parte dela no mundo. Ela havia usado a noite anterior como um marco. Fora preciso aquele momento de controle, por Meralda e para Meralda, para aceitar a responsabilidade maior e menos agradável que fora forçada a assumir.

Sim, lidaria com Lorde Feringal agora, levando-o atrás dela até a capela do Castelo Auck. Ela, e, acima de tudo, sua família, teriam dele o que precisavam. Embora esses ganhos viessem a um custo para Meralda, era um custo que essa nova mulher, não mais uma garota, pagaria de bom grado e com algum controle.

Apesar de tudo, estava feliz por não ter passado muito tempo com Lorde Feringal. Sem dúvida ele teria tentado forçá-la a algo, e Meralda duvidava que conseguiria manter o autocontrole necessário para não rir dele. Sorrindo, satisfeita, a jovem olhou pela janela da carruagem enquanto passava pela estrada sinuosa. Ela o viu e seu sorriso desapareceu.

Jaka Sculi estava de pé num penhasco rochoso, uma figura solitária encarando o local onde o condutor normalmente a deixava.

Meralda se afastou da janela da carruagem do lado oposto a Jaka para que não fosse vista por ele.

— Bom condutor, por favor, me leve até em casa hoje.

— Ah, eu bem queria que me pedisse isso hoje, Senhorita Meralda — respondeu Liam Porteira. — Parece que um dos meus cavalos tá com um problema na ferradura. Será que seu pai tem uma ferradura barra reta e um martelo?

— Claro que sim — respondeu Meralda. — É só me levar até em casa e com certeza papai vai ajudar com essa ferradura.

— Muito bom, então! — respondeu o condutor.

Ele bateu de leve as rédeas e fez com que os cavalos trotassem um pouco mais rápido.

Meralda se recostou em seu assento e olhou pela janela para a silhueta de um homem esguio que ela sabia ser Jaka por sua postura desamparada. Conseguia imaginar claramente sua expressão. Quase mudou de ideia e pediu ao condutor para deixá-la desembarcar ali. Talvez devesse ir até Jaka novamente e fazer amor sob as estrelas mais uma vez, ser livre por mais uma noite. Talvez devesse fugir com ele e viver sua vida por si mesma e ninguém mais.

Não. Ela não poderia fazer isso com sua mãe, ou seu pai, ou com Tori. Meralda era uma filha com quem seus pais poderiam contar para fazer a coisa certa. A coisa certa, sabia, era deixar seus sentimentos em relação a Jaka Sculi para trás.

O condutor parou em frente à casa Ganderlay. Liam Porteira, que era bem ágil, saltou da carruagem e abriu a porta de Meralda antes mesmo que ela tivesse tempo de tentar.

— Você não precisa fazer isso — afirmou a jovem quando o gnomo a ajudou a sair da carruagem.

— Mas você vai ser a senhora de Auckney — respondeu o gnomo animado com um sorriso e uma piscadela. — Não posso te tratar feito uma camponesa, não é?

— Não é tão ruim — respondeu Meralda, acrescentando. — Ser uma camponesa, no caso. Liam riu com vontade. — Te tira do castelo à noite.

— E te deixa entrar quando quiser — respondeu Liam. — Intendente Temigast disse que estou à sua disposição, Senhorita Meralda. Vou levar você e sua família, se quiser, aonde quiserem ir.

Meralda sorriu e assentiu, agradecendo. Ela notou então que seu pai, com uma expressão sombria, havia aberto a porta e estava de pé logo do lado de dentro da casa.

— Papai! — chamou Meralda. — Você pode ajudar meu amigo... — A mulher fez uma pausa e olhou para o condutor. — Nossa, eu nem perguntei seu nome — comentou.

— A maioria das moças nobres não param pra perguntar — respondeu, e tanto ele quanto Meralda riram de novo. — Além disso, somos todos parecidos pra vocês dos povos grandes — ele piscou de forma faceira, então fez uma reverência. — Liam Porteira, a seu serviço.

Dohni Ganderlay se aproximou.

— Ficou pouco tempo no castelo hoje — comentou, como se suspeitando de algo.

— Lorde Feringal teve que se ocupar com um mercador. Vou voltar amanhã. Liam aqui tá tendo problema com uma ferradura... Você pode ajudar ele?

Dohni olhou além do condutor para os cavalos e assentiu.

— Claro — respondeu. — Entra, garota — ele instruiu Meralda. — Sua mãe caiu doente de novo.

Ela correu para dentro e encontrou sua mãe na cama, ardendo em febre, de olhos fundos. Tori estava ajoelhada ao lado da cama, com uma caneca de água em uma mão e uma toalha na outra.

— O quebranto atacou assim que você saiu — explicou Tori. Essa doença terrível vinha perturbando Biaste frequentemente.

Olhando para sua mãe, Meralda queria cair e chorar. Como ela parecia frágil! Como sua saúde era imprevisível! Era como se Biaste Ganderlay estivesse caminhando em uma corda bamba à beira de sua sepultura dia após dia. Apenas o bom humor sustentou a mulher nos últimos dias, desde o chamado de Lorde Feringal, Meralda sabia. Desesperadamente, a jovem se agarrou ao único remédio que tinha em mãos.

— Ah, mãe! — disse, fingindo frustração. — Não adoeceu em péssima hora de novo?

— Meralda — suspirou Biaste Ganderlay, e mesmo isso parecia muito esforço para ela.

— Temos que fazer você melhorar, e rápido — disse Meralda com firmeza.

— Meralda! — reclamou Tori.

— Eu te falei sobre o jardim de Lady Priscilla — continuou Meralda, ignorando a repreensão de sua irmã. — É bom melhorar, e rápido, porque amanhã você vai comigo pro castelo. Vamos ver o jardim juntas.

— E eu? — pediu Tori

Meralda se virou para olhar para ela e notou que tinha outro membro na plateia. Dohni Ganderlay estava de pé na porta, apoiado no batente, com uma expressão surpresa em seu rosto.

— É, Tori, você pode ir junto — disse Meralda, tentando ao máximo ignorar seu pai —, mas tem que prometer que vai se comportar.

— Ah, mãe, por favor, melhore logo! — implorou Tori a Biaste, se segurando com firmeza na mão de sua mãe. De fato, pareceu que a mulher doente tinha recebido um leve sopro de vida naquele momento.

— Vai, Tori — instruiu Meralda. — Corre até o condutor, o nome dele é Liam, e diz que nós três vamos ter que ir pro castelo ao meio-dia amanhã. Não podemos fazer mamãe ir andando. — Tori correu, conforme instruído, e Meralda se curvou na direção de sua mãe. — Melhoras — sussurrou ela, dando um beijo na testa da mulher.

Biaste sorriu e assentiu, mostrando sua intenção em tentar.

Meralda saiu do quarto sob o olhar vigilante de Dohni Ganderlay. Ela ouviu o pai puxar as cortinas do quarto de seus pais e então segui-la para o meio da sala.

— Ele vai deixar que ela leve as duas? — perguntou Dohni, baixo o bastante para Biaste não ouvir.

Ela deu de ombros.

— Eu vou casar com ele, e foi ideia dele. Seria bobagem me negar esse favor.

O rosto de Dohni Ganderlay se desfez em um sorriso grato enquanto abraçava sua filha. Embora não pudesse ver o rosto dele, Meralda sabia que estava chorando.

Ela devolveu o abraço dez vezes mais, afundando o rosto no ombro forte do pai, um lembrete não tão sutil para ela de que, embora estivesse sendo a soldada corajosa pelo bem da família, ela ainda era, em muitas formas, uma garotinha assustada. Como a garantia de que estava fazendo a coisa certa quando seu pai beijou o topo da sua cabeça foi boa para ela!

Sobre a colina a uma certa distância, Jaka Sculi viu Dohni Ganderlay ajudar o condutor a consertar a ferradura enquanto os dois conversavam e riam como se fossem velhos amigos. Levando em consideração o tratamento que Dohni Ganderlay o oferecera anteriormente, a visão quase derrubou o pobre e ciumento Jaka. Será que Dohni não entendia que Lorde Feringal queria as mesmas coisas pelas quais Dohni o havia punido? Será que ele não podia ver que as intenções de Jaka eram melhores que as de Lorde Feringal, que ele era mais adequado à classe e histórico de Meralda e, por consequência, seria uma escolha melhor para ela?

Dohni voltou para dentro de casa, então, e a irmã de Meralda logo saiu, pulando de alegria enquanto corria para falar com o condutor.

— Eu não tenho nenhum aliado? — perguntou Jaka baixinho, mordendo seu lábio inferior de forma petulante. — Será que tá todo mundo contra mim, cegos pela fortuna e prestígio não merecidos de Feringal Auck? Maldita seja, Meralda! Como pôde me trair assim? — gritou ele, sem se importar se o som chegaria a Tori e ao condutor. Ele não podia mais olhar para eles. Jaka fechou os punhos e os chocou com força contra os olhos, caindo de costas no chão duro.

— Cadê a justiça nessa vida? — gritou. — Ai de mim por ter nascido pobre! Eu, que mereceria o manto de um rei! Que justiça permite que o tolo do Feringal ganhe o prêmio? Que ordem universal afirma que a bolsa é mais forte que a essência? Ah, ai dessa vida! E maldita seja Meralda!

Bastante tempo após Liam Porteira reparar a ferradura, bebeu com Dohni Ganderlay e saiu, bastante tempo após a mãe de Meralda finalmente ter se acomodado em um sono confortável, muito tempo após Meralda ter contato a Tori tudo o que acontecera com Jaka, Feringal, Priscilla e Temigast, e muito tempo após a tempestade — que Temigast previra — chegar, com toda sua fúria, bombardeando Jaka, que ainda estava deitado. O jovem ainda estava ali, com a chuva torrencial o atacando com os ventos frios do oceano, murmurando palavrões e lamentando com um gato acuado.

Ele continuou imóvel sobre a colina quando as nuvens desapareceram, abrindo espaço para um belo nascer do sol, quando os trabalhadores chegaram aos campos. Um trabalhador, o único anão do grupo, foi até o jovem e o cutucou com o bico de sua bota.

— Morreu ou tá bêbado? — perguntou a criatura rabugenta.

Jaka rolou para longe dele, contendo o gemido que tentava vir pelas dores em cada músculo e articulação. Com o orgulho ferido demais para responder e com raiva demais para lidar com qualquer um, o jovem deu um jeito de se levantar e correu para longe.

— Sujeito estranho — comentou o anão, e aqueles com ele assentiram.

Naquela manhã, bem mais tarde, quando suas roupas estavam secas e ainda sentindo o frio do vento noturno e da rua, Jaka voltou para os campos para trabalhar, sendo repreendido por aquele responsável pelos campos e sofrendo a provocação dos outros trabalhadores. Ele fez de tudo para trabalhar diligentemente, mas era difícil, porque seus pensamentos continuavam confusos, sua alma, desanimada, e sua pele grudenta graças ao sol implacável.

Sua situação piorou quando viu a carruagem de Lorde Feringal passar na estrada abaixo, primeiro indo em direção à casa de Meralda, e então fazendo o caminho oposto, levando mais de uma passageira.

Todos estavam contra ele.

Meralda apreciou aquela visita ao Castelo Auck mais do que qualquer uma das anteriores, embora Lorde Feringal não houvesse feito questão de esconder sua decepção por não ter ela apenas para si. Priscilla ficou furiosa com a ideia de três camponesas em seu jardim maravilhoso.

Ainda assim, Feringal acabou se resignando e Priscilla, com alguns lembretes discretos do Intendente Temigast, ao menos fingiu alguma cortesia. Tudo o que importava para Meralda era ver sua mãe sorrindo e com seu rosto frágil contra a luz do sol, se regozijando com o calor e os doces aromas. A cena apenas serviu para reforçar a determinação de Meralda e suas esperanças para o futuro.

Elas não ficaram muito tempo no castelo: apenas uma hora no jardim, um almoço leve e outra caminhada curta entre as flores. A pedido de Meralda, como um pedido de desculpas a Lorde Feringal pelas convidadas inesperadas, o jovem senhor as acompanhou na viagem de carruagem até a casa dos Ganderlay, deixando Temigast e Priscilla, irritada, à porta do castelo.

— Camponeses — murmurou Priscilla. — Eu deveria bater nesse meu irmão na cabeça por trazer gente assim ao Castelo Auck.

Temigast riu baixinho do quanto a mulher era previsível.

— Elas de fato não têm cultura — admitiu o intendente. — Mas não são desagradáveis.

— Comedores de lama — disse Priscilla.

— Talvez você esteja vendo a situação por uma perspectiva incorreta — disse Temigast, lançando um sorriso astuto na direção da mulher.

— Só há uma forma de se ver plebeus — rebateu Priscilla. — Deve-se vê-los como os seres inferiores que são.

— Mas os Ganderlays não serão plebeus por muito tempo — Temigast não conseguiu resistir à ideia de lembrá-la.

Priscilla bufou, duvidando.

— Talvez você deva ver a situação atual como um desafio — sugeriu Temigast. Fez uma pausa até Priscilla olhar para ele com curiosidade. — Como gerar uma flor delicada de um bulbo.

— Os Ganderlays? Delicados? — comentou Priscilla incrédula.

— Talvez consigam ser com a ajuda de Lady Priscilla Auck — disse Temigast. — Que realização grandiosa seria para Priscilla os elucidar, um feito que faria seu irmão se gabar para cada mercador que passasse por aqui, uma realização gritante que sem dúvida chegaria aos ouvidos da sociedade de Luskan. Uma vitória a ser exibida.

Priscilla riu mais uma vez, com uma expressão que mostrava que não fora convencida, mas não disse mais nada, nem seus insultos murmurados de sempre. Quando ela se afastou, sua expressão assumiu a forma de uma curiosidade pensativa, no meio de algum planejamento, talvez.

Temigast percebeu que ela havia mordido a isca, ainda que de leve. O velho intendente sacudiu a cabeça. Ele sempre ficava impressionado com como nobres se consideravam superiores do que as pessoas que governavam, ainda que esse governo não fosse mais do que um acidente do nascimento.

Capítulo 13

Festival do Prisioneiro

Uma hora de surras e provocações havia se passado, com plebeus animados jogando comida podre e piscando em seus rostos.

Foi uma hora que Wulfgar sequer percebeu. O homem estava tão alheio ao espetáculo do Festival do Prisioneiro, tão oculto naquele local em suas emoções, um local criado pela disciplina mental que havia permitido que sobrevivesse aos tormentos de Errtu, que sequer chegou a ver os rostos retorcidos e pervertidos dos plebeus ou ouviu o assistente do juiz atiçando a multidão para o verdadeiro espetáculo quando Jharkheld se juntou a eles no palco enorme. O bárbaro estava preso, assim como os outros três, com as mãos por trás das costas em um poste de madeira resistente. Havia pesos acorrentados a seus tornozelos e outro ao redor de seu pescoço, tão maciço que o poderoso Wulfgar tinha sua cabeça curvada.

Reconhecera a multidão com clareza cristalina. Os plebeus ávidos, pedindo aos gritos por sangue e tortura, praticamente em êxtase, guardas orcs lidando com a multidão e os prisioneiros infelizes. Ele os via como realmente eram, e sua mente os havia transformado em algo completamente diferente, algo demoníaco: os rostos retorcidos e coriáceos dos asseclas de Errtu, salivando ácido sobre ele, ameaçando mordê-lo com suas presas afiadas e hálito horrendo. Sentiu o cheiro da névoa do lar de Errtu mais uma vez, com o enxofre do Abismo queimando suas narinas e sua garganta, sendo mais uma dentre várias outras fontes de dor. E sentiu as cócegas das centopeias e aranhas caminhando sobre e sob sua pele. Sempre à beira da morte. Sempre a almejando.

Enquanto esses tormentos continuavam, dia após semana após mês, Wulfgar encontrou sua fuga em um canto remoto de sua consciência. Lá dentro, não estava consciente de seus arredores. Ali, no festival, ele se recolheu para o mesmo local. Um a um, os prisioneiros eram soltos dos postes para desfilarem ao redor da praça, às vezes perto o bastante para serem agredidos pelos plebeus, outras sendo levados direto aos instrumentos de tortura. Dentre eles, havia amarrações para quem fosse ser chicoteado, um bloco de polia feito para içar vítimas através de uma vara sob os braços amarrados atrás das costas e berlindas de tornozelo para pendurar os prisioneiros de cabeça para baixo em baldes de água suja ou, no caso de Tubarão Sinistro, um balde de urina.

Tubarão chorou durante a maior parte do processo, enquanto Tedetalho e Wulfgar aceitaram estoicamente qualquer punição que o assistente do juiz pudesse servir sem emitir um som além do arquejar ocasional e inevitável causado pelo ar sendo expulso subitamente de seus pulmões. Morik lidou bem com tudo, afirmando sua inocência e fazendo comentários espirituosos, o que apenas lhe trazia mais sofrimento.

Juiz Jharkheld apareceu então, sendo recebido por uivos e gritos de comemoração, usando vestes e um chapéu pretos grossos e levando um tubo de pergaminho de prata. Ele caminhou até o centro do palco, se posicionando entre os prisioneiros para os observar um a um.

Jharkheld deu um passo à frente. Com um floreio dramático, apresentou o tubo de pergaminho, os documentos acusatórios, arrancando mais gritos animados da multidão. Com cada movimento calculado e com uma resposta apropriada da multidão vinda em um crescendo, Jharkheld tirou a tampa do tubo e retirou os documentos. Desenrolando-os, o juiz mostrou os documentos à multidão, um de cada vez, lendo o nome de cada prisioneiro.

O juiz realmente parecia semelhante a Errtu, o arauto do festival, ordenando as torturas. Até mesmo sua voz soava parecida com a do balor na cabeça do bárbaro: dissonante, gutural, inumana.

— Contarei uma história — começou Jharkheld — de traição e mentiras, de uma amizade da qual se tirou vantagem e de uma tentativa de assassinato por dinheiro. Aquele homem! — disse ele de forma imponente, apontando para Tubarão Sinistro. — Aquele homem me contou a história completa, e o puro horror dessa história me roubou o sono desde então.

O juiz seguiu detalhando o crime de acordo com a versão que Tubarão havia contado. Tudo havia sido ideia de Morik, de acordo com o miserável. Morik e Wulfgar haviam atraído Deudermont para fora da taverna para que Tedetalho pudesse acertá-lo com um dardo venenoso. Morik deveria ferir o capitão também, usando outro tipo de veneno para garantir que os clérigos não conseguissem salvar o homem, mas a guarda havia chegado rápido demais para o segundo ataque. Durante todo o planejamento, Tubarão Sinistro havia tentado dissuadi-los, mas não dissera nada a mais ninguém por medo de Wulfgar. O bárbaro havia ameaçado arrancar sua cabeça e chutá-la por todas as ruas em Luskan.

Pessoas o suficiente da multidão haviam sido vítimas das táticas de segurança de Wulfgar para achar a última parte verossímil.

— Vocês quatro são acusados de conspiração e tentativa do homicídio qualificado do bom Capitão Deudermont, um visitante de reputação excelente em nossa bela cidade — disse Jharkheld ao completar a história e esperar que os uivos e gritos da multidão se acalmassem. — Os quatro são acusados de causar danos sérios ao mesmo. Pelo interesse na justiça, ouviremos suas respostas a essas acusações.

Ele se aproximou de Tubarão Sinistro.

— Eu contei a história exatamente como a relatou para mim? — perguntou.

— Sim, senhor — respondeu Tubarão Sinistro, ansioso. — Eles são os culpados. De tudo!

Muitos na multidão gritaram ter dúvidas, enquanto outros apenas riam do homem, de tão digno de pena que soava.

— Senhor Tubarão — continuou Jharkheld —, você admite sua culpa da primeira acusação?

— Inocente! — afirmou Tubarão, soando confiante pela cooperação tê-lo permitido escapar da pior parte do festival, mas o escárnio da população abafou sua voz.

— Você admite sua culpa da segunda acusação contra você?

— Inocente — disse o homem em tom de desafio antes de dar um sorriso com dentes faltando na direção do juiz.

— Culpado! — gritou uma idosa. — Ele é culpado e merece morrer de um jeito horrível porque tentou culpar os outros!

Uma centena de gritos irrompeu de pessoas que concordavam com a mulher, mas Tubarão Sinistro manteve seu sorriso e confiança aparente. Jharkheld caminhou até a frente da plataforma e mexeu as mãos de leve no alto, tentando acalmar a multidão.

Quando finalmente se acalmaram, disse:

— A história de Tubarão Sinistro permitiu que acusássemos os outros. Sendo assim, prometemos clemência ao homem em troca de sua cooperação — isso fez com que vaias e assobios irrompessem. — Por sua inocência e pelo fato de que ele, por suas próprias palavras, que não foram contestadas por nenhum dos outros, não estava diretamente envolvido.

— Eu contesto! — gritou Morik, e a multidão foi à loucura.

Jharkheld apenas fez um sinal para um dos guardas e Morik recebeu um golpe de um tacape direto na barriga.

Mais vaias irromperam da multidão, mas Jharkheld ignorou as reações e um sorriso se alargou no rosto do esperto Tubarão Sinistro.

— Nós prometemos clemência — disse Jharkheld, levantando as mãos como se não pudesse fazer nada a respeito. — Logo, o mataremos de forma rápida.

Isso roubou o sorriso do rosto de Tubarão Sinistro e transformou o coro de vaias em rugidos de animação.

Cuspindo reclamações, Tubarão foi arrastado até um bloco e forçado a se ajoelhar diante dele.

— Eu sou inocente! — gritou, mas seu protesto foi finalizado de forma brusca quando um dos guardas o forçou contra o bloco, batendo seu rosto contra a madeira.

Um executor imenso, empunhando um machado monstruoso, se aproximou.

— O golpe não vai ser limpo se você se debater — aconselhou um guarda.

Tubarão Sinistro levantou a cabeça.

— Mas você prometeu!

Os guardas o empurraram novamente contra o bloco.

— Pare de se mexer! — ordenou um deles.

Tubarão, apavorado, conseguiu se soltar deles e caiu na plataforma, rolando desesperado. Houve uma confusão generalizada até os guardas o agarrarem novamente. Ele chutava desesperadamente e a multidão uivava e ria, em meio a gritos de "enforca ele!".

— Arrasta pela quilha! — veio uma sugestão horrível em meio a tantas outras que ecoavam de cada canto da praça.

— Reunião agradável — disse Capitão Deudermont de forma sarcástica a Robillard. Eles estavam ao lado de vários tripulantes do *Fada do Mar* entre as pessoas que saltavam e gritavam.

— Justiça — disse o mago com firmeza.

— Será? — disse o capitão, pensativo. — É justiça ou entretenimento? Há uma linha tênue, meu amigo, e, levando em consideração o espetáculo praticamente diário, é uma que eu acredito que as autoridades em Luskan ultrapassaram há tempos.

— Você que quis vir aqui — Robillard o lembrou.

— É minha obrigação ser testemunha — respondeu Deudermont.

— Eu disse aqui em Luskan — explicou Robillard. — Você queria vir a essa cidade, Capitão. Eu preferia Águas Profundas.

Deudermont virou um olhar severo na direção de seu amigo, mas não tinha resposta a oferecer.

— Pare de se mexer! — gritou o guarda para Tubarão, mas o homem sujo lutou ainda mais, chutando e gritando desesperadamente. Ele conseguiu fugir dos agarrões por um tempo, para o deleite dos espectadores que estavam definitivamente apreciando o espetáculo. Os movimentos de Tubarão o fizeram olhar diretamente para Jharkheld. O juiz o encarou com um olhar tão intenso e punitivo que Tubarão parou de se mexer.

— Esquartejem ele — disse Jharkheld, de forma deliberadamente lenta. A multidão chegou a outro nível de gritos de alegria.

Tubarão havia testemunhado essa forma de execução apenas duas vezes na vida, e já fora o bastante para drenar o sangue de seu rosto e fazer com que entrasse em um surto de tremedeira e fazê-lo, em frente de centenas de espectadores, se molhar.

— Você prometeu — murmurou, mal conseguindo respirar, mas falando alto o suficiente para que o juiz ouvisse e fosse até ele.

— Eu prometi clemência — disse Jharkheld baixinho — e honrarei minha palavra, mas apenas se cooperar. A escolha é sua.

Aqueles na multidão que estavam perto o suficiente para ouvi-lo gemeram em protesto, mas Jharkheld os ignorou.

— Tenho quatro cavalos à espera — avisou Jharkheld.

Tubarão começou a chorar.

— Leve-o ao bloco — instruiu o juiz aos guardas.

Desta vez, Tubarão não fez nada contra eles, não ofereceu resistência alguma enquanto o arrastavam de volta, o forçavam a se ajoelhar e empurravam sua cabeça para baixo.

— Você prometeu — disse Tubarão baixinho, suas últimas palavras, porém o juiz, frio, apenas sorriu e assentiu. Não para Tubarão, mas para o homem de pé ao lado dele.

O machado imenso desceu, a multidão ofegou em uníssono e depois irrompeu em gritos animados. A cabeça de Tubarão Sinistro caiu na plataforma e rolou por uma distância curta. Um dos guardas foi até ela e a segurou, virando-a na direção do corpo sem cabeça. Rumores diziam que com um corte rápido e perfeito, alguém que perdesse sua cabeça ainda ficaria consciente por uma fração de segundo, o bastante para ver seu próprio corpo, com o rosto contorcido em uma expressão de puro horror.

Não dessa vez, porém, porque Tubarão Sinistro tinha a mesma expressão triste.

— Lindo — murmurou Morik do outro lado da plataforma. — Ainda assim, é um destino melhor do que o que nos espera hoje — o flanqueando estavam Wulfgar e Tedetalho. Nenhum deles o respondeu.

— Que lindo — repetiu o homem condenado.

Morik não estava desacostumado a se ver em situações um tanto desesperadoras, no entanto, essa era a primeira vez que se via completamente sem opções. Ele lançou a Tedetalho um olhar de puro desprezo, depois prestou atenção em Wulfgar. O bárbaro parecia tão impassível e distante do caos ao redor dele que Morik o invejou.

Morik ouviu o falatório contínuo de Jharkheld enquanto ele animava a multidão. Ele pediu desculpas pela execução um tanto anticlimática de Tubarão Sinistro, explicando a necessidade eventual de tal misericórdia. Caso contrário, por que alguém confessaria?

Morik abafou a tagarelice do juiz e tentou levar sua mente a um lugar onde estivesse seguro e feliz. Pensou em Wulfgar e em como, apesar de tudo, se tornaram amigos. Eles já foram rivais, quando a reputação do bárbaro recém-chegado começou a se espalhar pela Rua da Meia-Lua, especialmente após ele matar Quebra-Toco. Como o único vigarista com uma reputação a proteger, Morik havia de fato considerado eliminar Wulfgar, ainda que o assassinato nunca fosse sua forma primária de ação.

Então o encontro mais estranho havia acontecido. Um drow — um maldito drow! — se revelara a Morik em seu quarto alugado, apenas entrado sem aviso, e pedira a Morik que observasse Wulfgar de perto, mas não o ferisse. O drow pagara bem. Percebendo que moedas de ouro valiam mais do que a parte afiada das armas dos drow, ele havia seguido o plano, observando Wulfgar cada vez mais de perto à medida que os dias passavam. Eles até se tornaram parceiros de bebida, ficando até tarde da noite, às vezes até o amanhecer, nas docas.

Morik nunca mais ouviu falar naquele drow. Se a ordem fosse de eliminar Wulfgar, ele duvidava que aceitaria o contrato. Percebeu então que, se os drow tivessem vindo matar o bárbaro, ele teria defendido Wulfgar.

Na verdade, admitiu Morik, poderia não ficar exatamente ao lado de Wulfgar, mas teria avisado ao bárbaro, então fugido para bem longe. Agora não havia para onde fugir. Morik se perguntou por um instante se aqueles drow viriam salvar esse humano por quem tinham tanto interesse. Talvez uma legião de guerreiros drow invadisse o Festival do Prisioneiro e suas belas lâminas cortariam os espectadores macabros enquanto abriam caminho até a plataforma.

A fantasia não durou muito, porque Morik sabia que não viriam atrás de Wulfgar. Não desta vez.

— Eu sinto muito de verdade, meu amigo — disse ele a Wulfgar, porque Morik não conseguia afastar a ideia de que essa situação era majoritariamente culpa dele.

Wulfgar não respondeu. Morik entendeu que o bárbaro sequer ouviu suas palavras, que seu amigo havia se retirado desse lugar, em algum lugar nas profundezas de si mesmo.

Talvez fosse o melhor a fazer. Ao olhar para a multidão desdenhosa, ouvir a fala incessante de Jharkheld e ver o corpo decapitado de Tubarão

Sinistro sendo arrastado pelo palco, Morik desejou que também conseguisse se distanciar.

O juiz contou mais uma vez a história de Tubarão Sinistro, de como os outros três haviam conspirado para assassinar esse homem de reputação impecável, o Capitão Deudermont.

Jharkheld foi até Wulfgar. Ele olhou para o homem condenado, sacudiu a cabeça e se virou para a multidão, esperando uma resposta. Surgiu então uma torrente de zombaria e escárnio.

— Você é o pior de todos! — gritou Jharkheld diante do rosto do bárbaro. — Ele era seu amigo, e você o traiu!

— Arrasta ele pela quilha do navio de Deudermont! — veio um grito anônimo.

— Esquarteja ele e dá pros peixes! — surgiu outro.

Jharkheld se virou para a multidão e levantou uma mão, exigindo silêncio, e, após um instante ainda repleto de fúria, a multidão obedeceu.

— Este aqui — disse o juiz —, acredito que iremos guardar para o final.

Isso atiçou outro coro de gritos.

— E que dia temos pela frente! — disse Jharkheld, o arauto do espetáculo. — Faltam três, e todos eles se recusam a confessar!

— Justiça — murmurou Morik baixinho.

Wulfgar continuava olhando para a frente, sem piscar, e apenas o destino iminente do pobre Morik evitava que risse na cara feia de Jharkheld. O juiz realmente acreditava que conseguiria fazer pior que Errtu? Jharkheld por acaso conseguiria trazer Cattibrie ao palco e a violar e então a desmembrar na frente de Wulfgar, como Errtu fizera tantas vezes? Ele por acaso conseguiria trazer um Bruenor ilusório e morder através do crânio do anão para então usar o restante da cabeça dele como uma tigela para um cozido de cérebro? Será que conseguiria causar mais dor física do que o demônio que praticara suas artes da tortura por milênios? E, no fim das contas, será que Jharkheld poderia trazer Wulfgar de volta da beira da morte repetidamente para poder começar tudo de novo?

Wulfgar então percebeu algo e acabou ficando feliz. Era onde Jharkheld e seu palco não eram nada perto do Abismo. Ele morreria ali. Finalmente estaria livre.

Jharkheld se afastou do bárbaro, parando diante de Morik e agarrando o rosto esguio do homem em sua mão forte, fazendo com que olhasse para ele.

— Você admite sua culpa? — gritou.

Morik quase o fez, quase gritou que ele havia de fato conspirado para matar Deudermont. Sim, pensou ele, com um plano se formando rapidamente em sua mente. Admitiria a conspiração, mas apenas com o pirata tatuado, tentando, de alguma forma, salvar seu amigo inocente.

Sua hesitação acabou lhe roubando a oportunidade, porque Jharkheld deu uma risada enojada e desferiu um tapa com as costas da mão no rosto de Morik que cortou a parte de baixo da lateral do nariz dele, uma técnica dolorosa que causou ondas de dor que se refletiam por trás dos seus olhos. Quando o homem terminou de piscar para afastar a dor e a surpresa, Jharkheld já não estava ali, e sim diante de Tedetalho.

— Tedetalho — disse o juiz lentamente, enfatizando cada sílaba, usando esse método para lembrar às pessoas ali reunidas do quão estrangeiro era esse meio-homem. — Diga, Tedetalho, qual foi o seu papel?

O pirata tatuado meio-qullano continuou olhando para a frente, sem piscar e sem responder.

Jharkheld estalou os dedos e seu assistente correu da lateral da plataforma e estregou um tubo de madeira ao juiz.

Jharkheld examinou o objeto na frente de todos, mostrando-o à multidão.

— Com essa vara aparentemente inocente, nosso amigo pintado aqui pode soprar um dardo com tanta segurança quanto um arqueiro lançaria uma flecha — explicou. — E, esse dardo, a garra de um pequeno gato, por exemplo, nosso amigo pintado pode cobrir com alguns dos venenos mais sofisticados. Preparados que podem fazer vazar sangue de seus olhos, causar uma febre tão forte que pode deixar sua pele da cor do fogo ou preencher seu nariz e pulmão com muco o suficiente para transformar o ato de respirar em uma tarefa forçada e miserável, e isso é apenas uma pequena amostra de seu repertório vil.

A plateia se deixou levar pela palavra, ficando cada vez mais enojada e furiosa. Como um mestre de cerimônias, Jharkheld se deixou guiar pelas reações, aguardando o momento certo.

— Você admite sua culpa? — gritou Jharkheld de repente diante do rosto de Tedetalho.

O pirata tatuado continuou olhando para a frente, sem piscar nem falar. Se fosse completamente qullano, ele poderia ter conjurado uma magia de confusão naquele momento, fazendo o juiz cambalear para trás, desorientado e desatento, mas Tedetalho não tinha o sangue puro e nem as habilidades mágicas inatas de sua raça. Ele tinha, porém, a concentração qullana, uma forma parecida com a de Wulfgar de se abster da cena atual diante de si.

— Você vai admitir tudo — prometeu Jharkheld, apontando o dedo com raiva na direção do rosto do homem, sem saber sobre a herança e a disciplina do pirata —, mas será tarde demais.

A multidão entrou em frenesi enquanto os guardas tiravam o pirata do poste ao qual estava amarrado e o arrastava de um instrumento de tortura a outro. Após quase meia hora de pancadas e chicotes, após jogarem água salgada nas feridas e até arrancarem um dos olhos de Tedetalho com um atiçador em brasa, o pirata não mostrou nenhum sinal de que falaria. Sem confessar, sem apelar ou implorar, muito menos gritar.

Frustrado além de seus limites, Jharkheld foi até Morik para continuar com o evento. Ele sequer mandou o homem confessar. Na verdade, ele esbofeteou Morik cruelmente e repetidamente sempre que ele tentava falar algo. Em pouco tempo, Morik estava no cavalete enquanto o torturador girava a manivela de forma discreta, quase imperceptível, exceto para Morik, a cada intervalo dc alguns segundos.

Enquanto isso, Tedetalho continuava a passar pela pior parte do tormento. Quando Jharkheld voltou a ele, o pirata não conseguia ficar de pé, então os guardas o puxaram para cima e seguraram.

— Pronto para contar a verdade? — perguntou Jharkheld. Tedetalho cuspiu em seu rosto. — Tragam os cavalos! — gritou o juiz, tremendo de raiva.

A multidão foi à loucura. Não era sempre que o juiz se dava ao trabalho de um esquartejamento por cavalos. Aqueles que haviam testemunhado um se gabavam, dizendo que era o melhor espetáculo de todos.

Quatro cavalos brancos, cada um amarrado a uma corda resistente, foram levados à praça. A multidão foi afastada pela guarda enquanto os cavalos se aproximavam da plataforma. Juiz Jharkheld guiou seus subordinados para que seguissem com os movimentos precisos de seu espetáculo. Em pouco tempo, Tedetalho estava bem preso, com os pulsos e tornozelos presos a cada cavalo.

Respondendo ao sinal do juiz, os cavaleiros posicionaram suas montarias poderosas, uma voltada para cada ponto cardeal. O pirata tatuado instintivamente contraiu os músculos, tentando reagir, mas a resistência era inútil. Tedetalho foi esticado além dos limites de seu corpo físico. Ele rosnou e ofegou, e os cavaleiros e suas montarias bem treinadas o levaram a seu limite. Um instante depois, ouviu-se o som de um ombro saindo de sua articulação, logo após um dos joelhos de Tedetalho ter se deslocado.

Jharkheld fez sinal para que os cavaleiros parassem onde estavam e foi até o homem, com uma faca em uma mão e um chicote na outra. Ele mostrou a lâmina reluzente para Tedetalho, passando-a repetidamente diante dos olhos do homem.

— Eu posso acabar com a dor — prometeu o juiz. — Confesse a culpa e te matarei de forma rápida.

O meio-qullano tatuado rosnou e desviou o olhar. Seguindo um sinal de Jharkheld, os cavaleiros afastaram um pouco mais os cavalos.

A pélvis do homem se estraçalhou, e como ele finalmente gritou! Como a multidão berrou em alegria quando a pele começou a se rasgar!

— Confesse! — gritou Jharkheld.

— Fui eu! — gritou Tedetalho.

Antes que a multidão pudesse gemer de decepção, Jharkheld gritou:

— Tarde demais! — Então, ele bateu com o chicote.

Os cavalos correram, arrancando as pernas de Tedetalho de seu tronco. Assim os dois cavalos presos aos braços dele o mantiveram preso em um T, com o rosto contorcido pelo horror de pura agonia e morte iminente por apenas um segundo antes de ter essas partes arrancadas também.

Alguns ofegaram, alguns vomitaram e a maioria comemorou enlouquecidamente.

— Justiça — disse Robillard para Deudermont, que estava rosnando, enojado. — Essas apresentações fazendo do assassinato uma profissão menos popular.

Deudermont riu de desdém.

— Elas apenas alimentam as emoções mais primordiais humanas — rebateu.

— Eu não discordo — respondeu Robillard. — Eu não faço as leis, mas, ao contrário de seu amigo bárbaro, eu as sigo. Temos mais misericórdia para com os piratas que alcançamos em alto-mar?

— Fazemos o que precisamos — discutiu Deudermont. — Não torturamos ninguém para saciar uma fome perversa.

— Mas gostamos de afundá-los — contra-argumentou Robillard. — Não choramos por suas mortes e, frequentemente, ao perseguir algum navio pirata, não paramos para salvá-los dos tubarões. Mesmo quando fazemos prisioneiros, eventualmente os deixamos no porto mais próximo, muitas vezes Luskan, para receber justiça como essa.

Deudermont ficou mais uma vez sem argumentos, então apenas olhou para a frente. Ainda assim, pelo ponto de vista do capitão civilizado e culto, essa exibição não lembrava em nada a justiça.

Jharkheld voltou a trabalhar em Morik e Wulfgar antes mesmo que terminassem de limpar o sangue e a imundície da praça em frente à plataforma.

— Viu quanto tempo levou para ele admitir a verdade? — disse o juiz para Morik. — Tarde demais, e, por isso, ele sofreu até o fim. Você será tão tolo quanto ele?

Morik, cujos braços e pernas já estavam além de seu limite, começou a responder, começou a confessar, mas Jharkheld pôs um dedo sobre os lábios do homem.

— Agora não é a hora certa — explicou.

Morik começou a falar mais uma vez, então Jharkheld fez com que fosse amordaçado por um trapo sujo enfiado em sua boca e outro amarrado ao redor de sua cabeça para prendê-lo no lugar. O juiz foi até a parte de trás do cavalete e pegou uma pequena caixa de madeira, chamada de caixa dos ratos. A multidão uivou de prazer. Reconhecendo o instrumento terrível, os olhos de Morik se arregalaram e ele se debateu inutilmente contra as amarras. Ele odiava ratos, teve pavor deles a vida inteira.

Seu pior pesadelo estava se tornando real.

Jharkheld tomou a frente da plataforma mais uma vez e levantou a caixa, virando-a lentamente para que a multidão pudesse ver seu projeto engenhoso. A parte da frente era uma gaiola de rede de metal, e as outras três faces e a parte de cima eram de madeira sólida. A parte de baixo também era de madeira, mas possuía um painel que deslizava e revelava um buraco. Um rato seria posto na caixa, então a caixa seria colocada sobre a barriga nua de Morik e a parede de baixo seria removida. Então, poriam fogo na caixa.

O rato escaparia pelo único caminho possível — através de Morik. Um homem usando luvas apareceu segurando um rato e rapidamente colocou-a na caixa e a posicionou sobre a barriga de Morik. Ele não acendeu o fogo ainda, mas, em vez disso, deixou o animal caminhar com seus pés tocando a pele, de vez em quando dando uma mordiscada. Morik se debateu inutilmente.

Jharkheld foi até Wulfgar. Dado o nível de empolgação e diversão da multidão, o juiz se perguntou como ele poderia superar o que havia feito, se perguntou o que poderia fazer a esse colosso estoico que traria ainda mais espetáculo que as duas execuções anteriores.

— Gosta do que estamos fazendo a seu amigo Morik? — perguntou o juiz.

Wulfgar, que vira as entranhas do domínio de Errtu, que fora mastigado por criaturas que deixariam um exército de ratos apavorado, não respondeu.

— Eles o estimam bastante — comentou Robillard a Deudermont. — Raras as vezes em que Luskan viu uma execução múltipla tão extravagante.

As palavras ecoaram na mente de Capitão Deudermont, especialmente a primeira frase. E pensar que seu status em Luskan faria algo assim acontecer. Não. Ele apenas dava ao sádico Jharkheld uma desculpa para um tratamento assim de outros seres humanos, mesmo os culpados.

Deudermont ainda não acreditava que Wulfgar nem Morik estiveram envolvidos. A consciência de que tudo aquilo fora feito em sua honra enojava Deudermont.

— Senhor Micanty — ordenou ele, escrevendo rapidamente um bilhete para entregar ao homem.

— Não! — insistiu Robillard, entendendo o que Deudermont tinha em mente e o tamanho do custo que essa ação teria para o *Fada do Mar*, tanto com as autoridades quanto com a multidão. — Ele merece a morte!

— Quem é você para julgar? — perguntou Deudermont.

— Eu não! — protestou o mago. — Eles — explicou, indicando a multidão com um movimento do braço.

Deudermont riu da ideia absurda.

— Capitão, seremos forçados a sair de Luskan, e não seremos bem-vindos de volta tão cedo — explicou Robillard.

— Eles vão esquecer assim que os próximos prisioneiros forem apresentados para a diversão deles, provavelmente no próximo nascer do sol. — Ele deu um sorriso amargo e sem alegria. — Além disso, você sequer gosta de Luskan.

Robillard gemeu, suspirou e então jogou as mãos para o alto em revolta enquanto Deudermont, sempre civilizado, entregou o bilhete a Micanty e pediu que corresse até o juiz.

— Fogo na caixa! — gritou Jharkheld do palco após os guardas terem trazido Wulfgar para que ele pudesse testemunhar o desespero de Morik.

Wulfgar não conseguiu se distanciar da visão da jaula do rato sendo coberta pelo fogo. A criatura assustada correu por um tempo, e então começou a cavar. A cena de tamanha dor sendo causada em seu amigo invadiu o domínio particular de Wulfgar, abriu caminho por sua parede de negação, quando o rato começou a morder através da pele de Morik. O bárbaro soltou um rugido tão ameaçador, tão sobrenaturalmente feral, que roubou os olhares daqueles perto dele do espetáculo causado pelo desespero de Morik. Seus músculos imensos se contraíram e Wulfgar jogou seu tronco para o lado, jogando o homem que o segurava para longe. O bárbaro chicoteou com uma perna, balançando a bola de ferro presa à corrente para que se enrolasse nas pernas do outro homem que o segurava. Um puxão foi tudo o que precisava para tombar o guarda.

Wulfgar puxou cada vez mais à medida que outros se chocavam contra ele, enquanto tacapes o atingiam, enquanto Jharkheld, furioso pela distração, gritava para removeram a mordaça de Morik. De alguma forma, incrivelmente, o poderoso Wulfgar libertou seus braços e virou para o cavalete.

Um guarda após o outro se chocou contra ele. Ele os jogou para o lado como se fossem crianças, mas tantos deles correram até o bárbaro que ele não conseguia abrir caminho até Morik, agora gritando de agonia.

— Tira isso de mim! — gritava Morik.

De repente, Wulfgar havia caído com o rosto para baixo. Jharkheld se aproximou o suficiente para bater seu chicote contra as costas do homem com um estalo alto.

— Admita sua culpa! — exigiu o juiz em frenesi enquanto continuava chicoteando Wulfgar.

Wulfgar rosnava e se debatia. Outro guarda cambaleou para longe, e mais um teve o nariz esmagado contra o rosto por um golpe pesado.

— Tira isso de mim! — gritou Morik mais uma vez.

A multidão estava amando. Jharkheld tinha certeza de que havia chegado a outro patamar de condução de espetáculos.

— Pare! — veio um grito dentre os espectadores que conseguiu se destacar entre os gritos generalizados. — Chega!

A empolgação foi morrendo à medida que a multidão se virava e reconhecia que a pessoa gritando era o Capitão Deudermont do *Fada do Mar*. Deudermont parecia abatido e se apoiava em uma bengala.

A agitação do juiz Jharkheld apenas aumentou quando Waillan Micanty passou pelos guardas e subiu no palco. Ele correu para o lado de Jharkheld e apresentou a ele o bilhete de Deudermont.

O juiz o abriu e o leu. Surpreso, chocado, na verdade, ele foi ficando mais furioso a cada palavra. Jharkheld olhou para Deudermont, fez um sinal casual para que os guardas amordaçassem Morik novamente e para que os outros levantassem Wulfgar, bastante ferido a esse ponto.

Sem se preocupar consigo mesmo e sem saber o que estava acontecendo além da tortura de Morik, Wulfgar correu para fora dos braços deles. Ele cambaleou e tropeçou sobre a bola de ferro, mas conseguiu chegar perto o suficiente para atingir a caixa em chamas e tirá-la de cima de Morik.

Ele apanhou mais um pouco e foi içado diante de Jharkheld.

— Só vai ser pior para Morik agora — prometeu o juiz sádico baixinho, e se virou para Deudermont, com uma expressão de ultraje evidente. — Capitão Deudermont! — gritou. — Como a vítima e um nobre reconhecido, você tem autoridade para escrever esse bilhete, mas tem certeza? A essa altura?

Deudermont avançou, ignorando os resmungos e reclamações, até ameaças, e manteve a cabeça erguida em meio à multidão sedenta de sangue.

— A evidência contra Tubarão Sinistro e o pirata tatuado era sólida — explicou —, no entanto, a história de Morik sobre ter sido incriminado junto a Wulfgar enquanto os outros dois recebiam a recompensa também é plausível.

— Mas — argumentou Jharkheld, levantando um dedo —, a história que Tubarão Sinistro contou, a de que havia a conspiração que faz de todos culpados, também é plausível.

A multidão, confusa, porém com a suspeita de que sua diversão pudesse estar prestes a acabar, pareceu gostar mais da explicação do juiz.

— E também é plausível a história de Josi Poças, uma que culpa tanto Morik, o Renegado e Wulfgar — continuou Jharkheld. — Devo lembrá-lo, capitão, que o bárbaro sequer negou as acusações de Tubarão Sinistro.

Deudermont olhou então para Wulfgar, que continuava com sua postura enfurecedora e sem expressão.

— Capitão Deudermont, você declara a inocência desse homem? — perguntou Jharkheld, apontando para Wulfgar e falando lentamente e alto o bastante para todos ouvirem.

— Não está dentro de meus direitos — respondeu Deudermont sobre os gritos de protesto dos plebeus sanguinários. — Não posso determinar culpa ou inocência, mas posso oferecer o que tem em suas mãos.

Juiz Jharkheld olhou para o bilhete escrito às pressas, então levantou para que toda a multidão o visse.

— Uma carta de perdão para Wulfgar — explicou. A multidão ficou em silêncio por um instante, então começou a cuspir palavrões. Tanto Deudermont quanto Jharkheld temeram que houvesse uma rebelião. — Isso é loucura — rosnou Jharkheld.

— Sou um visitante de grande reputação de acordo com suas próprias palavras, Juiz Jharkheld — respondeu Deudermont com calma. — Em nome dessa reputação, peço à cidade que perdoe Wulfgar e, em nome dessa reputação, peço que honre esse pedido ou encare o questionamento de seus superiores.

E assim foi, afirmado diretamente, sem rodeios e sem espaço para negociar. Jharkheld não tinha escolha, tanto Deudermont quanto o juiz sabiam, porque o capitão estava, de fato, dentro de seus direitos em oferecer seu perdão. Cartas assim não eram incomuns, normalmente fornecidas a um grande custo à família de quem fosse ser perdoado, mas nunca antes de forma tão dramática. Não no Festival do Prisioneiro, no momento do maior espetáculo de Jharkheld!

— Morte ao Wulfgar! — gritou alguém na multidão e outros se juntaram, enquanto Jharkheld e Deudermont se voltaram para o bárbaro naquele momento crítico.

As expressões dele não significavam nada para o homem, que ainda acreditava que a morte seria um alívio, talvez a melhor fuga possível de suas memórias aterrorizantes. Quando Wulfgar olhou para Morik, esticado a ponto de se partir, com a barriga ensanguentada e os guardas trazendo outro rato, ele percebeu que não era uma opção, não se a lealdade de Morik a ele significava algo.

— Não tive nada a ver com o ataque — declarou Wulfgar. — Acreditem se quiserem. Caso contrário, me matem. Não me importo.

— Pronto, Mestre Jharkheld — disse Deudermont. — Solte-o, por favor. Honre meu perdão como um visitante de reputação excelente em Luskan.

Jharkheld firmou o olhar no de Deudermont por um bom tempo. O juiz obviamente não aprovava, mas assentiu para os guardas e Wulfgar foi imediatamente liberto. Hesitantemente, e apenas após ordens diretas de Jharkheld, um dos homens levou uma chave até os tornozelos de Wulfgar, soltando as algemas que o prendiam à bola de ferro.

— Tirem ele daqui — instruiu Jharkheld, furioso, mas o homem imenso resistia às tentativas dos guardas de tirá-lo do palco.

— Morik é inocente — declarou Wulfgar.

— O quê? — exclamou Jharkheld. — Arrastem ele para longe!

Wulfgar, mais forte do que os guardas poderiam imaginar, continuou parado.

— Eu proclamo a inocência de Morik, o Renegado — gritou. — Ele não fez nada, e, se continuarem o que estão fazendo, será apenas em nome de seus prazeres malignos, e não da justiça!

— Vocês soam parecidos demais — sussurrou Robillard, obviamente enojado, no ouvido de Deudermont após surgir por trás do capitão.

— Juiz Jharkheld! — gritou o capitão acima dos gritos da multidão. Jharkheld o olhou novamente, já ciente do que estava para acontecer. O capitão apenas assentiu. Com uma carranca, o juiz agarrou seus pergaminhos, sinalizou para seus guardas e saiu enfurecido do palco. A multidão frenética começou a avançar, mas a guarda os manteve por trás.

Com um sorriso aberto e dando a língua para os plebeus que tentaram cuspir nele, Morik foi meio arrastado, meio carregado do palco atrás de Wulfgar.

Morik passou a maior parte da caminhada pelas salas do juiz conversando baixo com Wulfgar. Ele podia perceber pela expressão do bárbaro que Wulfgar estava mais uma vez preso àquelas memórias horríveis. Morik temia que ele pudesse arrebentar as paredes e matar metade dos assistentes do juiz. A barriga de Morik ainda estava ensanguentada e seus braços e pernas estavam sofrendo mais dor do que qualquer coisa que jamais sentiu. Ele não tinha vontade alguma de voltar ao Festival do Prisioneiro.

Morik imaginou que seriam levados diante de Jharkheld. Essa ideia, considerando o humor instável de Wulfgar, parecia bastante assustadora. Para seu alívio, os guardas que o acompanhavam evitaram a sala de Jharkheld e foram até uma sala pequena e sem nada chamativo em particular. Um homem baixo e ansioso estava sentado atrás de uma escrivaninha enorme coberta de várias pilhas de papel.

Um dos guardas entregou o bilhete de Deudermont ao homem. Ele deu uma olhada rápida no bilhete e riu, porque já havia ouvido falar da apresentação decepcionante no Festival do Prisioneiro. O homenzinho rabiscou suas iniciais rapidamente sobre o bilhete, confirmando que fora revisado e aceito.

— Vocês não são inocentes — disse ele, entregando o bilhete a Wulfgar —, e, por isso, não são declarados inocentes.

— Disseram que a gente podia ir — discutiu Morik.

— De fato — disse o burocrata. — Não exatamente “podem” ir, mas sim “devem” ir. Vocês foram poupados porque Capitão Deudermont não teve estômago para sua execução, mas devem entender que, aos olhos de Luskan, vocês são culpados do crime de que foram acusados. Sendo assim, estão banidos para sempre. Devem ir direto para os portões, e, se forem pegos em nossa cidade mais uma vez, vão passar pelo Festival do Prisioneiro uma última vez. Nem Capitão Deudermont poderá salvá-los então. Vocês entendem?

— Não vai ser difícil — respondeu Morik.

O burocrata o encarou, e, em resposta, Morik apenas deu de ombros.

— Tirem eles daqui — mandou o homem.

Um guarda agarrou Morik pelo braço e o outro estendeu a mão na direção de Wulfgar, mas uma sacudida e um olhar do bárbaro fizeram com que mudasse de ideia. Ainda assim, Wulfgar os seguiu sem discutir, e em pouco tempo a dupla estava sob o sol lá fora, sem as algemas e se sentindo livres pela primeira vez em muitos dias.

Mas, para a surpresa deles, os guardas não os deixaram ali, e sim os escoltaram até o portão oeste da cidade.

— Saiam, e não voltem mais — disse um deles logo antes dos portões se fecharem com um estrondo por trás deles.

— Por que eu ia querer voltar pra sua cidade desgraçada? — gritou Morik, fazendo vários gestos obscenos e ofensivos para os soldados sobre a muralha.

Um deles pegou uma besta e a mirou em Morik.

— Olha! — disse ele. — O ratinho já quer dar um jeito de entrar.

Morik sabia que era hora de ir, e rápido. Ele se virou e começou a fazer exatamente isso, então olhou para cima e viu o soldado, com uma expressão desconfiada no rosto grisalho, abaixar a besta rapidamente. Logo entendeu, porque Capitão Deudermont e seu parceiro mago estavam se aproximando rapidamente.

Por um instante, Morik imaginou que Deudermont os salvara de Jharkheld apenas para aplicar sua própria punição. O medo não durou muito tempo, porque o homem foi direto até Wulfgar, o encarando firmemente, mas sem fazer nenhum movimento ameaçador. O bárbaro o encarou de volta, sem recuar ou se encolher.

— Você falou a verdade? — perguntou Deudermont.

Wulfgar bufou, e era óbvio que era a única resposta que o capitão teria.

— O que aconteceu a Wulfgar, filho de Beornegar? — disse Deudermont em voz baixa. Wulfgar se virou para ir embora, mas o capitão correu ao seu redor até estar diante dele. — Você me deve ao menos isso — disse ele.

— Não te devo nada — respondeu Wulfgar.

Deudermont parou para pensar na resposta por um tempo, e Morik reconheceu que o marinheiro estava tentando ver as coisas do ponto de vista de Wulfgar.

— Concordo — disse o capitão, e foi a vez de Robillard bufar em desagrado. — Você disse ser inocente. Nesse caso, você não me deve nada, porque não fiz nada além do que é certo. Me escute em nome de nossa antiga amizade. — Wulfgar olhou para ele com frieza, mas não fez nenhum movimento de se afastar. — Eu não sei o que causou sua queda, meu amigo, nem o que o afastou de seus companheiros como Drizzt Do'Urden e Cattibrie e seu pai adotivo, Bruenor, que o acolheu e ensinou como o mundo funciona — disse o capitão. — Apenas rezo para que aqueles três e o halfling estejam seguros e bem.

Deudermont fez uma pausa, mas Wulfgar não disse nada.

— O alívio de uma garrafa não dura muito, meu amigo — disse o capitão —, e não há nenhum heroísmo na defesa de uma taverna de seus clientes de costume. Por que você abandonaria seu mundo por isso?

Tendo ouvido o suficiente, Wulfgar começou a se afastar. Quando o capitão entrou na frente dele mais uma vez, o homem imenso apenas o empurrou sem desacelerar, fazendo Morik se atrapalhar para acompanhá-lo.

— Eu ofereço passagem — gritou Deudermont inesperadamente, até mesmo para ele mesmo.

— Capitão! — reclamou Robillard, mas Deudermont o ignorou e se atrapalhou para alcançar Wulfgar e Morik.

— Venha comigo para o *Fada do Mar* — disse Deudermont. — Juntos, poderemos caçar piratas e manter a Costa da Espada segura para os marinheiros honestos. Você irá se encontrar por lá, eu prometo!

— Eu apenas ouviria sua definição de mim — explicou Wulfgar, tornando a se virar e acalmando Morik, que parecia bastante tentado pela oferta — e não faço questão de ouvir essa definição.

Wulfgar, mais uma vez, se virou para se afastar. De boca aberta, Morik o observou se afastando. Quando ele se virou, Deudermont havia o espelhado e se virado para a cidade. Robillard, porém, ficou parado, ainda com uma expressão azeda.

— Eu poderia...? — Morik começou a perguntar, caminhando na direção do mago.

— Vá embora e rápido! — avisou Robillard. — Ou então você se tornará uma mancha no chão, esperando pela próxima chuva que virá te lavar.

Morik, que era esperto e um sobrevivente, além de odiar magos, não precisou ouvir duas vezes.

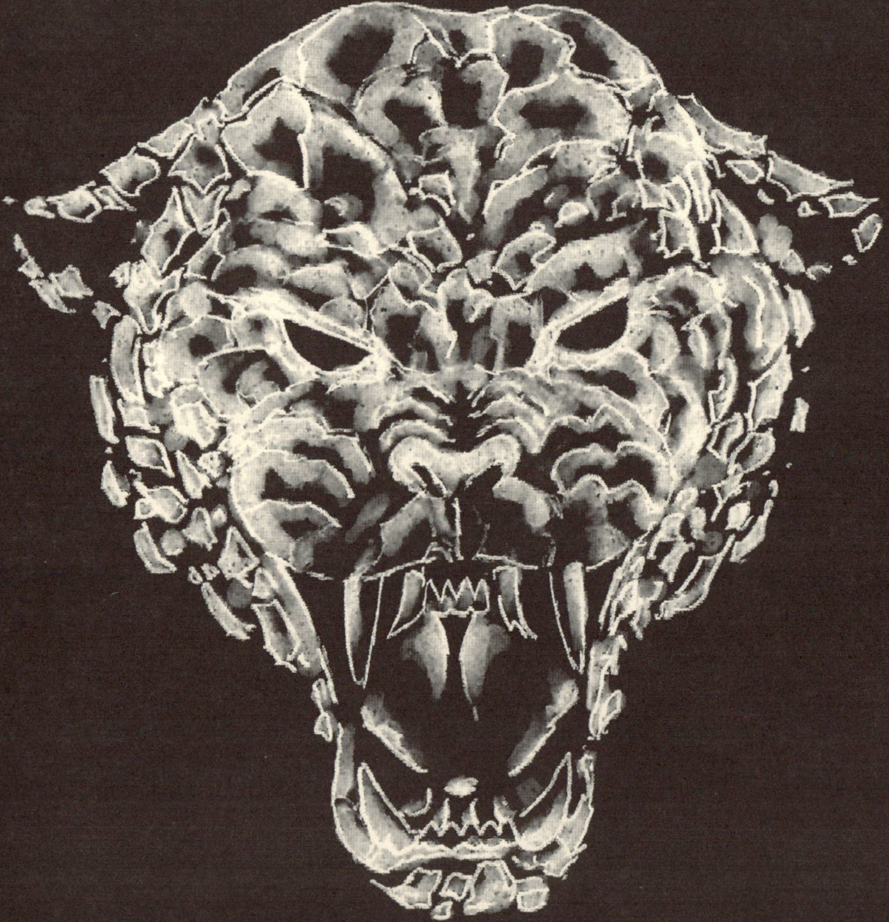

Parte 3

Um terra selvagem tornada ainda mais selvagem

Os eventos em minha vida frequentemente me fizeram examinar a natureza do bem e do mal. Eu testemunhei as formas mais puras de ambos diversas vezes, especialmente do mal. Todo o começo da minha vida foi passado em meio a ele, uma crueldade tão densa no ar que me sufocava e que me forçou a ir embora.

Apenas recentemente, à medida que minha reputação começou a fazer com que eu fosse aceito entre a população humana — uma tolerância, finalmente, se não bem-vinda — eu passei a testemunhar uma versão mais complexa do que eu havia observado em Menzoberranzan, uma escala de cinza variando em luz e escuridão. Tantos humanos, ao que parecia, têm dentro de si um lado sombrio, uma fome pelo macabro e a habilidade de ignorar friamente o sofrimento do outro em busca dos próprios objetivos.

Em nenhum lugar isso é mais evidente do que no F[illegible]val do Prisioneiro em Luskan e outras paródias similares de justiça. Prisioneiros, às vezes culpados, às vezes não — raramente importa —, são exibidos diante da multidão sedenta de sangue, então espancados, torturados e, finalmente, executados de forma chocante. O juiz que preside esses espetáculos se esforça ao máximo para provocar os gritos mais intensos da mais pura agonia. Seu trabalho é contorcer as expressões dos prisioneiros na personificação do terror, com o cúmulo do horror refletido em seus olhos.

Uma vez, quando estive em Luskan com Capitão Deudermont do *Fada do Mar*, fui até o festival para presenciar os "julgamentos" de vários piratas que havíamos retirado do mar após afundar seu navio. Presenciar o espetáculo de centenas de pessoas amontoadas ao redor de um palco, gritando e se regozijando enquanto aqueles piratas infelizes eram literalmente feitos em pedaços quase me fez me afastar do navio de Deudermont, quase me fez abandonar a vida de um caçador de piratas e me recolher na solidão da floresta ou das montanhas.

É claro, Cattibrie esteve ali para me lembrar da verdade, para chamar a atenção ao fato de que esses mesmos piratas frequentemente aplicavam as mesmas torturas em prisioneiros inocentes. Embora ela admitisse que isso não justificava o Festival do Prisioneiro — ela mesma tão horrorizada pela mera ideia do lugar que se recusava a chegar perto de lá —, argumentou que esse tratamento dos piratas era preferível a deixá-los correrem livres em mar aberto.

Mas por quê? Por que isso?

Essa questão me incomodou durante todos esses anos e, ao buscar sua resposta, acabei explorando mais outro fato sobre essas criaturas tão incrivelmente complexas que são os humanos.

Por que pessoas comuns, em qualquer outra situação, decentes, desceriam a um nível tão baixo quanto o do espetáculo do Festival do Prisioneiro? Por que alguns da própria tripulação do *Fada do Mar*, mulheres e homens que eu sabia que eram honrados e decentes, sentiriam prazer ao ver uma demonstração tão macabra de tortura?

A resposta, talvez — se houver uma resposta mais complexa que a própria natureza do mal — está no escrutínio das atitudes de outras heranças. Dentre as raças bondosas, apenas os humanos "celebram" as execuções e tortura de prisioneiros. As sociedades halflings jamais fariam algo parecido com aquele espetáculo — na verdade, alguns prisioneiros halflings chegaram a morrer por comerem demais. Nem os anões, por mais agressivos que sejam. Na sociedade anã, se lidam com os prisioneiros de forma eficiente e limpa, sem espetáculo e sem público. Um assassino entre os anões receberia um único golpe no pescoço. Nunca vi nenhum elfo no Festival do Prisioneiro, exceto em uma ocasião em que dois deles apareceram, então saíram imediatamente, obviamente enojados. Pelo que entendi, não há execuções na sociedade dos gnomos, apenas prisão perpétua em uma cela elaborada.

Então por que humanos? O que há na construção emocional do ser humano que faz acontecer um espetáculo como o Festival do Prisioneiro? Mal? Acho que é uma resposta simples demais.

Drow se regozijam com a tortura — disso eu sei bem! — e suas ações são, de fato, baseadas no sadismo e no mal, além de um desejo insaciável de satisfazer a fome demoníaca da Rainha Aranha, mas, com humanos, assim como com qualquer outra coisa relacionada aos humanos, a resposta é um pouco mais complexa. Certamente há algum sadismo envolvido, especialmente por parte do juiz que preside o festival e seu assistentes torturadores, mas para o povo, os plebeus impotentes na plateia, acredito que sua alegria venha de três fontes.

A primeira é que os plebeus em Faerûn são impotentes, vulneráveis aos caprichos dos lordes e latifundiários poderosos, e sob a ameaça sempre presente de uma ou outra invasão por goblins, gigantes ou outros humanos, destruindo as vidas que criaram. O Festival do Prisioneiro dá a esse povo desafortunado uma amostra de poder, o poder sobre a vida e a morte. Finalmente eles têm alguma sensação de controle sobre suas vidas.

A segunda é que humanos não vivem tanto quanto elfos ou anões. Mesmo halflings costumam viver por mais tempo. Camponeses encaram diariamente a possibilidade da morte. Uma mão que tenha sorte o suficiente para sobreviver a dois ou três partos provavelmente testemunhará a morte de pelo menos um de seus filhos. Uma vida tão próxima com a morte obviamente gera curiosidade e medo, até mesmo terror. No Festival do Prisioneiro essas pessoas testemunham a morte da forma mais horrível, o pior que a morte tem a oferecer, e se consolam com o fato de que as próprias mortes, a não ser que se tornem os réus levados diante dos juízes, provavelmente não chegará nem perto de ser tão terrível. Eu vi o seu pior, Morte nefasta, e não a temo.

A terceira explicação para a atração causada pelo Festival do Prisioneiro está na necessidade de justiça e punição para se manter a ordem na sociedade. Foi o argumento apresentado por Robillard, o mago, após meu retorno ao *Fada do Mar* ao presenciar o horror. Embora não sentisse prazer algum em assistir o festival e raramente aparecesse por lá, Robillard o defendia com tanta intensidade quanto a que se esperaria do próprio juiz. A humilhação pública daqueles homens, a demonstração pública de sua agonia, manteria as pessoas na linha, pelo que ele acreditava. Sendo assim, os gritos de alegria da multidão de plebeus não era nada além da afirmação motivadora de sua crença na lei e na ordem daquela sociedade.

É um argumento difícil de se derrotar, especialmente em relação à efetividade desses espetáculos em dissuadir criminosos futuros, mas será que é mesmo justiça?

Armado com os argumentos de Robillard, fui até diversos juízes menores em Luskan sob o pretexto de estar decidindo um protocolo melhor para o *Fada do Mar* entregar piratas capturados, mas na verdade eu queria fazê-los falar sobre o Festival do Prisioneiro. Logo se tornou óbvio para mim, e bem rápido, que o festival não tinha muito a ver com justiça. Muitas mulheres e homens se viram no palco em Luskan, forçados a uma falsa confissão por pura brutalidade, e então punidos publicamente por aqueles crimes. Os juízes sabiam disso e admitiam diretamente ao falar sobre o alívio que sentiam porque os prisioneiros que levavam a eles pelo menos eram realmente culpados!

Apenas por esse motivo eu jamais poderia aceitar o Festival do Prisioneiro. Uma forma de se avaliar qualquer sociedade é ver a maneira como ela lida com aqueles que se afastaram do senso de comunidade e decência, e um tratamento menos que decente desses criminosos abaixa os padrões de moralidade ao nível de quem está sendo torturado.

Ainda assim, a prática continua a prosperar em várias cidades em Faerûn e em muitas comunidades rurais, onde a justiça, como uma questão de sobrevivência, deve ser ainda mais dura e definitiva.

Talvez haja uma quarta explicação para o Festival do Prisioneiro. Talvez a multidão se reúna ansiosa apenas pela empolgação do espetáculo. Talvez não haja um motivo oculto ou explicação além do fato de acharem divertido. Eu não gosto de pensar nessa possibilidade porque, se tantos humanos são capazes de eliminar sua empatia e compaixão tão completamente a ponto de se divertirem com o espetáculo de ver outra pessoa sofrer horrivelmente, então essa, temo eu, seria a definição mais verdadeira do mal.

Após todas as horas de investigação, debate e interrogatório, além de muitas e muitas horas de reflexão sobre a natureza desses humanos em meio aos quais eu vivo, me encontro sem respostas simples para caricaturas como o Festival do Prisioneiro.

Não fico nem um pouco surpreso. Raramente encontro uma resposta simples para qualquer coisa que tenha a ver com os humanos. Esse, talvez seja o motivo pelo qual não sinta muito tédio durante minhas viagens e encontros diários. Esse, talvez, seja o que me fez amá-los.

— Drizzt Do'Urden

Capítulo 14

Semente roubada

Wulfgar parou do lado de fora de Luskan, olhando para a cidade em que fora acusado injustamente, torturado e humilhado publicamente. Apesar de tudo, o bárbaro não tinha raiva do povo desse lugar, nem mesmo de seu juiz cruel. Se ele encontrasse Jharkheld de novo, provavelmente arrancaria a cabeça do homem com suas próprias mãos, mas apenas para conseguir uma conclusão para aquele incidente em particular, não por ódio. Wulfgar já estava além do ódio há muito tempo. Como já estava quando Quebra-Toco apareceu para caçá-lo na Cutelo e ele havia o matado. Assim como quando esbarrou nos Pôneis Celestes, uma tribo bárbara similar à sua. Ele havia se vingado de seu xamã cruel, um voto de vingança jurado anos antes. Não era por ódio, nem mesmo por fúria desenfreada, mas simplesmente a necessidade que Wulfgar tinha de seguir em frente numa vida em que o passado era horrível demais para se contemplar.

Wulfgar veio a entender que não estava seguindo em frente, e isso parecia óbvio a ele agora que estava encarando a cidade. Ele estava andando em círculos, círculos pequenos, que o deixavam repetidamente no mesmo lugar, um lugar tolerável apenas pela garrafa de bebida, apenas por enevoar o passado até o ponto do esquecimento e do afastamento de pensamentos sobre o futuro.

Wulfgar cuspiu no chão, tentando entender pela primeira vez desde que chegara em Luskan como havia chegado a essa espiral descendente. Ele pensou na cadeia de montanhas ao norte, seu lar em Vale do Vento Gélido, onde havia dividido tanta empolgação e alegria com seus amigos. Ele pensou em Bruenor, que o havia derrotado em batalha quando era apenas um garoto, mas quem o havia mostrado tanta misericórdia. O anão o havia criado como se fosse seu, então trouxe Drizzt para treiná-lo nos verdadeiros caminhos de um guerreiro. E que amigo Drizzt fora, o levando a grandes aventuras, estando ao lado dele em qualquer batalha, não importavam as probabilidades. Ele havia perdido Drizzt.

Pensou em Bruenor, que dera a Wulfgar sua obra-prima da forja, o maravilhoso Presa de Égide. O símbolo do amor de Bruenor por ele. E agora havia perdido não apenas Bruenor, mas também Presa de Égide.

Pensou em Cattibrie, talvez a mais especial de todas para ele, a mulher que havia roubado seu coração, a mulher que admirava e respeitava acima de tudo. Talvez não pudessem ser amantes, nem mesmo cônjuges. Talvez ela nunca fosse ser mãe de seus filhos, mas era sua amiga, leal e verdadeira. Quando pensou em seu último encontro, entendeu a verdade sobre aquela amizade. Cattibrie faria qualquer coisa para ajudá-lo, teria dividido com ele seus momentos e sentimentos mais íntimos, mas Wulfgar entendeu que seu coração fora feito para outra pessoa.

Esse fato não fez o bárbaro sentir raiva nem ciúmes. Sentiu apenas respeito, porque, apesar de seus sentimentos, Cattibrie teria dado tudo de si para ajudá-lo. Agora ele também havia perdido Cattibrie.

Wulfgar cuspiu mais uma vez. Ele não os merecia. Nem Bruenor, nem Drizzt, nem Cattibrie. Nem mesmo Regis que, apesar de seu tamanho diminuto e falta de habilidades de combate, saltaria na frente de Wulfgar em momentos de crise, protegeria o bárbaro, tanto quanto pudesse, do mal. Como ele pôde ter jogado aquilo tudo fora?

Sua atenção voltou ao presente quando a carroça saiu do portão oeste de Luskan. Apesar de seu mau humor, Wulfgar não conseguiu segurar um sorriso quando a carroça se aproximou. A condutora, uma senhorinha rechonchuda, apareceu.

Morik. Os dois haviam sido banidos há apenas alguns dias, mas se mantiveram no perímetro da cidade. Morik explicou que precisariam de alguns suprimentos se fossem sobreviver na estrada, então ele havia entrado sozinho em Luskan. Julgando por como os dois cavalos se esforçavam e pelo fato de que Morik possuía uma carroça e cavalos, Wulfgar soube que seu amigo havia tido sucesso. Morik tirou a carroça da estrada principal e seguiu por uma trilha menor que serpenteava pela floresta onde Wulfgar aguardava. Ele apareceu na parte de baixo da ribanceira onde Wulfgar esperava, então se levantou e se curvou.

— Não foi tão difícil — anunciou.

— Os guardas não te notaram? — perguntou Wulfgar.

Morik riu, como se a ideia fosse absurda.

— Eram os mesmos guardas de quando fomos escoltados pra fora — explicou ele com orgulho em sua voz.

A experiência deles nas mãos das autoridades de Luskan lembram a Wulfgar que ele e Morik eram apenas peixes grandes em um laguinho, insignificantes quando comparados ao contexto da cidade imensa, mas que peixe grande Morik era no cantinho deles!

— Até deixei uma bolsa cair no portão — continuou Morik. — Um dos guardas correu pra me alcançar e devolver pra carroça.

Wulfgar desceu a ribanceira até o lado da carroça e puxou a cobertura da carga. Havia bolsas de comida na parte de trás, assim como cordas e materiais para se montar abrigo, porém o que mais chamou a atenção de Wulfgar foram as caixas de garrafas cheias de bebidas fortes.

— Achei que fosse gostar — comentou Morik enquanto ia para o lado do grandalhão e olhava para o carregamento. — Deixar a cidade não significa deixar os prazeres pra trás. Até pensei em carregar Delly Curtie também.

Wulfgar virou um olhar irritado para Morik. A menção à mulher de forma tão obscena o ofendia profundamente.

— Vem — disse Morik pigarreando e obviamente mudando de assunto. — Vamos achar um lugar quieto pra matar a sede.

Ele tirou lentamente seu disfarce, se encolhendo com a dor que continuava sentindo em suas articulações e em sua barriga ferida. Esses ferimentos, especialmente os de seus joelhos, se curariam lentamente. Ele fez uma pausa pouco depois, segurando a peruca e admirando seu trabalho, depois subiu no assento da carroça para conduzi-la, segurando as rédeas.

— Os cavalos não estão tão bem — notou Wulfgar. Ambos pareciam velhos e cansados.

— Eu precisava do ouro pra comprar a bebida — explicou Morik.

Wulfgar voltou a olhar para a carga, pensando que Morik deveria ter gastado os fundos em cavalos melhores, imaginando que seus dias de bebida haviam terminado. Ele voltou a subir a ribanceira, mas Morik o parou com um grito.

— Têm bandidos na estrada — anunciou Morik —, ou pelo menos é o que me disseram na cidade. Bandidos na estrada ao norte da floresta, e até a passagem através da Espinha do Mundo.

— Você tem medo de bandidos? — indagou Wulfgar, surpreso.

— Apenas os que nunca ouviram falar de mim — explicou Morik, e Wulfgar entendeu o que ficou não dito. Em Luskan, a reputação de Morik era útil, mantendo a maioria dos bandidos à distância.

— Melhor a gente se preparar pra ter problemas — terminou ele.

Morik pôs a mão sob o assento e puxou um machado imenso.

— Olha — disse com um sorriso travesso, obviamente orgulhoso de si mesmo enquanto apontava para a lâmina do machado. — Ainda tá suja com o sangue de Tubarão Sinistro.

O machado do próprio executor! Wulfgar fez menção de perguntar a Morik como nos Nove Infernos ele havia conseguido pôr as mãos naquela arma, mas, por fim, decidiu que preferia não saber.

— Vem comigo — instruiu Morik, dando tapinhas ao lado dele no assento. Ele puxou uma garrafa da caixa mais próxima. — Vamos viajar, beber e planejar nossa defesa.

Wulfgar olhou por bastante tempo para a garrafa antes de subir no assento. Morik ofereceu a garrafa a ele, mas recusou com determinação. Dando de ombros, Morik deu um gole e ofereceu mais uma vez. E, mais uma vez, Wulfgar recusou. Essa atitude fez com que Morik fizesse uma expressão confusa, mas que logo se tornou um sorriso quando decidiu que a recusa de Wulfgar significava que sobraria mais para ele.

— Não precisamos viver como selvagens só porque estamos na estrada — afirmou Morik.

A ironia daquela afirmação vinda de um homem engolindo uma bebida tão forte não passou desapercebida para Wulfgar. O bárbaro conseguiu resistir à garrafa por toda a tarde, e Morik a esvaziou alegremente. Mantendo a carruagem a um ritmo acelerado, Morik jogou a garrafa vazia contra uma pedra enquanto passavam, então gritou de alegria quando ela se estilhaçou em mil pedaços.

— Você faz bastante barulho para alguém que está tentando evitar ladrões de estradas — resmungou Wulfgar.

— Evitar? — perguntou Morik estalando os dedos. — Difícil. Ladrões de estradas frequentemente têm acampamentos bem equipados onde podemos ter algum conforto.

— Acampamentos tão bem equipados devem pertencer a ladrões bem-sucedidos — raciocinou Wulfgar —, e ladrões bem-sucedidos são provavelmente muito bons no que fazem.

— Assim como Quebra-Toco, meu amigo — lembrou Morik. Ao ver que Wulfgar ainda não parecia convencido, ele acrescentou: — Talvez aceitem nossa oferta de nos juntarmos a eles.

— Acho que não — disse Wulfgar.

Morik deu de ombros, então assentiu.

— Então temos que os expulsar — disse de forma direta.

— Não vamos nem achar eles — murmurou Wulfgar.

— Ah? — perguntou Morik antes de virar a carroça em uma trilha lateral tão de repente que ela ficou por um instante sobre duas rodas e Wulfgar quase caiu.

— O quê? — rosnou o bárbaro enquanto pulavam pela estrada. Ele mal havia acabado de se abaixar para desviar de um galho baixo quando outro arranhou feio seu braço. — Morik!

— Silêncio, meu amigo grandalhão — disse Morik. — Tem um rio lá na frente com só uma ponte, e acho que os bandidos cuidam bem desse ponto.

Eles surgiram de dentro da vegetação, com a carroça pulando ao longo da margem do rio. Morik desacelerou os cavalos cansados até que estivessem trotando devagar, e foram na direção de uma ponte instável. Para a decepção de Morik, atravessaram a ponte em segurança, sem bandidos à vista.

— Novatos — resmungou desanimado, jurando seguir alguns quilômetros, então dar a volta e atravessar a ponte de novo. Morik então parou subitamente a carroça. Um homem grande e feio apareceu na estrada mais à frente, apontando uma espada na direção deles.

— Que interessante uma dupla dessas aparecer no meu bosque sem permissão — comentou o ladrão, levando a espada para trás e a apoiando no ombro.

— Seu bosque? — perguntou Morik. — Ora, bom senhor, achei que essa floresta fosse aberta para viagens — sussurrando para Wulfgar, ele acrescentou: — Meio-orc.

— Idiota — respondeu Wulfgar de forma que apenas Morik pudesse ouvir. — Você, no caso, e não o ladrão. Procurar por essa briga...

— Achei que seria interessante pro seu lado heroico. Além disso, eles têm um acampamento bem confortável, sem dúvidas.

— O que vocês tão falando? — o bandido exigiu saber.

— Ah, de você, bom senhor — respondeu Morik imediatamente. — Meu amigo aqui estava dizendo que você deve ser um ladrão e que não é dono dessa floresta de jeito nenhum.

Os olhos do bandido se arregalaram e ele gaguejou várias respostas, mas sem sucesso. Ele acabou se decidindo por cuspir no chão.

— Tô dizendo que é meu bosque! — declarou, cutucando o próprio peito. — Bosque do Togo!

— E qual é o custo da passagem, bom Togo? — perguntou Morik.

— Cinco de ouro! — gritou o ladrão. Então, após uma pausa, ele acrescentou — Pra cada um!

— Dê a ele — murmurou Wulfgar.

Morik deu uma risada, então uma flecha passou por ele, a um centímetro de seu rosto. Surpreso por esse bando ser tão bem-organizado, ele de repente mudou de ideia e foi até sua bolsa.

Entretanto, Wulfgar também havia mudado de ideia, furioso porque alguém chegou tão perto de matá-lo. Antes que Morik pudesse concordar com o preço, o bárbaro saltou da carroça e correu até Togo com as mãos nuas, então, de repente, mudou de ideia e de direção. Duas flechas cortaram seu caminho inicial. Ele se virou na direção do arqueiro monstruoso que vira no alto de uma árvore a uns três metros e meio de distância da estrada. Wulfgar atravessou a primeira linha de arbustos e se chocou com força contra um tronco caído. Mal desacelerando, ele levantou o tronco e jogou no rosto de outro humano abaixado, então continuou sua investida.

Ele chegou à base da árvore ao mesmo tempo que uma flecha se fincou no chão ao lado dele, um quase acerto que Wulfgar ignorou. Saltando em um galho mais baixo, ele se segurou e se içou com força e agilidade imensas, quase correndo árvore acima. Afastando galhos menores e se atrapalhando com outros, ele chegou à altura do arqueiro.

A criatura, um gnoll maior do que Wulfgar, estava tentando desesperadamente armar outra flecha.

— Pode ficar! — gritou o gnoll covarde, jogando o arco em Wulfgar e se jogando do galho, preferindo a queda de seis metros à fúria do bárbaro.

A fuga não seria tão fácil para o gnoll. Wulfgar estendeu a mão e agarrou a criatura em meio à queda pelo colarinho. Apesar de todo o contorcionismo e dos socos, da posição inapropriada e do peso do gnoll, Wulfgar não teve dificuldade em içá-lo.

Então ele ouviu o grito de Morik por ajuda.

De pé no assento, Morik se esforçava furiosamente com sua espada esguia para afastar os ataques de Togo e de outro espadachim humano que surgira dos arbustos. E o pior: ele ouviu um terceiro se aproximando por trás. E ainda pior: flechas cortavam o ar com mais frequência do que ele gostaria.

— Eu pago! — gritou, mas os ladrões monstruosos apenas riram.

Com a visão periférica, Morik viu um arqueiro se preparando. Ele saltou para trás quando o projétil veio, desviando tanto dele quando da estocada dada pelo espadachim surpreendentemente hábil à sua frente. O movimento não saiu de graça, porém, porque ele caiu por trás do assento, se chocando a uma caixa de garrafas, as quebrando. Morik se levantou de um salto e gritou de raiva, movendo sua espada de forma impotente do outro lado do assento.

Togo avançou, subindo no assento, mas Morik, agora com raiva, espelhava seus movimentos, avançando furiosamente sem se preocupar com os outros espadachins ou com os arqueiros. Togo recuou o braço para ajustar um golpe, mas Morik, sempre ágil, o acertou primeiro, na mão, fazendo ele soltar a arma. Assim que a espada de Togo se chocou contra o assento de madeira, Morik se aproximou, afastando a espada para evitar os ataques do parceiro do meio-orc Ele puxou uma adaga de seu cinto, uma lâmina que inseriu imediatamente e repetidamente na barriga de Togo. O meio-orc tentou desesperadamente afastar os ataques usando as mãos nuas, porém Morik era rápido e esperto demais, esfaqueando ao redor delas ao mesmo tempo que sua espada se movia em círculos ao redor da lâmina do parceiro de Togo.

Togo caiu do assento para o chão. Ele conseguiu dar um único passo antes de desabar, agarrado às suas entranhas rasgadas.

Morik ouviu o terceiro atacante se aproximando pela lateral da carroça. Ele escutou um grito apavorado vindo de cima, então outro do inimigo que se aproximava. Olhou naquela direção bem a tempo de ver o arqueiro gnoll capturado por Wulfgar em queda livre, com os braços se debatendo e gritando por todo o caminho. O projétil humanoide acertou a terceira ladra, uma humana baixa, com tudo, esmagando a ambos com força contra a carroça, formando uma pilha. Gemendo, a mulher começou a tentar se arrastar para fora. O arqueiro não se mexeu.

Morik forçou mais o ataque ao espadachim restante, tanto para descer do assento exposto quanto para continuar a luta. O espadachim, porém, não estava tão animado em continuar na batalha após ver seus amigos caindo ao redor dele. Ele bloqueou a estocada, recuando enquanto Morik saltava do assento para a estrada.

Então avançou, com a espada brincando com a lâmina do bandido repetidamente. Morik estocou à frente e recuou rapidamente quando o espadachim aparou, então avançou após um movimento sutil de sua espada esguia, que retirou a arma do bandido. Cambaleando, o homem recuou, com sangue escorrendo de um ombro. Ele se virou para fugir, mas Morik o acompanhou, o forçando a agir de forma defensiva.

Ouviu outro grito de alarme por trás dele, seguido pelo estalo de galhos se quebrando. Ele sorriu, sabendo que Wulfgar continuava a limpar a área de arqueiros.

— Por favor, senhor — a presa de Morik rosnou enquanto cada vez mais ataques passavam por suas defesas com resultados doloridos e ficava claro que o Renegado era o melhor espadachim. — A gente só precisava da sua grana.

— E vocês não iam machucar eu e meu amigo depois de pegarem nossa grana? — perguntou Morik de forma cínica.

O homem sacudiu a cabeça intensamente, então aproveitou a distração para acertar mais um golpe, fazendo surgir uma linha vermelha no peito do homem. A presa de Morik caiu de joelhos com um grito e jogou a espada no chão, implorando por misericórdia.

— Eu sei que eu sou misericordioso — disse com falsa piedade, ouvindo Wulfgar se aproximando rapidamente —, mas temo que meu amigo não seja.

Wulfgar chegou imediatamente e agarrou o homem de joelhos pela garganta, o levantando acima do solo e o jogando contra uma parede. Com um braço, já que o outro estava encolhido de forma defensiva com uma haste de flecha quebrada saindo de seu ombro, Wulfgar segurou o ladrão içado pela garganta, o estrangulando.

— Eu poderia pará-lo — explicou Morik, caminhando até eles e pousando uma mão sobre o antebraço imenso de seu amigo. Só então notou o ferimento sério de Wulfgar. — Você tem que nos levar ao seu acampamento.

— Sem acampamento! — ofegou o homem. O bárbaro apertou mais forte e girou um pouco a mão. — Eu vou, eu vou! — gritou o ladrão, com sua voz quase sumindo enquanto Wulfgar apertava cada vez mais, bloqueando todos os sons e o ar.

Com uma expressão da mais pura fúria, o bárbaro continuou.

— Solta ele — disse Morik.

Sem resposta. O homem preso por Wulfgar se debatia e estapeava, mas não conseguia nem se soltar nem respirar.

— Wulfgar! — chamou antes de agarrar o braço de seu amigo com ambas as mãos e puxar com força. — Sai dessa, cara!

Wulfgar não estava ouvindo nada, sequer parecia notar Morik.

— Você vai me agradecer por isso — prometeu, embora não tivesse tanta certeza quando fechou seu punho e bateu na lateral da cabeça do bárbaro.

Wulfgar soltou o ladrão, que caiu inconsciente na base da árvore, porém, apenas para acertar Morik com as costas da mão, um golpe que fez com que ele cambaleasse para trás, com Wulfgar indo atrás dele. Morik levantou sua espada, pronto para atravessar o coração do amigo, se preciso, mas, no último instante, Wulfgar parou, piscando repetidamente, como se houvesse acabado de acordar. Morik percebeu que Wulfgar retornara de onde quer que tenha ido, longe do tempo e lugar atuais.

— Ele vai nos levar pro acampamento agora — disse Morik.

Wulfgar assentiu lentamente, com os olhos ainda embaçados. Ele olhou impassível para a flecha quebrada saindo de seu ombro ferido. O bárbaro empalideceu, olhou confuso para Morik, então caiu com o rosto na poeira.

Wulfgar acordou na carroça às margens de um campo contornado por pinheiros altos. Ele levantou a cabeça com algum esforço e quase entrou em pânico. Uma mulher passando por ele estava junto aos bandidos da estrada. O que havia acontecido? Eles perderam? Antes que o pânico completo se instaurasse, porém, ouviu a voz animada de Morik e se forçou a se levantar, se encolhendo de dor quando apoiou peso em seu braço ferido. Wulfgar olhou para aquele ombro, curioso. A haste da flecha se fora, e a ferida estava limpa e com um curativo.

Morik estava sentado a alguma distância, conversando amigavelmente e dividindo uma garrafa com outro ladrão gnoll como se fossem velhos amigos. Wulfgar escorregou até a saída da carroça e pôs as pernas para fora, ficando instavelmente de pé. O mundo girou diante de seus olhos, com pontos pretos surgindo em seu campo de visão. Mas a sensação logo passou e, cauteloso, mas determinado, foi até Morik.

— Ah, você acordou. Quer uma bebida, meu amigo? — perguntou Morik, segurando a garrafa.

Franzindo o cenho, Wulfgar balançou a cabeça.

— Para com isso, você tem que beber! — balbuciou o gnoll com cara de cachorro sentado perto de Morik.

Ele pôs uma colher com um cozido bem grosso na boca, e metade caiu no chão ou em sua túnica.

Wulfgar encarou o novo camarada deplorável de Morik.

— Fica calmo, meu amigo — disse Morik, reconhecendo o olhar perigoso. — Mickers é um amigo, e um bem leal agora que Togo tá morto.

— Mande-o embora — disse Wulfgar, e a boca do gnoll se abriu de surpresa.

Morik se levantou rápido, indo para o lado de Wulfgar e o pegando pelo braço bom.

— Eles são aliados — explicou. — Todos eles. Eram leais a Togo e agora são leais a mim. E a você.

— Mande eles embora — repetiu Wulfgar ferozmente.

— Estamos na estrada — argumentou Morik. — A gente precisa de aliados, batedores para procurar nos territórios em potencial e espadas para nos ajudar a conquistar rápido esses territórios.

— Não — disse Wulfgar de forma direta.

— Você não entende o perigo, meu amigo — disse Morik de forma sensata, esperando acalmar seu amigo imenso.

— Mande eles embora! — Wulfgar gritou de repente. Vendo que não faria progresso algum com Morik, ele foi até Mickers. — Saia daqui e dessa floresta!

Mickers olhou além do homem imenso. Morik deu de ombros, resignado. Mickers se levantou.

— Vou ficar com ele — disse, apontando para Morik.

Wulfgar deu um tapa na tigela, jogando-a longe e agarrou a parte da frente de sua camisa, o levantando até a ponta dos pés.

— Última chance de sair por si mesmo — rosnou o homem imenso ao empurrar Mickers vários passos para trás.

— Senhor Morik? — reclamou Mickers.

— Ah, vai logo — disse Morik, nada feliz.

— E o resto de nós também? — perguntou um dos humanos do bando de ladrões, de pé em meio a umas rochas na extremidade do campo. Ele tinha um arco nas mãos.

— Eles ou eu, Morik — disse Wulfgar em um tom que deixava claro que não haveria discussão. Ambos olharam para o arqueiro e viram que o homem havia posto uma flecha em seu arco.

Os olhos de Wulfgar brilharam com uma fúria fervilhante e ele começou a ir na direção do arqueiro.

— Um tiro — disse ele de forma controlada. — Você tem direito a um tiro para me acertar. Será que você acerta?

O arqueiro levantou o arco.

— Eu não acho que vai — disse Wulfgar sorrindo. — Não, você vai errar porque você sabe.

— Sei o quê? — o arqueiro ousou perguntar.

— Sabe que, mesmo que a flecha acerte, ela não vai me matar — respondeu Wulfgar enquanto continuava sua caminhada lenta e firme. — Não na hora, não antes de eu ter sua garganta em minhas mãos.

O homem puxou a corda, mas Wulfgar apenas sorriu de forma mais confiante e continuou a seguir em frente. O arqueiro olhou ao redor, nervoso, em busca de apoio, e não havia nenhum. Percebendo que havia escolhido um inimigo fora de sua alçada, o homem relaxou a corda, se virou, e fugiu. Wulfgar deu meia-volta. Mickers, também, havia fugido.

— Agora temos que ter cuidado com ele — observou Morik desanimado quando Wulfgar voltou a ele. — Você nos fez perder aliados.

— Não me alio a ladrões assassinos! — disse Wulfgar sem rodeios. Morik se afastou dele com um salto.

— E o que eu sou, se não um ladrão?

A expressão de Wulfgar se suavizou.

— Bom, talvez com um — corrigiu ele com uma risada.

Morik riu, embora nervoso.

— Aqui, meu amigo grandalhão e não muito esperto — disse ele, indo pegar outra garrafa. — Uma bebida pra nós dois. Ladrões de estradas!

— Será que teremos o mesmo destino que aqueles que nos precederam? — Wulfgar se perguntou em voz alta.

— Eles não eram tão espertos — explicou Morik. — Eu sabia onde achar eles porque são previsíveis demais. Um bom ladrão de estradas ataca e corre para a próxima área que tem como alvo. Um bom ladrão de estradas parece dez grupos diferentes, sempre um passo à frente dos guardas, à frente daqueles que vão até a cidade com informações o suficiente pra que achem ele.

— Você faz parecer que conhece bem essa vida.

— Já fiz isso vez ou outra — admitiu Morik. — Só porque a gente tá na estrada não significa que tem que viver como selvagens — repetiu Morik aquilo que estava começando a virar seu mantra.

Ele estendeu a garrafa para Wulfgar e o bárbaro precisou de toda a sua força de vontade para recusar aquela bebida. Seu ombro estava doendo e ele ainda estava agitado por causa dos ladrões. Uma retirada para um rodamoinho de semiconsciência parecia bem convidativo naquele momento.

Mas ele recusou ao se afastar de Morik, que estava chocado. Indo até o outro lado do campo subiu em uma árvore, se recostou em uma área confortável e se permitiu observar as terras remotas. Seu olhar era sempre atraído para as montanhas ao norte, a Espinha do Mundo, a barreira entre ele e aquele outro mundo que era Vale do Vento Gélido, aquela vida que costumava conhecer, e talvez ainda conhecesse. Ele voltou a pensar em seus amigos, principalmente em Cattibrie. O bárbaro dormiu e sonhou com ela em seus braços, o beijando gentilmente, um alívio das dores do mundo.

De repente, Cattibrie recuou, e, enquanto Wulfgar a observava, pequenos chifres de marfim surgiram na testa dela e grandes asas de morcego surgiram de suas costas. Uma súcubo, um demônio do Abismo, o enganando mais uma vez no inferno dos tormentos causados por Errtu, usando o disfarce do conforto para seduzi-lo.

Os olhos de Wulfgar se arregalaram e sua respiração saía em arquejos difíceis. Ele tentou apagar as imagens, mas elas não o libertavam. Não dessa vez. Foram tão intensas e reais que o bárbaro se perguntou se tudo isso, seus últimos meses de vida, não foram nada além de um ardil de Errtu para fazer com que tivesse esperança novamente para que o demônio pudesse destrui-la. Ele viu a súcubo, a criatura horrenda que o seduzira.

— Não! — rosnou Wulfgar, porque era uma memória muito pesada, horrível demais para que ele a confrontasse mais uma vez.

"Eu roubei sua semente", disse a súcubo em sua mente, e ele não podia negar. Fizeram isso com ele incontáveis vezes durante os anos de seu tormento, pegaram sua semente e fizeram surgir demônios-alu, filhos de Wulfgar. Era a primeira vez que tinha conseguido se lembrar conscientemente daquilo desde seu retorno à superfície, a primeira vez que o horror de ter visto sua prole demoníaca se forçara através das barreiras mentais que havia erguido.

Ele os via agora, via Errtu levar a ele um desses filhos, um bebê que chorava, com sua mãe súcubo de pé atrás do demônio. Ele via Errtu levantar o bebê e, diante dos olhos de Wulfgar, bem diante dos olhos da mãe que gritava, o grande demônio arrancar a cabeça da criança com uma mordida. Um jorro de sangue atingira Wulfgar, que não conseguia respirar, incapaz de compreender que Errtu havia encontrado mais uma forma de torturá-lo, a pior de todas.

Wulfgar meio cambaleou e meio caiu da árvore, caindo sobre o ombro machucado, reabrindo o ferimento. Ignorando a dor, correu pelo campo e viu Morik descansando perto da carroça.

Wulfgar foi até as caixas e, freneticamente, abriu uma. Seus filhos! A prole de sua semente roubada!

O líquido potente queimou sua garganta por todo o percurso, e seu calor se espalhou, nublando os sentidos de Wulfgar, ofuscando as imagens horrendas.

Capítulo 15

Não mais criança

— É PRECISO DAR TEMPO PARA O AMOR FLOrescer — sussurrou Temigast a Lorde Feringal. Ele havia puxado o jovem lorde para o canto do jardim, longe de Meralda, que estava olhando por sobre a muralha que dava para o mar.

O intendente havia descoberto que o jovem apaixonado estava pressionando Meralda a casar com ele na próxima semana. A mulher aflita estava dando desculpas educadas, uma atrás da outra, com o teimoso do Feringal derrotando uma a uma.

— Dar tempo para florescer? — ecoou Feringal, incrédulo. — Estou enlouquecendo com o desejo. Não consigo pensar em nada além de Meralda!

Ele disse a última parte em voz alta, e ambos os homens olharam para trás e viram Meralda olhando para eles de cenho franzido.

— Como deveria estar — sussurrou Intendente Temigast. — Vejamos se o sentimento continua forte com o tempo. A duração desses sentimentos é o verdadeiro significado do amor, meu senhor.

— Você ainda duvida? — respondeu Lorde Feringal, horrorizado.

— Eu não, meu senhor. Eu não — explicou Temigast —, mas os aldeãos precisam ver sua união a uma mulher na posição de Meralda como amor verdadeiro, e não uma paixão passageira. É preciso levar em consideração a reputação dela.

A última frase fez Feringal silenciar. Ele voltou a olhar para a mulher, então para Temigast, obviamente confuso.

— Se estiver casada comigo, o que poderia acontecer de ruim à reputação dela?

— Se o casamento acontecer rapidamente demais, então os camponeses irão acreditar que ela usou de seus truques femininos para enfeitiçá-lo — explicou Temigast. — O melhor para ela é, de longe, que passe algumas semanas demonstrando seu amor honesto e respeitoso por ela. Muitos se ressentirão dela de qualquer maneira, por pura inveja. No momento você deve protegê-la, e a melhor fora de se fazer isso é não apressar o noivado.

— Quanto tempo? — perguntou o jovem lorde.

— O equinócio de primavera — ofereceu Temigast, levando outro olhar horrorizado ao rosto de Feringal. — É o que é apropriado.

— Eu morrerei — lamentou Feringal.

Temigast fez uma careta para o lorde dramático.

— Podemos providenciar algum encontro com outra mulher se suas necessidades estiverem intensas demais.

Lorde Feringal sacudiu a cabeça vigorosamente.

— Não consigo ver nenhuma outra mulher dessa maneira.

Com um sorriso gentil, Temigast deu tapinhas de leve no ombro do jovem.

— Essa é a resposta certa para um homem realmente apaixonado. Talvez consigamos fazer o casamento acontecer na virada do ano.

O rosto de Lorde Feringal se iluminou com um sorriso, então o sorriso sumiu mais uma vez.

— Cinco meses — resmungou.

— Mas pense no prazer após esse tempo passar.

— Não tenho pensado em mais nada — disse Feringal, desalentado.

— Do que vocês tavam falando? — perguntou Meralda quando Feringal se juntou a ela perto da muralha após Temigast sair do jardim.

— Do casamento, é claro — respondeu o lorde. — O Intendente Temigast acredita que deveríamos esperar até a virada do ano. Ele acredita que o amor seja algo que cresce e floresce — disse Feringal, com a voz colorida de dúvida.

— E realmente é — concordou Meralda, aliviada e grata a Temigast. Feringal a agarrou de repente e a puxou para perto.

— Não acredito que meu amor por você possa ficar ainda maior — explicou.

Ele a beijou e Meralda o beijou de volta, e como ela estava aliviada por ele não ter tentado mais nada além disso, ao contrário de suas táticas de sempre.

Em vez disso, Lorde Feringal a empurrou à distância de seus braços.

— Temigast me orientou a demonstrar meu respeito a você — admitiu. — Para mostrar aos aldeãos que nosso amor é verdadeiro e duradouro. Por isso, esperarei. Além disso, a espera fará com que Priscilla tenha o tempo necessário para preparar o evento. Ela prometeu um casamento que Auckney... Não. Que todo o Norte jamais viu.

O sorriso de Meralda era genuíno. Ela estava feliz pelo atraso, feliz por ter o tempo que precisava para organizar a prioridade de seus sentimentos por Lorde Feringal e por Jaka e para aceitar sua decisão e sua responsabilidade. Meralda tinha certeza de que conseguiria lidar com toda essa situação, e não em sofrimento. Ela poderia se casar com Lorde Feringal e se tornar a lady de Auckney por sua mãe e sua família. Talvez não fosse algo tão terrível assim.

A mulher olhou com uma fagulha de afeição para Feringal, que estava olhando para as ondas. Impulsivamente, ela pôs um braço ao redor da cintura dele e apoiou sua cabeça no ombro de Feringal e, em troca, recebeu um sorriso casto, mas agradecido. Ele não disse nada, sequer tentou tirar vantagem daquele toque. Meralda devia admitir que era... agradável.

— Ah, conta tudo! — sussurrou Tori, se atrapalhando até a cama de Meralda quando a irmã mais velha finalmente voltou para casa naquela noite. — Ele te tocou?

— Conversamos e olhamos as ondas — respondeu Meralda de forma evasiva.

— Você já ama ele?

Meralda olhou para sua irmã. Será que ela amava Lorde Feringal? Não. Ela sabia com certeza que não, pelo menos não da forma que ansiava por Jaka, mas talvez não fosse um problema. Talvez ela passasse a amar o generoso lorde de Auckney. Com certeza Lorde Feringal não era um homem feio — longe disso! À medida que o relacionamento deles crescia, à medida que iam além das investidas desesperadas daquele homem torturado, Meralda estava começando a ver muitas qualidades boas, qualidades que de fato poderiam se transformar em amor.

— Você ainda ama Jaka? — perguntou Tori.

O sorriso satisfeito de Meralda desapareceu após o lembrete doloroso. Ela não respondeu e, dessa vez, Tori teve o bom senso de não insistir quando Meralda se virou na cama, se encolheu e tentou ao máximo não chorar.

Foi uma noite de sonhos sufocantes que fizeram com que se emaranhasse nos lençóis. Ainda assim, Meralda acordou com um humor melhor, e melhorou ainda mais quando entrou na sala comum e viu sua mãe conversando com Mam Jardim, uma de suas vizinhas mais intrometidas — além de bastante fofoqueira —, falando alegremente à visitante sobre seu passeio nos jardins do palácio.

— Mam Jardim trouxe alguns ovos — explicou Biaste Ganderlay, apontando para uma frigideira com ovos mexidos. — Pode se servir, porque não quero me levantar.

Meralda sorriu para a gnoma generosa, então foi até a frigideira. Inexplicavelmente, a jovem sentiu seu estômago se revirar ante a visão e o cheiro e precisou correr para fora de casa para vomitar ao lado do pequeno arbusto do lado de fora. Mam Jardim estava ao lado dela em um instante.

— Tá tudo bem, garota? — perguntou.

Meralda, mais surpresa que enjoada, se levantou.

— A comida diferente do castelo — explicou. — Tão me alimentando bem demais, acho.

Mam Jardim caiu na risada.

— Ah, mas você vai se acostumar! — disse. — Vai ficar toda rechonchuda, vivendo uma vida boa e comendo bem.

Meralda sorriu de volta para ela e voltou para dentro de casa.

— Você ainda precisa comer — disse Mam Jardim, a conduzindo em direção aos ovos. Apenas o ato de pensar nos ovos fez o estômago de Meralda se revirar mais uma vez.

— Acho que preciso deitar de novo — explicou ela, se afastando para voltar ao quarto.

Ela ouviu as duas discutindo sua situação, com Mam falando a Biaste sobre a comida diferente. Biaste, que estava acostumada com doenças, esperava que fosse apenas isso.

Particularmente, Meralda não tinha tanta certeza. Só então ela parou para pensar no tempo que se passou desde seu encontro com Jaka duas semanas antes. Era verdade que ela não havia tido sua regra, mas ela não havia se importado muito com isso, porque ela nunca foi muito certa nas datas, de qualquer maneira...

A jovem se agarrou à sua barriga, sobrepujada tanto por alegria quanto por medo.

Ela estava enjoada novamente na manhã seguinte, e na próxima após aquela, mas Meralda conseguiu esconder sua condição ao não chegar perto nem do cheiro de ovos. Ela se sentia bem após vomitar de manhã e não ficara mais enjoada após isso, o que deixou claro para ela que ela, de fato, estava grávida.

Em suas fantasias, a ideia de ter um bebê com Jaka Sculi não era terrível. Ela conseguia se imaginar se casando com o rapaz, vivendo em um castelo, caminhando pelos jardins ao lado dele, mas a realidade era muito mais apavorante.

Ela havia traído o lorde de Auckney. E pior: ela havia traído sua família. Ao roubar aquela noite para si mesma, ela provavelmente condenara sua mãe à morte e se marcou como uma prostituta aos olhos da vila.

"Será que chegaria a isso?", ela se perguntou. Talvez quando seu pai descobrisse a verdade ele a mataria — e já a havia espancado por bem menos. Ou talvez Lorde Feringal a fizesse ser exibida pelas ruas para que os aldeões pudessem insultá-la e jogar frutas podres ou cuspir nela. Ou talvez, em um acesso de raiva, Lorde Feringal arrancaria o bebê de seu útero e enviaria seus soldados para fora do castelo para assassinar Jaka.

E quanto ao bebê? O que os nobres de Auckney fariam com uma criança que seria o fruto da traição ao seu senhor? Meralda ouvira histórias sobre situações parecidas em outros reinos, histórias de ameaças em potencial ao trono, histórias sobre bebês assassinados.

Todas as possibilidades corriam em turbilhão pela mente de Meralda uma noite enquanto estava em sua cama, todas as possibilidades terríveis, eventos perversos demais para que conseguisse realmente imaginar e apavorantes demais para que encarasse de forma direta. Ela se levantou e se vestiu em silêncio, então foi até sua mãe, dormindo confortável, aninhada nos braços do marido.

Meralda murmurou um pedido de desculpas triste e silencioso para ambos, então saiu da casa. Era uma noite úmida e ventava muito. Para a decepção da mulher, ela não encontrou Jaka em seu lugar de sempre nos campos acima das casas, então ela foi até a casa dele. Tentando não acordar sua família, Meralda começou a jogar pedrinhas contra a cortinha que protegia sua janela sem vidros.

A cortina foi puxada abruptamente e o rosto belo de Jaka apareceu na abertura.

— Sou eu, Meralda — sussurrou ela, e o rosto do jovem se iluminou com a surpresa.

Ele estendeu sua mão para ela e, quando ela a segurou, Jaka puxou-a até perto de seu rosto pela abertura, sorrindo de orelha a orelha.

— Preciso falar com você — explicou Meralda — por favor, vem pra fora.

— Aqui tá mais quente — respondeu Jaka em seu tom de voz malicioso e lascivo de sempre.

Sabendo não ser uma boa ideia, mas tremendo do lado de fora, Meralda apontou para a porta da frente e se apressou até ela. Jaka estava lá em um instante, com o peito nu e segurando uma vela. Ele cobriu seus lábios com o dedo e conduziu Meralda pelo braço, levando-a em silêncio além da cortina que levava a seu quarto. Antes que a jovem pudesse começar a explicar, Jaka estava contra ela, beijando-a e a puxando para baixo ao lado dele.

— Para! — sibilou ela, se afastando. — A gente precisa conversar.

— Depois — disse Jaka com suas mãos passeando pelo corpo dela.

Meralda rolou pela lateral da cama e deu um passo atrás.

— Agora — disse ela. — É importante.

Jaka se sentou na cama, ainda sorrindo, mas não foi mais atrás dela.

— Eu tô atrasada. Muito — explicou Meralda de forma direta.

O rosto de Jaka se contorceu como se ele não entendesse.

— Eu tô grávida — a mulher despejou a informação baixinho. — E é um bebê seu.

O efeito de suas palavras foi mais dramático do que seria se ela atingisse o rosto de Jaka com um porrete.

— Como? — gaguejou ele após uma pausa longa e trêmula. — Foi só uma vez.

— Acho que a gente fez direito, então — disse a mulher de forma seca.

— Mas... — começou Jaka, sacudindo a cabeça — Lorde Feringal? O que vamos fazer? — Ele parou mais uma vez, então lançou um olhar astuto na direção de Meralda. — Vocês dois...?

— Só você — respondeu Meralda com firmeza. — Só aquela vez na minha vida toda.

— O que vamos fazer? — repetiu Jaka, andando nervoso de um lado para o outro. Meralda jamais o vira tão agitado.

— Eu achava que tinha que casar com Lorde Feringal — explicou Meralda, indo até o jovem e o segurando para firmá-lo. — Pelo bem da minha família, se não pelo meu, mas agora tudo mudou — disse ela, olhando nos olhos de Jaka. — Afinal, não posso levar a criança de outro homem para o Castelo Auck.

— Então o quê? — perguntou Jaka, aparentemente à beira do desespero.

— Você disse que me queria — disse Meralda com calma e esperança. — Então, com o que tá na minha barriga, você tem eu e todo o meu coração.

— Lorde Feringal vai me matar.

— Então a gente não fica — respondeu Meralda. — Você disse que a gente ia viajar a Costa da Espada até Luskan e pra Águas Profundas, então a gente vai, e eu preciso.

A ideia não parecia muito agradável para Jaka. Ele sacudiu a cabeça repetidamente. Finalmente, Meralda o sacudiu para acalmá-lo e se empurrou contra ele.

— De verdade, é melhor assim — disse ela. — Você é meu amor, como eu sou o seu e agora o destino interveio pra fazer a gente ficar juntos.

— É loucura — respondeu Jaka, se afastando dela. — A gente não pode fugir. A gente não tem dinheiro. A gente não tem nada. A gente vai morrer na estrada antes mesmo de chegar perto de Luskan.

— Nada? — ecoou Meralda, incrédula, antes de perceber que era mais do que o choque falando. — Temos um ao outro. Temos nosso amor e nosso bebê chegando.

— E você acha que é o suficiente? — perguntou Jaka no mesmo tom incrédulo. — Que vida a gente vai ter nessas circunstâncias? Pobres pra sempre, comendo lama e criando nosso bebê na lama?

— E que escolha a gente tem?

— A gente? — Jaka tentou segurar a palavra assim que saiu de sua boca, percebendo tarde demais que não era inteligente dizê-la em voz alta.

Meralda segurou as lágrimas.

— Tá dizendo que mentiu pra mim pra fazer eu me deitar com você? Tá dizendo que não me ama?

— Não tô falando isso — Jaka a acalmou, indo até ela para pousar a mão em seu ombro —, mas que chance a gente tem de sobreviver? Você não acredita que só amor é o suficiente, né? A gente não vai ter comida, nem dinheiro, e vamos ser três bocas pra alimentar. E como vai ser quando você ficar gorda e feia e não sobrar nem a cópula pra trazer alegria?

A mulher empalideceu e saiu de seu alcance. Ele foi até ela, mas Meralda afastou a mão com um tapa.

— Você disse que me amava — disse.

— Eu amava — respondeu Jaka. — Eu amo.

Ela sacudiu a cabeça lentamente, com os olhos se estreitando em um momento de clareza.

— Você me desejou, mas nunca me amou. — A voz dela falhou, mas a mulher estava determinada a seguir seu curso. — Seu tolo. Você nem sabe a diferença.

Com isso, ela se virou e correr para fora da casa. Jaka não foi atrás dela.

Meralda chorou a noite inteira nas colinas sob a chuva e não voltou para casa até de manhã bem cedo. A verdade agora estava diante dela, seja lá o que fosse acontecer em seguida. Que tola ela se sentia por ter se doado a Jaka Sculi. Pelo resto de sua vida, quando fosse se lembrar do momento em que se tornou uma mulher, o momento em que deixou para trás sua vida inocente como uma garota, não seria a noite em que perdera sua virgindade. Não. Seria essa noite, quando percebeu que oferecera a parte mais secreta de si para um homem fútil, egoísta e indiferente. Não. Não um homem: um garoto. Quão tola ela havia sido.

Capítulo 16

Lar doce lar

Eles ficaram sentados juntos sob a carroça enquanto a chuva desabava ao redor deles. Correntes de água corriam e o chão ficou enlameado mesmo em seu canto protegido.

— Não era a vida que eu imaginava — comentou Morik, abatido. — Caímos bastante.

Wulfgar sorriu para seu amigo e sacudiu a cabeça. Ele não estava tão preocupado com confortos físicos quanto Morik, porque a chuva mal o incomodava. Afinal, ele havia crescido em Vale do Vento Gélido, em um clima muito mais implacável do que os sopés nesse lado da Espinha do Mundo jamais poderiam oferecer.

— Agora minhas melhores calças estão arruinadas! — resmungou Morik, se virando e tentando limpar a lama nelas.

— Os fazendeiros nos teriam oferecido abrigo — lembrou Wulfgar.

Mais cedo naquele dia, a dupla havia passado por um aglomerado de fazendas e Wulfgar havia mencionado diversas vezes que as pessoas lá dentro provavelmente ofereceriam comida e um lugar quente para ficarem.

— Então os fazendeiros iam acabar sabendo sobre a gente — disse Morik como uma explicação, a mesma resposta que dera todas as vezes que Wulfgar havia apontado a possibilidade. — Se ou quando tiver alguém procurando pela gente, seria mais fácil seguir os rastros.

Um raio atingiu uma árvore a quase trezentos metros de distância, arrancando um grito assustado de Morik.

— Você fala como se esperasse que metade das milícias da região fossem nos perseguir em breve — respondeu Wulfgar.

— Eu fiz muitos inimigos — admitiu Morik — e você também, meu amigo, incluindo um dos maiores juízes de Luskan. — Wulfgar deu de ombros. Ele não se importava. — E vamos fazer mais, eu garanto — continuou Morik.

— Por causa da vida que você escolheu para nós.

O homem mais baixo levantou uma sobrancelha.

— E vamos viver como fazendeiros, arando a terra?

— Seria tão terrível assim?

Morik bufou e Wulfgar só deu mais uma risada baixa impotente.

— A gente precisa de uma base — anunciou Morik de repente quando outro filete de água alcançou suas nádegas. — Uma casa... ou uma caverna.

— Há muitas cavernas nas montanhas — ofereceu Wulfgar.

A expressão no rosto de Morik, ao mesmo tempo esperançosa e temerosa, fez com que Wulfgar soubesse que Morik sequer precisava falar o que estava pensando. As cavernas das montanhas estavam quase sempre ocupadas.

O sol nasceu na manhã seguinte, brilhando em um céu azul, mas não ajudou muito a melhorar o humor de Morik. Ele resmungou e tentou limpar a lama, então se despiu e lavou suas roupas ao passar por um córrego cristalino vindo das montanhas.

Wulfgar também lavou suas roupas e se banhou. A sensação da água gelada contra seu ombro ferido era agradável. Ao se deitar em uma pedra sob o sol enquanto esperava suas roupas se secarem, Wulfgar viu fumaça subindo de forma preguiçosa até os céus.

— Mais casas — comentou o bárbaro. — Pessoas amigáveis com quem chegar com boas intenções, sem dúvida.

— Você nunca desiste — respondeu Morik de forma seca antes de estender a mão por trás da pedra e pegar uma garrafa de vinho que havia deixado esfriando na água.

Ele deu um gole e então ofereceu a Wulfgar, que hesitou, mas aceitou.

Logo depois, com as roupas ainda molhadas e um tanto zonzos, ambos seguiram pelas trilhas das montanhas. Eles não podiam levar a carroça, então a esconderam sob um arbusto e deixaram os cavalos pastando por perto. Morik notou a ironia do quão fácil seria para alguém roubá-los.

— Então nós precisaríamos roubá-los de volta — respondeu Wulfgar.

Morik começou a rir, não entendendo o sarcasmo do bárbaro.

Ele parou imediatamente, percebendo a expressão subitamente séria no rosto de seu amigo. Seguindo o olhar de Wulfgar pela trilha à frente, Morik começou a entender, porque ele percebeu uma muda de árvore recentemente quebrada, logo acima do tronco. Wulfgar foi até lá e se abaixou, estudando o chão ao redor daquela árvore nova.

— O que você acha que quebrou a árvore? — perguntou Morik por trás dele. Wulfgar fez sinal para que seu amigo se aproximasse, então apontou para a pegada de uma bota extremamente grande.

— Gigantes? — perguntou Morik, e Wulfgar olhou para ele com curiosidade.

Wulfgar já estava reconhecendo os sinais de Morik ficando perturbado, como ficara com o rato no Festival do Prisioneiro.

— Você também não gosta de gigantes? — perguntou Wulfgar.

Morik deu de ombros.

— Eu nunca vi um — admitiu. — Mas quem gosta?

Wulfgar olhou para ele, incrédulo. Morik era um veterano, habilidoso como ladrão e guerreiro. Uma porção significante do treinamento de Wulfgar havia sido à base de combates contra gigantes. Imaginar que alguém como Morik jamais vira um surpreendeu o bárbaro.

— Eu já vi um ogro, uma vez — disse Morik. — É claro, nossos amigos carcereiros tinham bastante sangue ogro também.

— Maiores — disse Wulfgar sem rodeios. — Gigantes são muito maiores.

Morik empalideceu.

— Vamos dar meia volta.

— Se tem gigantes por perto, eles muito provavelmente têm um covil — explicou Wulfgar. — Gigantes não vão sofrer com a chuva e o sol quente quando há cavernas confortáveis na região. Além disso, eles preferem cozinhar a comida deles, e tentam não avisar que estão por perto com fogueiras a céu aberto.

— A comida deles — ecoou Morik. — E bárbaros e ladrões tão no menu das comidas cozidas deles?

— Uma iguaria — disse Wulfgar com sinceridade, assentindo.

— Vamos voltar e falar com os fazendeiros — disse Morik, dando meia-volta.

— Covarde — comentou Wulfgar em voz baixa. A palavra fez Morik tornar a se virar até ficar de frente para ele. — É uma trilha fácil de seguir — explicou Wulfgar.

— A gente nem sabe quantos têm!

— Nunca esperaria que Morik, o Renegado fugiria de uma luta.

— Morik, o Renegado luta com isso — rebateu, apontando o dedo contra a têmpora.

— Um gigante pode comer.

— Então Morik, o Renegado corre com os pés — disse o ladrão.

— Um gigante pode te alcançar — garantiu Wulfgar. — Ou jogar uma pedra em você e te esmagar de longe.

— Escolhas agradáveis — respondeu Morik de forma cínica. — Vamos voltar e falar com os fazendeiros.

Wulfgar ficou imóvel, analisando seu amigo e sem fazer menção de segui-lo. Ele não conseguiu evitar a comparação entre Morik e Drizzt naquele momento. O ladrão estava se virando para ir embora, enquanto o drow iria, como muitas vezes o fez, se jogar de cabeça em uma aventura como a de um covil de gigantes. Wulfgar se recordou da vez em que ele e Drizzt haviam executado um covil inteiro de verbeeg, uma luta longa e brutal, mas uma na qual Drizzt havia entrado rindo. Wulfgar pensou na sua última luta ao lado de seu amigo drow, contra outro bando de gigantes. Naquela vez, eles os seguiram até as montanhas após descobrirem que estavam de olho na estrada que levava a Dez-Burgos.

Parecia a Wulfgar que Morik e Drizzt eram semelhantes de várias maneiras, mas, nas mais importantes, não eram nada parecidos. Era um contraste que angustiava continuamente Wulfgar, um lembrete das diferenças gritantes em sua vida agora, a diferença entre o norte e o sul da Espinha do Mundo.

— Podem ter só uns dois ou três gigantes — sugeriu Wulfgar. — É raro se reunirem em grupos grandes.

Morik puxou sua espada esguia e sua adaga.

— Cem golpes pra derrubar um? — perguntou ele. — Duzentos? E durante o tempo que eu levar pra acertar o gigante umas duzentas vezes, vou ficar tranquilo sabendo que só um golpe da criatura vai me esmagar.

O sorriso de Wulfgar aumentou.

— Essa é a graça — ofereceu ele.

O bárbaro apoiou o machado do executor sobre um ombro e começou a ir atrás do gigante, sem muita dificuldade em encontrar a trilha.

Abaixados atrás de uma rocha particularmente grande no meio da tarde, Wulfgar e Morik já haviam encontrado os gigantes e seu covil. Até mesmo Morik teve que admitir que o lugar era perfeito, uma caverna remota acomodada entre cristas rochosas, mas que ainda assim ficava a menos de meio dia de caminhada até uma das duas passagens principais pelas montanhas, sendo a passagem mais a oeste das duas a que separa Vale do Vento Gélido das terras do sul.

Eles os observaram por um bom tempo e notaram apenas dois gigantes, então um terceiro apareceu. Mesmo assim, Wulfgar não estava impressionado.

— Gigantes da colina — comentou ele de forma depreciativa —, e só um trio. Já lutei contra um gigante da montanha que podia acabar com os três.

— Bom, vamos ver se a gente pode achar esse gigante da montanha e chamar ele pra cá pra expulsar esse grupo — disse Morik.

— Aquele gigante da montanha está morto — respondeu Wulfgar. — Assim como todos esses três logo estarão.

Ele pegou o machado imenso com uma mão e olhou ao redor, se decidindo finalmente em uma rota indireta que o levaria ao covil.

— Não tenho ideia de como lutar contra eles — sussurrou Morik.

— Observe e aprenda — respondeu Wulfgar antes de seguir em frente.

Morik não sabia se deveria segui-lo ou não, então ficou parado perto da rocha, observando o progresso de seu amigo, vendo o trio de gigantes entrar na caverna. Wulfgar se esgueirou até a entrada escura logo depois, indo até a extremidade e espiando lá dentro. Dando uma última olhada na direção de Morik, ele adentrou a caverna.

— Você nem sabe se tem mais lá dentro — murmurou Morik para si mesmo, sacudindo a cabeça.

Ele se perguntou se ir até ali com Wulfgar fora uma boa ideia. Morik poderia voltar com facilidade para Luskan, ele sabia, com uma nova identidade ao menos aos olhos das autoridades, mas com a mesma posição de respeito nas ruas. É claro, ainda havia a questão relevante dos drow que o haviam contatado.

Ainda assim, levando o tamanho desses gigantes em consideração, Morik estava começando a pensar que acabaria voltando a Luskan. Sozinho.

A passagem inicial dentro da caverna não era particularmente alta ou larga, ao menos para gigantes. Wulfgar ficou aliviado com a ideia de que seus adversários teriam que se abaixar bastante, talvez até se agachar, para passar sob um pedregulho suspenso. A perseguição não seria rápida se Wulfgar fosse forçado a recuar.

O túnel se alargou e ficou consideravelmente mais alto além daquele trecho curvo de cerca de quinze metros. Após esse trecho, ele se abria em uma câmara larga e alta na qual uma fogueira imensa refletia o bastante de luz laranja para iluminar o túnel e fazer com que Wulfgar não precisasse caminhar na escuridão.

Ele percebeu que as paredes eram quebradas e desniveladas, um lugar repleto de sombras. Havia um elevado parecendo promissor a aproximadamente três metros do chão. Wulfgar se esgueirou um pouco mais além, na esperança de conseguir dar uma olhada no clã inteiro lá dentro. Ele queria ter certeza de que havia apenas três e que não tinha nenhum dos bichos de estimação perigosos que os gigantes costumavam criar, como ursos das cavernas ou lobos imensos. Mas o bárbaro precisou recuar antes que se aproximasse da entrada da câmara, porque começou a ouvir um dos gigantes se aproximando, arrotando a cada passo estrondoso. Wulfgar foi até o elevado na parede e se uniu às sombras para observar.

Então surgiu o gigante, esfregando a barriga e arrotando mais uma vez. Ele se inclinou em preparação para o corredor apertado à frente. A cautela indicaria que Wulfgar deveria evitar atacar, indo em vez disso mais à frente para reconhecer o território e entender a força exata de seu inimigo, mas Wulfgar não estava se sentindo cauteloso.

Ele saltou com um rugido espantoso e um golpe tremendo vindo de cima da cabeça com o machado do executor, com sua força imensa se somando ao impulso da queda.

O gigante assustado conseguiu desviar um pouco, o bastante para que o machado não cortasse seu pescoço. Apesar de seu tamanho, a força de Wulfgar certamente o teria decapitado. Mesmo assim, o machado atingiu o gigante na omoplata, rasgando pele e músculo e esmagando o osso, fazendo o gigante cambalear ao mesmo tempo em que uivava de agonia, o deixando sobre um joelho.

Mas, no processo, a arma de Wulfgar quebrou no meio do cabo. Sempre disposto a improvisar, o bárbaro caiu no chão em um rolamento, se levantou e correu até o gigante ferido e ajoelhado, e o esfaqueou na garganta com a parte quebrada do cabo. Quando o gigante gorgolejante estendeu suas mãos imensas e trêmulas na direção dele, Wulfgar soltou o cabo quebrado, se segurou bem na extremidade dele, e acertou o gigante direto no rosto. Ele deixou o gigante ali sobre um joelho, sabendo que seus amigos logo sairiam. Ao buscar por uma posição defensável, ele percebeu que seu ataque, ou talvez sua queda, havia feito seu ferimento no ombro se abrir novamente. Sua túnica já estava ficando vermelha com seu sangue.

Wulfgar não tinha tempo para pensar no assunto. Ele voltou ao seu ponto de vantagem quando os outros dois entraram na área logo abaixo dele. E viu sua próxima arma: uma pedra imensa. Sufocando um grunhido, Wulfgar levantou a pedra acima da cabeça e esperou.

O gigante da frente, o menor dos três, ouviu o grunhido e olhou para cima no momento que Wulfgar jogou a pedra — e como o gigante gritou!

Wulfgar pegou seu tacape e saltou, usando mais uma vez seu impulso para deixar o golpe mais forte ao acertá-lo no rosto. O bárbaro atingiu o chão e se virou na direção do gigante, correndo além das pernas dele para esmagar as rótulas. Alterando sua pegada na arma, ele acertou com força os tendões macios na parte de trás das pernas do gigante, exatamente como Bruenor havia ensinado.

Com as mãos ainda cobrindo seu rosto esmagado e uivando de dor, o gigante caiu no chão atrás de Wulfgar, no caminho do último gigante, o único que não havia sido ferido por ele.

Fora da caverna, Morik se encolheu ao ouvir os gritos, gemidos e rosnados, além do som inconfundível de rocha contra ossos.

Curioso, apesar de tudo, ele se aproximou da entrada, tentando olhar para dentro, embora temesse — e acreditasse honestamente — que seu amigo já estava morto.

— Você devia estar indo pra Luskan — ele se repreendeu em voz baixa. — Uma cama quentinha para Morik hoje.

Wulfgar os havia atingido o mais forte possível todas as vezes, mas ainda não havia conseguido matar nenhum dos três, e provavelmente não tivesse nem conseguido tirar nenhum de combate por muito tempo. E lá estava ele, exposto e correndo até a câmara principal sem sequer saber se havia outra saída no local.

Mas as memórias do tempo que passara sob o jugo de Errtu não estavam mais o assombrando. Ele estava temporariamente livre daquela prisão emocional, à beira do desespero do presente, e ele estava adorando.

Finalmente estava com sorte. Dentro do covil propriamente dito, Wulfgar encontrou os espólios da última incursão dos gigantes, incluindo os restos de um trio de anões. Um deles havia empunhado um martelo pequeno, porém sólido, e outro, vários machados de mão em uma bandoleira.

Rugindo, o gigante correu para dentro e Wulfgar lançou um, dois, três machados de mão, acertando dois deles. Mesmo assim a criatura continuou em frente, e estava a apenas um passo de Wulfgar quando ele, desesperado por acreditar que estava prestes a ser esmagado na parede, girou o martelo e acertou na coxa do gigante.

Wulfgar mergulhou, aflito, porque o gigante, cambaleando, não conseguiria parar o impulso. Ele se chocou de cabeça contra a parede de pedra, derrubando muita poeira e muitas pedras do teto da caverna. De alguma maneira, Wulfgar conseguiu evitar ser esmagado, mas havia deixado suas novas armas para trás e não conseguiria chegar até elas a tempo agora que o gigante que havia acertado com uma pedra estava mancando para dentro da câmara.

A mão de Wulfgar foi na direção do cabo do machado em vez disso. Se agarrando a ele, o bárbaro mergulhou para o lado em outro rolamento quando o gigante tentou esmagá-lo com uma bota pesada. Wulfgar já estava se mexendo, investindo na direção dos joelhos vulneráveis, atingindo um repetidamente, então girando ao redor da perna grossa como uma árvore, escapando do alcance do gigante. Girando a ponta de sua arma para fora enquanto rodopiava, ele apunhalou a parte de trás da perna ensanguentada mais uma vez. O gigante deitado contra a parede chutou, atingindo o ombro ferido do bárbaro e o lançando até que se chocasse contra a parede do outro lado da câmara.

Wulfgar agora estava em fúria. Ele se recuperou do choque com um berro, investindo no gigante que estava mancando rápido demais para que registrasse o movimento. Seu tacape implacável foi mais uma vez na direção dos joelhos, e, ainda que o gigante o houvesse estapeado, Wulfgar sentiu alguma esperança ao ouvir o osso se quebrar. Então o gigante caiu, se agarrando a seu joelho quebrado. O volume de seus gritos ecoava por toda a caverna. Ignorando a dor daquele tapa, o bárbaro o provocou com uma risada.

Aquele contra a parede tentou se levantar, mas Wulfgar chegou até ele em um instante, subiu em suas costas e o acertou na parte de trás da cabeça com seu tacape. Ele acertou diversos outros golpes e logo o gigante estava caído e tentando se proteger. Wulfgar ousou ter esperanças de que pudesse finalmente finalizar um deles.

Então a mão imensa do outro gigante se apertou ao redor de sua perna.

Morik mal pôde acreditar no que estava fazendo. Ele se sentia como se estivesse sendo traído pelos próprios pés quando se esgueirou até a entrada da caverna e espiou o lado de dentro. Ele viu o primeiro gigante do grupo, de pé, ainda que curvado sob o pedregulho suspenso, com um braço estendido contra a parede para conseguir algum apoio enquanto cuspia o resto do sangue em sua boca.

Antes que seu bom senso pudesse pará-lo, Morik estava em movimento, se esgueirando silenciosamente ao longo da parede até a escuridão da caverna. Ele chegou ao lado do gigante sem fazer barulho, e os poucos sons que emitia eram abafados com facilidade pelas tossidas e arfadas do gigante, então escalou uma saliência a alguns metros do chão.

Os sons da batalha ressoavam vindos da câmara interna, e ele só podia ter esperanças de que Wulfgar estava se saindo bem, tanto pelo bem de seu amigo e porque ele percebeu que se os outros gigantes saíssem agora ele estaria em uma situação realmente complicada.

Ele manteve a calma e esperou com a adaga em sua mão, preparando seu ataque. Planejou o ataque na perspectiva das vezes em que esfaqueara pessoas pelas costas em seus combates, mas então olhou para sua pequena adaga de forma incerta.

O gigante começou a se virar. Morik estava sem tempo. Sabendo que deveria ser perfeito, sabendo que doeria bastante e se perguntando como no Nove Infernos ele havia entrado ali atrás do tolo do Wulfgar, Morik seguiu seu instinto e saltou na garganta ferida do gigante.

Sua adaga chispou. O gigante uivou de dor e deu um salto — batendo imediatamente com a cabeça no pedregulho suspenso. Gemendo, ele tentou se endireitar, sacudindo os braços, e Morik fugiu, sem fôlego. Meio tropeçando, meio correndo e certamente gritando, Morik saiu da caverna com o gigante ofegante e tentando agarrá-lo logo atrás.

Ele sentia o gigante se aproximando a cada passo. No último segundo, Morik se jogou para o lado e o gigante tropeçou para além dele, com uma mão agarrada à própria garganta, chiando terrivelmente com o rosto azul e os olhos protuberantes.

Morik correu para o outro lado, mas o gigante não o seguiu. A criatura imensa agora estava de joelhos, ofegando em busca de ar.

— Vou voltar pra Luskan — murmurava Morik repetidamente, mas ele continuava indo na direção da entrada da caverna enquanto falava.

Wulfgar girou e apunhalou com toda a força, então avançou ferozmente, girando e puxando o cabo enfiado na perna do gigante. Então o gigante estava sobre um joelho, com a perna quebrada esticada enquanto ele tentava manter o equilíbrio. A outra mão foi na direção de Wulfgar, mas ele desviou por baixo dela e puxou furiosamente, se soltando e saltando sobre o ombro do gigante.

Ele tropeçou por trás da cabeça da criatura e levou suas mãos ao redor dela, deixando a ponta do cabo de seu machado na altura do olho da criatura. Wulfgar prendeu as mãos ao redor daquela haste quebrada e puxou com força.

As mãos do gigante tentaram agarrá-lo em uma tentativa de fazer com que parasse, mas ele rosnou e continuou puxando. O gigante apavorado tentou se acudir para longe, puxou com suas mãos imensas usando toda a sua força, forçando músculos de forma que poderia parar praticamente qualquer humano.

Mas Wulfgar estava com o melhor ângulo e possuía uma força além daquela de qualquer humano. Ele viu o outro gigante se levantando, mas lembrou a si mesmo de entrar em uma batalha de cada vez. Wulfgar sentiu a ponta do cabo de seu machado afundar no olho do gigante. A criatura entrou em frenesi, conseguindo inclusive se levantar, mas Wulfgar continuou se segurando. Conduzindo.

O gigante correu às cegas na direção da parede e se virou, se jogando com força, tentando esmagar o homem. Wulfgar afastou a dor com um rosnado e continuou segurando com toda a sua força até a lança improvisada se afundar mais e atingir o cérebro do gigante.

O outro gigante então se aproximou. Wulfgar caiu para longe, tropeçando até o outro lado da câmara, usando os espasmos do gigante moribundo para dar cobertura a sua retirada. A extremidade da lança improvisada de Wulfgar ainda estava visível entre as pálpebras fechadas do gigante abatido. Wulfgar mal teve tempo de perceber isso enquanto mergulhava de frente para o outro lado da câmara na intenção de recuperar o martelo e algum dos machados de mão ensanguentados.

O gigante jogou seu companheiro morto para o lado e avançou, então cambaleou para trás com um machado de mão enfiado bem na sua testa.

Wulfgar continuou a atacar com um golpe poderoso vindo por sobre sua cabeça que fez o martelo atingir com força o peito da criatura. Ele acertou novamente, depois uma terceira vez, e, em seguida, passou por baixo dos punhos agitados e acertou um golpe brutal no joelho do gigante. Wulfgar disparou além dele e correu por trás do gigante até o outro lado, correndo parede acima por dois passos, então saltando com mais outro golpe violento para baixo enquanto o gigante se virava na direção dele.

A cabeça do martelo se chocou contra o crânio do gigante. A criatura caiu imediatamente e ficou imóvel no chão.

Morik adentrou a câmara naquele momento e olhou de boca aberta para Wulfgar, ferido. O ombro do bárbaro estava encharcado de sangue, sua perna, com hematomas do tornozelo à coxa e seus joelhos e mãos, em carne viva.

— Viu só? — disse Wulfgar com um sorriso triunfante. — Não foi tão difícil. Agora temos onde morar.

Morik olhou além de seu amigo e viu os restos repugnantes dos anões meio comidos e os dois gigantes mortos com o sangue escorrendo por toda a câmara.

— É o que parece — respondeu ele de forma seca.

Eles passaram a maior parte dos próximos três dias limpando a caverna, enterrando os anões, picando e se desfazendo dos gigantes e recuperando seus suprimentos. Eles conseguiram até mesmo levar os cavalos e a carroça até lá através de uma rota indireta, embora tenham apenas deixado os cavalos livres após o esforço, vendo que jamais seriam muito úteis com trabalho pesado.

De mochila nas costas, Morik levou Wulfgar consigo pelas trilhas. A dupla finalmente parou em um local com vista para uma passagem larga, a única trilha verdadeira que cortava essa região da Espinha do Mundo era a mesma trilha que Wulfgar e seus antigos amigos haviam usado sempre que saíam de Vale do Vento Gélido. Havia outra passagem a leste que atravessava Hundelrocha, mas essa era a rota mais direta, embora muito mais perigosa.

— Muitas caravanas vão passar por aqui antes do inverno — explicou Morik. — Eles vão pro norte com bens variados e pro sul com as esculturas de truta cabeça-dura.

Mais familiar com a rotina do que Morik jamais sonharia, Wulfgar apenas assentiu.

— Podemos abordar eles pelos dois lados. Garantir nossas provisões com aqueles que vêm do sul e dinheiro com aqueles que vêm do norte.

Wulfgar se sentou em uma superfície plana e olhou para o norte ao longo da passagem, além dela, até Vale do Vento Gélido. Ele se lembrou mais uma vez do contraste nítido entre seu passado e seu presente. O quão irônico seria se seus antigos amigos fossem quem tentariam parar os ladrões de estrada.

Ele imaginou Bruenor, rugindo enquanto investia ladeira rochosa acima, Drizzt, ágil, passando correndo por ele com as cimitarras nas mãos. Guenhwyvar já estaria acima deles, Wulfgar sabia, bloqueando qualquer rota de fuga. Morik certamente fugiria e Cattibrie o derrubaria com uma única flecha crepitante.

— Parece que você tá a quilômetros de distância. Tá pensando em quê? — perguntou Morik.

Como sempre, ele estava segurando uma garrafa aberta da qual já havia começado a beber.

— Eu tô pensando que preciso de uma bebida — respondeu Wulfgar, pegando a garrafa e levando-a aos lábios.

Queimando por todo o caminho, o gole de bebida ajudou a se acalmar um pouco, mas ainda não conseguia aceitar sua posição atual. Talvez seus amigos viessem de fato atrás dele, como ele, Drizzt e Guenhwyvar, com os outros logo atrás, foram atrás do bando gigante que suspeitavam ser ladrões de estrada em Vale do Vento Gélido.

Wulfgar deu outro longo gole. Não gostava das possibilidades caso seus amigos fossem atrás dele.

Capítulo 17

Coerção

— Acho que não consigo esperar até a primavera — disse Meralda forçando timidez para Feringal após um jantar no Castelo Auck. Por pedido de Meralda, os dois estavam caminhando pela beira do mar naquela noite em vez do passeio de sempre pelo jardim.

O jovem lorde parou imediatamente, com os olhos mais arregalados que Meralda já viu.

— As ondas — disse ele, se aproximando de Meralda. — Temo não tê-la ouvido corretamente.

— Eu disse que não consigo esperar até a primavera — repetiu Meralda. — Pelo casamento, no caso.

Um sorriso largo se espalhou no rosto de Feringal, que parecia feliz ao ponto de sair dançando. Ele pegou a mão dela gentilmente, levou-a aos lábios e a beijou.

— Eu esperaria até o fim, se assim desejasse — disse ele de forma solene.

Para sua grande surpresa — e não é que esse homem era cheio de surpresas? — Meralda percebeu que acreditava nele. Ele nunca a havia traído.

Por mais feliz que Meralda estivesse, porém, ela tinha problemas mais sérios.

— Não, meu senhor, você não vai esperar muito tempo — respondeu ela, puxando sua mão da dele e acariciando o rosto de Feringal. — Com certeza fico feliz que você quer esperar por mim, mas não dá mais pra esperar até a primavera pra fazer passar os meus desejos.

Ela se aproximou e o beijou, sentindo-o se derreter contra ela.

Feringal se afastou dela pela primeira vez.

— Você sabe que não podemos — disse, embora fosse obviamente doloroso para ele. — Eu dei minha palavra a Temigast. Decoro, meu amor. Decoro.

— Então faz isso ter decoro, e logo — respondeu Meralda, acariciando gentilmente a bochecha do homem. Ela achou que Feringal estava a ponto de desmaiar sob seu toque gentil, então ela se aproximou novamente e acrescentou: — Eu simplesmente não consigo mais esperar.

Feringal perdeu sua determinação, que já era fraca, e a embalou em seus braços, puxando-a para um beijo.

Meralda não queria, mas sabia que era o que deveria fazer. Ela temia que tempo demais já houvesse se passado. A jovem começou a empurrar o homem para a areia com ela, completamente determinada a seduzi-lo e acabar com isso de uma vez, mas veio um grito da muralha do castelo — a voz estridente de Priscilla.

— Feri!

— Eu odeio quando ela me chama assim! — Com muito esforço, o jovem lorde se levantou de cima de Meralda e xingou sua irmã em voz baixa. — Será que nunca vou escapar dela?

— Feri, é você? — gritou Priscilla novamente.

— Sim, Priscilla — respondeu o homem com uma irritação mal disfarçada.

— Volte para o castelo! — chamou a mulher. — Está escurecendo e Temigast disse que há relatos de ladrões na região. Ele quer que fiquem do lado de dentro das muralhas.

De coração partido, Feringal olhou para Meralda e sacudiu a cabeça.

— Temos que ir — disse ele.

— Não consigo esperar até a primavera — disse a mulher de forma determinada.

— E não irá — respondeu Lorde Feringal —, mas faremos isso da maneira certa, de acordo com a etiqueta. Vou adiantar o casamento para o solstício de inverno.

— Longe demais — respondeu Meralda.

— O equinócio de outono, então.

Meralda começou a calcular as datas. O equinócio de outono estava a quatro semanas, e ela já estava grávida há mais de um mês. Sua expressão revelou sua aflição.

— Eu não posso adiantar mais do que isso — explicou Lorde Feringal. — Como você sabe, Priscilla está fazendo o planejamento, e ela já irá gritar de raiva quando souber que eu vou querer adiantar. Temigast deseja que esperemos até a virada do ano, pelo menos, mas o convencerei do contrário.

Ele estava falando mais consigo mesmo do que com Meralda, então ela deixou que divagasse, se deixando levar por seus próprios pensamentos enquanto iam até o castelo. Ela sabia que os medos do homem em relação a sua irmã eram, no mínimo, otimistas. Priscilla lutaria contra os planos deles de mudar a data. Meralda tinha certeza de que a mulher ainda tinha esperanças de que tudo fosse desmantelar-se.

E iria mesmo se desmantelar antes do casamento se alguém suspeitasse que ela estava gestando o bebê de outro homem.

— Você já deveria ter aprendido a não sair sem guardas à noite — repreendeu Priscilla assim que ambos entraram no saguão. — Há ladrões pela região.

Ela encarou Meralda, e a jovem entendeu o verdadeiro motivo para a ira de Priscilla. A irmã de Feringal não temia que algum ladrão abordasse seu irmão. Em vez disso, ela temia o que poderia acontecer entre Feringal e Meralda, o que quase havia acontecido na praia.

— Ladrões? — respondeu Feringal com uma risada. — Não há ladrões em Auckney. Não temos problemas há muitos anos, não desde que me tornei lorde.

— Então já passou da hora. Você gostaria que o primeiro ataque em Auckney após anos acontecesse contra o lorde e sua futura esposa? Você não tem nenhum senso de responsabilidade para com a mulher que diz amar?

Essa fala fez Feringal recuar. Priscilla sempre fora capaz de fazer isso com poucas palavras. Ela fez uma nota mental de remediar essa situação assim que tivesse algum poder.

— Foi culpa minha — interrompeu Meralda, indo parar entre os irmãos. — Eu sempre caminho de noite, minha hora favorita.

— Você não é mais uma camponesa comum — repreendeu Priscilla de forma direta. — Você precisa entender a responsabilidade que acompanhará sua ascensão à família.

— Sim, Lady Priscilla — respondeu Meralda em uma reverência educada, abaixando a cabeça.

— Se quiserem caminhar à noite, façam isso no jardim — acrescentou Priscilla em um tom de voz menos firme.

Meralda, com a cabeça abaixada para que Priscilla não visse seu rosto, sorria em reconhecimento. Ela estava começando a entender como a mulher funcionava. Priscilla gostava de um alvo combativo, não um humilde e agradável. Priscilla se virou para sair, bufando irritada.

— Temos notícias — disse Lorde Feringal de repente, fazendo com que a mulher parasse imediatamente. A cabeça de Meralda se levantou, com o rosto corado de surpresa e um pouco de raiva. Ela queria sufocar as palavras que desejava dizer naquele momento. Ainda não era a hora do anúncio.

— Decidimos que não podemos esperar até a primavera para nos casarmos — continuou Feringal, sem ter ideia do que estava acontecendo. — O casamento será no dia do equinócio de outono.

Conforme esperado, o rosto de Priscilla foi tingido de vermelho. Era óbvio que a mulher estava usando toda a sua força de vontade para não tremer.

— De fato — disse ela entredentes. — E vocês já dividiram as notícias com Intendente Temigast?

— Você é a primeira — respondeu Lorde Feringal. — Como uma cortesia, já que você é que está fazendo o planejamento do casamento.

— De fato — repetiu Priscilla com gelo em sua voz. — Vá falar com ele, Feri — pediu ela. — Ele está na biblioteca. Garantirei que Meralda seja levada até sua casa.

Isso fez Lorde Feringal correr até Meralda.

— Não falta mais tanto tempo, meu amor — disse ele. Beijando gentilmente sua mão, ele se afastou ansioso para encontrar o intendente.

— O que você fez com ele lá fora? — falou Priscilla rispidamente com Meralda assim que seu irmão estava fora de vista.

Meralda franziu os lábios.

— Fazer?

— Você, bem, usou de seus charmes com ele, não é? — Meralda riu alto dos esforços de Priscilla em evitar uma linguagem vulgar, uma resposta que a imponente Priscilla certamente não esperava.

— Talvez eu devesse ter — respondeu ela. — Amansar a fera, como chamamos, mas não, não fiz isso. Eu amo ele, sabe? Mas minha mãe não criou uma rameira. Seu irmão vai casar comigo, então vamos esperar. Até o equinócio de outono, pelo que ele disse.

Priscilla estreitou os olhos de forma ameaçadora.

— Você me odeia por causa disso — disse ela, sendo direta. Priscilla não estava preparada. Seus olhos se arregalaram e ela recuou um passo. — Você me odeia por tirar seu irmão de você e perturbar a vida que você tinha organizado, mas eu tô começando a achar isso meio egoísta, se é que me permite. Seu irmão me ama e eu amo ele, e vamos nos casar, com ou sem suas bênçãos.

— Como ousa...

— Eu ouso falar a verdade — interrompeu Meralda, surpresa por sua própria audácia, mas ciente de que não poderia recuar. — Mamãe não vai sobreviver ao inverno na nossa casa fria, e eu não vou deixar ela morrer. Não por causa de nenhum decoro e nem por coisa que é problema seu. Eu sei que você tá fazendo o planejamento, e sou muito grata por isso, mas planeje mais rápido.

— Então esse é o motivo? — perguntou Priscilla, acreditando ter achado uma fraqueza. — Sua mãe?

— O motivo é seu irmão — respondeu Meralda, com a postura impecável. — Tem a ver com Feringal e não com Priscilla, e é por isso que você tá tão furiosa.

Priscilla ficou tão transtornada com a surpresa que não conseguiu sequer se forçar a responder. Frustrada, ela se virou e saiu, deixando Meralda sozinha no saguão.

A jovem passou um bom tempo refletindo sobre suas palavras, praticamente incapaz de acreditar que havia sido firme com Priscilla. Ela parou para pensar no que fazer a seguir e achou mais prudente ir embora. Ela havia visto Liam com a carruagem lá na frente quando ela e Feringal haviam voltado, então foi até ele e pediu que a levasse para casa.

Ele observou a carruagem passando pela estrada a partir do castelo, como fazia sempre que Meralda voltava de outro de seus encontros com o lorde de Auckney.

Jaka Sculi não sabia como lidar com seus próprios sentimentos. Ele continuava pensando no momento que Meralda havia falado com ele sobre a criança, sobre sua criança. Ele a havia rejeitado, permitindo que sua guarda caísse, revelando seus verdadeiros sentimentos. Agora essa era sua punição, vê-la retornar pela estrada vinda do Castelo Auck, vinda de um encontro com ele.

O que Jaka poderia ter feito de forma diferente? Ele com certeza não queria a vida que Meralda havia oferecido. Nunca! A ideia de se casar com a mulher, dela ficando gorda e feia com um bebê chorando no braço o horrorizava, mas talvez não tanto quanto a ideia de Lorde Feringal tendo-a para si.

Era isso, Jaka agora entendia, embora a epifania não pudesse mudar o que ele sentia em seu coração. Ele não conseguia suportar a possibilidade de Meralda se deitando com aquele homem, de Lorde Feringal criando a criança de Jaka como se fosse sua. A sensação era de que o homem estivesse roubando diretamente algo dele, como todo lorde em toda cidade fazia com os camponeses de formas mais sutis. Sim, eles sempre pegavam o que queriam dos camponeses, de pessoas honestas como Jaka. Eles viviam no conforto, cercados por luxo, enquanto gente honesta como Jaka quebrava as unhas na terra e comia comida estragada. Eles tinham as mulheres que queriam, não oferecendo caráter algum, apenas a fortuna, contra a qual camponeses como Jaka não poderiam competir. Feringal roubara sua mulher, e agora roubaria seu bebê!

Tremendo de fúria, Jaka correu de forma impulsiva colina abaixo sacudindo os braços, pedindo à carruagem que parasse.

— Vai embora! — gritou Liam Porteira de cima, sem sequer desacelerar.

— Eu preciso falar com Meralda — gritou Jaka. — É sobre a mãe dela.

Isso fez Liam desacelerar o suficiente para que ele pudesse olhar para baixo e chamar a atenção de Meralda. A jovem pôs o rosto para fora da janela da carruagem para descobrir o motivo da agitação. Vendo Jaka, obviamente inquieto, ela empalideceu, mas não recuou.

— Ele quer que eu pare para que ele possa falar com você. Algo sobre sua mãe — explicou o condutor.

Meralda olhou para Jaka com suspeita.

— Vou falar com ele. Você pode parar e me deixar aqui, Liam.

— Ainda é bem longe da sua casa — observou o condutor gnomo, nem um pouco feliz com a perturbação.

— Eu posso levar a ambos — ofereceu.

Meralda agradeceu, mas o dispensou.

— É uma distância fácil pra mim — respondeu ela.

Ela havia saído antes mesmo que a carruagem parasse completamente, deixando-a sozinha na estrada com Jaka.

— Você é muito besta de tá aqui — repreendeu Meralda assim que Liam deu a volta com a carruagem e foi embora. — O que você quer?

— Eu não tinha escolha — respondeu Jaka, fazendo menção de abraçá-la. Ela o empurrou.

— Você sabe o que tô carregando — continuou a mulher —, e logo Lorde Feringal também vai. Se ele entender que você é o pai, ele vai matar nós dois.

— Eu não tenho medo dele — disse Jaka, se forçando a chegar mais perto dela. — Eu só sei o que eu sinto, Meralda. Eu não tinha escolha a não ser te procurar hoje.

— Você já deixou o que sente claro demais — respondeu a mulher de forma fria.

— Eu fui muito tolo — protestou Jaka. — Você precisa entender como fiquei chocado com a notícia, mas já superei. Me perdoa, Meralda. Não consigo viver sem você.

Meralda fechou os olhos enquanto o corpo dela balançava ao tentar digerir tudo.

— O que você quer, Jaka Sculi? — perguntou ela mais uma vez, em voz baixa. — Onde tá seu coração?

— Com você — respondeu ele com suavidade, se aproximando.

— E? — provocou ela, abrindo os olhos para encará-lo com firmeza. Ele não parecia entender. — Você já esqueceu do bebê, então? — perguntou ela.

— Não — falou ele imediatamente, entendendo. — Eu vou amar o bebê também, é claro.

Meralda percebeu que não acreditava nele, e sua expressão deixava isso claro.

— Meralda — disse ele pegando suas mãos e sacudindo a cabeça. — Não posso suportar a ideia de Lorde Feringal criando meu, nosso, bebê como se fosse dele.

Resposta errada. Toda a sensibilidade de Meralda, com os olhos já abertos desde seu encontro anterior com esse rapaz, gritou a verdade para ela. Não tinha a ver com o amor pela criança, nem mesmo com o amor por ela. Não, ela percebeu. Jaka não era capaz de ter essas emoções. Ele estava aqui agora, jurando seu amor, porque não podia suportar a ideia de ser superado por Lorde Feringal.

Meralda deu um suspiro profundo para se acalmar. Cá estava o homem que ela acreditou amar dizendo todas as coisas que ansiava ouvir. Os dois estariam agora a meio caminho de Luskan se Jaka houvesse assumido esse curso quando ela fora até ele. Meralda Ganderlay agora era uma mulher mais sábia, uma mulher que tinha em mente seu próprio bem-estar, assim como o bem-estar da criança que estava esperando. Jaka jamais daria uma vida boa a eles. No fundo, ela sabia que ele se ressentiria da criança em breve, quando estivessem presos na pobreza. Era uma competição, não amor. Meralda merecia coisa melhor.

— Vai embora — disse ela a Jaka. — Pra longe. E não volte mais.

O homem ficou parado, estupefato.

— Mas...

— Não tem resposta que você possa dar que eu vá acreditar — continuou a mulher. — Não tem nenhuma vida pra gente que ia te deixar feliz.

— Você tá errada.

— Não tô, não. E você também sabe disso — disse Meralda. — A gente teve um momento, e vou guardar com carinho pro resto da vida. Outro momento mostrou a verdade por trás de tudo. Você não tem espaço na sua vida pra mim nem pro bebê. E nunca vai.

O que ela realmente queria dizer a ele era para ir embora e crescer, mas ele não precisava ouvir isso dela.

— Você espera que eu fique quieto enquanto Lorde Feringal...

Cobrindo as orelhas, Meralda o interrompeu.

— Cada palavra que você diz estraga mais minhas memórias felizes. Você deixou o que sente bem claro pra mim.

— Eu fui um tolo — apelou Jaka.

— E parece que ainda é — disse Meralda de forma fria. Ela deu meia-volta e se afastou.

Jaka a chamou, e seus gritos a feriam como uma flecha, mas ela manteve a determinação e não olhou para trás, lembrando a si mesma a cada passo da verdade sobre esse homem, esse garoto. Ela começou a correr e não parou até chegar em casa.

Uma única vela estava acesa na sala comum. Para seu alívio, seus pais e Tori estavam dormindo, uma notícia misericordiosa, porque ela não desejava falar com ninguém naquele momento. Ela havia lidado com seus sentimentos por Jaka, pelo menos, e podia aceitar a dor da perda. Ela se esforçou para se lembrar da noite de paixão e não das decepções que a seguiram, mas essas decepções, as revelações sobre quem esse garoto era de verdade, eram a realidade dura, não a fantasia sonhadora de jovens amantes. Ela realmente queria que ele apenas fosse embora.

Meralda sabia que tinha um problema maior. O equinócio de outono estava muito longe, mas ela entendeu que jamais convenceria Lorde Feringal, muito menos Priscilla e Temigast, a adiantar o casamento ainda mais.

Talvez ela não precisasse, ela pensou assim que teve uma ideia. O feudo os perdoaria caso se casassem no outono e fosse de alguma forma revelado que estavam dormindo juntos desde antes. Auckney era repleta de "bebês de sete meses".

Deitada em seu quarto, Meralda assentiu, sabendo o que precisaria fazer. Ela seduziria Feringal em breve, e logo. Ela sabia dos desejos dele e sabia, também, que poderia inflamá-los com um simples beijo ou um toque.

O sorriso de Meralda desapareceu quase imediatamente. Ela se odiava apenas por pensar nisso. Se ela seduzisse Feringal logo, ele acreditaria que a criança seria dele, a pior das mentiras, para Feringal e para a criança. Ela odiava o plano e a si mesma por tê-lo feito, mas então, no outro lado da cortina, sua mãe tossiu. Meralda sabia o que precisava fazer.

Capítulo 18

Estômago para a coisa

— Nossos primeiros clientes — anunciou Morik. Ele e Wulfgar estavam sobre um afloramento rochoso alto com vista para a passagem em Vale do Vento Gélido. Duas carroças seguiam pela trilha, em direção ao espaço entre as montanhas, em um ritmo contínuo, mas não frenético.

— Viajantes ou mercadores? — perguntou Wulfgar, não muito convencido.

— Mercadores, e com valores a bordo — respondeu o ladrão. — O ritmo revela eles, e a falta de guardas protegendo é bem convidativa.

Parecia tolice para Wulfgar que mercadores fizessem um caminho tão perigoso sem uma escolta considerável, mas não duvidou das palavras de Morik. Em sua última jornada saindo do vale com seus antigos amigos, eles encontraram uma única carroça de um mercador, sozinha e vulnerável.

— Surpreso? — perguntou Morik, notando a expressão de seu amigo.

— Idiotas sempre me surpreendem — respondeu Wulfgar.

— Eles não podem pagar por guardas — explicou Morik. — Poucos que vão pra Vale do Vento Gélido podem, e quem pode geralmente segue pela passagem oeste, que é mais segura. Esses são mercadores menores, trocando ninharias. Eles contam principalmente com a sorte, seja a de encontrar guerreiros nobres procurando carona ou um caminho livre que possam seguir.

— Parece fácil demais.

— É fácil! — respondeu Morik, animado. — Você entende, é claro, que a gente tá fazendo um favor pra essa caravana.

Wulfgar não pareceu convencido.

— Pensa — incentivou o ladrão. — Se a gente não tivesse matado os gigantes, esses mercadores provavelmente teriam sido recebidos com pedras sendo jogadas neles — explicou Morik. — Eles não iam só perder o dinheiro, mas teriam a pele arrancada dos ossos numa panela de gigante. — Ele sorriu. — Então não fica aflito, meu amigo grandalhão. Tudo o que a gente quer é dinheiro, o pagamento justo pelo trabalho que a gente fez.

Estranhamente, fazia um pouco de sentido para Wulfgar. Quanto a isso, o trabalho ao qual Morik estava se referindo não era diferente do que Wulfgar passou tantos anos fazendo com Drizzt e os outros, o trabalho de levar justiça a uma terra erma. A diferença é que nunca ele havia pedido por pagamento, como Morik obviamente estava tentando fazer.

— O jeito mais fácil é mostrar nosso poder sem brigar — explicou Morik. — Exigir um pagamento por nossos esforços, alguns suprimentos e talvez um pouco de ouro, e então deixar eles seguirem caminho. Mas com só duas carroças e nenhum guarda evidente, a gente pode só acabar com eles de vez, uma boa aquisição, se feita direito, e sem testemunhas.

Seu sorriso enquanto explicava a alternativa desapareceu ao ver a carranca de Wulfgar.

— Um pagamento, então, nada mais que isso — cedeu Morik. — Um pagamento merecido pelo trabalho na estrada.

Mesmo isso deixava um gosto amargo na boca do bárbaro, mas ele assentiu, concordando.

Ele escolheu uma parte da estrada repleta de pedras na qual as carroças deveriam desacelerar consideravelmente ou correr o risco de perder uma roda ou um cavalo. Uma árvore à esquerda dava a Wulfgar o apoio que precisaria para seguir com sua parte no ataque, caso fosse necessário.

Morik aguardou em terreno aberto enquanto as duas carroças se aproximavam lentamente.

— Saudações! — chamou ele, indo para o centro da trilha, com os braços levantados.

Morik se encolheu só um pouco quando viu que o homem no assento ao lado do condutor havia levantado uma besta pesada em sua direção. Ainda assim, ele não podia recuar demais, porque precisava fazer a carroça parar no lugar certo.

— Sai da estrada ou eu atiro! — gritou o homem com a besta. Em resposta, Morik levantou uma cabeça imensa, a cabeça de um gigante morto, à vista. — É uma péssima ideia. — respondeu. — Tanto moralmente quanto fisicamente.

A carroça parou, forçando a outra carroça atrás dela a parar também. Morik usou seu pé, quase torcendo o joelho no processo, para trazer uma segunda cabeça de gigante de trás de uma pedra.

— Tenho o prazer de informar que a estrada à frente agora tá limpa.

— Então sai da frente — respondeu o condutor — ou ele vai atirar e eu vou passar por cima.

Morik riu e foi até um pacote que havia deixado na trilha, revelando a terceira cabeça. Apesar da bravata deles, ele viu que aqueles que viam o espetáculo das cabeças estavam bastante impressionados — e amedrontados. Qualquer pessoa que fosse capaz de derrotar três gigantes não era alguém a se subestimar.

— Meus amigos e eu trabalhamos duro a semana inteira pra limpar a trilha — explicou Morik.

— Amigos?

— Você acha que fiz isso sozinho? — disse Morik com uma risada. — Me sinto lisonjeado. Não, fiz isso com a ajuda de muitos amigos.

Morik olhou para além dos afloramentos rochosos da passagem como se olhando para seus incontáveis "amigos".

— Vocês os perdoem, eles são tímidos.

— Em frente! — veio um grito de dentro da carroça, e os dois homens no assento se entreolharam.

— Seus amigos se escondem como ladrões — gritou o condutor para Morik. — Saia do caminho!

— Ladrões? — Morik ecoou incrédulo. — Vocês já teriam morrido esmagados pela pedra de um gigante se não fosse pela gente.

A porta da carroça abriu com um rangido e um homem mais velho se inclinou para fora, com um pé no lado de dentro e outro no estribo.

— Você tá exigindo pagamento pelas suas ações — comentou ele, já acostumado até demais, como a maioria dos mercadores das áreas mais ao norte de Faerûn.

— Exigir é uma palavra tão desagradável — respondeu Morik.

— Desagradável como essa palhaçada, ladrãozinho.

Morik estreitou os olhos de forma ameaçadora e olhou enfaticamente para as três cabeças de gigantes.

— Muito bem, então — concedeu o mercador. — Qual é o preço de seu heroísmo?

— Precisamos de suprimentos pra manter nossa vigília e manter a passagem segura — explicou Morik. — E talvez um pouco de ouro, como recompensa por nossos esforços.

Foi a vez do mercador fazer uma cara feia.

— E para pagar as viúvas de quem não sobreviveu a nossa investida ao clã dos gigantes — improvisou Morik.

— Eu não chamaria três de clã — respondeu o mercador de forma seca —, mas não vou diminuir seus esforços. Eu ofereço a você e seus amigos escondidos uma boa refeição e, se concordarem em nos acompanhar até Luskan como guardas, vou pagar a cada um uma moeda de ouro por dia — acrescentou o mercador, orgulhoso de sua generosidade e obviamente satisfeito consigo mesmo por ter virado a situação para sua vantagem.

Os olhos de Morik se estreitaram ante a oferta fraca.

— A gente não tem interesse em voltar pra Luskan agora.

— Então peguem sua refeição e fiquem felizes — veio a resposta curta e grossa.

— Idiota — murmurou Morik em voz baixa. Em voz alta, ele fez uma contraoferta. — Vamos aceitar não menos que cinquenta moedas de ouro e comida o suficiente pra três refeições boas pra sete homens.

O mercador riu.

— Vocês vão aceitar nós deixarmos vocês saírem vivos — disse ele.

Ele estalou os dedos e dois homens saíram da segunda carroça com as espadas sacadas. O condutor daquela carroça também sacou a sua.

— Agora vai embora! — terminou ele antes de desaparecer na carroça. — Atropele ele — gritou ele para o condutor.

— Idiotas! — gritou Morik, dando a deixa para Wulfgar.

O condutor hesitou e pagou por isso. Segurando a ponta de uma corda resistente, Wulfgar saltou de seu esconderijo ao longo da parede rochosa à esquerda e se balançou como um pêndulo com um uivo de gelar o sangue. O homem que levava a besta disparou, mas errou feio. Wulfgar se chocou com eles a toda a velocidade, soltando a corda e balançando os braços abertos para varrer ambos os combatentes com bestas e o condutor, caindo sobre eles em uma pilha logo ao lado. Um cotovelo no rosto derrubou o condutor. Revertendo o balanço, Wulfgar atingiu o homem com a besta na mandíbula, certamente a quebrando enquanto o sangue jorrava.

Os três espadachins da carroça de trás chegaram, dois à esquerda da primeira carroça e o terceiro indo pela direita. Morik seguiu à esquerda, com uma espada longa e esguia em uma mão e uma adaga na outra, interceptando o homem antes que chegasse a Wulfgar.

Ele foi até o ladrão de forma direta. Morik posicionou sua espada ao lado da lâmina em estocada, mas a rolou ao redor, desviando-a. Ele deu um passo à frente, girando sua adaga sobre a espada do homem e a deixando inofensivamente para o lado enquanto contra-atacava com sua própria espada, na intenção de acertar a garganta do homem. Ele já estava morto, ou estaria, exceto pelo fato de que o braço de Morik foi parado de forma tão certa como teria sido se tentasse espetar uma pedra com sua espada.

— O que você tá fazendo? — ele exigiu saber de Wulfgar quando o bárbaro apareceu e socou o guarda, quase perdendo a orelha para a espada e adaga que se moviam. O homem levantou seu braço livre para bloquear, mas o soco forte de Wulfgar passou direto por sua defesa, fazendo com que seu punho e o antebraço do homem fossem juntos para seu rosto e o lançando para longe. Mas foi uma vitória curta.

Ainda que zonzo pelo cotovelo de Wulfgar, o condutor estava mais uma vez de pé com uma lâmina nas mãos. Ainda pior: os dois espadachins encontraram posições vantajosas, um sobre o assento e o outro em frente à carroça. Como se já não estivesse ruim o bastante, o mercador saiu da carroça com uma varinha em mãos.

— Agora nós somos os idiotas! — gritou Morik para Wulfgar, xingando e girando para longe dos ataques do espadachim sobre o assento. Pela rotina de movimentos de estocadas e cortes, Morik podia perceber que aquele lá não era novato no quesito batalhas.

Wulfgar foi na direção do mercador. De repente, ele estava voando para trás, com seus cabelos espetados e o coração palpitando.

— Então é isso o que a varinha faz — comentou Morik após o clarão. — Odeio magos!

Ele foi até o espadachim no chão, que derrotou sua tentativa inicial de matá-lo rapidamente com um bloqueio circular que quase desequilibrou o ladrão.

— Volta! — gritou Morik para Wulfgar antes de se abaixar e estocar com sua espada freneticamente enquanto o espadachim do assento saltava sobre os cavalos e estocava na direção de sua cabeça.

O condutor foi na direção de Wulfgar, assim como o homem que ele havia acabado de socar, e o bárbaro correu para tirar o martelo das costas. Ele fez menção de ir na direção da investida do condutor, mas parou imediatamente e mudou sua pegada e direção, girando o martelo na direção do mercador, nem um pouco interessado em absorver outro relâmpago.

O martelo acertou perfeitamente o alvo, não o mercador, mas a porta da carruagem, fazendo com que se chocasse contra o braço estendido do homem no momento que ele estava pronto para disparar novamente. E ele até disparou: um relâmpago crepitante que errou por pouco o outro homem indo na direção de Wulfgar.

— Todos em carga! — gritou Morik, olhando novamente para o penhasco rochoso à esquerda. O blefe fez todos os oponentes virarem as cabeças por um instante. Quando voltaram a olhar, perceberam que ele estava fugindo, e Morik corria bem rápido quando sua vida estava em jogo.

O condutor se aproximou de forma hesitante, respeitando a força de Wulfgar. O outro homem, porém, investiu imediatamente, até o bárbaro se virar na direção dele com um salto e um berro. Wulfgar mudou de direção quase imediatamente, voltando para o condutor, pegando o homem de surpresa com sua agilidade espetacular. Ele aceitou um corte ardente ao longo do braço em troca de agarrar a mão da arma do homem. Puxando-o para perto, Wulfgar se abaixou, prendeu sua mão livre no cinto do homem e o levantou, se debatendo, acima da própria cabeça. Um giro e um lançamento fizeram o condutor se chocar contra seu companheiro em investida.

Wulfgar fez uma pausa e percebeu Morik correndo por sua vida. Uma escolha razoável, dado o curso da batalha, mas o sangue do bárbaro estava fervendo, e ele se virou para as carroças e para os dois espadachins bem a tempo de ser atingido por outro relâmpago. Com suas pernas longas, Wulfgar ultrapassou Morik em menos de cinquenta metros durante a subida em meio às rochas.

Outro relâmpago se chocou próximo da dupla, quebrando pedras. Um virote de besta se seguiu logo depois, acompanhado de provocações e ameaças, mas não houve perseguição, e logo os dois estavam correndo no alto dos penhascos. Quando ousaram parar e recuperar o fôlego, Wulfgar olhou para as duas marcas em sua túnica, sacudindo a cabeça.

— A gente teria vencido se você tivesse ido direto pro mercador depois de varrer o condutor e os caras das bestas como a gente planejou — repreendeu Morik.

— E você teria cortado a garganta daquele homem — rebateu Wulfgar.

Morik fez uma careta.

— E daí? Se você não tem estômago pra essa vida, então por que a gente tá aqui?

— Porque você escolheu lidar com assassinos em Luskan — Wulfgar lembrou a ele. Os dois trocaram olhares gelados. Morik pousou a mão em sua lâmina, achando que Wulfgar pudesse atacá-lo.

Wulfgar pensou em fazer exatamente isso.

Eles voltaram para a caverna separadamente. Morik chegou primeiro e começou a entrar. Wulfgar mudou de ideia e ficou do lado de fora, indo até um pequeno córrego ali perto para cuidar melhor de seus ferimentos. Ele percebeu que seu peito não estava tão queimado, só um pouco do pelo que havia sido chamuscado pelo que fora um relâmpago menor. O ferimento em seu ombro, porém, havia reaberto, e parecia sério. Só então, após tirar sua túnica pesada, que o bárbaro entendeu quanto sangue havia perdido.

Morik o encontrou lá fora várias horas depois, desmaiado em uma rocha plana. Ele despertou o bárbaro com um cutucão.

— A gente não se saiu bem — comentou Morik, segurando duas garrafas —, mas a gente tá vivo, e isso já é motivo pra comemorar.

— E precisamos de motivo? — respondeu Wulfgar sem sorrir antes de dar as costas.

— Os primeiros ataques sempre são um desastre — explicou Morik de forma sensata. — A gente precisa se acostumar com o estilo de luta um do outro, só isso.

Wulfgar parou para pensar nas palavras à luz de sua própria experiência, à luz da primeira batalha de verdade em que ele e Drizzt se envolveram juntos. É verdade, em um momento ele quase havia esmagado o drow com uma jogada baixa de Presa de Égide, mas, desde o começo, havia uma simbiose com Drizzt, uma união de corações que os fez assumir uma rotina de batalha em uníssono. Será que ele podia dizer o mesmo de Morik? Será que algum dia seria capaz?

Wulfgar olhou mais uma vez para seu amigo, que estava sorrindo e estendendo as garrafas da bebida potente. Sim, ele se entenderia com Morik. Eles se tornariam como unha e carne. Talvez fosse o que mais incomodava Wulfgar.

— O passado não existe mais e o futuro ainda não existe — raciocinou Morik. — Sendo assim, viva no presente e aproveite, meu amigo. Aproveite cada momento.

Wulfgar refletiu sobre as palavras, um mantra comum para aqueles que viviam diariamente nas ruas. Ele pegou a garrafa.

Capítulo 19

A oportunidade

— A GENTE NÃO TEM MUITO TEMPO! O QUE vou vestir? — lamentou Biaste Ganderlay quando Meralda a informou de que o casamento havia sido adiantado para o equinócio de outono.

— Se a gente precisar se vestir de alguma coisa que a gente não tem, Lorde Feringal vai trazer — disse Dohni Ganderlay, dando tapinhas no ombro da esposa.

Ele olhou para Meralda com orgulho e principalmente apreço, e a jovem sabia que seu pai entendia o sacrifício que ela estava fazendo.

Como aquela expressão mudaria, ela se perguntou, caso ele soubesse sobre o bebê que carregava?

Meralda conseguiu oferecer um sorriso fraco em resposta apesar de seus pensamentos e foi até seu quarto para se arrumar e começar o dia. Liam Porteira havia chegado mais cedo para informar Meralda de que Lorde Feringal havia providenciado para que ela se encontrasse mais tarde naquele mesmo dia com a costureira que vivia no extremo oeste de Auckney, a cerca de duas horas de distância via carruagem.

— Sem usar vestidos emprestados no grande dia — proclamou Liam. — Se não for muita ousadia, Biaste, sua filha vai ser com certeza a noiva mais bonita que Auckney já viu.

Como o rosto de Biaste se iluminou e seus olhos brilharam! De forma estranha, aquilo entristeceu Meralda, porque, embora ela soubesse que estava fazendo a coisa certa por sua família, ela não conseguia se perdoar por ter sido tão tola em relação a Jaka. Agora ela precisava seduzir Lorde Feringal, e logo, talvez naquela mesma noite. Com o casamento adiantado, ela só podia desejar que os outros, principalmente Priscilla e Temigast, a perdoassem por conceber uma criança antes da cerimônia oficial. E o pior: Meralda deveria levar a verdade sobre o bebê ao túmulo.

Que criatura miserável ela se sentia naquele momento. Madame Prinkle, uma costureira renomada pela região, sem dúvida faria um vestido maravilhoso para ela, com joias e tecidos ricos e coloridos, mas ela duvidava que estaria com uma expressão alegre para combinar.

Meralda se limpou e se vestiu, fez uma refeição leve, e estava toda sorrisos quando Liam Porteira voltou para buscá-la, conduzindo-a até a carruagem. Ela ficou sentada com o cotovelo apoiado na janela, olhando para as imagens que corriam. Humanos e gnomos trabalhavam nos campos mais altos, mas ela não viu, nem procurou, Jaka Sculi entre eles. As casas começaram a rarear, até que apenas a cabana ocasional pontilhava a paisagem rochosa. A carruagem entrou em um pequeno bosque, onde Liam parou rapidamente para que os cavalos descansassem e bebessem água.

Em pouco tempo eles partiram novamente, saindo do bosque e voltado ao terreno rochoso. À direita de Meralda estava o mar. Penhascos rochosos íngremes surgiram ao lado direto do caminho, alguns descendo tão perto da água que Meralda se perguntou como Liam conseguiria fazer a carruagem passar.

Ela também se perguntou como qualquer mulher poderia viver sozinha em um local assim. Meralda decidiu perguntar a Liam sobre isso mais tarde. Então ela viu um posto avançado, um forte de pedra com a bandeira de Lorde Feringal hasteada. Só então ela começou a entender o poder do lorde de Auckney. A carruagem lenta deveria ter viajado pouco mais de quinze quilômetros, mas parecia que haviam chegado ao outro lado do mundo. Por algum motivo que ela não conseguia entender, o fato de ver a bandeira de Feringal nessa região remota fez Meralda se sentir melhor, como se o poderoso Lord Feringal Auck fosse protegê-la.

Seu sorriso só durou até ela se lembrar que ele só a protegeria se ela mentisse.

A mulher se recostou em seu assento, suspirou, e sentiu sua barriga ainda plana, como se esperasse que o bebê chutasse naquele momento.

— A bandeira está hasteada, então há soldados lá dentro — raciocinou Wulfgar.

— E vão ficar dentro — respondeu Morik. — Os soldados raramente saem dos abrigos de pedra, mesmo quando chamam eles. O sentinela, se eles tiverem um, vai se preocupar mais se tem alguém atacando o forte, não com a estrada. Além disso, não deve ter muito mais de dez deles tão longe das cidades. Duvido até que tenha metade disso.

Wulfgar pensou em lembrar a Morik que menos homens os forçaram a fugir apenas alguns dias antes, mas ficou em silêncio.

Após o desastre na passagem, Morik havia sugerido que saíssem da região no caso de o mercador alertar aos guardas de Luskan, seguindo seu preceito de que um bom ladrão de estradas nunca fica no mesmo lugar por muito tempo, especialmente após um ataque dar errado. A princípio, Morik queria ir para o norte, até Vale do Vento Gélido, mas Wulfgar havia recusado imediatamente.

— Oeste, então — ofereceu Morik. — Tem um feudo pequeno espremido entre as montanhas e o mar a sudoeste da passagem de Hundelrocha. Pouca gente vai pra lá, porque não aparece na maioria dos mapas, mas os mercadores das estradas do norte sabem sobre ele e às vezes viajam por lá no caminho pra Dez-Burgos. Talvez a gente até encontre de novo nosso amigo com varinha de relâmpago.

A possibilidade não parecia animadora para Wulfgar, mas sua recusa a voltar a Vale do Vento Gélido os deixara com apenas duas opções. Eles estariam mais a fundo na inóspita Espinha do Mundo se fossem mais a leste para o reino dos goblins, gigantes e outras criaturas desagradáveis e que não ofereceriam lucro. Sobrando o sul e o oeste, e, dada a relação deles com as autoridades de Luskan ao sul, o oeste parecia a escolha lógica.

E parecia que aquela escolha seria uma muito boa, porque a dupla estava observando uma carruagem ornamentada, como a de um nobre, passando pela estrada.

— Pode ser um mago — raciocinou Wulfgar, se lembrando de forma dolorosa dos raios que recebera.

— Não conheço nenhum mago que tenha alguma reputação na região — respondeu Morik.

— Você não esteve nessa região há anos — Wulfgar o lembrou. — Quem ousaria viajar em uma carruagem tão elaborada sozinho? — se perguntou ele em voz alta.

— Por que não? — rebateu Morik. — Nessa área ao sul das montanhas pouca coisa acontece, e tem postos avançados pelo caminho, afinal — acrescentou ele, sinalizando o forte de pedra à distância. — As pessoas aqui não se prendem em casa por medo de goblins.

Wulfgar assentiu, mas parecia fácil demais. Ele imaginou que o condutor pudesse ser no mínimo um guerreiro veterano. Era provável que houvesse outros lá dentro, e talvez possuíssem varinhas ou outros itens mágicos poderosos. Um olhar pra Morik, porém, mostrou ao bárbaro que ele não havia dissuadido seu amigo. Morik ainda estava com o ego ferido pelo desastre na passagem. Ele precisava de algo que desse certo.

A estrada abaixo fazia uma curva ao redor de um esporão na montanha. Morik e Wulfgar seguiram uma rota mais direta, voltando à estrada bem à frente da carruagem, em um ponto cego do posto avançado. Wulfgar imediatamente começou a posicionar sua corda, procurando por algum lugar em que pudesse amarrá-la. Ele encontrou uma árvore esguia, mas não parecia promissora.

— Só pula daqui — raciocinou Morik, apontando para uma saliência. O ladrão correu até a estrada, pegando um chicote no caminho, porque a carruagem apareceu, seguindo pela curva ao sul.

— Abra caminho! — veio o chamado de Liam Porteira um instante depois.

— Preciso falar contigo, bom senhor! — gritou Morik, mantendo posição no meio da trilha estreita. O gnomo desacelerou a carruagem e a fez parar a uma distância segura de Morik. Longe demais, ele notou, para que Wulfgar fizesse seu salto.

— Por ordem de Lorde Feringal de Auckney, abra caminho — disse Liam.

— Preciso de ajuda, senhor — explicou Morik, observando com sua visão periférica Wulfgar tentando assumir posição.

Morik deu um passo à frente, mas Liam o avisou.

— Mantenha a distância, amigo — disse o gnomo. — Tenho uma tarefa para fazer para meu senhor, e pode acreditar que vou te atropelar se não abrir caminho.

Morik riu.

— Acho que não — disse ele.

Havia algo na entonação de Morik, ou talvez fosse algum movimento nas rochas mais altas que o ladrão viu com sua visão periférica. De repente o gnomo entendeu o perigo iminente e avançou seus cavalos.

Wulfgar saltou naquele momento, mas acertou a lateral da carruagem atrás do condutor, com seu impulso e o ângulo da trilha fazendo o veículo ficar sobre duas rodas. Dentro da carruagem, uma mulher gritou.

Agindo por instinto, Morik pegou seu chicote e o estalou diante dos cavalos. As criaturas se puxaram subitamente à esquerda contra a inclinação e, antes que o condutor pudesse controlá-los, antes que Wulfgar pudesse se preparar, antes que a passageira lá dentro pudesse sequer gritar mais uma vez, a carruagem caiu de lado, derrubando tanto o condutor quanto Wulfgar.

Tonto, Wulfgar se forçou a se levantar, esperando ter que batalhar contra o condutor ou alguém saindo da carruagem, mas o condutor estava caído entre algumas pedras, gemendo, e nenhum som vinha da carruagem. Morik correu para acalmar os cavalos, então escalou a carruagem, se atrapalhando até alcançar a porta e a abriu. Outro grito veio de dentro dela. Wulfgar foi até o condutor e levantou a cabeça do gnomo com gentileza. Ele a abaixou, então, após se assegurar que ele estava fora de combate, mas esperando que não estivesse mortalmente ferido.

— Você tem que ver isso — gritou Morik para Wulfgar. Ele estendeu a mão dentro da carruagem, oferecendo-a para uma bela jovem, que recuou imediatamente. — É melhor sair, ou prometo que vou entrar — avisou Morik, mas, ainda assim, a mulher, assustada, se encolheu em um canto, longe dele. — Agora, é assim que os ladrões de estrada conseguem seus prazeres — anunciou Morik a Wulfgar quando o homem se juntou a ele. — E, falando em prazeres... — acrescentou ele antes de se deixar cair na carruagem.

A mulher gritou e se debateu contra ele, mas não era páreo para o ladrão hábil. Logo ele a havia jogado contra o teto da carruagem, que agora era uma parede, com os braços dela presos e o joelho dele o defendendo de levar um chute entre as pernas, com seus lábios perto dos dela.

— Um beijo pro vencedor?

Morik subiu de repente, pego pelo colarinho e içado com facilidade para fora da carruagem por Wulfgar, que estava furioso.

— Você passou dos limites — respondeu Wulfgar, soltando o ladrão no chão.

— Ela foi conquistada de forma justa — discutiu Morik, sem entender o problema de seu amigo. — A gente consegue o que quer e deixa ela ir embora. Qual é o problema?

Wulfgar olhou firme para ele.

— Vá cuidar dos ferimentos do condutor — disse ele. — Então procure os tesouros que quiser pela carroça.

— A garota...

— ...não conta como tesouro — rosnou Wulfgar para ele. Morik estendeu as mãos em um gesto de rendição e foi até o gnomo caído.

Wulfgar foi até a carruagem, como Morik havia feito, oferecendo sua mão imensa para a jovem assustada.

— Saia — pediu ele. — Eu prometo que não vou machucá-la.

Chocada e dolorida, a mulher desviou de sua mão.

— Não podemos virar sua carroça para o lado certo com você dentro — explicou Wulfgar, tentando parecer sensato. — Você não quer ir embora?

— Eu quero que vocês vão embora — rosnou a mulher.

— E deixá-la aqui sozinha?

— Melhor sozinha do que com ladrões — rebateu Meralda.

— Vai ser melhor para seu condutor se você sair. Ele vai morrer se o deixarmos caído nas pedras — Wulfgar estava se esforçando ao máximo para reconfortar a mulher, ou pelo menos assustá-la o bastante para ela agir. — Venha. Não vou machucá-la. Roubá-la? Sim. Mas não a machucar.

Ela levantou a mão timidamente. Wulfgar a segurou e a içou para fora da carruagem com facilidade. Pousando-a no chão, ele a encarou por bastante tempo. Apesar de um hematoma que estava se formando na lateral de seu rosto, ela era uma jovem realmente linda. Ele conseguia entender o desejo de Morik, mas não tinha intenção alguma de forçar qualquer mulher, não importava como fosse bela, e, com toda a certeza, não permitiria que Morik o fizesse.

Os dois passaram alguns instantes remexendo na carruagem, encontrando, para o deleite de Morik, uma bolsa de ouro. Wulfgar procurou ao redor por um tronco para usar como alavanca.

— Você não pretende levantar a carruagem, não é? — perguntou Morik, incrédulo.

— Pretendo sim — respondeu Wulfgar.

— Você não pode fazer isso — argumentou seu comparsa. — Ela vai até o forte de pedra e vai trazer um monte de soldados pra nos perseguir em menos de uma hora.

Wulfgar não estava ouvindo. Ele encontrou algumas pedras maiores e as posicionou perto do teto da carruagem caída. Com um puxão firme, ele levantou o veículo do chão. Sabendo que não receberia ajuda nenhuma de Morik, ele se preparou e conseguiu soltar uma mão para deslizar uma pedra no espaço sob a borda. Os cavalos bufaram e puxaram e Wulfgar quase deixou a carruagem cair.

— Pelo menos vai acalmar os cavalos — instruiu ele a Morik. O ladrão não se mexeu. Wulfgar olhou para a mulher, que correu até os animais e os acalmou.

— Não consigo fazer isso sozinho — Wulfgar chamou Morik mais uma vez, em um tom de voz mostrando mais raiva.

Com um suspiro longo e sofrido, o ladrão caminhou lentamente até ele. Estudando brevemente a situação, ele foi até onde Wulfgar havia deixado a corda, enrolou na árvore e então levou uma ponta para amarrar à parte de cima da carruagem. Morik passou pela mulher, que pulou para longe dele, mas sequer notou.

Em seguida, Morik pegou os cavalos pelas rédeas e os puxou, arrastando a carruagem cuidadosa e lentamente até que suas rodas estivessem à mesma distância da árvore.

— Você levanta e eu vou preparar a corda pra segurar — instruiu ele a Wulfgar. — Então se prepara pra levantar ainda mais e logo, logo ela vai ficar do lado certo.

Morik era esperto, Wulfgar tinha que admitir. Assim que o ladrão estava em posição com a corda e a mulher tinha acalmado os cavalos mais uma vez, Wulfgar se abaixou e fez bastante força, fazendo a carruagem subir.

Morik imediatamente assumiu o fardo, apertando a corda ao redor da árvore, o que permitiu que Wulfgar se recolocasse em posição. Um instante depois, o bárbaro deu outro empurrão, e mais uma vez Morik manteve a carruagem no lugar. O terceiro empurrão de Wulfgar fez a carruagem voltar a ficar sobre suas quatro rodas. Os cavalos, nervosos, relinchavam e batiam as patas no chão, sacudindo as cabeças em protesto com tanta força que a mulher não conseguia segurar. Wulfgar estava ao lado dela instantaneamente, agarrando as rédeas e puxando com força, estabilizando as criaturas. Então, usando a mesma corda, ele os amarrou à árvore e foi até o condutor caído.

— Qual é o nome dele? — perguntou Wulfgar à mulher. Vendo a hesitação dela, ele acrescentou: — Não podemos fazer nada pior do que já fizemos com vocês só por saber seus nomes. Me sinto estranho em ajudá-lo sem saber como chamá-lo.

A expressão da mulher se suavizou quando ela viu que o comentário fazia sentido.

— O nome dele é Liam. — Aparentemente com alguma coragem recuperada, ela se aproximou e se abaixou perto do condutor, com a preocupação tomando o lugar do medo em seu rosto. — Ele vai ficar bem?

— Ainda não sei.

O pobre Liam estava longe de estar consciente, mas estava vivo, e, ao examiná-lo melhor, seus ferimentos não pareciam muito sérios. Wulfgar o levantou com gentileza e o levou à carruagem, o deitando no assento lá dentro. O bárbaro voltou até a mulher, pegando-a pelo braço e a puxando com ele.

— Você falou que não ia me machucar — protestou ela enquanto tentava resistir. Ela teria menos dificuldade em segurar os dois cavalos. O sorriso de Morik se abriu quando viu Wulfgar a arrastando.

— Mudou de ideia? — perguntou seu amigo.

— Ela vem conosco por um tempo — explicou Wulfgar.

— Não! — reclamou a jovem. Fechando o punho, ela saltou e bateu com força na parte detrás da cabeça de Wulfgar.

Ele parou e se virou para ela, com uma expressão divertida e um pouco impressionada com a fibra dela.

— Sim — respondeu ele, prendendo o braço dela quando ela tentou acertá-lo mais uma vez. — Você vai vir conosco por pouco mais de um quilômetro — explicou. — Então vou deixar você voltar para a carruagem e o condutor e você poderá ir para onde desejar.

— Você não vai me machucar?

— Eu não — respondeu Wulfgar. Ele encarou Morik furiosamente. — Nem ele.

Percebendo que ela não tinha muita escolha, a jovem os acompanhou sem maiores discussões. Mantendo sua palavra, Wulfgar a soltou a pouco mais de um quilômetro da carruagem. Então ele e Morik, junto a sua bolsa de ouro, desapareceram nas montanhas.

Meralda correu todo o caminho até encontrar o pobre Liam. Sua costela doía quando ela encontrou o velho gnomo. Ele estava acordado, mas não conseguia voltar a seu assento, muito menos conduzi-lo.

— Fique aqui dentro — pediu a ele. — Vou dar a volta com os cavalos e retornar ao Castelo Auck.

Liam protestou, mas Meralda fechou a porta e começou a agir. Logo eles estavam de volta a oeste ao longo da estrada, um caminho turbulento e acidentado, porque ela não possuía experiência em lidar com cavalos e a estrada não era nada fácil. Durante o caminho, ao deixar as horas e os quilômetros para trás, a mulher teve uma ideia, uma solução aparentemente simples para todos os seus problemas.

Já havia passado há muito do pôr do sol quando chegaram à Auckney propriamente dita nos portões do Castelo Auck. Lorde Feringal e Priscilla saíram para recebê-los, e ficaram chocados quando viram a mulher enlameada e o condutor ferido lá dentro.

— Ladrões na estrada — explicou Meralda. Priscilla foi até o assento e se sentou ao lado dela, estranhamente preocupada.

Sussurrando, Meralda acrescentou:

— Ele me machucou — dizendo isso, ela despencou em soluços nos braços de Priscilla.

O vento gemia ao redor dele em uma voz triste que cantava para Wulfgar canções sobre como tudo poderia ter sido e como nunca poderiam voltar a ser como eram, um tempo perdido, uma inocência perdida, e amigos dos quais sentia muita falta, mas pelos quais não poderia procurar.

Mais uma vez, ele se sentou no desfiladeiro alto na extremidade norte da passagem pela Espinha do Mundo, com vista para Vale do Vento Gélido, com os olhos voltados a noroeste. Ele viu algo brilhar ali. Poderia ter sido uma ilusão de ótica, ou talvez fossem os raios do sol de fim de tarde se refletindo nas águas de Maer Dualdon, o maior dos três lagos na região de Dez-Burgos. Além disso, ele imaginou ter visto o Sepulcro de Kelvin, a montanha solitária ao norte da cordilheira.

Era provavelmente sua imaginação, ele disse a si mesmo, uma ilusão de ótica, porque a montanha estava muito longe dele. Para Wulfgar, pareciam milhões de quilômetros.

— Eles acamparam do lado de fora da ponta sul da passagem — anunciou Morik, indo se juntar ao bárbaro. — Não tem muita gente. Deve ser fácil.

Wulfgar assentiu. Após o sucesso na estrada da costa a oeste, os dois haviam retornado para o sul, na região entre Luskan e a passagem e até compraram alguns produtos de um mercador viajante com seu ouro roubado. Então voltaram à passagem e atacaram mais uma caravana. Dessa vez tudo havia corrido bem, com o mercador entregando o ouro e nenhum sangue derramado. Morik havia encontrado seu terceiro grupo de vítimas, uma caravana de três carroças indo para o norte de Luskan, na direção de Vale do Vento Gélido.

— Você tá sempre olhando pro norte — comentou o ladrão ao se sentar ao lado de Wulfgar —, mas mesmo assim nunca se arrisca a ir pra lá. Você tem inimigos em Dez-Burgos?

— Tenho amigos que nos parariam se soubessem o que estamos fazendo — explicou Wulfgar.

— Quem ia poder tentar parar a gente? — respondeu Morik de forma arrogante.

Wulfgar o olhou bem nos olhos.

— Eles conseguiriam nos parar — insistiu ele, com uma expressão séria que não dava margens para discussão.

Ele deixou aquele olhar pousado em Morik por um instante, depois voltou ao vale, com a melancolia também retornando aos seus olhos azuis celestes.

— Que vida você deixou pra trás ali? — perguntou Morik. Wulfgar se virou para ele, surpreso. Não costumavam falar sobre seus passados, a menos que estivessem bebendo. — Vai me contar? — insistiu Morik. — Dá pra ver bastante coisa na sua cara: dor, arrependimento... mais o quê?

Wulfgar deu uma risada leve com o comentário:

— O que eu deixei para trás? — ecoou ele. Após uma pausa de um instante, ele respondeu: — Tudo.

— Parece tolice.

— Eu poderia ser um rei — continuou Wulfgar, tornando a olhar para o vale, como se falando consigo mesmo. Talvez ele estivesse. —

Chefe de todas as tribos de Vale do Vento Gélido, com um peso forte na decisão dos conselhos de Dez-Burgos. Meu pai... — Ele olhou para Morik e riu. — Você não gostaria de meu pai, Morik. Ou, pelo menos, ele não gostaria de você.

— Um bárbaro orgulhoso?

— Um anão mal humorado — rebateu Wulfgar. — É meu pai adotivo — explicou ele quando Morik começou a gaguejar ao ouvir aquilo. — O Oitavo Rei do Salão de Mitral. E líder de um clã de anões que mineram o vale diante do Sepulcro de Kelvin em Vale do Vento Gélido.

— Seu pai é um rei anão? — Wulfgar assentiu. — E você tá na estrada do meu lado? Dormindo no chão? — Mais uma vez ele assentiu. — Você é ainda mais idiota do que eu imaginava.

Wulfgar apenas olhou para a tundra, ouvindo a canção triste do vento. Ele não poderia discordar da avaliação de Morik, mas também não tinha o poder de mudar as coisas. Ele ouviu Morik mexendo na mochila, então ouviu o tilintar familiar de garrafas.

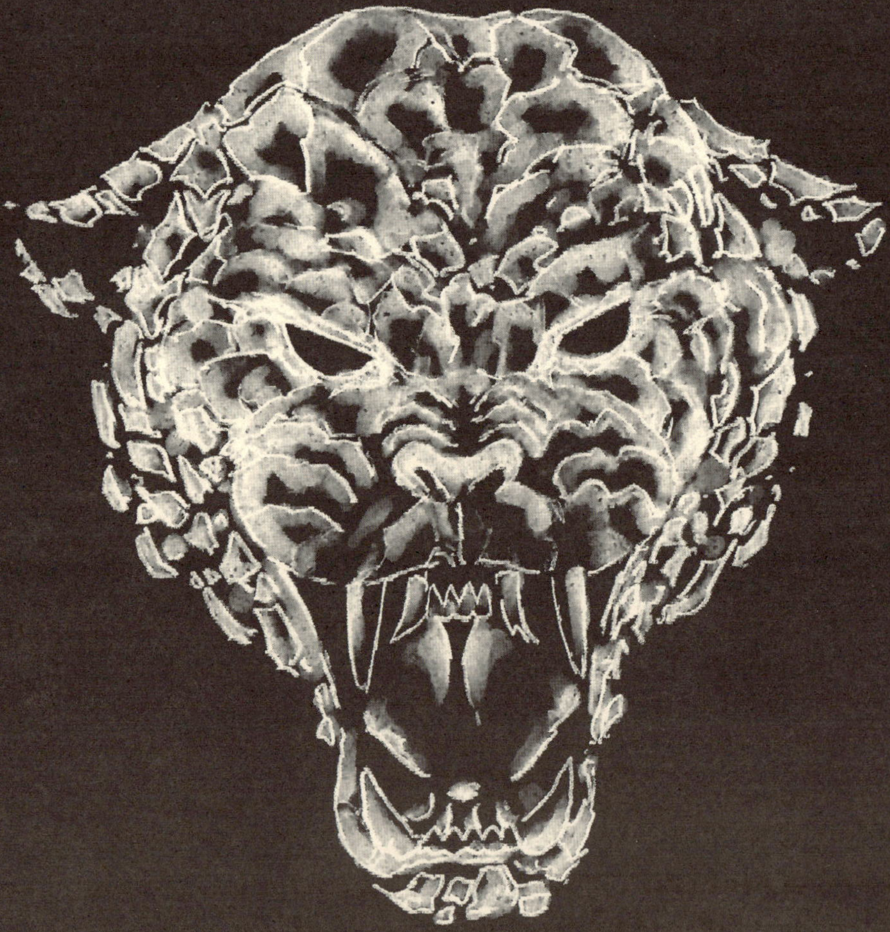

Parte 4
Nascimento

Nós acreditamos entender aqueles ao nosso redor. As pessoas que conhecemos revelam padrões de comportamento e, uma vez que nossas expectativas daquele comportamento são atendidas repetidamente, passamos a acreditar que conhecemos a alma e o coração da pessoa.

Eu considero essa uma suposição arrogante, porque é impossível entender o coração e a alma do outro, não é possível compreender as percepções do outro com base em experiências semelhantes ou experiências narradas. Todos buscamos a verdade, especialmente nos limites de nossa esfera de existência, do lar que planejamos e daqueles amigos com quem escolhemos dividi-lo. Mas temo que a verdade não seja sempre evidente quando se trata de indivíduos, tão complexos e mutáveis.

Se em algum momento eu acreditar que os alicerces de meu mundo são feitos em pedra, eu penso em Jarlaxle e a humildade me reencontra. Sempre percebi que havia algo no mercenário além de uma simples busca por lucro pessoal — ele deixou que eu e Cattibrie saíssemos de Menzoberranzan, afinal, e em um momento em que nossas cabeças estavam valendo um valor exorbitante. Quando Cattibrie foi sua prisioneira e estava completamente sob seu poder, ele não tirou vantagem dela, embora houvesse admitido, por suas ações se não por suas palavras, que a achava bastante atraente. Então, eu sempre vi um pouco de caráter sob a fachada de mercenário frio, mas, apesar daquele palpite, meu último encontro com Jarlaxle me mostrou que ele é muito mais complexo, e certamente muito mais piedoso, do que eu jamais poderia imaginar. Além disso, ele declarou ser amigo de Zaknafein, e, embora eu inicialmente tenha rejeitado a ideia, agora eu imagino que seja não apenas verossímil, mas também provável.

Será que agora eu entendo a verdade sobre Jarlaxle? E é a mesma verdade que todos aqueles ao redor dele em Bregan D'aerthe, percebem? Tenho certeza de que não, e, embora eu acredite que minha avaliação atual esteja correta, não serei arrogante ao ponto de dizer ter certeza, nem sonho em acreditar que sei mais sobre ele do que minha avaliação superficial.

E quanto a Wulfgar? Qual Wulfgar é o verdadeiro? É o homem orgulhoso e honrado que Bruenor criou, o homem que lutou ao meu lado contra Carranca e em tantas batalhas subsequentes? O homem que salvou as tribos bárbaras do extermínio certo e o povo de Dez-Burgos de desastres futuros ao unir os grupos diplomaticamente? O homem que atravessou Faerûn para salvar seu amigo cativo? O homem que ajudou Bruenor a recuperar seu reino perdido?

Ou Wulfgar é o homem que feriu Catti-brie, o homem assombrado que parece destinado a, no final, falhar completamente?

Ele é ambos, creio eu, um compilado de suas existências, sentimentos e percepções, como todos nós. É o segundo item desse trio, os sentimentos, trazido pelas experiências além de sua habilidade de enfrentar, que agora controlam Wulfgar. A emoção crua desses sentimentos altera suas percepções para algo negativo. Dada essa realidade, quem é Wulfgar agora? E, mais importante: se ele sobreviver a esse período problemático, quem ele se tornará?

Como anseio saber! Como eu gostaria de poder caminhar ao lado dele nessa jornada perigosa, poder falar com ele e, talvez, influenciá-lo. Poder lembrá-lo de quem ele costumava ser, quem víamos que ele era.

Mas não posso, porque são o coração e a alma de Wulfgar, no fim das contas, e não suas ações diárias, que irão emergir no final. E eu, e qualquer outra pessoa, não poderíamos influenciar aquele coração e aquela alma mais do que poderíamos influenciar o próprio sol.

Curiosamente, é da ascensão daquele corpo celeste que eu tiro meu conforto, no momento, ao pensar em Wulfgar. Por que ver o nascer do sol? Por que naquele momento em particular em vez de qualquer outra hora do dia?

Porque é no amanhecer que o sol está mais brilhante. Porque, no amanhecer, vemos o renascimento após a escuridão. Essa é minha esperança. Porque, assim como o sol, pode ser a verdade sobre as pessoas. Aqueles que caem podem se reerguer, então reluzirão ainda mais brilhantes nos olhos daqueles ao seu redor.

Eu observo o nascer do sol e penso no homem que eu acreditei conhecer e rezo que minhas suposições estejam corretas.

— Drizzt Do'Urden

Capítulo 20

O último grande ato de egoísmo

Ele chutou o chão, espalhando lama, então bateu com o pé em uma pedra enterrada que mostrava apenas um centésimo de seu tamanho real. Jaka sequer sentiu a dor, por que a ferida em seu coração — não. Não seu coração, mas seu orgulho — era muito pior. Mil vezes pior.

O casamento estava para acontecer na virada da estação, no final daquela mesma semana. Lorde Feringal teria Meralda e também teria a própria criança que deveria pertencer a Jaka.

— Que justiça é essa? — gritou ele.

Tentando pegar a pedra, ele percebeu que era na verdade bem grande. Jaka agarrou outra e se levantou a jogando para longe, errando por pouco dois fazendeiros mais velhos apoiados em suas enxadas. Os dois, incluindo um anão, foram correndo até ele cuspindo ofensas, mas Jaka estava tão distraído pelos próprios problemas, sem entender que havia acabado de arrumar outro problema, e sequer os notou.

Até, é claro, ele se virar e os ver de pé atrás dele. O anão mal-humorado saltou e acertou um soco no rosto de Jaka, o derrubando.

— Maldito garoto idiota! — resmungou o anão antes de dar meia-volta e começar a se afastar. Humilhado e sem pensar direito, Jaka chutou os tornozelos dele, fazendo com que tropeçasse.

Em um instante, o jovem esguio foi puxado até ficar de pé pelo outro fazendeiro.

— Então você quer morrer? — perguntou o homem enquanto o sacudia.

— Talvez sim — respondeu Jaka com um suspiro longo e dramático. — Sim, toda a alegria se foi desse meu corpo.

— O garoto é burro — disse o fazendeiro que segurava Jaka para seu companheiro.

O anão já estava se levantando com punhos apertados e uma expressão determinada sob sua barba farta. Quando terminou de se levantar, o homem que segurava Jaka o sacudiu com força e então o empurrou na direção dele. O anão não segurou Jaka, mas, em vez disso, o empurrou novamente na direção oposta, pelo alto das costas, para que o jovem caísse com o rosto na lama. O anão pisou na lombar de Jaka, colocando peso em suas botas duras.

— E toma cuidado com onde você joga essas pedras — disse ele, esfregando o pé de repente, apenas por um instante, deixando Jaka sem fôlego.

— O garoto é burro — disse o outro fazendeiro enquanto ele e o anão se afastavam.

Jaka ficou deitado no chão e chorou.

— Toda aquela comida boa no castelo! — comentou Madame Prinkle, uma mulher idosa com um rosto sorridente. A pele dela, em dobras enrugadas, parecia larga demais para seus ossos. Ela agarrou a cintura de Meralda e beliscou. — Se você mudar de tamanho toda semana, como meu vestido vai servir? Que isso, garota, você tá três dedos maior!

Meralda corou e desviou o olhar, sem querer olhar para Priscilla, que estava de pé ao lado, observando e ouvindo atentamente.

— Eu tenho sentido mesmo muita fome ultimamente — respondeu Meralda. — Andei comendo tudo o que podia. Estou um pouco nervosa.

Ela olhou ansiosa para Priscilla, que vinha trabalhando duro para fazê-la perder seu sotaque plebeu.

Priscilla assentiu, mas não parecia convencida.

— Bom, melhor achar outro jeito de se acalmar — respondeu Madame Prinkle —, ou vai acabar rasgando o vestido quando andar ao lado de Lorde Feringal.

Ela então riu espalhafatosamente, como uma grande bola de pele solta. Meralda e Priscilla também riram de forma envergonhada, embora nenhuma das duas parecesse ter achado a mínima graça.

— Você consegue ajustar direito? — perguntou Priscilla.

— Ah, não se preocupe — respondeu Madame Prinkle. — Vou deixar a garota linda pro dia dela.

Ela começou a reunir sua linha e materiais de costura. Priscilla foi ajudá-la enquanto Meralda retirou o vestido, reuniu suas coisas e saiu do quarto imediatamente.

Longe das outras duas, a mulher pousou a mão sobre sua barriga inegavelmente maior. Dois meses e meio já haviam se passado desde seu encontro com Jaka no campo sob as estrelas, e, embora ela duvidasse que o bebê estivesse grande o suficiente para forçar tanto sua barriga, ela certamente vinha comendo demais ultimamente. Talvez fossem seus nervos, talvez fosse por ela estar alimentando duas pessoas agora, mas, seja lá qual for o motivo ela precisaria tomar cuidado pelo resto da semana para não chamar ainda mais atenção.

— O vestido ficará pronto amanhã — disse Priscilla por trás dela, fazendo a jovem quase saltar com o susto. — Há alguma coisa errada, Meralda? — perguntou a mulher, indo até o lado dela e pondo uma mão sobre seu ombro.

— Você não ficaria com medo se estivesse se casando com um lorde?

Priscilla arqueou uma sobrancelha bem feita.

— Eu não ficaria assustada porque não estaria nessa situação — respondeu.

— Mas se você tives... estivesse? — insistiu Meralda. — Se você fosse nascida camponesa e o lorde...

— Absurdo — interrompeu a mulher. — Se houvesse nascido camponesa, eu não seria quem sou e, consequentemente, sua pergunta não faz sentido.

Meralda olhou para ela, obviamente confusa.

— Eu não sou uma camponesa porque não tenho a alma nem o sangue de camponesa — explicou Priscilla. — Vocês acreditam ser um acidente o fato de haverem nascido em suas famílias e nós da nobreza nascermos nas nossas, mas não é o caso, minha querida. Nossas posições vêm de dentro, não de fora.

— Então vocês são melhores? — perguntou Meralda sem rodeios.

Priscilla sorriu.

— Não melhor, querida — respondeu ela de forma condescendente. — Diferentes. Cada um de nós temos nossos lugares.

— E o meu não é com seu irmão — sugeriu a jovem.

— Eu não aprovo a mistura de sangues — afirmou Priscilla, e as duas se encararam por um instante longo e desconfortável.

"Então você que deveria casar com ele", pensou Meralda, mas teve o bom senso de não falar nada.

— Entretanto, honrarei a escolha de meu irmão — continuou Priscilla naquele tom de voz um pouco depreciativo. — É a vida dele, e ele a arruína como quiser. Farei o que puder para elevá-la o mais próximo ao nível dele possível. Eu gosto de você, querida — acrescentou ela, estendendo a mão e a pousando no ombro de Meralda.

"Você deixaria que eu limpasse sua latrina, então", enfureceu-se Meralda em silêncio. Ela queria rebater os argumentos de Priscilla, de verdade, mas não estava se sentindo particularmente corajosa naquele momento. Não. Dado o bebê, o bebê de Jaka, crescendo em seu útero, ela agora estava vulnerável, e não estava se sentindo à altura de combater a cruel Priscilla Auck.

Era o final da manhã quando Meralda acordou. Ela percebeu ao ver altura do sol por sua janela. Preocupada, ela se apressou para sair da cama. Por que seu pai não a havia acordado mais cedo para fazer suas tarefas? Onde estava sua mãe?

Ela abriu a cortina que dava para a sala comum e se acalmou imediatamente, porque lá estava sua família, reunida ao redor da mesa. A cadeira de sua mãe estava inclinada para trás, e ela estava sentada com o rosto voltado para o teto. Um homem de aparência incomum, vestido com o que parecia trajes religiosos, entoava algo suavemente e cobria sua testa com algum óleo de aroma doce.

— Papai? — ela começou a perguntar, mas o homem levantou a mão para silenciá-la, fazendo sinal para que se aproximasse.

— Vigia Beribold — explicou. — Do templo de Helm em Luskan. Lorde Feringal chamou ele pra deixar sua mãe forte pro casamento.

A boca de Meralda se abriu em surpresa.

— Então você consegue curar ela?

— É uma doença difícil — respondeu Vigia Beribold. — Sua mãe é bem forte por ter continuado lutando com tanta resiliência.

Meralda começou a insistir, mas ele a respondeu com um sorriso tranquilizador.

— Sua mãe estará recuperada e livre do quebranto antes de eu e o Sumo Vigia Risten partirmos de Auckney — prometeu ele.

Tori deu um gritinho e o coração de Meralda saltou de alegria. Ele sentiu o braço forte de seu pai se envolver em sua cintura e puxá-la mais para perto. Ela mal podia acreditar nas boas notícias. Ela sabia que Lorde Feringal curaria sua mãe, mas nunca imaginou que ele providenciaria isso antes do casamento. A doença de sua mãe era como uma espada imensa que possuía sobre sua cabeça, mas agora ele a estava removendo.

Ela parou para pensar na fé que Lorde Feringal estava demonstrando ter nela ao enviar voluntariamente um clérigo até sua família. Jaka jamais abriria mão de uma vantagem tão óbvia. Não por ela, nem por qualquer outra pessoa. E, mesmo assim, lá estava Feringal — e ele não era um homem tolo — tendo fé o suficiente em Meralda para remover a espada.

Essa percepção fez Meralda sorrir. Por tanto tempo, ela havia considerado a corte com Feringal como um sacrifício que estava fazendo por sua família, mas agora, de repente, ela estava percebendo a verdade. Ele era um homem bom, um homem bonito, um homem de recursos que a amava honestamente. A única coisa que a impediu de corresponder aos sentimentos dele foi sua paixão nada saudável por um garoto egoísta. Era estranho, mas ela também havia sido curada de sua aflição pela chegada do clérigo de Feringal.

Ela voltou ao seu quarto para se arrumar para começar o dia. Mal podia esperar por sua próxima visita a Lorde Feringal, porque ela suspeitava, na verdade, sabia, que veria o homem de forma diferente. Estava com ele naquela mesma tarde para o que seria seu último encontro antes do casamento. Feringal, empolgado com os preparativos e a lista de convidados, não disse nada sobre a visita do clérigo à causa de Meralda.

— Você mandou um clérigo para minha casa hoje — disse ela, incapaz de conter seus pensamentos por mais tempo. — Antes do casamento. Com minha mãe doente e só você podendo curar ela, você poderia ter me feito sua prisioneira.

Feringal olhou para ela como se não conseguisse entender o que ela queria dizer.

— Por que eu desejaria algo assim?

A pergunta inocente e honesta apenas confirmou o que ela já sabia. Um sorriso surgiu em seu belo rosto, ela saltou e, de forma impulsiva, pousou um beijo na bochecha de Feringal.

— Obrigada por curar minha mãe, por curar minha família.

Os agradecimentos de Meralda preencheram o coração e o rosto dele de alegria. Quando tentou beijá-lo novamente na bochecha, ele se virou para que seus lábios se encontrassem com os dela. Ela o devolveu dez vezes mais, confiante de que esse homem gentil e maravilhoso seria mais do que tolerável. Bem mais.

Parando para pensar na cena quanto voltava para casa, as emoções de Meralda mudaram para pior quando seus pensamentos voltaram para o bebê e a mentira que deveria contar pelo resto de seus dias. Quão piores suas ações pareciam agora! Meralda acreditava não ser culpada por nada além de mau julgamento, mas a realidade fazia ser muito mais do que isso, elevaria seu desejo por uma única noite de amor ao nível de traição.

E era com a combinação de medo, esperança e alegria que Meralda pisou no jardim no começo da manhã seguinte, onde cada um dos nobres de Auckney e testemunhas importantes, com sua família, a irmã de Lorde Feringal e Intendente Temigast inclusos, estavam sorrindo e olhando para ela. Lá estava Liam Porteira vestido em suas melhores roupas, segurando a porta aberta e com um sorriso largo em seu rosto e, do outro lado do jardim estava o Sumo Vigia Karloc Risten, um clérigo mais veterano de Helm, o deus da escolha de Feringal, em sua armadura brilhante e um elmo emplumado com o rosto à mostra.

Que dia e que lugar maravilhosos para o evento! Priscilla havia substituído suas flores de verão pelos crisântemos, hortênsias e calêndulas, e embora não fossem tão brilhantes quanto as anteriores, a mulher havia complementado suas cores com bandeiras de tons vivos. Havia chovido antes do amanhecer, mas as nuvens haviam se dissipado, deixando um odor leve no ar. Poças ao longo do muro baixo e gotículas nas pétalas refletiam a luz do sol da manhã em uma composição brilhante. Até mesmo o vento do oceano tinha um odor fresco naquele dia.

O humor de Meralda havia melhorado significantemente. Prestes a se casar, ela não podia mais estar vulnerável. Ela não temia mais nada além de tropeçar nos próprios pés ao ir até o palanque cerimonial, um pequeno pódio ornamentado no topo por uma manopla de guerra e com uma tapeçaria mostrando um olho azul na frente. A confiança apenas aumentou quando Meralda viu o rosto radiante de sua mãe, porque o jovem assistente de Karloc Risten havia, de fato, feito um milagre com a mulher. Meralda temera que sua mãe não estivesse se sentindo bem o bastante para ir à cerimônia, mas agora seu rosto estava iluminado, com os olhos brilhando com uma saúde que ela não apresentava há anos.

Ela mesma estava radiante, com todos os medos sobre seu segredo esquecidos, a jovem começou sua caminhada até o palanque. Não tropeçou. Longe disso. Quem assistia imaginou que Meralda estava flutuando sobre o jardim, era a noiva perfeita, e, se ela estava com a barriga um pouco proeminente, todos acreditavam ser um sinal de que a jovem estava finalmente se alimentando bem.

De pé ao lado de quem oficiaria a cerimônia, Meralda se virou para assistir à entrada de Lorde Feringal. Ele entrou com o uniforme completo de Comandante da Guarda do Castelo de Auckney, uma cota de malha completa cruzada em brocado dourado, um elmo com uma pluma e uma espada grande presa em seu quadril. Muitos na multidão ofegaram, mulheres deram risadinhas, e Meralda pensou mais uma vez em como sua união com aquele homem poderia não ser algo ruim. Quão belo Feringal parecia a ela, especialmente agora que Meralda sabia sobre seu coração gentil. Seu belo traje militar servia para pouco mais do que exibição, mas ele realmente parecia impressionante.

Sorridente, Feringal se juntou a ela ao lado do Sumo Vigia. O clérigo começou a cerimônia, designando solenemente todos ali reunidos como testemunhas à união sagrada. Meralda focou seu olhar não em Lorde Feringal, mas em sua família. Ela mal ouviu Karloc Risten enquanto ele pregava ao longo da cerimônia. Em algum momento ela recebeu um cálice de vinho para bebericar, e então entregar a Lorde Feringal.

Os pássaros estavam cantando ao redor deles, as flores eram espetaculares, o casal, belo e feliz: era o casamento que todos em Auckney invejavam. Todos que não assistiram à cerimônia estavam convidados a cumprimentar o casal logo após ela acontecer, do lado de fora do portão externo do castelo. Para aqueles menos afortunados, o espetáculo evocava um prazer de segunda mão. Exceto por uma pessoa:

— Meralda!

O grito cortou o ar da manhã e fez uma revoada de gaivotas subir a partir dos penhascos a leste do castelo. Todos os olhos se viraram na direção da voz no alto de um penhasco. Lá estava uma figura solitária, a silhueta inconfundível de ombros caídos pertencente a Jaka Sculi.

— Meralda! — gritou novamente o jovem tolo, como se o nome houvesse sido arrancado de seu coração.

Meralda olhou para seus pais, para seu pai aflito, então para o rosto de seu quase marido.

— Quem é ele? — perguntou Lorde Feringal obviamente agitado.

Meralda gaguejou e sacudiu a cabeça, com a expressão de nojo óbvia.

— Um tolo — ela conseguiu dizer.

—Você não pode se casar com Lorde Feringal! Fuja comigo, eu imploro, Meralda!

Jaka deu um passo precariamente próximo à beira do penhasco. Lorde Feringal, e todo mundo, ao que parecia, olhou firme para Meralda.

— Uma amizade de infância — explicou ela rapidamente. — Um tolo, eu digo. Um garoto, e ninguém com que deva se preocupar.

Vendo que suas palavras não faziam muito efeito, ela pousou sua mão no antebraço de Feringal e chegou bem perto.

— Se estou aqui para me casar com você é porque encontrei um amor que nunca acreditei ser possível — disse ela, tentando desesperadamente o tranquilizar.

— Meralda! — lamentou Jaka.

Lorde Feringal fez uma careta na direção do penhasco.

— Alguém cale esse tolo! — exigiu ele. Ele olhou para o Sumo Vigia Risten. — Solte um globo de silêncio naquela cabeça tola.

— Longe demais — respondeu Risten, embora, na verdade, ele sequer havia preparado aquela magia.

Do outro lado do jardim, Intendente Temigast temia até onde aquela interrupção poderia levar, então enviou alguns guardas para silenciar o jovem barulhento.

Como Temigast, Meralda estava realmente com medo, se perguntando o quão estúpido Jaka se provaria ser. Será que o idiota diria algo que custaria a Meralda o casamento, que custaria a eles ambas as suas reputações e talvez até mesmo suas vidas?

— Esqueça ele e fuja comigo — gritou Jaka. — Eu sou seu verdadeiro amor.

— Quem é esse bastardo? — Lorde Feringal exigiu saber mais uma vez, além da agitação.

— Um trabalhador do campo que acha que está apaixonado por mim — sussurrou ela enquanto a multidão observava o casal.

Meralda reconheceu ali o perigo, a chama volátil nos olhos de Feringal. Ela olhou diretamente para ele e disse de forma direta, sem deixar espaço para discussão.

— Se você e eu não fôssemos nos casar, se não tivéssemos encontrado o amor juntos, eu ainda não teria nada com aquele tolo.

Lorde Feringal olhou para ela por mais tempo, mas não conseguia ficar com raiva após ouvir a afirmação honesta de Meralda.

— Devo continuar, meu senhor? — perguntou o Sumo Vigia Risten.

Lorde Feringal levantou a mão.

— Quando o tolo for retirado — respondeu ele.

— Meralda! Se você não vier até mim, me atirarei nas rochas lá embaixo! — gritou Jaka de repente, e ele se aproximou da borda do penhasco.

Muitas pessoas no jardim arfaram, mas não Meralda. Ela continuou olhando para Jaka com frieza, com tanta raiva que não se importava se o tolo cumprisse com a ameaça, porque ela tinha certeza que ele não iria. Ele não tinha a coragem para se matar. Apenas queria a torturar e humilhar publicamente para constranger Lorde Feringal. Era uma vingança mesquinha, não amor.

— Pare! — gritou um guarda, se aproximando rapidamente de Jaka no penhasco.

O jovem girou com o grito, mas, ao fazê-lo, ele escorregou, caindo com a barriga para baixo. Ele tentou se agarrar e se segurar, mas havia deslizado para mais longe, e, por isso, estava pendurado do peito para baixo, com uma queda de trinta metros até as rochas pontiagudas lá embaixo.

O guarda lançou-se na direção dele, mas não foi rápido o suficiente.

— Meralda! — veio o último grito de Jaka, um lamento desesperado e plangente enquanto sumia de vista.

Chocada pela reviravolta súbita e dramática, Meralda estava dividida entre o luto incrédulo por Jaka e a consciência do olhar atento de Feringal sobre ela, observando e medindo cada reação. Ela imediatamente entendeu que qualquer falha de sua parte naquele momento seria usada contra ela quando a verdade sobre sua condição se tornasse evidente.

— Pelos deuses — ofegou ela, cobrindo a boca com a mão. — Oh, o pobre tolo!

Ela se virou para Lorde Feringal e sacudiu a cabeça, parecendo bastante perdida.

E certamente ela estava, com o seu coração em um misto de ódio, horror e lembranças da paixão. Ela odiava Jaka — odiava genuinamente — pela reação dele quando soube que ela estava grávida, e o odiava ainda mais por sua estupidez naquele dia. Ainda assim, ela não podia negar aqueles sentimentos dos quais se lembrava, a forma como a mera visão de Jaka havia feito com que saltitasse apenas alguns meses antes. Meralda sabia que o último grito de Jaka a assombraria pelo resto da vida.

Ela escondeu tudo aquilo e reagiu como todos ao seu redor reagiram à visão abominável: com choque e horror.

Eles adiaram o casamento. Três dias depois, completaram a cerimônia em uma manhã cinzenta e completamente nublada. Parecia apropriado.

Meralda sentiu a hesitação nos movimentos de seu marido pelo resto do dia durante a grande celebração aberta a toda Auckney. Ela tentou falar com Feringal sobre o assunto, mas ele se recusava a se abrir. Meralda entendeu que ele estava com medo. E por que Feringal teria medo? Jaka havia morrido gritando o nome da futura esposa de Feringal.

Mas, mesmo assim, enquanto o vinho corria e o movimento continuava, Lorde Feringal conseguiu dar alguns poucos sorrisos. Como esses sorrisos se alargavam quando Meralda sussurrava em seu ouvido que mal podia esperar pela primeira noite deles juntos, pela consumação de seu amor.

Na verdade, a mulher estava empolgada com a ideia, embora um pouco temerosa. Ele reconheceria, é claro, que sua virgindade não estava intacta, mas não era algo tão incomum entre as mulheres que viviam no ambiente rural, trabalhando duro, frequentemente andando a cavalo, e poderia ser explicado facilmente. Ela se perguntou se talvez fosse melhor revelar a verdade de sua condição e a mentira que havia criado para explicá-la.

Não, ela decidiu enquanto subia com seu marido pela escadaria que levaria a seus aposentos. Não. O homem passara por agitação o suficiente nos últimos dias. Seria uma noite para o prazer dele, não sua dor. Ela garantiria isso.

Foi uma grande primeira semana de casamento, cheia de amor e sorrisos, e os de Biaste Ganderlay foram os que mais tocaram Meralda. Sua família não havia ido viver com eles no Castelo Auck. Ela não ousaria sugerir algo assim para Priscilla, não ainda, mas o Sumo Vigia Risten havia trabalhado incessantemente sobre a mãe de Meralda e havia declarado que a mulher estava completamente curada. Meralda podia ver como era verdade apenas de olhar para o rosto alegre de sua mãe.

Ela também podia ver que, apesar de ainda estar abalado pelo espetáculo de Jaka perto do penhasco, Feringal sobreviveria ao evento. O homem a amava, disso ela tinha certeza, e a adulava constantemente.

Meralda havia conseguido entender seus sentimentos em relação a Jaka. Ela sentia muito pelo que havia acontecido, mas não se sentia culpada pela morte do homem. Jaka fizera isso consigo mesmo, e por si mesmo. Não por ela, certamente. Meralda entendeu que Jaka fizera tudo por si mesmo. Sempre haveria um lugar minúsculo em seu coração para o jovem, para as fantasias que nunca se concretizariam, mas era mais do que compensado pela certeza de que sua família estaria bem melhor do que qualquer um deles jamais sonhara. Eventualmente, ela faria com que Biaste e Dohni se mudassem para o castelo ou uma propriedade melhor para eles, e ela ajudaria Tori a achar um marido adequado, talvez um mercador rico, quando a garota estivesse pronta.

Havia apenas um problema. Meralda temia que Priscilla estivesse começando a perceber sua condição, porque a mulher, embora agradável externamente, havia lançado na direção dela alguns olhares inconfundíveis. Olhares de suspeita, como os do Intendente Temigast. Eles ou sabiam de sua condição ou suspeitavam. De qualquer forma, todos logo saberiam, o que trazia uma pontada de desespero para a existência que, caso contrário, seria perfeita de Meralda.

Meralda havia inclusive pensado em ir até o Sumo Vigia Risten para ver se havia alguma magia que pudesse livrá-la da criança. Mas ela desistiu quase imediatamente, e não por medo de que Risen pudesse traí-la. Embora ela não quisesse nenhuma parte de Jaka Sculi, ela não conseguiria destruir a vida que começava a existir dentro dela.

No final da primeira semana de seu casamento, Meralda havia determinado o único caminho possível aberto para ela, e, ao fim da segunda semana, ela havia reunido a coragem necessária para o plano. Ela pediu para a cozinha preparar ovos para o café da manhã e esperou à mesa com Feringal, Priscilla e Temigast. Era melhor lidar com todos de uma vez.

Antes mesmo de o cozinheiro chegar com os ovos, o cheiro chegou até Meralda e causou aquela sensação nauseante nela. Ela se dobrou e segurou a barriga.

— Meralda? — perguntou Feringal, preocupado.

— Você está bem, criança? — acrescentou Temigast.

Meralda olhou para o outro lado da mesa, para Priscilla, e viu suspeita ali. Ela se levantou rapidamente com um lamento e começou a chorar imediatamente. Não era difícil para Meralda gerar aquelas lágrimas.

— Não. Não estou bem — chorou ela.

— O que houve, meu amor? — perguntou Lorde Feringal, levantando-se de um salto e correndo para o lado dela.

— Na estrada — explicou Meralda entre soluços —, indo na casa da Madame Prinkle...

— Quando vocês foram atacados? — ofereceu o Intendente Temigast gentilmente.

— O homem, o grandão — lamentou Meralda. — Ele me violou.

Lorde Feringal recuou como se houvesse sido atingido.

— E por que não nos contou? — Temigast exigiu saber após uma hesitação que pareceu ter atingido a todos os três.

Na verdade, o cozinheiro, que estava entrando com o prato do café da manhã de Meralda, o deixou cair no chão em choque.

— Eu fiquei com medo de contar — lamentou Meralda, olhando para o marido. — Eu tive medo de que fosse me odiar.

— Nunca! — insistiu Feringal, mas ele obviamente estava completamente abalado e não fez menção de voltar para o lado da esposa.

— E você está nos dizendo isso agora porque...? — o tom de voz de Priscilla e a expressão de dor de Temigast revelava à jovem que ambos sabiam a resposta.

— Porque temo estar grávida — falou Meralda.

Sobrepujada por suas próprias palavras e pelo cheiro daqueles malditos ovos, ela se inclinou para o lado e vomitou. Meralda ouviu o grito de desespero de Feringal em meio à sua tosse, e era realmente doloroso para a mulher feri-lo assim.

Então, ouve apenas silêncio.

Meralda, após terminar de vomitar, temia se sentar, temia encarar os três. Ela não sabia o que eles fariam, embora já houvesse ouvido falar de uma mulher da vila que havia engravidado nessas condições. Aquela mulher não fora culpada.

Uma mão reconfortante agarrou seu ombro e a ajudou a se levantar da cadeira. Priscilla abraçou Meralda e sussurrou suavemente em seu ouvido que tudo ficaria bem.

— O que vou fazer? — gaguejou Lorde Feringal, quase incapaz de falar em meio à bile em sua garganta.

Seu tom de voz fez Meralda acreditar que ele pudesse bani-la do castelo, de sua vida, naquele instante.

Intendente Temigast foi apoiar o jovem.

— Isso não é sem precedentes — explicou o idoso. — Mesmo em seu reino.

Todos os três olharam para o intendente.

— Não há traição aqui, é claro — continuou Temigast. — Exceto por Meralda não ter nos contado imediatamente. Por isso, você pode puni-la conforme achar apropriado, embora eu reze para que seja generoso para com a garota assustada. — Feringal olhou firme para Meralda, mas assentiu de leve. — Quanto à criança — continuou Temigast —, deve ser anunciada abertamente, e logo. Será deixado claro que essa criança não será herdeira ao seu trono.

— Eu matarei o bebê assim que ele nascer! — disse Lorde Feringal com um rosnado.

Meralda soltou um som de lamento, assim como Priscilla, para a surpresa absoluta de Meralda.

— Meu senhor — disse o Intendente Temigast. Feringal socou a lateral de suas coxas em frustração.

Meralda observou cada movimento dele então, e reconheceu que sua afirmação sobre assassinato era vazia. Intendente Temigast apenas sacudiu a cabeça e caminhou para dar tapinhas no ombro de Lorde Feringal.

— Melhor dar o bebê para outra pessoa — disse. — Para que suma de suas vistas e suas vidas.

Feringal olhou em dúvida para sua esposa.

— Eu não quero o bebê — respondeu Meralda àquele olhar com uma resposta honesta. — Eu não quero pensar naquela noi... manhã.

Ela mordeu o lábio ao terminar, rezando para que seu ato falho não houvesse sido percebido. Para seu alívio e surpresa constante, foi Priscilla quem ficou ao lado dela e a escoltou até seu quarto. Mesmo após saírem do alcance da audição de Temigast e Lorde Feringal, a atitude da mulher mais velha não vacilou nem um pouco.

— Não posso imaginar sua dor — disse Priscilla.

— Me desculpe por não ter dito antes.

Priscilla deu uns tapinhas em sua bochecha.

— Deve ter sido doloroso demais — ofereceu ela —, mas você não fez nada de errado. Meu irmão ainda foi seu primeiro amante, o primeiro homem para quem você se doou de bom grado, e um marido não deve pedir nada além disso.

Meralda engoliu a culpa que sentia, engoliu e deixou de lado com a justificativa de que Feringal era, de fato, seu primeiro amante real, o primeiro homem com quem havia se deitado que possuía sentimentos honestos por ela.

— Talvez consigamos chegar a um acordo após a criança nascer — disse Priscilla de forma inesperada.

Meralda olhou para ela com uma expressão estranha, sem entender.

— Eu estava pensando que seria melhor se eu encontrasse outro lugar para viver — explicou Priscilla. — Ou talvez pegasse uma ala do castelo e a fizesse minha.

Meralda estreitou os olhos, confusa, então ela entendeu. Ela estava tão chocada que seu registro de fala antigo voltou a ela:

— Você quer o bebê pra você — soltou ela.

— Talvez, caso você concorde — disse Priscilla, hesitante.

Meralda não fazia ideia de como responder, mas suspeitava que não saberia até a criança nascer. Será que ela conseguiria ter o bebê perto dela? Ou será que descobriria que não poderia se afastar de uma criança que fosse dela, afinal?

Não, decidiu ela. Isso não. Ela não iria, não poderia, ficar com a criança, independentemente de como pudesse se sentir após o nascimento.

— Estamos planejando a muito longo prazo — comentou Priscilla, como se estivesse lendo a mente de Meralda. — Por enquanto, precisamos garantir que você se alimente bem. Agora você é esposa do meu irmão e dará a ele herdeiros ao trono de Auckney. Devemos mantê-la saudável até então.

Meralda mal podia acreditar nas palavras, na preocupação genuína. Ela nunca havia esperado tamanho sucesso com seu plano, o que apenas fazia com que se sentisse ainda mais culpada sobre a situação toda.

E assim as coisas se seguiram por diversos dia, com Meralda acreditando que as coisas estavam estáveis. Houve alguns momentos de dificuldade, especialmente na cama, onde ela constantemente precisava afagar o ego de seu marido, insistindo que o bárbaro que a violara não a havia dado prazer algum. Ela havia inclusive chegado ao ponto de alegar que estava praticamente inconsciente durante o processo e não tinha sequer certeza do que havia acontecido até ter percebido que estava grávida.

Até que um dia Meralda encontrou um problema inesperado com seu plano.

— Ladrões de estradas não viajam para muito longe — ela ouviu Lorde Feringal falar com Temigast quando ela se juntou a eles na sala.

— Certamente os canalhas não estão perto de Auckney — respondeu o intendente.

— Perto o suficiente — insistiu Feringal. — O mercador Galway tem um mago de aluguel poderoso.

— Até mesmo magos precisam saber pelo que procurar — comentou Temigast.

— Eu não me lembro do rosto dele — disparou Meralda, correndo para se juntar a eles.

— Mas Liam Porteira se lembra — disse Feringal, com o sorriso presunçoso de alguém que buscava vingança.

Meralda se esforçou ao máximo para não parecer angustiada.

Capítulo 21

A desgraça de qualquer ladrão

A CRIATURINHA SE ATRAPALHAVA CORRENDO SObre as rochas, descendo a inclinação íngreme como se a própria morte a estivesse perseguindo. Com Wulfgar furioso logo atrás, rugindo de dor pelo ferimento reaberto no ombro, o goblin teria mais chances se estivesse de fato lidando com a morte.

A trilha terminava em uma queda de quatro metros e meio, mas a corrida do goblin não terminou nela, uma vez que a criatura saltou sem sequer hesitar. Caindo com um baque e uma tentativa um tanto patética de rolamento, ele se levantou, ensanguentado, mas, ainda assim, se mexendo.

Wulfgar não seguiu. Ele não poderia se dar ao luxo de ir para tão longe da entrada da caverna onde Morik ainda estava lutando. O bárbaro parou abruptamente e procurou por uma pedra. Pegando a mais próxima, ele a atirou no goblin em fuga. Mesmo errando, já que o goblin estava longe demais, ele se sentiu satisfeito por saber que não iria retornar, então se virou e correu de volta para a caverna.

Mas bem antes de chegar ele percebeu que a batalha havia terminado. Morik estava sobre uma rocha na base de um esporão pontudo de pedras, ofegante.

— Os ratinhos correm rápido — comentou Morik.

Wulfgar assentiu e se sentou no chão. Eles haviam saído para verificar a passagem mais cedo. Ao retornar, encontraram uns doze goblins determinados a pegar a caverna para si. Doze contra dois: os goblins não tiveram chance.

Apenas um dos goblins estava morto, um que Wulfgar havia pegado pela garganta e apertado. Os outros fugiram aos quatro ventos, e ambos sabiam que as criaturas covardes não voltariam tão cedo.

— Eu arranquei a bolsa dele, já que não consegui arrancar o coração — comentou Morik, levantando uma bolsa pequena de couro.

Ele assoprou sua mão vazia para dar sorte, e também porque o vento na montanha estava bastante frio, então esvaziou a bolsa, com os olhos arregalados. Wulfgar também se inclinou ansioso para perto. Duas peças de prata, várias de cobre e três pedras brilhantes — não joias, apenas pedras — saíram da bolsa.

— Demos sorte de não termos encontrado mercadores na passagem — murmurou Wulfgar de forma sarcástica —, porque esse é um tesouro muito melhor.

Morik lançou o tesouro esparso no chão.

— A gente ainda tem bastante ouro da investida na carruagem no oeste — comentou.

— Muito gentil de sua parte admitir — surgiu uma voz inesperada de cima. Os dois olharam para o alto do afloramento rochoso e viram um homem em vestes esvoaçantes azuis, empunhando um cajado alto de carvalho os observando. — Eu detestaria saber que encontrei os ladrões errados.

— Um mago — murmurou Morik, tenso. — Odeio magos.

O homem levantou seu cajado e começou a entoar algo. Wulfgar foi mais rápido, pegando uma pedra de tamanho considerável e a atirando imediatamente. Sua mira foi perfeita. A pedra se chocou contra o peito do mago, embora tenha quicado de forma inofensiva. Se o homem chegou a notar, não demonstrou.

— Odeio magos! — gritou Morik mais uma vez, mergulhando para fora do caminho. Wulfgar começou a se mexer, mas era tarde demais, porque o relâmpago que saiu do cajado se chocou contra ele e o fez voar para longe.

Então Wulfgar se levantou, rosnando, com uma pedra em cada mão.

— Quantos desses você pode levar? — gritou ele para o mago, fazendo um lançamento que errou por pouco. A segunda foi na direção do braço do mago, obviamente se divertindo, e caiu, como se houvesse acertado uma rocha.

— Todo mundo em Faerûn tem acesso a um mago? — gritou Morik, fazendo seu caminho pulando de cobertura em cobertura enquanto tentava subir o esporão.

Morik acreditava que poderia escapar, ou ser mais esperto, ou mais forte — especialmente com Wulfgar ao seu lado — do que qualquer caçador de recompensas ou senhor guerreiro na área. Magos, por outro lado, eram uma coisa completamente diferente, como ele aprendeu em tantas experiências dolorosas antes, a mais recente sendo sua captura nas ruas de Luskan.

— Quantos você pode levar? — gritou Wulfgar novamente, atirando outra pedra que também errou o alvo.

— Um! — respondeu o mago. — Eu só levo um.

— Então acerta ele! — gritou Morik para Wulfgar, sem entender.

O mago não estava falando sobre levar golpes contra sua pele de pedra, mas sobre levar prisioneiros. Assim que Morik gritou, o homem de vestes esvoaçantes apontou para Wulfgar com sua mão livre. Uma gavinha negra saiu de seus dedos estendidos, serpenteando pelo afloramento em uma velocidade tremenda até se enrolar em Wulfgar, o prendendo sob o controle do mago.

— Não vou deixar o outro ileso! — gritou o mago para ninguém em especial. O mago fechou o punho, seu anel brilhou, e ele bateu seu cajado na pedra. Após uma luz cegante e uma nuvem de fumaça, Wulfgar e o mago desapareceram em meio a um estrondo pelo afloramento.

— Magos — rosnou Morik com desdém absoluto, logo antes que o afloramento, com ele a meio caminho do topo, despencasse.

Wulfgar estava no salão de reuniões de um castelo. A gavinha negra incessante continuou a se enrolar nele, o agarrando de forma teimosa, se enrolando diversas vezes em seu tronco, tentando amarrar seus braços poderosos. Wulfgar as socava, mas ela era extremamente flexível e apenas se dobrava ante seus golpes, absorvendo toda a energia. Ele agarrou a gavinha, tentou torcê-la e rasgá-la, mas enquanto suas mãos agiam sob uma área, uma nova seção da gavinha, lançada pelas mãos do mago, se enrolou em suas pernas e o derrubou, o lançando com tudo no chão duro. Wulfgar rolou, se contorceu e se remexeu, sem resultados. Ele estava preso.

O bárbaro usou seus braços para evitar que a coisa se enrolasse em seu pescoço e, quando ao menos tinha certeza de que ela não iria feri-lo, transferiu sua atenção para a área ao seu redor. Ali estava o mago diante de duas cadeiras, na qual estava sentado um homem na faixa dos vinte anos e uma mulher mais jovem, inegavelmente linda — uma mulher que Wulfgar reconhecia bem demais.

Ao lado deles estava, de pé, um senhor idoso e, em uma cadeira ao lado, uma mulher rechonchuda de aproximadamente quarenta invernos. Também notou que vários outros soldados contornavam o salão, com expressões sisudas e fortemente armados.

— Conforme prometido — disse o mago, curvando-se diante do homem no trono. — Então, se for possível, há a questão de meu pagamento.

— O ouro prometido está nos aposentos que forneci — respondeu o homem. — Jamais duvidei, meu bom senhor. Seu mentor mercador Galway o recomentou fortemente. — O mago se curvou mais uma vez. — Meus serviços ainda serão necessários? — perguntou.

— Quanto tempo vai durar? — perguntou o homem, indicando Wulfgar, enrolado nas gavinhas.

— Bastante tempo — prometeu o mago. — Tempo o suficiente para que o interrogue e condene, então arraste para suas masmorras ou o mate aqui mesmo.

— Então pode ir. Jantará conosco hoje à noite?

— Temo ter assuntos pendentes na Torre Central — respondeu o mago. — Saudações, Lorde Feringal. — Ele se curvou novamente e saiu, rindo ao passar pelo bárbaro caído.

Para a surpresa de todos, Wulfgar rosnou e agarrou a gavinha com ambas as mãos e a arrebentou. Ele havia acabado de se levantar, com muitas vozes gritando ao seu redor, quando mais de dez soldados foram até ele, o atacando com punhos cobertos de cota de malha ou tacapes. Ainda lutando contra a gavinha, conseguiu soltar seu braço para dar um soco, fazendo um soldado voar para longe, e agarrar outro pelo pescoço e bater o rosto dele contra o chão. Wulfgar caiu tonto e ferido. Enquanto o mago dissipava magicamente o restante da gavinha, os braços do bárbaro foram levados para trás e presos com correntes pesadas.

— Se fôssemos só nós dois, você ainda teria alguma coisa sobrando para me parar? — rosnou o bárbaro teimoso.

— Eu o teria matado nas montanhas — rebateu o mago, obviamente envergonhado pela falha de sua magia.

Wulfgar cuspiu no rosto do mago.

— Quantos você aguenta levar? — perguntou.

O mago furioso começou a mover os dedos, mas, antes que pudesse terminar a conjuração, Wulfgar derrubou o círculo de soldados e se chocou contra o homem direto com seu ombro, o fazendo voar para longe. O bárbaro foi subjugado mais uma vez quase imediatamente, mas o mago, abalado, se levantou e saiu do salão.

— Demonstração impressionante — disse Lorde Feringal de forma sarcástica, com uma expressão furiosa. — Devo aplaudi-lo antes de castrá-lo?

Aquilo chamou a atenção de Wulfgar. Ele começou a responder, mas um guarda o socou para que ficasse em silêncio.

Lorde Feringal olhou para a jovem sentada ao lado dele.

— Esse é o homem? — perguntou com veneno em cada palavra.

Wulfgar encarou a mulher, a mulher que havia evitado que Morik ferisse na estrada, a mulher que ele havia soltado ilesa. Ele viu algo naqueles olhos verdes, alguma emoção que não conseguia exatamente ler. Tristeza, talvez? Certamente não raiva.

— Eu... acho que não — disse a mulher antes de desviar o olhar.

Os olhos de Feringal se arregalaram. O idoso de pé ao lado dele arfou abertamente, assim como a outra mulher.

— Olhe novamente, Meralda — comandou Feringal bruscamente. — É ele?

Não havia resposta, e Wulfgar podia ver claramente a dor nos olhos da mulher.

— Responda! — exigiu o lorde de Auckney.

— Não! — gritou a mulher, se recusando a olhar para qualquer pessoa no salão.

— Busque Liam — gritou Lorde Feringal.

Um soldado atrás de Wulfgar correu para fora do salão, voltando logo depois com um velho gnomo.

— Ah, com certeza é ele — disse o gnomo, dando a volta até olhar nos olhos de Wulfgar. — Você acha que não ia te reconhecer? — ele perguntou. — Você me pegou ali, com aquele rato do seu amigo distraindo meus olhos e você se balançando até embaixo. Eu te conheço, seu cão ladrão, porque vi seu rosto antes de você me acertar!

Ele se virou para Lorde Feringal.

— Sim — disse ele. — É ele.

Feringal olhou para a mulher ao lado dele por bastante tempo.

— Tem certeza? — perguntou ele para Liam, com os olhos ainda na mulher.

— Não me derrotam todo dia, meu senhor — respondeu Liam. — Você disse que sou o melhor lutador em Auckney, e foi por isso que você me fez levar sua senhora. Eu falhei, e não é uma coisa pequena pra mim. É ele, eu tô dizendo, e nossa, eu podia pagar pra você me deixar ter uma luta justa contra ele.

Ele se virou mais uma vez e encarou Wulfgar nos olhos. Wulfgar sustentou o olhar e, embora sem dúvida pudesse partir esse gnomo ao meio sem se esforçar muito, não disse nada. Wulfgar não podia negar o fato de que havia errado com o homem diminuto.

— Tem algo a dizer em sua defesa? — perguntou Lorde Feringal. Antes que o bárbaro pudesse começar a responder, o jovem lorde avançou, afastando Liam para chegar bem perto. — Tenho uma masmorra para você — sussurrou ele severamente. — Um lugar escuro, repleto com os ossos dos ocupantes anteriores. Cheia de ratos e aranhas peçonhentas. Sim, seu tolo, eu tenho um lugar para você até eu decidir que chegou a hora de eu lhe dar a morte mais horrível.

Wulfgar conhecia bem o procedimento a essa altura de sua vida e apenas deu um suspiro profundo. Ele foi imediatamente arrastado.

No canto do salão de reuniões, Intendente Temigast observou a tudo muito cuidadosamente, olhando repetidamente de Meralda para Wulfgar. Ele percebeu que Priscilla estava sentada em silêncio, sem dúvida também absorvendo a tudo.

Ele notou o veneno no rosto de Priscilla enquanto ela olhava para Meralda. Ela estava pensando que a mulher havia gostado de ter sido violada pelo bárbaro, Temigast percebeu. Ela estava pensando que, talvez, não havia sido um abuso.

Dado o tamanho do homem, Temigast não concordava com aquela avaliação.

A cela era exatamente como Lorde Feringal havia prometido: um lugar miserável, escuro e úmido repleto do cheiro horrível de morte. Wulfgar não conseguia ver nada, nem mesmo sua própria mão a centímetros de seu rosto. Ele tateou em meio à lama e pior: empurrou ossos afiados de lado em uma tentativa inútil de encontrar algum lugar seco onde pudesse se sentar. E, durante todo o processo, tentava espantar as aranhas e outras coisas rastejantes que corriam até ele para descobrir a nova refeição que havia sido entregue a elas.

Para a maioria das pessoas, essa masmorra pareceria pior que a da prisão nos túneis de Luskan, principalmente por causa da sensação de vazio e solidão, mas Wulfgar não temia ratos nem aranhas. Seus terrores eram muito mais profundos. Aqui, no escuro, ele conseguia afastar muitos desses horrores.

E assim o dia passou. Em algum momento durante o dia seguinte, o bárbaro acordou com a luz de uma tocha e o som de um guarda escorregando um prato de comida estragada pela pequena abertura da portinhola de metal, meio maciça, meio com barras, que separava o buraco imundo que era aquela cela dos túneis úmidos abaixo. Wulfgar começou a comer, mas cuspiu, acreditando que seria melhor tentar capturar e esfolar um rato.

Naquele segundo dia, um turbilhão de emoções atingiu o bárbaro. Ele estava principalmente com raiva do mundo inteiro. Talvez merecesse ser punido por suas atividades como ladrão de estradas — ele conseguia aceitar sua responsabilidade —, mas isso estava além da justiça em relação ao que fizera na estrada com a carruagem de Lorde Feringal.

Além disso, Wulfgar estava com raiva de si mesmo. Talvez Morik estivesse certo o tempo todo. Talvez não possuísse estômago para essa vida. Um verdadeiro ladrão de estradas teria deixado o gnomo morrer ou o teria eliminado rapidamente. Um verdadeiro ladrão de estradas teria obtido seus prazeres com aquela mulher, então a arrastado consigo, seja para vendê-la ou para mantê-la como sua própria escrava.

Ele riu alto. Sim. De fato, Morik estivera certo. Wulfgar não tinha estômago para nada disso. Agora lá estava ele: o maior dos miseráveis, um fracasso no nível mais baixo da sociedade civilizada, um tolo incapaz até mesmo para ser um ladrão de estradas competente.

Ele passou a hora seguinte não em sua cela, mas na Espinha do Mundo, aquela grande fronteira entre quem costumava ser e quem havia se tornado, aquela barreira física que parecia um símbolo apropriado da barreira mental dentro dele, a muralha que erguera como uma cordilheira emocional para afastar as memórias dolorosas com Errtu.

Em sua imaginação, era onde estava: sentado na Espinha do Mundo, observando Vale do Vendo Gélido e a vida que conhecera, então se virando para encarar o sul e a existência miserável que agora sofria. Ele manteve os olhos fechados, embora não fosse capaz de ver muita coisa no escuro de qualquer maneira, ignorou a sensação de coisas rastejando por cima dele e recebeu algumas picadas por sua falta de atenção.

Em algum momento naquele mesmo dia, um som o retirou de seu transe. Ele abriu os olhos e viu o tremeluzir de outra tocha no túnel além de sua porta.

— Ainda vivo? — veio uma pergunta na voz de um homem idoso.

Wulfgar se ajoelhou e se arrastou até a porta, piscando repetidamente enquanto seus olhos se ajustavam à luz. Após alguns instantes reconheceu o homem que levava a tocha como o conselheiro que havia visto no salão de reuniões, um homem que fisicamente o fazia se lembrar do juiz Jharkheld de Luskan. Wulfgar riu e espremeu uma mão por entre as barras.

— Queima com sua tocha — ofereceu. — Tenha seus prazeres perversos como desejar.

— Furioso por ter sido pego, eu imagino — respondeu o homem chamado Temigast.

— Preso injustamente duas vezes — respondeu Wulfgar.

— Não somos todos presos injustamente por nossa própria versão? — perguntou o intendente.

— A mulher disse que não fui eu.

— A mulher sofreu demais — rebateu Temigast. — Talvez ela não consiga encarar a verdade.

— Ou talvez ela esteja certa.

— Não — disse Temigast imediatamente, sacudindo a cabeça. — Liam se lembrou claramente de você, e não teria se enganado. — Wulfgar riu mais uma vez. — Você nega ser o ladrão que derrubou a carruagem? — perguntou Temigast sem rodeios.

Wulfgar olhou para ele sem piscar, mas a expressão dizia que ele não negava o que havia sido dito.

— Apenas isso custaria suas mãos e o manteria na prisão por tantos anos quanto Lorde Feringal decidisse ser justo — explicou Temigast. — Ou apenas isso poderia custar sua vida.

— Seu condutor, Liam, estava ferido — respondeu Wulfgar em um rosnado. — Acidentalmente. Eu não poderia deixar que morresse na estrada. A garota não foi ferida de forma alguma.

— Por que ela diria outra coisa? — perguntou Temigast calmamente.

— Ela disse? — respondeu Wulfgar inclinando a cabeça e começando a entender, começou a captar por que o jovem lorde estava tão furioso. A princípio ele acreditou ser apenas o orgulho a fonte daquela fúria — o homem havia falhado em proteger apropriadamente sua esposa, afinal — mas agora, parando para pensar, Wulfgar começou a suspeitar que havia algo ainda mais profundo por trás daquilo, uma revolta primordial. Ele se lembrou das primeiras palavras de Lorde Feringal para ele: uma ameaça de castração.

— Rezo para que Lorde Feringal tenha uma morte bastante desagradável preparada para você, bárbaro — comentou Temigast. —Você não pode imaginar a agonia que trouxe para ele, para Lady Meralda ou para o povo de Auckney. Você é um canalha e um cão, e haverá justiça quando você morrer, seja em execução pública ou aqui embaixo, sozinho na imundície.

— E você veio até aqui apenas para me entregar as notícias? — perguntou Wulfgar de forma sarcástica.

Temigast bateu na mão dele com a tocha acesa, forçando Wulfgar a recolher rapidamente seu braço.

Dito isso, o homem se virou e saiu, deixando o bárbaro sozinho no escuro e com uns pensamentos bem peculiares fervilhando em sua mente.

Apesar de sua última explosão e sua raiva genuína, Temigast não fora embora decidido sobre nada. Ele fora se encontrar com o bárbaro por causa da reação de Meralda ao homem no salão de reuniões, porque precisava saber a verdade. Agora aquela verdade parecia ainda mais confusa. Por que Meralda se recusara a identificar Wulfgar se ela havia, de fato, o reconhecido? Como seria possível que não? O homem era memorável, afinal, com mais de dois metros de altura e com ombros tão largos quanto os de um jovem gigante.

Priscilla estava errada, Temigast sabia, porque reconheceu que ela achava que Meralda havia gostado do abuso.

— Ridículo — murmurou o intendente, pondo seus pensamentos em palavras para que pudesse organizá-los. — Completamente ridículo. Mas por que Meralda iria querer proteger o homem que abusou dela? — ele se perguntou baixinho. A resposta surgiu em sua mente tão claramente quanto a imagem de um jovem idiota escorregando de um penhasco.

Capítulo 22

Bom Lorde Brandebrug

— Eu odeio magos — murmurou Morik, se arrastando para fora do entulho do deslizamento, com dezenas de cortes e hematomas cobrindo seu corpo. — Não foi exatamente uma luta justa. Eu tenho que aprender esse troço de magia.

O homem passou um bom tempo esquadrinhando a área, mas, é claro, Wulfgar não estava em lugar algum. A escolha do mago de levar Wulfgar parecia um pouco estranha para Morik. Provavelmente o homem havia acreditado que o bárbaro era o mais perigoso dos dois inimigos, provavelmente o líder. Mas fora Morik, e certamente não Wulfgar, quem havia avançado na moça da carruagem. Havia sido Wulfgar quem havia insistido que eles a deixassem ir embora, e cedo o bastante para salvar o condutor ferido. Obviamente, o mago não viera bem informado.

Agora para onde Morik deveria ir? Ele voltou para a caverna antes, cuidando de seus ferimentos e reunindo os suprimentos de que precisaria para a viagem. Ele não queria ficar por ali, não com um bando de goblins raivosos por perto e sem Wulfgar ao seu lado. Mas para onde ir?

A escolha parecia óbvia após apenas um instante de reflexão: de volta a Luskan. Morik sempre soubera que voltaria às ruas que conhecia tão bem. Ele criaria uma nova identidade para a maioria das pessoas, mas continuaria sendo basicamente o mesmo para aqueles de cuja aliança ele precisava. O entrave em seus planos até agora havia sido Wulfgar. Morik não poderia entrar em Luskan com o bárbaro imenso ao seu lado e ter esperanças de manter a discrição nem que fosse por um segundo.

É claro, ainda havia a questão nada insignificante dos drow.

Mas mesmo aquele problema em potencial não se mantinha, porque Morik havia feito seu melhor para continuar ao lado de Wulfgar, como fora instruído. Agora Wulfgar se fora e o caminho estava aberto. Morik deu seus primeiros passos para fora da Espinha do Mundo, voltando para o lugar que conhecia tão bem.

Mas algo bem estranho aconteceu então para a consciência de Morik. Ele se viu dando dois passos a oeste para cada passo ao sul. Não era nenhum truque do mago, mas sim uma magia conjurada por sua própria consciência, uma magia da memória que sussurrava a exigência que Wulfgar fizera para Capitão Deudermont no Festival do Prisioneiro de que Morik também fosse liberto. Preso pela amizade pela primeira vez em sua vida miserável, Morik, o Renegado estava logo correndo pela estrada, tentando formular um plano.

Ele acampou na encosta de uma montanha naquela noite e viu uma fogueira dentro de um círculo de carroças. Ele não estava muito longe da passagem principal ao norte. As carroças haviam saído de Dez-Burgos, sem dúvida, e estavam seguindo a estrada para o sul e, consequentemente, não chegariam nem perto do feudo a oeste. Era improvável que aqueles mercadores houvessem até mesmo ouvido falar de lá.

— Saudações — gritou Morik para o sentinela solitário mais tarde naquela mesma noite.

— Para trás! — gritou o homem em resposta.

Atrás dele, os outros começaram a entrar em prontidão.

— Não sou um inimigo — explicou Morik. — Sou um aventureiro perdido que se separou do grupo, um pouco ferido, mas mais irritado do que machucado.

Após uma discussão curta, que Morik não conseguiu ouvir, outra voz anunciou que ele poderia se aproximar, mas que uma dezena de arqueiros estavam mirando em seu coração e que seria inteligente manter as mãos vazias.

Sem querer se envolver em uma luta, Morik fez exatamente isso, seguindo por fileiras gêmeas de homens armados até a fogueira até se aproximar de dois mercadores de meia-idade, um deles grande como um urso, o outro mais esguio, mas ainda assim bastante robusto.

— Eu sou Lorde Brandeburg de Águas Profundas — começou Morik — voltando para Dez-Burgos, para Maer Dualdon, onde espero encontrar um resto de pesca esportiva da cabeça-dura. São negócios interessantes!

— Você está muito longe de tudo, Lorde Brandeburg — respondeu o mercador mais pesado.

— E o ano está bem avançado para se ir a Maer Dualdon — respondeu o outro, suspeitando de algo.

— E, ainda assim, é para onde estou indo, se encontrar meus amigos errantes e brincalhões — respondeu Morik com uma risada. — Talvez algum de vocês os viu? Um anão, Bruenor Martelo de Batalha é seu nome. A filha humana dele, Cattibrie... ah, mas o próprio sol se curva diante de sua beleza! Um halfling um tanto gordo, e... — Morik hesitou e pareceu de repente um tanto nervoso, embora os sorrisos de reconhecimento nos rostos dos mercadores fossem exatamente o que ele esperava ver.

— E um drow — terminou o mais pesado por ele. — Vá em frente e fale abertamente de Drizzt Do'Urden, Lorde Brandeburg. Ele é bastante conhecido, e está longe de ser um inimigo de qualquer mercador que cruzar o vale.

Morik suspirou com falso alívio e agradeceu silenciosamente a Wulfgar por ter contado tanto sobre seus antigos amigos durante suas bebedeiras nos últimos dias.

— Saudações, digo eu — continuou o homem maior. — Eu sou Petters e esse é meu associado Clemente Dawinkle.

Após um movimento de Petters, os guardas atrás de Morik relaxaram e o trio se sentou ao redor da fogueira, onde Morik recebeu uma tigela de um cozido espesso.

— Voltando para Vale do Vento Gélido, é o que disse? — perguntou Dawinkle. — Como você perdeu esse grupo? Nenhum problema, espero.

— Mais uma brincadeira — respondeu Morik. — Me juntei a eles há muitos quilômetros ao sul e talvez, em minha ignorância, tenha avançado um pouco demais com Cattibrie.

Ambos os mercadores assumiram expressões sombrias.

— Nada sério, eu garanto — acrescentou rapidamente Morik. — Eu não estava ciente de que seu coração pertencia a outro, um amigo ausente, nem percebi que Bruenor era seu pai. Eu havia meramente solicitado um encontro social, mas isso, temo eu, foi o bastante para fazer Bruenor desejar me dar o troco.

Os mercadores e guardas riram alto. Eles já haviam ouvido falar do rabugento e superprotetor Bruenor Martelo de Batalha, assim como qualquer pessoa que já esteve em Vale do Vento Gélido.

— E temo ter me gabado de algumas habilidades de rastreamento, de um ranger — continuou Morik. — Sendo assim, Bruenor decidiu me testar. Eles pegaram meu cavalo, minhas melhores roupas e desapareceram da estrada... e sumiram tão bem entre a vegetação, sendo liderados por Drizzt, que alguém que não conhecesse as habilidades do drow acharia que haviam recebido auxílio mágico.

Os mercadores sacudiram as cabeças, ainda rindo.

— Então agora eu devo encontrá-los, embora saiba que devam estar chegando em Vale do Vento Gélido — ele riu para si mesmo. — Eu sei que vão rir quando eu chegar a pé, vestindo roupas sujas e rasgadas.

— Você parece ter achado uma boa briga — comentou Dawinkle, notando os sinais do deslizamento e da batalha contra os goblins.

— Uma briga contra uns goblins e um ogro, nada sério — respondeu ele de forma despreocupada.

Os homens levantaram as sobrancelhas, mas não de dúvida — nunca duvidariam disso vindo de alguém que viajava com companheiros tão poderosos. O charme e a habilidade de Morik eram tamanhos que ele conseguia tecer contos entre contos entre contos ao ponto de a premissa básica se tornar facilmente aceita como um fato.

— Você é bem-vindo para passar a noite, bom senhor — ofereceu o mercador Petters —, ou quantas noites desejar. Mas estamos voltando para Luskan, o lado oposto de seu destino desejado.

— Aceitarei a estadia essa noite — respondeu Morik —, e talvez...

Ele deixou as palavras pairarem no ar, levando os dedos aos lábios em uma pose pensativa. Tanto Petters quanto Dawinkle se inclinaram para a frente, ansiosos.

— Vocês sabem onde posso comprar um cavalo? Um bom cavalo de montaria? — perguntou Morik. — Talvez boas roupas também... Meus amigos abandonaram a estrada mais fácil, então é possível que eu ainda chegue antes deles em Dez-Burgos. Que expressões maravilhosas se formarão em seus rostos quando entrarem em Bosque Solitário e me encontrarem à espera e de aparência impecável.

Os homens ao redor dele uivaram de rir.

— Ora, nós temos tanto os cavalos quanto as roupas — rugiu Petters, se aproximando de Morik para lhe dar um tapa no ombro, o que o fez se encolher, porque ele havia sido atingido pelas pedras no deslizamento.

— Podemos oferecer um bom preço a Lorde Brandeburg.

Eles comeram, trocaram algumas histórias e riram. Quando terminou com o grupo, Morik havia adquirido a montaria mais forte e um conjunto maravilhoso de roupas, em dois tons de verde do melhor tecido e brocado dourado, por uma ninharia, uma fração do custo em qualquer loja de Luskan.

Ele ficou por ali durante a noite, mas saiu junto com o sol, cavalgando para o norte e cantando uma canção de aventura. Quando a caravana sumiu de vista, Morik se virou para o oeste e disparou, pensando que deveria alterar mais sua aparência antes que ele, Lorde Brandeburg de Águas Profundas, chegasse no pequeno feudo.

Ele esperava que o mago não estivesse por lá. Morik odiava magos.

Errtu o encontrou. Lá, na escuridão de sua cela nas masmorras, Wulfgar não pôde escapar das memórias que o assombravam, da agonia emocional, distorcidas em seu próprio ser pelos anos de tormento nas garras de Errtu e seus asseclas demoníacos.

O demônio o encontrou mais uma vez e o apreendeu, o provocou com amantes atraentes para tentá-lo e destrui-lo, para destruir, também, o fruto de sua semente. Ele viu a tudo novamente, o demônio diante dele, o bebê — filho de Wulfgar — em seus braços poderosos. Ele havia sentido repulsa à ideia de ter sido pai de tal criatura, um demônio-alu, mas se lembrava também de reconhecer aquela criança — uma criança inocente? — como sendo dele.

Errtu abriu sua boca imensa, mostrando aqueles dentes caninos horríveis. O rosto do demônio se abaixou, com os dentes pontudos pairando a centímetros da cabeça do bebê de Wulfgar, com as mandíbulas espaçadas o bastante para passar a cabeça do bebê. Errtu se abaixou mais...

Wulfgar sentiu dedos de súcubo fazendo cócegas e então acordou de um salto. Ele gritou, chutou e se debateu, afastando várias aranhas, mas sendo picado por outras mais. O bárbaro conseguiu se levantar e correu a toda velocidade na escuridão, quase chegando a desmaiar ao se chocar contra a porta imóvel.

Ele tornou a cair no chão de terra, soluçando, com o rosto entre as mãos, repleto de raiva e frustração. Então ele entendeu o que o havia assustado em seu sono repleto de pesadelos, porque ele havia escutado passos no corredor. Ao olhar para cima, ele viu o tremeluzir de uma tocha se aproximando de sua porta.

Wulfgar recuou e se sentou, tentando recuperar um pouco de dignidade. Ele se lembrou que homens condenados frequentemente recebiam o direito a um último pedido. O dele seria uma garrafa de uma bebida potente, um líquido ardente que queimaria aquelas memórias de sua mente pela última vez.

A luz apareceu bem diante de sua cela e o rosto de Lorde Feringal apareceu, olhando para ele.

— Está preparado para admitir seu crime, canalha? — perguntou ele. Wulfgar olhou para o lorde por bastante tempo. — Muito bem, então — continuou, inabalável. — Você foi identificado por meu condutor de confiança, então, pela lei, devo apenas dizer seu crime e sua punição.

Ainda assim, não houve resposta.

— Pelo roubo na estrada, retirarei suas mãos — explicou Lorde Feringal de forma direta. — Uma de cada vez, e de forma lenta. Pelo seu crime de maior gravidade... — ele hesitou, e parecia a Wulfgar, mesmo sob aquela luz fraca, que o homem estava em súbito sofrimento.

— Meu senhor — disse Temigast por trás dele.

— Pelo seu crime de maior gravidade — Feringal começou a falar novamente, com a voz mais forte —, pela violação de Lady Meralda, você será publicamente castrado e então acorrentado em exibição pública por um dia. Então, Wulfgar, seu canalha, será queimado na estaca.

O rosto de Wulfgar se contorceu em incredulidade com a menção ao último crime. Ele havia salvado a mulher daquele destino! Ele queria gritar aquilo no rosto de Lorde Feringal e arrancar a porta de suas dobradiças. Ele queria fazer aquilo tudo e, mesmo assim, não fez nada, apenas se sentou ali em silêncio, aceitando a injustiça.

Mas será que era injustiça? Wulfgar se perguntou. Será que ele não merecia esse destino? Será que ao menos importava?

Era isso, decidiu Wulfgar. Não importava para ele. Encontraria sua liberdade na morte. Que Lorde Feringal o matasse e acabasse com isso de uma vez, fazendo um favor a ambos. A mulher o acusou de algo que ele não havia feito, e ele não conseguia entender o motivo, mas... não importava.

— Não tem nada a dizer? — exigiu Lorde Feringal.

— Posso ter um último pedido?

O jovem tremeu visivelmente ante a ideia absurda.

— Você não terá nada! — gritou ele. — Nada além de uma noite de fome e miséria para pensar em seu destino terrível.

— Meu senhor — disse Temigast novamente para acalmá-lo. — Guarda, leve Lorde Feringal de volta a seus aposentos.

O jovem lançou mais uma carranca na direção de Wulfgar pela abertura na porta e então se deixou conduzir. Temigast, porém, ficou para trás, pegando uma das tochas e dispensando os guardas restantes. Ele ficou diante da porta da cela por bastante tempo, encarando Wulfgar.

— Vai embora, velho — disse o bárbaro.

— Você não negou a acusação — disse Temigast —, embora tenha afirmado inocência para mim.

Wulfgar deu de ombros, mas não disse nada e não olhou para o homem.

— Para que me repetir? Vocês já me condenaram.

— Você não negou a violação — afirmou Temigast mais uma vez.

A cabeça de Wulfgar girou para devolver o olhar de Temigast.

— Assim como você não interferiu.

Temigast olhou para ele como se houvesse sido estapeado.

— Nem irei.

— Então você deixaria um homem inocente morrer.

Temigast bufou alto.

— Inocente? — declarou. — Você é um ladrão e um canalha, e não farei nada contra Lady Meralda, nem contra Lorde Feringal, por você.

Wulfgar riu dele e do quão ridícula era a situação.

— Mas lhe ofereço isso — continuou Temigast. — Não diga nada contra Lady Meralda, e garantirei que sua morte seja rápida. É o melhor que posso oferecer — Wulfgar parou de rir e encarou o intendente complicado com intensidade. — Caso contrário — avisou Temigast —, eu prometo que o espetáculo de sua tortura se arraste por mais de um dia, farei com que implore por sua morte milhões de vezes antes de libertá-lo de sua agonia.

— Agonia? — ecoou Wulfgar de forma vazia. — Velho, você não sabe nada sobre agonia.

— Veremos — rosnou Temigast antes de se virar, deixando Wulfgar sozinho no escuro... até Errtu retornar para ele, como sempre o fazia.

Morik cavalgou o mais rápido que seu cavalo podia correr, pelo tempo que a pobre criatura conseguia aguentar. Ele atravessou a mesma estrada onde ele e Wulfgar haviam encontrado a carruagem, além do mesmo local onde Wulfgar a havia desvirado.

Ele chegou a Auckney sob o olhar de muitos camponeses.

— Por favor, me diga o nome de seu lorde, bom senhor — disse Morik a um deles, enfatizando seu pedido ao jogar uma moeda de ouro.

— Lorde Feringal Auck — respondeu o homem rapidamente. — Ele vive com sua nova esposa no Castelo Auck bem ali — terminou ele, apontando um dedo calejado em direção à costa.

— Muito obrigado! — Morik curvou a cabeça, lançou algumas outras moedas de prata, então disparou seu cavalo, trotando pelas últimas centenas de metros da estrada até a pequena ponte que levava ao Castelo Auck.

Ele encontrou o portão aberto com uma dupla de guardas, que pareciam entediados, de cada lado.

— Eu sou Lorde Brandeburg de Águas Profundas — disse Morik a eles, fazendo sua montaria parar. — Por favor, me anuncie a seu senhor, porque tenho uma longa estrada atrás de mim e uma ainda mais longa à frente.

Após isso, o ladrão desmontou e limpou seus belos calções, chegando ao ponto de sacar sua espada delgada de seu cinto, limpar a lâmina após trazê-la para perto e então lançá-la em uma exibição súbita e deslumbrante de suas habilidades com a espada antes de devolvê-la a seu quadril. Ele os havia impressionado, percebeu, porque um correu para o castelo e o outro foi direto cuidar de seu cavalo.

Em poucos instantes, Morik, ou melhor, Lorde Brandeburg, estava diante de Lorde Feringal no salão de reuniões do Castelo Auck. Ele fez uma reverência profunda e se apresentou como um viajante que perdera seus companheiros para um bando de gigantes na Espinha do Mundo. Ele podia ver nos olhos de Feringal que o nobre menor estava entusiasmado e orgulhoso por ter sido visitado por um lorde da grande cidade de Águas Profundas e baixaria sua guarda em seus esforços para agradá-lo.

— Acredito que um ou outro de meus amigos escapou — Morik terminou sua história —, embora eu prometa que nenhum gigante possa dizer o mesmo.

— Onde exatamente isso aconteceu? — perguntou Lorde Feringal. O homem parecia um tanto distraído, mas a história de Morik obviamente o preocupou.

— Há muitos quilômetros, meu senhor — respondeu Morik. — Não é uma ameaça a seu reino tranquilo. Como disse, os gigantes estão todos mortos — ele olhou ao redor e sorriu. — Seria uma pena se monstros assim surgissem em um lugar tão quieto e seguro como esse.

Lorde Feringal mordeu a isca.

— Não tão quieto e nem tão seguro — rosnou ele entredentes.

— Perigo? Aqui? — disse ele, se mostrando incrédulo.

— Piratas, talvez? — Morik exibiu surpresa e olhou para o velho intendente de pé ao lado do trono. O homem sacudiu a cabeça levemente, na intenção de indicar que o homem não deveria insistir, mas esse era exatamente seu objetivo.

— Ladrões de estradas — rosnou Lorde Feringal.

Morik começou a responder, mas segurou a língua — e a respiração — quando uma mulher a quem Morik definitivamente reconhecia, entrou no salão.

— Minha esposa — Lorde Feringal a apresentou de forma distraída. — Lady Meralda Auck.

Morik fez uma reverência, pegou a mão dela e levou aos lábios, olhando-a diretamente nos olhos. Para seu alívio — e orgulho de seu disfarce genial —, ele não sentiu que ela o reconheceu.

— Uma esposa belíssima — afirmou Morik. — Você tem minha inveja, Lorde Feringal.

Isso fez com que um sorriso surgisse no rosto de Feringal, que logo se tornou uma careta:

— Minha esposa estava na carruagem que foi atacada por esses ladrões de estradas.

Morik arfou.

— Eu posso encontrá-los, Lorde Feringal — disse ele. — Encontrá-los e matá-los ainda na estrada. Ou trazê-los até aqui, se meu senhor preferir.

Lorde Feringal sacudiu as mãos, silenciando o homem.

— Eu tenho o que eu desejo — disse. — O outro foi enterrado em um deslizamento de pedras.

Os lábios de Morik se estreitaram com a memória dolorosa.

— Um destino apropriado — disse.

— Mais apropriado é o destino que tenho planejado para o bárbaro capturado — respondeu Feringal de forma sombria. — Uma morte das mais horríveis, eu garanto. Você poderá testemunhá-la se passar a noite em Auckney.

— Oh, certamente passarei — disse Morik. — O que planejou para o malfeitor?

— Primeiro, castração — explicou Lorde Feringal. — O bárbaro será morto apropriadamente duas manhãs depois.

Morik assumiu uma postura pensativa.

— Um bárbaro?

— Um bárbaro imenso do norte, sim — respondeu Feringal.

— Braço forte?

— Homem mais forte que jamais vi — respondeu o lorde de Auckney. — Foi preciso um mago poderoso para capturá-lo, e mesmo ele teria caído se meus guardas não o houvessem cercado e o espancado.

Morik quase sufocou ante a menção ao mago, mas manteve a calma.

— Matar um ladrão de estrada certamente daria a ele um final apropriado — disse Morik —, mas talvez ele seja mais útil de outra forma.

Ele aguardou, observando cuidadosamente enquanto Lorde Feringal o encarava de perto.

— Talvez eu possa comprar o homem — explicou Morik. — Não sou um homem de poucas posses, eu garanto, e seria bem útil um escravo forte ao meu lado enquanto começo a busca por meus companheiros perdidos.

— Impossível — respondeu Feringal de forma um tanto ríspida.

— Mas, se ele conhece a região... — Morik começou argumentar.

— Ele morrerá de forma horrível pelo mal que fez à minha esposa — rebateu Lorde Feringal.

— Ah, sim, meu senhor — disse Morik. — O incidente a perturbou.

— O incidente a deixou grávida! — gritou Feringal, agarrando os braços de seu trono com tanta força que os nós de seus dedos empalideceram.

— Meu senhor! — gritou o intendente ao ouvir o anúncio inapropriado, e Meralda arfou.

Morik ficou grato pelo choque dela, porque deu cobertura para o seu próprio. Lorde Feringal se acalmou rapidamente, se forçando a reclinar-se novamente em seu assento e murmurando um pedido de desculpas a Meralda.

— Lorde Brandeburg, eu peço perdão — disse ele. — Você entende minha raiva.

— Castrarei esse canalha por você — respondeu Morik, sacando a espada. — Garanto que sou hábil nessas artes.

Aquilo de alguma forma quebrou a tensão no salão. Até mesmo Lorde Feringal conseguiu sorrir.

— Cuidaremos das partes mais desagradáveis — respondeu —, mas eu iria, de fato, apreciar sua companhia durante a execução da sentença. Aceitaria ser meu convidado por dois dias?

Morik fez uma reverência profunda.

— A seu dispor, meu senhor.

Logo depois, Morik foi levado a uma estalagem logo além da ponte do castelo. Ele não estava nada feliz em descobrir que Lorde Feringal recebia seus convidados do lado de fora das muralhas do castelo. Isso tornaria ainda mais difícil chegar perto de Wulfgar. Ao menos ele descobriu através de sua escolta que o bárbaro estava preso em uma masmorra sob o castelo.

Morik precisava chegar até seu amigo, e rápido, uma vez que, dadas as falsas acusações que Wulfgar recebera, Lorde Feringal certamente mataria o homem de forma horrível. Um resgate ousado jamais fora parte do plano de Morik. Vários ladrões eram vendidos a lordes aventureiros, e, por isso, ele esperava que Lorde Feringal abrisse mão desse em específico por uma soma considerável — vinda do ouro do próprio lorde, por sinal —, mas estupradores, especialmente os que violavam mulheres nobres, encontravam apenas um único destino horrível.

Morik olhou pela janela de seu pequeno quarto, observando o Castelo Auck e as águas escuras além. Ele encontraria alguma maneira de chegar a Wulfgar, mas temia que iria acabar voltando a Luskan sozinho.

Capítulo 23

A segunda tentativa de justiça

— SUA ÚLTIMA REFEIÇÃO, CANALHA! — DISSE UM dos dois guardas do lado da fora da cela de Wulfgar. O homem cuspiu na comida e passou a bandeja pela portinhola.

Wulfgar os ignorou e sequer fez menção de ir na direção da comida. Ele mal podia acreditar que havia escapado da execução em Luskan apenas para ser executado em um feudo desinteressante. Ele teve uma epifania, então, que talvez merecesse isso. Não, ele não havia ferido a mulher, é claro, mas suas ações nos últimos meses, desde que havia deixado os outros em Vale do Vento Gélido — desde que ele havia agredido Cattibrie — não eram as atitudes de um homem que não merecesse um destino tão terrível. Wulfgar e Drizzt já não haviam matado monstros pelos mesmos crimes que havia cometido? Os dois não haviam adentrado a Espinha do Mundo em perseguição de um bando de gigantes que vinham explorando a trilha, obviamente planejando emboscar carroças de mercadores? Que misericórdia eles haviam mostrado aos gigantes? Que misericórdia, então, Wulfgar merecia?

Ainda assim, incomodava bastante o homem, balançava a pouca confiança que lhe restava na justiça e na humanidade, que tanto em Luskan, quanto em Auckney ele havia sido acusado de crimes pelo qual era inocente. Não fazia sentido. Se queriam tanto matá-lo, por que não fazer isso pelos crimes que ele havia cometido? Havia tantos deles que poderiam até mesmo escolher qual.

Ele ouviu os últimos trechos das conversas dos guardas enquanto caminhavam pelo túnel:

— Vai ser uma criança miserável, se vieram daquelas bolas.

— Vai arrebentar Lady Meralda com um pai tão grande.

Aquilo fez Wulfgar parar. Ele ficou sentado no escuro por bastante tempo, com a boca aberta. Agora as coisas começavam a fazer um pouco mais de sentido enquanto ele começava a juntar as peças do quebra-cabeça. Sabia pelas conversas anteriores que Lorde Feringal e Lady Meralda haviam se casado recentemente, e agora ela estava grávida, mas não de Lorde Feringal. Wulfgar quase riu alto do quão absurda a situação era. Ele havia se tornado uma desculpa conveniente para uma nobre adúltera, um bálsamo contra a traição ao lorde.

— Que sorte — murmurou, mas entendeu que algo além de azar havia causado sua situação atual. Uma série de escolhas ruins que fizera o havia levado a ficar no escuro com as aranhas, o fedor e as visitas do demônio.

Sim, ele merecia, pelo que acreditava. Não pelos crimes que fora acusado, mas pelos cometidos.

Ela não conseguia dormir, não conseguia sequer fechar os olhos. Feringal a havia deixado mais cedo e voltado ao próprio quarto, porque ela havia alegado desconforto e implorado para que lhe desse um tempo de seus avanços amorosos constantes. Não é que ela se incomodava com a atenção que recebia dele. Na verdade, seu coito com Feringal certamente era prazeroso, e, se não fosse pela criança e pelo pensamento no pobre homem na masmorra, seria muito além de prazeroso.

Meralda veio a perceber que sua mudança de ideia em relação a Feringal era bem fundamentada, que ele era um homem gentil e decente. Ela teve pouca dificuldade em ver Feringal sob uma nova luz, reconhecendo seu rosto bonito e seu charme, embora um tanto enterrado pelos seus anos sob a influência de sua irmã mal-humorada. Meralda podia desenterrar aquele charme, ela sabia, podia levar à tona o melhor em Feringal e viver feliz com aquele bom homem.

Entretanto, a mulher percebeu que não conseguia tolerar a si mesma. Como sua tolice havia voltado para assombrá-la em forma do bebê em seu útero, na raiva fervilhante em seu marido. Talvez o golpe mais duro de todos para Meralda fosse a execução iminente de um homem inocente, um homem que a havia salvado do próprio crime pelo qual estava prestes a ser terrivelmente assassinado.

Após Wulfgar ser levado, Meralda tentou racionalizar a sentença, lembrando a si mesma que o homem era, de fato, um ladrão de estradas, chegando ao ponto de dizer a si mesma que o bárbaro havia feito outras vítimas, talvez até abusado de outras mulheres.

Mas esses argumentos não duraram, porque ela sabia a verdade. Embora ele houvesse roubado sua carruagem, tivera um bom vislumbre do caráter do homem. Sua mentira havia causado isso. Sua mentira traria a execução brutal de alguém que não a merecia.

Meralda estava deitada tarde da noite, se achando a pessoa mais horrível em todo o mundo. Ela mal notou que estava se movendo algum tempo depois, caminhando descalça pelo chão frio de pedra do castelo com apenas a luz de uma vela a guiando. Ela foi até o quarto de Temigast, parando à porta um instante para ouvir os sons tranquilizadores dos roncos do homem e então se esgueirou para dentro. Como o intendente, Temigast mantinha as chaves de cada porta no castelo em um anel grande forjado em ferro.

Meralda encontrou o anel em um gancho acima da cômoda dele, e o pegou silenciosamente, olhando nervosa para Temigast a cada mínimo som. De alguma forma, conseguiu sair do quarto sem acordar o homem, então disparou pelo salão de reuniões, pelos aposentos dos servos e chegou até a cozinha. Lá, encontrou o alçapão que levava ao subsolo, aferrolhado e preso por barras de forma tão firme que ninguém, nem mesmo um gigante, poderia esperar abrir. A não ser que possuísse as chaves.

Meralda se atrapalhou com elas, tentando cada uma até finalmente ter aberto cada fechadura, e tirado cada barra do caminho. Ela fez uma pausa, se recompondo, tentando formular um plano mais completo. Então ouviu os guardas rindo em uma sala lateral e se pôs sobre o alçapão para espiar lá dentro. Eles estavam jogando Ossos de Velhos.

Meralda foi até a porta da despensa, uma escotilha, na verdade, que levava à muralha externa do castelo. Não havia muito espaço entre as pedras ali, especialmente se a maré estivesse alta, o que estava, mas teria que servir. Também a destrancando, a mulher foi até o alçapão e o abriu gentilmente. Deslizando para os túneis sujos lá embaixo, caminhou descalça na imundície, levantando sua camisola para que não houvesse nenhuma mancha que a delatasse.

Wulfgar acordou com o som de uma chave na fechadura da porta de sua cela e uma luz mínima e bruxuleante no corredor lá fora. Tendo perdido completamente a noção do tempo no escuro, ele achou que a manhã de sua tortura havia chegado. Quão surpreso ficou ao ver Lady Meralda olhando para ele pelas barras de sua cela trancada!

— Você me perdoa? — sussurrou ela, olhando nervosamente por cima do ombro.

Wulfgar apenas olhou para ela de boca aberta.

— Eu não sabia que ele iria atrás de você — explicou a mulher. — Eu achei que deixaria passar, e estaria...

— Segura — terminou para ela. — Você achou que seu bebê estaria seguro.

Agora era a vez de Meralda de olhar para ele com uma expressão incrédula.

— Por que você veio aqui? — perguntou Wulfgar.

— Você poderia ter nos matado — respondeu ela. — Eu e Liam. Na estrada. Ou feito o que disseram que fez.

— O que você disse que fiz — lembrou Wulfgar.

— Você poderia ter deixado seu amigo fazer o que quisesse na estrada, poderia ter deixado Liam morrer — continuou Meralda. — Eu devo pelo menos isso. — Para o choque de Wulfgar, ela virou a chave na fechadura. — Suba a escada, vire à esquerda e então vá pela despensa — explicou. — O caminho está livre.

Ela acendeu outra vela e a deixou para ele, então se virou e fugiu.

Wulfgar deu a ela um tempo de vantagem, sem querer alcançá-la, porque não queria que a considerassem envolvida se ele fosse pego. Fora da cela, puxou uma arandela de metal da parede e a utilizou para destruir a fechadura da forma mais silenciosa possível para fazer parecer que a havia quebrado sozinho. Então caminhou pelos corredores até a escada e chegou à cozinha.

Ele também ouviu os guardas discutindo e jogando Ossos de Velhos em uma sala próxima, então não poderia destruir as barras e fechaduras da mesma forma ali. Trancou novamente o alçapão e recolocou as barras. Que acreditassem que ele tivera alguma ajuda mágica. Indo direto pela despensa, como Meralda havia instruído, Wulfgar se espremeu pela pequena porta, bem apertada, de fato, e encontrou uma elevação precária nas rochas molhadas do lado de fora, na base do castelo. As pedras estavam desgastadas e lisas. Wulfgar não teria como escalá-la, nem havia algum caminho aparente do outro lado, porque a maré estava alta.

Wulfgar, então, saltou na água fria.

Escondida na cozinha, Meralda assentiu quando Wulfgar ajudou a ocultar sua participação ao trancar o alçapão. Ela trancou a despensa, lavou todos os sinais de sua aventura subterrânea de seus pés e voltou silenciosamente nas pontas dos pés para devolver as chaves ao quarto de Intendente Temigast sem maiores incidentes. Meralda estava de volta em sua cama logo depois, com os demônios terríveis da culpa — alguns deles, pelos menos — finalmente banidos.

A brisa que vinha da água era fria, mas Morik estava suando sob as dobras pesadas de seu último disfarce de uma velha lavadeira. Ele estava atrás de uma muralha de pedra próxima à entrada da pequena ponte que levava ao Castelo Auck.

— Por que botar essa coisa maldita numa ilha? — murmurou o ladrão, irritado, mas, é claro, suas próprias dificuldades atuais respondiam à sua pergunta.

Um único guarda estava inclinado na muralha sobre o portão imenso do castelo. O homem estava provavelmente próximo de cair no sono, mas Morik não conseguia ver forma alguma de se aproximar dele. A ponte estava bem iluminada, com tochas queimando a noite inteira, pelo que ouvira, e não havia nenhuma cobertura. Ele teria que nadar até o castelo.

Morik olhou para as águas escuras de forma incerta. Não haveria muito disfarce sobrando após atravessar aquilo tudo, isso se conseguisse. Não nadava tão bem assim, e não sabia quais monstros marinhos poderiam estar à espreita entre as ondas escuras.

Morik percebeu naquele momento que o período que passara com Wulfgar havia terminado. Ele iria para o local da tortura de manhã, decidiu, mas provavelmente apenas para se despedir, porque era improvável que pudesse resgatar o homem sem se prejudicar.

Não, decidiu. Ele sequer apareceria.

— O que viria de bom disso? — murmurou. Poderia até mesmo levar o desastre até Morik se o mago que capturara Wulfgar estivesse ali e o reconhecesse. — Melhor eu me lembrar de Wulfgar em nossos tempos de liberdade. Adeus, meu amigo grandalhão — disse Morik de forma triste, em voz alta. — Agora vou voltar pra Luskan...

Morik fez uma pausa quando a água se agitou na base da muralha. Uma forma grande e escura começou a se arrastar para fora das ondas. A mão do homem foi até sua espada.

— Morik? — perguntou Wulfgar, com seus dentes batendo graças ao frio da água gelada. — O que você está fazendo aqui?

— Eu poderia te perguntar a mesma coisa! — gritou o homem, ao mesmo tempo encantado e atônito. — Naturalmente, eu vim pra te resgatar — respondeu o ladrão arrogante, se abaixando para pegar o braço de Wulfgar e ajudar o homem a se levantar. — Vou ter que explicar muita coisa, mas vem. A gente tem que sair logo.

Wulfgar não iria discutir.

— Farei todos os guardas nesse local serem executados! — gritou Lorde Feringal, furioso, ao saber sobre a fuga na manhã seguinte, a manhã em que estava planejando conseguir sua vingança sobre o bárbaro.

O guarda se encolheu, temendo que Lorde Feringal fosse atacá-lo naquele instante, e, de fato, parecia que o jovem poderia pular nele de sua cadeira. Meralda o segurou pelo braço, o acalmando.

— Acalme-se, meu senhor — disse ela.

— Acalmar? — Lorde Feringal se recuou a ouvi-la. — Quem falhou comigo? — gritou ele para o guarda. — Quem pagará no lugar de Wulfgar?

— Ninguém — respondeu Meralda antes que o guarda, gaguejando, pudesse começar a responder. Feringal olhou para ela com uma expressão incrédula. — Qualquer pessoa a quem você ferir, será por minha causa — explicou a mulher. — Não quero nenhum sangue nas minhas mãos. Isso só deixaria tudo pior.

O jovem lorde se acalmou um pouco e se recostou, olhando para sua esposa, para a mulher que ele queria, acima de tudo, proteger. Após pensar por um instante, após olhar por um instante para aquele rosto belo e inocente, Feringal assentiu, concordando.

— Procure por todas as terras — instruiu ele ao guarda — e mais uma vez no castelo, da masmorra ao parapeito. Tragam-no para mim. Vivo.

Com gotas de suor na testa, o guarda fez uma reverência e correu para fora do salão.

— Não tema, meu amor — disse Lorde Feringal para Meralda. — Chamarei mais uma vez o mago e procuraremos novamente. O bárbaro não irá escapar.

— Por favor, meu senhor — implorou Meralda. — Não chame o mago novamente, nem mais ninguém. — Essa fala criou algumas expressões de dúvida, incluindo em Priscilla e Temigast.

— Só quero que isso acabe — explicou ela. — Já aconteceu, digo eu. E está na estrada, atrás de mim. Nunca mais quero olhar para trás. Deixe-o ir e morrer nas montanhas, e vamos olhar para a frente, para nossa própria vida, para quando pudermos conceber nossas próprias crianças.

Feringal continuou a encará-la, sem piscar. Muito lentamente, ele assentiu, e Meralda se deixou relaxar em sua cadeira.

Intendente Temigast observou a tudo com uma certeza crescente. Ele sabia, sem sombra de dúvidas, que fora Meralda quem havia libertado o bárbaro. O velho sábio, suspeitando de algo desde ver a reação da mulher quando Wulfgar havia sido arrastado diante dela, não teve dificuldades em entender o motivo. Ele decidiu não dizer nada, porque não cabia a ele causar mais dores desnecessárias a seu senhor. De qualquer maneira, a criança ficaria fora do caminho e não estaria na linha de sucessão.

Mas Temigast estava longe de estar confortável com a situação, especialmente após olhar para Priscilla e vê-la com uma expressão que poderia ter sido a dele própria. Ela sempre foi desconfiada, e Temigast temia que ela estivesse com as mesmas dúvidas quanto à procedência da criança. Embora Temigast sentisse que não era seu lugar causar nenhuma dor desnecessária, Priscilla Auck parecia se regozijar justamente nesse tipo de coisa. A estrada à qual Meralda havia se referido estava longe de estar segura em qualquer direção.

Capítulo 24

Pausa para o inverno

— É A NOSSA CHANCE — EXPLICOU WULFGAR A Morik. Os dois estavam abaixados atrás de uma parede de pedra em uma encosta sobre um dos vários vilarejos no lado sul da Espinha do Mundo.

Morik olhou para seu amigo e sacudiu a cabeça, dando um suspiro nem um pouco animado. Wulfgar não havia apenas se abstido da garrafa nas duas semanas desde seu retorno de Auckney, como também proibira que qualquer um dos dois seguisse com as atividades de ladrões de estradas. A estação havia avançado, se aproximando do inverno, o que significava um fluxo constante de caravanas enquanto os últimos mercadores voltavam de Vale do Vento Gélido. Os ocupantes sazonais dos trechos ao norte também saíram, as mulheres e homens que iam a Dez-Burgos para pescar durante o verão agora levavam suas carroças de volta a Luskan quando acabava a temporada.

Wulfgar deixara claro para Morik que seus dias de roubo haviam acabado. Então lá estavam eles, observando um vilarejo extremamente entediante que descobriram que seria em breve vítima de um ataque de orcs ou goblins.

— Eles não vão atacar por baixo — comentou Wulfgar, apontando para um campo amplo a leste da vila na mesma altura que as construções mais altas. — Dali — explicou Wulfgar.

— É onde eles construíram a muralha e as melhores defesas — respondeu Morik, como se isso fosse o suficiente. Eles acreditavam que as criaturas que viriam estariam em números de menos de vinte, e, embora não houvesse metade daquele número no local, Morik não viu nenhum problema real ali.

— Mais deles podem vir por cima — raciocinou Wulfgar. — Os aldeãos podem ter muita dificuldade se forem atacados por ambos os lados.

— Você tá procurando uma desculpa — acusou Morik. Wulfgar olhou para ele, curioso. — Uma desculpa pra se meter na briga — elucidou seu amigo, o que trouxe um sorriso ao rosto de Wulfgar. — A menos que seja contra mercadores — acrescentou Morik, desalentado.

Wulfgar manteve sua expressão calma e satisfeita.

— Desejo batalhar contra oponentes que mereçam — disse ele.

— Conheço muitos camponeses que diriam que mercadores merecem muito mais do que goblinoides — respondeu Morik.

Wulfgar sacudiu a cabeça, sem paciência nem tempo para se sentar e refletir sobre argumentos filosóficos. Eles viram o movimento além da vila, a aproximação de monstros que Wulfgar conhecia, de criaturas que o bárbaro poderia cortar sem remorso ou preocupação. Cerca de vinte orcs investiram desesperadamente pelo campo, correndo além das saraivadas ineficazes de flechas dos aldeãos.

— Vai e acaba com isso — disse Morik, começando a se levantar.

Wulfgar, conhecedor de ataques assim, o manteve abaixado e direcionou o olhar dele para as inclinações acima, onde um pedregulho imenso caiu, destruindo a lateral de uma construção.

— Há um gigante lá em cima — sussurrou Wulfgar, já começando a fazer um caminho circular montanha acima. — Talvez mais.

— Então é pra onde temos que ir — resmungou Morik, resignado, embora obviamente duvidasse da sabedoria de tal curso.

Outra pedra caiu, então uma terceira. O gigante estava levantando uma quarta pedra quando Wulfgar e Morik viraram uma curva na trilha e se esgueiraram entre dois pedregulhos, vendo o gigante por trás.

O machado de mão de Wulfgar acertou o braço do gigante, que soltou o pedregulho em sua própria cabeça. O gigante berrou e girou para onde Morik estava, dando de ombros e com a espada esguia em sua mão. Ainda berrando, o gigante foi até ele em um único passo longo. Morik gritou e se virou para fugir por entre as rochas. O gigante veio correndo rapidamente atrás dele, no entanto, quando chegou à passagem estreita, Wulfgar saltou sobre um dos pedregulhos e levou seu martelo comum com força contra a lateral da cabeça do gigante, fazendo com que cambaleasse para trás. Até o gigante tonto conseguir voltar a olhar para o pedregulho, Wulfgar não estava mais lá. De volta ao chão, o bárbaro correu para o lado do gigante e esmagou a rótula dele com força, então disparou de volta entre os pedregulhos.

O gigante correu atrás dele, segurando sua cabeça ferida, então seu joelho dolorido, e logo depois olhando para o machado preso em seu antebraço. Ele mudou de direção de repente, tendo se cansado daquela luta, e correu de volta para as montanhas, de volta aos ermos da Espinha do Mundo.

Morik desceu dos pedregulhos e ofereceu a mão a Wulfgar.

— Um bom trabalho — ele parabenizou seu amigo.

Wulfgar ignorou a mão.

— Um trabalho que acabou de começar — corrigiu, correndo montanha abaixo na direção da vila e da batalha sendo travada na barricada a leste.

— Você gosta mesmo de lutar — comentou Morik de forma seca atrás de seu amigo. Suspirando, ele trotou logo atrás.

Lá embaixo, a batalha na barricada estava praticamente em um impasse, sem orcs quebrando a parede de escudos, mas poucos também haviam recebido golpes relevantes. Aquele fato mudou de repente quando Wulfgar desceu, correndo a toda velocidade através do campo, gritando com toda a força. Saltando, pairando, com os braços esticados, ele se chocou contra quatro das criaturas, levando todas ao chão. Um frenesi de pancadas e facas, socos e chutes se seguiu. Mais orcs surgiram para se juntar à luta, porém, no final, ensanguentado, ferido, embora sorrindo de forma selvagem, Wulfgar foi o único a sair vivo.

Inspirados por seu ataque impressionante e pela aparição de Morik, que havia derrubado outro orc no caminho encosta abaixo, os aldeãos sobrepujaram o grupo de ataque. As criaturas em fuga, pouco mais de uma dezena que ainda conseguia correr, fugiu para o lugar de onde vieram.

Quando Morik se aproximou de Wulfgar, o bárbaro estava cercado de aldeãos, dando tapinhas em seu ombro, o celebrando, prometendo amizade eterna e oferecendo um local para passar o inverno que se aproximava.

— Viu só? — disse Wulfgar a Morik com um sorriso alegre. — Mais fácil do que qualquer trabalho na passagem.

Limpando sua lâmina, o ladrão olhou para seu amigo de forma cética. A luta havia sido fácil, mais até do que Wulfgar, otimista, havia previsto. Morik, também, logo foi cercado por aldeões gratos, incluindo algumas mulheres jovens e atraentes. Um inverno de relaxamento em frente a uma lareira não seria assim tão ruim. Talvez ele fosse adiar os seus planos de voltar a Luskan, no fim das contas.

Os primeiros três meses da vida de casada de Meralda haviam sido maravilhosos. Não divinos, mas maravilhosos à medida que via sua mãe ficar cada vez mais forte e saudável pela primeira vez em anos. Mesmo a vida no castelo não era tão ruim quanto ela temia. Priscilla estava ali, é claro, no máximo casualmente agradável e frequentemente lhe lançando olhares fulminantes, mas não chegou a fazer nada contra Meralda. Como ela poderia fazer com seu irmão tão obviamente apaixonado por sua esposa?

Ela também havia passado a amar seu marido. Tudo isso somado à visão de sua mãe saudável fez com que o outono fosse agradabilíssimo para a jovem, um momento de coisas novas, um momento de conforto, um momento de esperança.

Mas, à medida que o inverno começou a avançar em Auckney, fantasmas do passado voltaram a rondar o castelo.

O bebê de Jaka estava crescendo e já estava chutando, o que lembrava Meralda de forma pungente de sua mentira terrível. Ela se pegou pensando cada vez mais em Jaka Sculi, em seus próprios momentos de tolice em relação a ele, e houve muitos. Ela se perguntou sobre os últimos momentos da vida de Jaka quando ele havia gritado seu nome, havia arriscado toda a sua existência por ela. Na época, Meralda se convencera de que ele havia feito isso por ciúmes de Lorde Feringal, não amor. Agora, com o bebê de Jaka chutando seu útero e a névoa inevitável trazida pela passagem do tempo, ela não tinha mais tanta certeza. Talvez Jaka a tivesse amado no fim. Talvez o arrepio que sentiram em sua noite de paixão também plantara as sementes de emoções mais profundas que precisaram apenas de tempo para abrir caminho através da realidade dura da existência de um camponês.

Muito provavelmente seu humor era apenas o resultado da melancolia do inverno mexendo com seus pensamentos, assim como com os de seu novo marido. O fato de sua cópula ter diminuído drasticamente em frequência também não ajudava. Ele foi até ela em uma manhã quando o castelo estava cercado por neve e o vento uivava entre as fissuras das pedras. Assim que começou a beijá-la, ele parou e olhou firmemente para ela antes de fazer uma pergunta impensável:

— Como havia sido com o bárbaro?

Se ele a houvesse chutado na cabeça, não haveria doído tanto. Mesmo assim, Meralda não sentiu raiva de seu marido, conseguia com toda a certeza entender suas dúvidas e medos dado seu humor distante e a evidência palpável de que estivera com outro homem.

A mulher repetiu incessantemente para si mesma que, uma vez que a criança nascesse e fosse levada para longe, ela e Feringal poderiam ter uma existência normal. Naquele período em que não havia aquela pressão óbvia, eles passaram a amar um ao outro profundamente. Ela podia apenas esperar que tudo isso não desintegrasse nos meses que restavam na gravidez.

Naturalmente, à medida em que a tensão entre Feringal e Meralda crescia, também cresciam as expressões de desagrado que Priscilla lançava a Meralda. Ter poder sobre Lorde Feringal havia dado a Meralda a vantagem na guerra silenciosa constante que Priscilla lutava contra ela. Ao ter sua barriga crescendo com o bebê de outro homem, ela percebeu que aquele poder estava diminuindo.

Ela não entendia completamente, porém, levando em consideração a reação inicial de Priscilla ao receber a notícia de sua suposta violação. Priscilla havia inclusive mencionado pretender adotar a criança e criá-la longe do castelo, como frequentemente se fazia em situações assim.

— Sua barriga está particularmente grande para uma gravidez nesse estágio — comentou Priscilla pra ela no mesmo dia de inverno em que Feringal perguntara a ela sobre Wulfgar.

Meralda começou a achar que a mulher azeda provavelmente havia sentido a tensão palpável entre o casal. A voz de Priscilla estava repleta de veneno e suspeita a um nível fora do comum, o que apenas disse a Meralda que sua cunhada estava acompanhando de perto a passagem de tempo. Haveria problemas, de fato, quando Meralda dessa à luz um bebê saudável, que levou todos os nove meses de gestação, apenas sete meses após o incidente na estrada. Sim, Priscilla faria perguntas.

Meralda mudou de assunto ao dividir seu medo em relação ao tamanho do bárbaro, dizendo temer que a criança a rasgasse por dentro. Aquilo havia silenciado Priscilla temporariamente, mas Meralda sabia que a trégua não duraria e que as perguntas voltariam a ser feitas.

De fato, à medida que o inverno se aproximava do fim e a barriga de Meralda crescia, os sussurros começaram a se espalhar por toda Auckney. Sussurros sobre quando a criança nasceria. Sussurros sobre o incidente na estrada. Sussurros sobre a morte trágica de Jaka Sculi. Não sendo tola, Meralda via as pessoas fazendo contas nos dedos, via a tensão no rosto de sua mãe, embora a mulher não perguntasse abertamente. Quando o inevitável aconteceu, de forma previsível, Priscilla mostrou que havia algo de errado.

— A criança nascerá no mês de Ches — disse a mulher de forma um tanto ácida enquanto ela e Meralda jantavam com Intendente Temigast em uma tarde fria.

O equinócio estava chegando, mas o inverno ainda não havia abandonado aquelas terras, com uma tempestade de neve cobrindo a área ao redor das muralhas do castelo de neve. Meralda olhou para ela com uma expressão cética.

— Meio de Ches — comentou Priscilla. — Ou talvez no final do mês, ou mesmo no começo do Mês das Tempestades.

— Você acredita que há um problema com a gravidez? — interveio Intendente Temigast.

Mais uma vez, Meralda reconheceu que o homem era seu aliado. Ele também sabia, ou ao menos desconfiava, do mesmo que Priscilla, mas, mesmo assim, não havia demonstrado nenhuma hostilidade em relação a Meralda. Ela havia começado a ver Temigast como uma figura paterna, mas a comparação parecia ainda mais apropriada quando pensava na manhã após sua noite com Jaka, quando Dohni Ganderlay havia suspeitado da verdade, mas a perdoara à luz de seu sacrifício pelo bem maior.

— Eu sinto que há um problema, certo? — respondeu Priscilla, de alguma forma conseguindo passar pelo seu tom de voz que não se referia a nenhum problema com os aspectos físicos da gravidez. Priscilla olhou para Meralda e bufou, então jogou seu guardanapo na mesa e saiu imediatamente, indo para o andar superior.

— O que ela está fazendo? — perguntou, com medo no olhar.

Antes que ele pudesse responder, teve sua resposta quando gritos começaram a ecoar vindos de cima. Nenhum dos dois conseguia entender palavras específicas, mas era óbvio que Priscilla fora falar com seu irmão.

— O que devo fazer... — Meralda começou a dizer, mas Temigast a acalmou.

— Coma, minha senhora — disse com calma. — Você deve continuar forte, porque haverá provações à frente. — Meralda entendeu o duplo sentido dessas palavras. — Tenho certeza de que lidará com todas elas desde que se mantenha calma — acrescentou o velho intendente com uma piscadela reconfortante. — Quando tudo passar, terá a vida que deseja.

Meralda queria correr até o senhor e afundar sua cabeça no ombro dele, ou fugir do castelo e pegar a estrada até a casa quente e confortável que Lorde Feringal dera a sua família e afundar o rosto no ombro de seu pai. Em vez disso, ela se acalmou com um suspiro, então seguiu a sugestão de Temigast e terminou sua refeição.

A neve veio mais cedo e em maior volume naquele ano. Morik preferiria Luskan, mas havia passado a ver onde Wulfgar queria chegar ao levá-los até essa vila. Havia muito trabalho a se fazer, especialmente após a neve, quando deveria ser removida e construídas as bermas defensivas, porém Morik conseguia evitar a maior parte desse trabalho ao fingir um ferimento adquirido na batalha que os levara até lá.

Wulfgar, por outro lado, trabalhava com prazer, usando o trabalho para manter seu corpo ocupado de forma que não tivesse tempo para pensar ou sonhar. Ainda assim, Errtu o encontrou naquela vila como o fizera em todos os lugares onde ia, todos os lugares para onde ele chegaria a ir. Agora, em vez de se esconder do demônio em uma garrafa, o bárbaro encarava essas memórias, revivia os eventos, por mais terríveis que fossem, e se forçava a admitir que aquilo realmente havia acontecido, e que ele tivera momentos de fraqueza e falha. Por diversas vezes, Wulfgar se sentou sozinho em um canto escuro do quarto que lhe havia sido oferecido, tremendo, encharcado de suor frio e com lágrimas que não conseguia mais segurar. Por várias vezes, ele queria correr até o estoque inacabável de álcool de Morik, mas não o fez.

Ele rosnava e chorava e, mesmo assim, se mantinha firme em aceitar o passado como pertencente ao passado e, de alguma forma, seguir em frente. Wulfgar não sabia onde havia encontrado aquela força e determinação, mas suspeitava que estiveram sempre adormecidas dentro dele, tendo vindo à tona quando testemunhara a coragem de Meralda em libertá-lo. Ela tinha tão mais a perder que ele e, mesmo assim, havia reacendido sua fé no mundo. Agora sabia que sua luta contra Errtu continuaria até que ele houvesse o vencido completamente, que poderia se esconder em uma garrafa, mas não para sempre.

Eles estiveram em outra batalha próximo à virada do ano, um conflito menor contra outro bando de orcs. Os aldeões previram o ataque e haviam preparado o campo de batalha, jogando neve derretida sobre o campo por onde os inimigos se aproximariam. Quando os orcs chegaram, vieram escorregando sobre placas de gelo que os fez debaterem-se em campo aberto enquanto arqueiros os finalizavam.

A aparição inesperada de um grupo de soldados de Luskan que se perdeu em uma patrulha foi mais eficaz em preocupar Wulfgar e Morik e balançar sua existência bucólica do que aquela batalha. Wulfgar tinha certeza de que ao menos um dos soldados havia reconhecido os dois do Festival do Prisioneiro, mas ou os soldados não disseram nada para os aldeões, ou os aldeões simplesmente não se importavam. Os dois não ouviram falar de nenhum aldeão inquieto após os soldados partirem.

No fim das contas, fora o inverno mais tranquilo das vidas de Wulfgar e de Morik, um descanso necessário. A primavera chegou, embora a neve continuasse alta, e os dois começaram a planejar o futuro.

— Nada mais de roubos nas estradas — lembrou Wulfgar a Morik em uma noite tranquila na metade do mês de Ches.

— Não — concordou seu amigo. — Não sinto falta daquela vida.

— O que, então, Morik fará da vida?

— Voltar para Luskan, temo eu — disse ele. — Meu lar. Sempre meu lar.

— E seu disfarce o manterá em segurança? — perguntou Wulfgar, genuinamente preocupado.

Morik sorriu.

— O povo tem memória curta, meu amigo — explicou ele, acrescentando silenciosamente que esperava que drow também tivessem memórias curtas, uma vez que voltar a Luskan significava abandonar sua missão de vigiar Wulfgar. — Desde que fomos... deportados, eles sem dúvida já saciaram sua sede de sangue em uma centena de infelizes no Festival do Prisioneiro. Meu disfarce vai me proteger das autoridades e minha identidade de verdade vai garantir o respeito de que preciso nas ruas.

Wulfgar assentiu, sem duvidar nem um pouco de Morik. Nos ermos, o ladrão estava longe de ser tão impressionante quanto nas ruas de Luskan, onde poucos poderiam se igualar à sua esperteza.

— E quanto a Wulfgar? — perguntou Morik, surpreso pela preocupação genuína em sua voz. — Vale do Vento Gélido? — perguntou. — Seus velhos amigos?

O bárbaro sacudiu a cabeça, porque simplesmente não sabia qual era a estrada à sua frente. Ele teria rejeitado essa possibilidade sem hesitar antes, mas agora realmente a considerava. Será que estava pronto para voltar para o lado dos companheiros do salão, como ele, Drizzt, Bruenor, Cattibrie, Guenhwyvar e Regis costumavam ser chamados? Será que havia escapado do demônio e da garrafa demoníaca? Será que havia aceitado as memórias de Errtu e a verdade sobre seu aprisionamento?

— Não — respondeu ele, e não elaborou, se perguntando se algum dia voltaria a ver novamente os olhares de seus amigos.

Morik assentiu, embora um pouco desanimado por motivos próprios. Ele não queria que Wulfgar voltasse a Luskan com ele. Disfarçar um homem daquele tamanho já seria difícil, mas não era só isso. Morik não queria que Wulfgar fosse encontrado pelos drow.

— Ela está te fazendo de bobo, e toda Auckney sabe disso, Feri — Priscilla gritou para seu irmão.

— Não me chame assim — falou ele rispidamente, procurando uma distração do assunto. — Você sabe como eu odeio.

Priscilla se recusava a desistir.

— E você nega o estágio da gravidez dela? — insistiu. — Ela vai dar à luz em uma semana.

— O bárbaro era um homem grande — rosnou Feringal. — A criança será grande e isso é o que está te enganando.

— A criança terá um tamanho mediano — rebateu Priscilla —, como você vai descobrir ainda esse mês — seu irmão começou a se afastar.

— Aposto que vai ser uma gracinha com o cabelo cacheado de seu pai.
— Isso fez Feringal se virar imediatamente, a encarando de forma furiosa.
— Seu falecido pai — terminou a mulher, sem recuar um milímetro.

Lorde Feringal atravessou os últimos metros que os separavam em um passo e deu um tapa no rosto de sua irmã. Horrorizado por sua própria ação, ele recuou, com o rosto entre as mãos.

— Meu pobre irmãozinho corno — respondeu Priscilla àquele tapa, olhando furiosamente para ele sobre a mão que havia levado ao ferimento. — Você vai descobrir.

Dito isso, ela saiu do quarto pisando duro.

Lorde Feringal ficou ali, imóvel por muito tempo, tentando ao máximo regular sua respiração.

Três dias após a discussão, o tempo havia esquentado o suficiente para trazer um degelo, permitindo que Morik e Wulfgar saíssem da vila. Os aldeões não estavam felizes em vê-los irem embora, especialmente porque o degelo sinalizava a época de novos ataques de monstros. Os dois, especialmente o impaciente Morik, não cederam aos apelos deles.

— Talvez eu volte — comentou Wulfgar, e ele estava pensando que talvez retornasse mesmo, assim que ele e Morik separarem seus caminhos fora de Luskan. Para onde mais o bárbaro iria, afinal?

A estrada para longe do sopé era lenta e tão enlameada e traiçoeira que os dois frequentemente precisavam caminhar, conduzindo cuidadosamente seus cavalos. Assim que as montanhas deram lugar à planície que ficava ao norte de Luskan, viram que o caminho ficava relativamente fácil.

— Você ainda tem a carroça e os suprimentos que deixamos na caverna — lembrou Morik.

Wulfgar percebeu que seu amigo estava começando a se sentir um tanto culpado por deixá-lo.

— Aquela caverna não ficou vazia no inverno, tenho certeza — comentou o bárbaro. — Não deve ter sobrado muitos suprimentos, eu acho.

— Então pegue os dos ocupantes atuais de lá — respondeu Morik com uma piscadela. — Gigantes, talvez, nada que Wulfgar deva temer.

Isso fez ambos sorrirem, mas os sorrisos não duraram.

— Você deveria ter ficado na vila — argumentou Morik. — Você não pode voltar comigo pra Luskan, então a vila é um lugar tão bom quanto qualquer outro pra decidir pra onde você vai.

Eles chegaram a uma encruzilhada. Um caminho levava ao sul, para Luskan, e o outro, para o oeste. Quando Morik se virou para Wulfgar, ele viu o homem olhando para o segundo caminho, que levava ao pequeno feudo onde fora aprisionado, de onde Morik — pelo que ele mesmo dissera — o havia resgatado de uma morte horrível.

— Planejando vingança? — perguntou.

Wulfgar olhou para ele com curiosidade, e então entendeu.

— Não mesmo — respondeu. — Estou me perguntando o que aconteceu com a senhora do castelo.

— A que te acusou falsamente de violar ela? — perguntou Morik.

Wulfgar deu de ombros, como se não quisesse reconhecer o argumento.

— Ela estava grávida — explicou ele — e com muito medo.

— Você acha que ela traiu o marido? — perguntou Morik.

Wulfgar enrugou os lábios e assentiu.

— Então ela ofereceu sua cabeça pra proteger a reputação dela — disse Morik desdenhosamente. — Típica nobre.

Wulfgar não respondeu, mas não via as coisas daquela maneira. O bárbaro entendeu que ela nunca teve a intenção de que ele fosse pego, mas, em vez disso, desejava que ele fosse uma solução distante e misteriosa para seus problemas pessoais. Era compreensível, se não honrável.

— Ela deve ter tido o bebê a essa altura. Me pergunto o que aconteceu com ela quando viram o bebê e perceberam que não poderia ser meu.

Morik reconheceu o tom de voz de Wulfgar e ficou preocupado.

— Eu não vou ter que me perguntar sobre seu destino se você for pra lá tentar descobrir o dela — comentou Morik de forma seca. — Você não tem como entrar lá sem ser reconhecido.

Wulfgar assentiu, sem discordar, mas também sem parar de sorrir, com um olhar que Morik conhecia.

— Mas você tem — disse ele.

Morik passou um bom tempo observando seu amigo.

— Se eu não tivesse indo pra Luskan.

— Está indo porque quer, e não há motivo nenhum para ter pressa — disse Wulfgar.

— O inverno ainda não acabou. Contamos com a sorte vindo pra cá pelo sopé. Pode vir outra tempestade a qualquer momento e enterrar a gente.

Morik continuou a reclamar, mas Wulfgar podia notar pelo tom de voz de seu amigo que ele estava considerando.

— As tempestades não são tão ruins nas montanhas. — Morik riu zombeteiramente.

— Um último favor? — pediu Wulfgar.

— Por que você liga? — argumentou Morik. — Aquela mulher quase te fez morrer, e de um jeito tão horrível que deixaria o povo no Festival do Prisioneiro satisfeito.

Wulfgar deu de ombros, sem saber exatamente como responder, mas nem um pouco disposto a ceder.

— Um último ato de amizade entre nós dois — insistiu —, para que possamos nos despedir apropriadamente na esperança de nos vermos novamente.

Morik riu zombeteiramente mais uma vez.

— Você quer é uma última luta do meu lado — disse ele, quase em tom de piada. — Admite. Você não é nada numa luta sem eu!

Até mesmo Wulfgar teve que rir da ironia de Morik, mas seu riso se seguiu de uma expressão de lamento.

— Ah, vai na frente — resmungou Morik, cedendo exatamente como Wulfgar sabia que ele faria. — Eu vou ser o Lorde Brandeburg de novo. Só espero que Brandeburg não tenha sido ligado com sua fuga e que Feringal tenha achado que nossas partidas simultâneas eram coincidência.

— Caso me capturem, direi com honestidade que você não teve papel algum em minha fuga — disse Wulfgar com um sorriso assimétrico se mostrando sob sua barba cheia.

— Você não faz ideia de como essa promessa me acalma — disse Morik ironicamente enquanto empurrava seu amigo para a frente dele, em direção a oeste, em direção à confusão em Auckney.

Capítulo 25

Epifania

Dois dias depois, a tempestade de neve que Morik previra finalmente chegou, no entanto, sua fúria foi aplacada de alguma forma pelo fim da estação, deixando a estrada transitável.

Os dois cavaleiros seguiram lentamente, tomando cuidado para não saírem da trilha. Eles conseguiram atravessá-la em um período curto, apesar do tempo ruim, com Wulfgar os liderando de forma determinada. Logo eles alcançaram uma região pontilhada por fazendas e cabanas de pedra. Naquele momento a tempestade se provou sua aliada, porque poucos rostos curiosos surgiam nas janelas por trás de suas cortinas pesadas, e, atravessando a neve enquanto vestiam peles grossas, a dupla estava praticamente irreconhecível.

Pouco tempo depois, Wulfgar estava aguardando sob uma laje no sopé da montanha enquanto Morik, Lorde Brandeburg de Águas Profundas, cavalgava até a vila. O dia estava avançando, a tempestade continuava, e nem sinal do retorno de Morik. Wulfgar saiu de seu abrigo e foi até um ponto mais alto onde pudesse ter uma boa visão do Castelo Auck. Ele se perguntou se Morik havia sido descoberto. Se fosse o caso, será que ele deveria correr em auxílio ao seu amigo?

Wulfgar deu uma risada baixa. Era muito mais provável que o falso lorde tenha ficado no castelo para ter uma boa refeição e estivesse se aquecendo diante de uma lareira naquele instante. O bárbaro recuou para seu abrigo para escovar seu cavalo, dizendo a si mesmo para ter paciência.

Finalmente, Morik retornou, com uma expressão bastante sombria.

— Não me receberam com abraços amigáveis — explicou.

— Seu disfarce não funcionou?

— Não foi isso — disse Morik. — Eles acreditaram que eu era Lorde Brandeburg, mas, como eu temia, acharam estranho eu ter desaparecido ao mesmo tempo que você.

Wulfgar assentiu. Eles haviam discutido exatamente essa possibilidade.

— E por que deixaram que saísse se estavam suspeitando de você?

— Eu convenci eles de que era apenas uma coincidência — relatou —, caso contrário, por que eu voltaria a Auckney? É claro, tive que dividir uma grande refeição com eles pra persuadi-los.

— É claro — concordou Wulfgar maliciosamente, em um tom de voz um tanto seco. — E quanto a Lady Meralda e o bebê? Você a viu? — perguntou o bárbaro.

Morik tirou a sela de seu cavá-lo e começou a escová-lo, como se estivesse se preparando novamente para a estrada.

— É hora da gente ir embora — respondeu ele de forma direta. — Pra longe daqui.

— O que houve? — insistiu Wulfgar, agora realmente preocupado.

— Não temos aliados aqui, nem conhecidos, dispostos a receber visita. — É melhor que Wulfgar, Morik e Lorde Brandeburg deixem esse feudozinho miserável pra trás.

Wulfgar agarrou o ombro do amigo, virando-o sem cerimônias para ele, interrompendo sua escovação do cavalo.

— E Lady Meralda? — exigiu saber.

— Ela deu à luz ontem à noite — admitiu Morik de forma relutante. Os olhos de Wulfgar se arregalaram de receio. — Ambos sobreviveram — adicionou rapidamente —, por enquanto.

Se afastando, voltou a escovar o cavalo com mais vigor.

Sentindo os olhos de Wulfgar pousados sobre ele em expectativa, o ladrão suspirou e se virou novamente.

— Olha, Lady Meralda disse pra eles que você tinha violado ela — lembrou ele a seu amigo. — É possível que estivesse escondendo um caso — raciocinou Morik. — Ela mentiu, te condenando, pra esconder que traiu o lorde.

Mais uma vez, Wulfgar assentiu, concordando, porque nada disso era novidade para ele.

Morik o encarou firmemente, surpreso por não ter se abalado nem um pouco pela recordação direta de tudo que havia acontecido, surpreso que ele não demonstrava raiva alguma apesar do fato de que, por causa daquela mulher, ele havia sido espancado e quase brutalmente executado.

— Bom, agora não sobrou mais dúvida nenhuma sobre a origem da criança — explicou Morik. — A criança nasceu cedo demais, levando em consideração nosso encontro com a garota na estrada, e já tinha gente na vila e no castelo que não acreditava na história dela.

Wulfgar deu um suspiro profundo.

— Suspeitei que isso aconteceria.

— Ouvi algumas pessoas falando de um jovem que caiu de um penhasco no dia do casamento entre Lorde Feringal e Meralda. Disseram que ele morreu gritando o nome dela.

— Então Lorde Feringal acredita que foi traído com aquele homem? — perguntou Wulfgar.

— Não especificamente. Mas a criança foi evidentemente concebida antes do casamente, mesmo se fosse sua teria sido, mas ele sabe, é claro, que a mulher dele já deitou com outro, e agora tá achando que foi porque ela quis, e não uma coisa que ela foi forçada a fazer na estrada.

— Uma mulher violada não é culpada... — concluiu Wulfgar, porque fazia sentido.

— Mas uma mulher infiel... — acrescentou Morik de forma agourenta.

Wulfgar suspirou novamente e saiu de seu abrigo, tornando a olhar para o castelo.

— O que vai acontecer com ela? — perguntou ele a Morik.

— Com certeza vão anular o casamento — respondeu, tendo vivido tempo o suficiente nas cidades humanas para entender sobre essas coisas.

— E Lady Meralda será expulsa do castelo — disse o bárbaro com esperança.

— Se ela tiver sorte, vai ser banida do domínio de Lorde Feringal sem dinheiro nem títulos — respondeu Morik.

— E se não tiver sorte? — perguntou Wulfgar.

Morik estremeceu.

— Já aconteceu de esposas de nobres morrerem por coisas assim — respondeu o ladrão experiente.

— E a criança? — Wulfgar, cada vez mais agitado, exigiu saber. As imagens de suas experiências passadas horríveis começaram a se aproximar das fronteiras de sua consciência.

— Se tiver sorte, banida — respondeu. — Mas acho ainda mais difícil do que banirem a mãe. É muito complicado. A criança é uma ameaça não só ao domínio dos Auck, mas também ao orgulho dele.

— Eles matariam uma criança? Um bebê inocente? — perguntou Wulfgar entredentes enquanto aquelas memórias horríveis começaram a se aproximar ainda mais.

— A fúria de um lorde traído não pode ser subestimada — respondeu de forma sombria. — Lorde Feringal não pode demonstrar fraqueza alguma, ou então pode correr o risco de perder o respeito do seu povo e suas terras. São coisas complicadas e desagradáveis demais. Agora vamos embora desse lugar.

Wulfgar de fato saiu, disparando por baixo da laje e seguindo pelas trilhas. Morik conseguiu alcançá-lo.

— O que você vai fazer? — seu amigo exigiu saber, reconhecendo a determinação do bárbaro.

— Eu não sei, mas preciso fazer algo — disse Wulfgar, apertando o passo de acordo com o seu nível de agitação enquanto Morik se esforçava para acompanhá-lo.

Quando entraram na vila, a tempestade mais uma vez se mostrou uma aliada, porque não havia plebeus por ali. Os olhos do bárbaro estavam firmes na ponte que levava ao Castelo Auck.

— Dê a criança, conforme planejado — sugeriu Intendente Temigast a Lorde Feringal, que andava de um lado para o outro.

— Agora é diferente — balbuciou o homem enquanto batia os punhos de forma impotente nas laterais de seu corpo.

Ele olhou para Priscilla. Sua irmã estava sentada de forma confortável, com seu sorriso arrogante que o lembrava de que o havia aconselhado a não se casar com uma camponesa para começo de conversa.

— Não sabemos se algo mudou — disse Temigast, sempre a voz da razão.

Priscilla bufou.

— Você não sabe contar?

— A criança pode ter nascido cedo — rebateu Temigast.

— O bebê mais bem formado que eu já vi — disse Priscilla. — Ela não nasceu adiantada, Temigast, e você sabe disso. — Priscilla olhou direto para seu irmão, repetindo o que todos no Castelo Auck estiveram sussurrando o dia inteiro. — A criança foi concebida no meio do verão — disse ela —, antes do suposto ataque na estrada.

— Como posso ter certeza? — lamentou Lorde Feringal. Suas mãos puxavam a lateral de suas calças em um reflexo preciso de seus pensamentos turbulentos.

— Como é possível você não saber? — rebateu Priscilla. — Você foi feito de idiota para a diversão da vila. Você piorará a situação demonstrando fraqueza?

— Você ainda a ama — interrompeu Temigast.

— Amo? — disse Lord Feringal obviamente dividido e confuso. — Eu não sei mais.

— Mande-a embora, então — ofereceu o intendente. — Penalize-a com o banimento, junto à criança.

— E isso vai fazer os aldeões rirem ainda mais — observou Priscilla de forma amarga. — Você quer que a criança volte em uns vinte anos e roube seu reino? Quantas vezes ouvimos histórias assim?

Temigast olhou feio para a mulher. Coisas assim de fato já aconteceram, mas estavam longe de serem comuns.

— O que eu faço, então? — Lorde Feringal exigiu que sua irmã respondesse.

— Um julgamento de traição para aquela rameira — respondeu Priscilla de forma casual —, e uma remoção rápida e justa do resultado da infidelidade dela.

— Remoção? — ecoou Feringal, sem acreditar.

— Ela quer matar a criança — explicou Temigast maliciosamente.

— Jogá-la ao mar — explicou Priscilla freneticamente, chegando a se levantar. — Se você não demonstrar fraqueza agora, o povo ainda irá respeitá-lo.

— Vão odiá-lo ainda mais se assassinar uma criança inocente — disse Temigast com raiva, mais para Priscilla do que para Lorde Feringal.

— Inocente? — Priscilla riu, como se a ideia fosse absurda. — Que o odeiem — disse ela a Feringal, movendo seu rosto a centímetros do dele. — Melhor do que rirem da sua cara. Você deixaria a bastarda viver? Um lembrete, então, daquele que se deitou com Meralda antes de você?

— Cale a boca! — exigiu Lorde Feringal, a empurrando. Priscilla não recuou.

— Ah, mas como ela deve ter se desfeito nos braços de Jaka Sculi — disse, e seu irmão estava tremendo tanto que sequer conseguia falar. — Aposto que ela arqueou aquelas costas bonitinhas dela para ele — continuou de forma obscena.

Sons selvagens e desarticulados saíram da boca do jovem lorde. Ele agarrou sua irmã com as duas mãos e a jogou para o lado. Ela estava sorrindo o tempo inteiro, satisfeita, porque o lorde furioso passou empurrando Temigast e correu até as escadas. As escadas que levavam até Meralda e sua criança bastarda.

— Tem guardas, você sabe — Morik lembrou a ele, tendo que gritar, uma vez que sua voz se perdia no vento.

Wulfgar não se importaria com o aviso de qualquer maneira. Seus olhos estavam firmes na direção do Castelo Auck, e seu caminho até a ponte não se desviou. Ele visualizou as montanhas cobertas de neve da Espinha do Mundo como a barreira entre o homem que fora e a vítima que se tornara. Agora, com a mente completamente livre de toda a influência do álcool, com sua força de vontade contra aquelas imagens horríveis de seu período preso, Wulfgar via claramente as escolhas diante de si. Ele podia dar as costas à vida que assumira ou podia seguir em frente, podia atravessar aquela barreira emocional, podia lutar com todas as forças para se tornar o homem que havia sido.

O bárbaro rosnou e continuou a seguir contra a tempestade. Ele até acelerou quando chegou à ponte, caminhando mais rápido, então trotando até finalmente estar correndo enquanto seguia seu curso, guinando repetidamente para a direita, onde a neve havia se acumulado contra o parapeito e a muralha frontal do castelo. Então Wulfgar subiu o monte, com neve até acima dos joelhos, mas rosnando e se forçando em frente, mantendo o impulso. Ele saltou do topo do monte, estendendo o braço esticado até prender a cabeça do martelo sobre a muralha. Wulfgar ouviu um grito assustado vindo de cima quando ele se prendeu com um barulho alto contra a pedra, porém sequer desacelerou, com seus músculos se contraindo e esticando, o jogando para cima, onde caiu em um rolamento, passando direto pela barreira repleta de ameias. Ele pousou de forma ágil no parapeito lá dentro, bem entre dois guardas chocados, nenhum deles armados, pois estavam tentando manter as mãos aquecidas.

Morik correu pelo mesmo caminho que Wulfgar, usando movimentos habilidosos para escalar a muralha quase tão rapidamente quanto seu amigo fizera apenas com a força bruta. Mesmo assim, quando chegou ao parapeito, Wulfgar já havia descido até no pátio, correndo para o forte principal. Ambos os guardas logo foram derrubados também, gemendo no chão, um com as mãos sobre a mandíbula e o outro encolhido agarrado à barriga.

— Protejam a porta! — um deles conseguiu gritar.

A porta principal se abriu e um homem estava espiando de lá de dentro. Ao ver Wulfgar se aproximando, tentou fechá-la rapidamente. Wulfgar chegou até ela logo antes dela bater, empurrando na direção oposta com toda a força. Ele ouviu o homem gritando freneticamente por ajuda, sentiu uma pressão maior quando outro guarda se juntou ao primeiro, ambos se esforçando ao máximo.

— Eu tô indo — gritou Morik —, mas só os deuses sabem o porquê!

Com os pensamentos distantes, em um lugar escuro e repleto de fumaça onde o último grito aterrorizado de sua prole preenchia o ar, Wulfgar não ouviu seu amigo, não precisava dele.

Gritando a plenos pulmões, ele empurrou com toda a força até a porta ceder completamente, jogando os dois guardas contra a parede do fundo do saguão como se fossem crianças.

— Onde ela está? — Wulfgar exigiu saber e, assim que terminou de falar, a outra porta do saguão se abriu. Liam Porteira apareceu, correndo com uma espada em sua mão.

— Agora você me paga, seu canalha! — gritou o condutor, vindo com toda intensidade, estocando em uma finta. Recuando a lâmina, ele a lançou em um rodopio súbito, então fingiu um corte lateral, girando mais uma vez e se aproximando mais uma vez com uma estocada mortal.

Liam era bom, o melhor combatente em toda Auckney, e ele sabia disso. É por isso que foi difícil entender como o martelo de Wulfgar atingiu a lâmina do gnomo e se prendeu nela, a desviando com segurança tão rapidamente. Como aquele bárbaro imenso poderia ter pés tão ágeis a ponto de chegar dentro dos limites do alcance da espada de Liam? Como ele conseguiu se recuperar perfeitamente, levando seu braço grosso de baixo para cima por baixo do braço da espada de Liam? O condutor conhecia a própria habilidade e, por isso, era ainda mais difícil de entender como seu ataque hábil fora virado tão completamente contra ele. Liam apenas se viu com o rosto pressionado de repente contra a parede de pedra, com seus braços presos por trás de suas costas e com o hálito do bárbaro rosnando na sua nuca.

— Lady Meralda e a criança — perguntou Wulfgar. — Onde eles estão?

— Eu morro antes de te falar! — declarou Liam.

Wulfgar insistiu. O pobre velho gnomo realmente acreditou que iria morrer, mas Liam continuou no silêncio alimentado por sua determinação enquanto rosnava com a dor.

Wulfgar o fez girar e o bateu uma vez contra a parede, depois o bateu mais uma vez quando ele, de alguma forma, conseguiu se manter de pé, o lançando então para o chão. Liam quase fez Morik, que havia acabado de passar correndo logo além da outra porta até o castelo propriamente dito, tropeçar.

Wulfgar estava logo atrás dele. Eles ouviram vozes e Morik assumiu a liderança, atravessando uma séria de portas duplas até uma sala de estar confortável.

— Lorde Brandeburg? — perguntou Lady Priscilla.

Ela deu um gritinho de susto e caiu para trás em uma cadeira quando Wulfgar seguiu o suposto lorde até a sala.

— Onde está Lady Meralda e a criança? — rugiu Wulfgar.

— Você já não fez mal o bastante? — interferiu Intendente Temigast, indo corajosamente se pôr ao lado do homem imenso.

Wulfgar o olhou bem nos olhos.

— Demais — admitiu ele. — Mas nenhum aqui.

Essa fala fez Temigast recuar.

— Onde eles estão? — Wulfgar exigiu saber, correndo até Priscilla.

— Ladrões! Assassinos! — gritou Priscilla, fazendo menção de desmaiar.

Wulfgar firmou seus olhos nos de Temigast. Para a surpresa de Wulfgar, o idoso assentiu e fez um movimento na direção da escadaria.

Assim que ele o fez, Priscilla Auck correu escadaria acima.

— Você tem alguma ideia do que fez comigo? — perguntou Feringal a Meralda, de pé, ao lado da cama, com o bebê aquecido ao lado dela. — Conosco? Com Auckney?

— Eu imploro que entenda, meu senhor — apelou a mulher. Feringal se encolheu, batendo os punhos nos próprios olhos. Sua expressão endureceu e ele se abaixou e arrancou o bebê do lado dela. Meralda tentou se levantar na direção dele, mas não teve forças e tornou a cair em sua cama. — O que você está fazendo?

Feringal andou a passos largos até a janela e puxou a cortina.

— Minha irmã me disse que eu deveria jogar essa garota nas ondas, nas pedras do mar — disse ele entredentes, em uma careta —, para me livrar da evidência de sua traição.

— Por favor, Feringal, não... — começou Meralda.

— É o que todos estão dizendo, sabe — continuou Feringal como se ela não houvesse falado. Ele piscou e limpou o nariz com a manga de sua roupa. — A filha de Jaka Sculi.

— Meu senhor! — gritou ela, com os olhos vermelhos e inchados repletos de medo.

— Como pôde? — gritou Feringal.

Então, olhou do bebê em seus braços para a janela aberta. Meralda começou a chorar.

— O corno, e agora o assassino — murmurou Feringal a si mesmo enquanto se aproximava da janela. — Você me condenou, Meralda! — amaldiçoou ele.

Estendendo os braços, ele levou o bebê, chorando, até a abertura, então olhou para a garotinha inocente e a puxou para perto de si, com as próprias lágrimas se misturando com as do bebê.

— Me condenou! — gritou ele, enquanto sua respiração vinha em arquejos forçados.

De repente a porta do quarto se abriu e Priscilla entrou com tudo. Ela a trancou e passou o ferrolho por trás dela. Ao analisar a cena rapidamente, ela correu até o irmão, com a voz estridente.

— Dê ela a mim! — Lorde Feringal pôs seu ombro entre o bebê e as mãos estendidas de Priscilla.

— Dê ela a mim! — gritou Priscilla novamente, e iniciou-se uma briga pela menina.

Wulfgar vinha logo atrás, subindo a escadaria curva a quatro degraus por passo. Ele chegou a um longo corredor ladeado por tapeçarias luxuosas onde se deparou com outro guarda desajeitado do castelo. O bárbaro jogou a espada do homem caído para longe, o pegou pela garganta e o içou. Morik vinha correndo atrás dele, indo de porta a porta, escutando, até parar bruscamente em frente a uma. — Eles tão aqui — anunciou. Ele agarrou o puxador e viu que estava trancada.

— A chave? — exigiu Wulfgar, sacudindo o guarda.

O homem agarrou o braço firme do bárbaro.

— Sem chave — arfou ele, sem conseguir respirar. Wulfgar parecia estar a ponto de estrangulá-lo, mas seu amigo interferiu.

— Não tem problema, vou arrombar a fechadura — disse ele, estendendo rapidamente a mão na bolsa de seu cinto.

— Não tem problema, eu tenho uma chave — gritou Wulfgar.

Morik olhou para cima e viu o bárbaro se abaixando, ainda segurando o guarda em um braço. Percebendo sua intenção, Morik correu para fora do caminho antes que Wulfgar lançasse o homem indefeso através da porta de madeira.

— Uma chave — explicou o bárbaro.

— Boa jogada — comentou Morik.

— Andei praticando — explicou Wulfgar, andando a passos largos além do guarda atordoado e saltou para dentro do quarto.

Meralda estava sentada na cama, soluçando, enquanto Lorde Feringal e sua irmã estavam de pé perto da janela aberta, com o bebê nos braços de Feringal. Ele estava inclinado na direção da abertura como se tivesse a intenção de jogar a criança de lá. Ambos os irmãos e Meralda olharam chocados na direção de Wulfgar, e os olhos deles se arregalaram ainda mais quando Morik surgiu atrás do bárbaro.

— Lorde Brandeburg! — gritou Feringal.

Lady Priscilla gritou para seu irmão.

— Faça isso logo, antes que arruíne sua...

— É o meu bebê! — declarou Wulfgar.

Priscilla interrompeu o final de sua fala tamanha a surpresa. Feringal congelou como se houvesse sido transformado em pedra.

— O quê? — arfou o jovem lorde.

— O quê? — arfou Priscilla.

— O quê? — arfou Morik ao mesmo tempo.

— O quê? — ofegou Meralda baixinho, mas tossiu imediatamente para cobrir sua surpresa.

— É o meu bebê! — repetiu Wulfgar com firmeza. — E se você o jogar pela janela, você vai ser jogado junto, e vai ser tão rápido que vai ultrapassar o bebê e seu corpo quebrado vai amortecer a queda.

— Você é tão eloquente em emergências — comentou Morik. Para Lorde Feringal, ele acrescentou — a janela é pequena, sim, mas aposto que meu amigo grandalhão pode te espremer por ela. E sua irmã rechonchuda também.

— Você não pode ser o pai — declarou Lorde Feringal, tremendo de forma tão violenta que parecia que suas pernas estavam a ponto de se dobrar abaixo dele. Ele olhou para Priscilla em busca de uma resposta, para sua irmã que estava sempre o supervisionando com todas as respostas prontas. — Que truque é esse?

— Dê ela a mim! — exigiu Priscilla.

Tirando vantagem da confusão de seu irmão que o havia paralisado, ela agiu rapidamente e arrancou a criança dos braços de Feringal. Meralda gritou, o bebê chorou e Wulfgar avançou, sabendo que não conseguiria chegar até ela a tempo, sabendo que o bebê inocente estava condenado.

Assim que Priscilla se virou na direção da janela, seu irmão saltou diante dela e lhe desferiu um soco no rosto. Chocada, ela deu um passo para trás, cambaleando. Feringal arrancou a criança dos braços de sua irmã e a empurrou novamente, tombando-a no chão.

Wulfgar olhou para o homem por um momento longo e esclarecedor, entendendo, além de qualquer dúvida, que apesar de sua raiva e repugnância Feringal não feriria a criança. O bárbaro atravessou a sala em passos largos, seguro em sua hipótese, confiante de que o jovem não faria nada contra o bebê.

— Ela é minha filha — disse o bárbaro com um rosnado, estendendo a mão para puxar gentilmente o bebê dos braços cada vez mais sem forças de Feringal. — Eu pretendia voltar um mês antes — explicou ele, se virando para encarar Meralda. — Mas é bom que ela tenha vindo cedo. Se um filho meu nascesse após um termo completo você provavelmente teria morrido ao dar à luz.

— Wulfgar! — gritou Morik de repente.

Lorde Feringal, aparentemente recuperando parte de sua coragem e a maior parte de sua fúria, puxou uma adaga de seu cinto e investiu intensamente na direção do bárbaro. Morik não teria precisado se preocupar, no entanto, porque Wulfgar ouvira o movimento. Levantou o bebê com um braço para deixá-la fora de perigo, ele girou e deu um tapa na adaga para desviá-la usando sua mão livre. Quando Lorde Feringal se aproximou, Wulfgar levantou seu joelho com força contra a virilha do homem. O lorde caiu, se curvando em um amontoado lamuriento no chão.

— Acho que meu amigo grandalhão pode garantir que você nunca tenha seus próprios herdeiros — comentou Morik com uma piscadela para Meralda.

Meralda sequer ouviu as palavras, olhando chocada para Wulfgar, para a criança que ele declarara ser filha dele.

— Pelas minhas ações na estrada, eu peço infinitas desculpas, Lady Meralda — disse o bárbaro, agora falando para toda uma plateia, uma vez que Liam Porteira, Intendente Temigast e a meia dúzia restante de guardas do castelo apareceram à porta, com os olhos arregalados em descrença.

No chão diante de Wulfgar, Lady Priscilla olhava para ele, com confusão e raiva desenfreada fervilhando em seus olhos.

— Foi a garrafa e sua beleza que tomaram conta de mim — explicou Wulfgar. Ele voltou sua atenção para a criança, e sorriu abertamente quando levantou a menina no ar para observar com seus olhos azuis. — Mas não pedirei desculpas pelo resultado daquele crime — disse ele. — Isso nunca.

— Vou matar você — rosnou Lorde Feringal, se esforçando para ficar de joelhos. Wulfgar abaixou uma mão e o agarrou pelo colarinho. O ajudando a se levantar com um puxão forte, ele girou o lorde até o estar prendendo de forma a sufocá-lo.

— Você vai esquecer. A mim e à criança — sussurrou Wulfgar no ouvido dele. — Caso contrário todas as tribos de Vale do Vento Gélido virão saquear você e seu vilarejozinho miserável.

Wulfgar puxou o jovem lorde, fazendo com que girasse até parar nos braços de Morik, já à espera. Olhando fixamente para Liam e os outros guardas, o ladrão não perdeu tempo em colocar uma adaga afiada contra a garganta do homem.

— Garanta suprimentos para a estrada — instruiu Wulfgar. — E precisamos de mantas e comida para o bebê. — Todos no quarto, exceto por Wulfgar e o bebê, tinham expressões incrédulas no rosto. — Agora! — rugiu o bárbaro.

Com uma expressão azeda, Morik passou pela porta com Lorde Feringal, mandando Priscilla, a essa altura se atrapalhando, seguir à frente dele.

— Pega logo — instruiu o ladrão a Liam e Priscilla. Ele olhou para trás e viu Wulfgar indo na direção de Meralda, então ele insistiu ainda mais, afastando a todos.

— O que fez com que fizesse algo assim? — perguntou Meralda quando finalmente estava sozinha com Wulfgar e a criança.

— Seu problema não foi difícil de se discernir — explicou Wulfgar.

— Eu te acusei falsamente.

— E foi compreensível — respondeu. — Você estava presa e assustada, mas, no fim, você arriscou a tudo para me libertar. Eu não podia deixar aquilo passar sem ser recompensado.

Meralda sacudiu a cabeça, sobrepujada demais para sequer começar a entender as coisas. Havia um turbilhão de emoções e pensamentos em sua mente. Ela vira o olhar de desespero no rosto de Feringal, havia acreditado que ele iria, de fato, lançar o bebê pela janela. Ainda assim, no fim das contas, ele não havia conseguido feri-la, nem deixado sua irmã fazer isso. Ela amava esse homem (como poderia não amar?). Ainda assim, ela não podia negar seus sentimentos inesperados pela criança, embora soubesse que jamais poderia ficar com ela.

— Vou levar o bebê para bem longe daqui — disse Wulfgar de forma determinada, como se pudesse ler a mente de Meralda. — Você pode vir conosco, se desejar.

A jovem riu baixo, de forma suave e sem humor, porque sabia que em breve ela estaria chorando.

— Não posso — disse ela em um sussurro. — Tenho obrigações com meu marido, se ele ainda me quiser, e com minha família. Meus pais seriam estigmatizados caso eu fosse com você.

— Obrigação? É o único motivo pelo qual você vai ficar? — indagou Wulfgar, aparentemente sentindo que havia algo mais.

— E eu o amo, sabe? — respondeu ela, com lágrimas escorrendo por seu belo rosto. — Eu sei o que deve pensar de mim, mas eu juro que o bebê foi concebido antes de...

Wulfgar levantou a mão.

— Você não me deve uma explicação — disse ele —, porque eu estou longe de poder julgar alguém, seja você ou qualquer outra pessoa. Eu acabei entendendo seu... problema, e por isso voltei para retribuir sua generosidade. Só isso.

Ele olhou para a porta, do outro lado da qual Morik tinha Lorde Feringal como refém.

— Ele te ama. Os olhos dele e o tamanho da dor que sente deixa isso evidente.

— Você acha que estou certa em ficar?

Wulfgar deu de ombros, mais uma vez se recusando a oferecer qualquer julgamento.

— Eu não posso deixá-lo — disse Meralda, antes de estender a mão e acariciar gentilmente o rosto da criança —, mas também não posso ficar com ela. Feringal jamais a aceitaria — admitiu, em um tom de voz vazio, porque acabara de perceber que o tempo que teria com sua filha estava prestes a acabar. — Mas talvez ele a desse para outra família em Auckney agora que ele acha que não o traí — sugeriu ela de forma frágil.

— Um lembrete a ele da dor que sente, e para você de sua mentira — Wulfgar disse suavemente, sem acusar a mulher, mas certamente a lembrando da verdade. — E ao alcance da irmã tirana dele.

Meralda abaixou os olhos e aceitou a verdade desagradável. O bebê não estava seguro em Auckney.

— Quem poderia criá-la melhor do que eu? — perguntou Wulfgar de repente, cheio de determinação na voz. Ele voltou a olhar para a garotinha, e sua boca se abriu em um sorriso gentil.

— Você faria isso?

Wulfgar assentiu.

— Com certeza.

— Você a manteria segura? — insistiu Meralda. — Falaria pra ela sobre sua mãe?

Wulfgar assentiu.

— Eu não sei para onde minha estrada leva — explicou ele —, mas suspeito que não irei para muito longe. Talvez algum dia eu volte, ou pelo menos ela volte, para poder ver sua mãe, ainda que de longe.

Meralda estava mais uma vez soluçando fortemente, com o rosto banhado em lágrimas. Wulfgar olhou para a porta para garantir que não estavam sendo vigiados, então se curvou e plantou-lhe um beijo na bochecha.

— Acho que é o melhor — disse ele em voz baixa. — Você concorda?

Após observar o homem por um instante, o homem que havia arriscado tudo para salvar a ela e sua filha embora não houvessem feito nada para merecer esse heroísmo, Meralda assentiu.

As lágrimas continuavam a fluir incessantemente. Wulfgar conseguia apreciar a dor que ela estava sentindo, a profundidade de seu sacrifício. Ele se aproximou, permitindo que Meralda acariciasse e beijasse sua garotinha uma última vez, mas, quando ela fez menção de pegá-la novamente, Wulfgar se afastou. O sorriso de compreensão de Meralda era agridoce.

— Adeus, pequenina — disse ela entre soluços antes de desviar o olhar.

Wulfgar se curvou para Meralda uma última vez, então, com o bebê aninhado em seus braços, ele se virou e saiu do quarto.

Ele encontrou Morik no corredor, gritando ordens para trazerem bastante comida e roupas — e ouro, porque precisariam de ouro para hospedar a criança em tavernas quentes e confortáveis.

Bárbaro, bebê e bandido seguiram pelo castelo, e ninguém fez nada para pará-los. Parecia que Lorde Feringal abrira caminho para ela, querendo que os dois ladrões e a criança bastarda saíssem de uma vez de seu castelo e de sua vida o mais rápido possível.

Priscilla, porém, não estava tão satisfeita. Eles esbarraram com ela no primeiro andar, onde ela foi até Wulfgar e tentou pegar o bebê, o encarando de forma desafiadora o tempo todo. O bárbaro a manteve à distância, com a expressão dele deixando claro que a partiria no meio se ela tentasse ferir a criança. Priscilla bufou em nojo, jogou uma manta de lã nele e, com um rosnado final de reclamação, deu meia-volta.

— Vaca estúpida — murmurou Morik baixinho.

Com uma risada baixa, Wulfgar enrolou gentilmente o bebê na coberta quente, finalmente fazendo com que parasse de chorar. Lá fora, a luz do dia estava sumindo, mas a tempestade havia passado, com as últimas nuvens se afastando e correndo pelo céu levadas pelos ventos rápidos. O portão foi abaixado. Do outro lado da ponte eles viram Intendente Temigast esperando por eles com dois cavalos e Lorde Feringal ao seu lado. Feringal ficou encarando Wulfgar e o bebê por um bom tempo.

— Se algum dia você voltar... — ele começou a dizer.

— Por que eu faria isso? — interrompeu o bárbaro. — Eu tenho minha filha agora, e ela vai crescer e se tornar uma rainha em Vale do Vento Gélido. Não tenha fantasias de ir atrás de mim, Lorde Feringal, porque isso trará ruína para tudo o que conhece.

— Por que eu faria isso? — devolveu Feringal no mesmo tom sombrio, encarando Wulfgar de forma audaciosa. — Eu tenho minha esposa. Minha bela esposa. Minha esposa inocente, que se rendeu a mim por vontade própria. Eu não preciso forçá-la a ser minha.

A última afirmação, uma recuperação de parte de seu orgulho masculino, disse a Wulfgar que Feringal havia perdoado Meralda, ou que logo a perdoaria.

O plano desesperado, mal planejado e completamente improvisado havia, de alguma forma miraculosa, funcionado. Wulfgar segurou qualquer coisa que pudesse parecer um riso ante o ridículo da situação, deixando Feringal ter o momento de que precisava. Ele sequer piscou quando o lorde de Auckney se recompôs, se empertigou e refez seu caminho pela ponte que atravessava o portão ainda abaixado para voltar a seu lar e sua esposa.

Intendente Temigast entregou as rédeas para a dupla.

— Ela não é sua — disse o intendente de forma inesperada. Começando a subir na sela com o bebê, Wulfgar fingiu não tê-lo ouvido. — Não tema, porque não contarei a ninguém, assim como Meralda, cuja vida vocês realmente salvaram hoje — continuou o intendente. — Você é um bom homem, Wulfgar, filho de Beornegar, da Tribo do Alce de Vale do Vento Gélido.

Wulfgar piscou em choque, tanto pelo elogio quanto pelo fato de o homem saber tanto sobre ele.

— O mago que te capturou falou pro intendente — teorizou Morik. — Odeio magos.

— Não irão persegui-los — disse Temigast. — Tem minha palavra.

E era verdade, porque Morik e Wulfgar cavalgaram sem incidentes até a laje, onde pegaram seus próprios cavalos, então continuaram pela estrada leste até sair de vez de Auckney.

— O que foi? — perguntou Wulfgar mais tarde naquela noite ao ver a expressão divertida de seu amigo.

Eles estavam perto de uma fogueira, mantendo a criança aquecida. Morik sorriu e levantou duas garrafas, uma com leite de cabra morno para a criança e outro com a bebida potente preferida deles. Wulfgar pegou aquela com o leite de cabra.

— Nunca vou te entender, meu amigo — comentou Morik. Wulfgar sorriu, mas não respondeu. Morik nunca poderia saber sobre o passado de Wulfgar, sobre os bons tempos com Drizzt e os outros, e os tempos muito piores com Errtu e a prole de sua semente roubada. — Tem jeitos mais fácil de se conseguir ouro — comentou Morik, o que atraiu o olhar cortante de Wulfgar na direção dele. — Você pretende vender a criança, é claro — raciocinou Morik.

Wulfgar riu de forma zombeteira.

— É um bom preço — argumentou Morik, dando um belo gole na garrafa.

— Não é bom o bastante — disse Wulfgar, se virando novamente para o bebê. A garotinha se remexeu e vocalizou.

— Você não pode pensar em ficar com ela! — argumentou Morik. — Onde ela se encaixa com a gente? Com você, seja lá pra onde você vai? Você perdeu toda a sua sensatez?

Com uma carranca, Wulfgar se virou na direção dele, deu um tapa na garrafa, tirando-a de suas mãos, então o empurrou até o chão: a resposta mais determinada que Morik, o Renegado já recebera.

— Ela nem é sua — lembrou Morik. Ele jamais esteve tão errado.

Epílogo

Morik olhou para o disfarce de Wulfgar mais uma vez e suspirou, impotente. Havia um limite para o que ele poderia fazer para mudar a aparência de um bárbaro de dois metros de altura, cento e cinquenta quilos e cabelos loiros. Wulfgar tinha feito a barba pela primeira vez desde deu retorno do Abismo.

Morik o ensinara a andar de uma forma que faria com que parecesse menor, com os ombros caídos, mas os braços mais dobrados para que não ficassem na altura dos joelhos. Além disso, Morik havia procurado uma grande túnica marrom, similar à de um clérigo, com uma gola alta e cheia de babados que permitia que Wulfgar escondesse seu pescoço largo de uma forma que não fosse muito óbvia.

Ainda assim, seu amigo não estava muito feliz com o disfarce, não com tanto em jogo.

— Você deveria esperar aqui — ofereceu ele, talvez pela décima vez desde que Wulfgar dissera o que pretendia fazer.

— Não — disse Wulfgar de forma direta. — Eles não viriam só com sua palavra. É algo que eu preciso fazer.

— Fazer matarem nós dois? — perguntou Morik de forma sarcástica.

— Vá na frente — disse Wulfgar, o ignorando.

Quando Morik tentou discutir, o bárbaro cobriu a boca do homem menor com uma mão e o virou de frente para o portão da cidade distante.

Com um último suspiro e sacudindo a cabeça, Morik assumiu a dianteira em direção a Luskan. Para o alívio de ambos, porque Wulfgar com certeza não queria ser pego enquanto levava o bebê, eles não foram reconhecidos, nem parados, apenas entraram na cidade na qual o festival de primavera tomava conta de tudo.

Eles chegaram no final do dia de propósito. Wulfgar foi direto à Rua da Meia-Lua, chegando na Cutelo como um dos primeiros clientes da noite. Ele foi até o balcão, bem ao lado de Josi Poças.

— O que você vai beber? — perguntou Arumn Gardbico, mas a pergunta ficou presa em sua garganta e seus olhos se arregalaram quando ele olhou com mais cuidado para o homem imenso. — Wulfgar — ofegou ele.

Por trás dele, uma bandeja caiu e Wulfgar se virou e viu Delly Curtie de pé ali, paralisada. Josi Poças deu um gritinho e se afastou.

— Saudações, Arumn — disse Wulfgar ao taverneiro. — Eu apenas bebo água.

— O que você tá fazendo aqui? — arfou o taverneiro, com suspeitas e uma dose considerável de medo.

Josi desceu e fez menção de ir até a porta, mas Wulfgar o pegou pelo braço e o manteve no lugar.

— Vim pedir desculpas — ofereceu o bárbaro. — Para você, e você — acrescentou ele, se virando para Josi.

— Você tentou me matar — cuspiu Josi.

— Eu estava cego de raiva, e provavelmente de bebida — respondeu Wulfgar.

— Ele pegou seu martelo — lembrou Arumn.

— Pelo medo razoável de que eu pudesse usá-lo contra você — respondeu o bárbaro. — Ele agiu como um amigo, o que é mais do que posso dizer sobre Wulfgar.

Arumn sacudiu a cabeça, mal acreditando. Wulfgar soltou Josi, mas o homem não fez mais menção de ir até a porta, só ficou ali, embasbacado.

— Você me acolheu, me deu comida, um trabalho e amizade quando eu mais precisei — continuou, dessa vez exclusivamente para Arumn. — Eu errei com você, e só posso esperar que encontre em seu coração a disposição de me perdoar.

— Você quer morar aqui de novo? — perguntou Arumn.

Wulfgar deu um sorriso triste e sacudiu a cabeça.

— Estou arriscando minha vida apenas de entrar na cidade — respondeu. — Terei ido embora em menos de uma hora, mas precisava vir e pedir desculpas para vocês dois e, principalmente — ele se virou, olhando para Delly — para você.

Delly Curtie empalideceu quando Wulfgar se aproximou, como se não soubesse como reagir às palavras do homem, à simples visão dele novamente.

— Eu peço minhas mais profundas desculpas por qualquer dor que causei a você, Delly — disse ele. — Você foi a amiga mais leal que qualquer homem poderia desejar. — Mais do que amiga — acrescentou Wulfgar imediatamente, vendo-a franzir o cenho.

Delly olhou para o pacote em seus braços.

— Você tá com uma criancinha — disse a mulher, com a voz cortada de emoção.

— Ela é minha pelo acaso, não por herança.

Ele entregou a garotinha para ela. Delly a segurou, sorrindo gentilmente, brincando com os dedinhos da menina e levando um sorriso àquele rostinho inocente.

— Eu gostaria que ficasse de novo — ofereceu Arumn, soando sincero, embora os olhos de Josi se arregalassem de dúvida à mera menção daquilo.

— Eu não posso — respondeu Wulfgar. Sorrindo para Delly, ele se inclinou e pegou o bebê de volta, então deu um beijo na testa da jovem. — Rezo para que encontre toda a felicidade que você merece, Delly Curtie — disse ele.

Então, com um olhar e um movimento de cabeça na direção de Arumn e Josi, ele foi na direção da porta.

Delly, também, encarou Arumn, seu pai por escolha. O homem entendeu e assentiu mais uma vez. Ela alcançou Wulfgar antes que ele chegasse à saída.

— Me leve junto — disse ela, com os olhos brilhando de esperança, algo que poucos viram na jovem em bastante tempo.

Wulfgar parecia confuso.

— Eu não voltei para resgatá-la — explicou ele.

— Resgatar? — Delly ecoou incrédula. — Eu não preciso do seu resgate, muito obrigada, mas você vai precisar de ajuda com a pequenina. Eu sou boa com pirralhos, já que passei boa parte da juventude criando meus irmãos e irmãs, e já tô bem enjoada da minha vida aqui.

— Eu não sei onde minha estrada vai me levar — argumentou Wulfgar.

— Segura o bastante, eu acho — respondeu Delly. — Já que você tem que cuidar da pequenina, no caso.

— Águas Profundas, talvez — disse Wulfgar.

— Um lugar que sempre quis ver — disse ela com um sorriso que crescia a cada palavra, porque parecia óbvio que Wulfgar estava ficando um tanto intrigado pela oferta dela.

O bárbaro olhou com curiosidade para Arumn, e o taverneiro assentiu mais uma vez. Mesmo daquela distância, podia ver os olhos do homem umedecendo.

Ele entregou a criança para Delly novamente, pediu que esperasse e voltou para o bar com Arumn e Josi.

— Nunca mais vou machucar ela — prometeu Wulfgar a Arumn.

— Se machucar, vou te caçar e te matar — rosnou Josi.

Wulfgar e Arumn olharam para o homem, Arumn, duvidando claramente, mas Wulfgar estava se esforçando para parecer sério.

— Eu sei, Josi Poças — respondeu ele sem sarcasmo —, e sua ira é algo que eu realmente temeria.

Quando superou sua própria surpresa, Josi estufou o peito magro com orgulho. Wulfgar e Arumn trocaram olhares.

— Sem beber? — perguntou Arumn.

Wulfgar balançou a cabeça.

— Eu precisava da garrafa para me esconder — respondeu ele de forma honesta —, mas descobri que isso é pior do que o que me assombra.

— E se você enjoar da garota?

— Eu não vim aqui atrás de Delly Curtie — respondeu Wulfgar. — Apenas para pedir desculpas. Eu não achei que ela fosse aceitar por completo meu pedido de desculpas, e fico muito feliz por ela ter aceitado. Vamos achar uma estrada boa para seguir e vou protegê-la o melhor que puder, de mim mesmo, principalmente.

— Faça isso — respondeu Arumn. — Espero que vocês voltem.

Wulfgar apertou a mão de Arumn, deu um tapinha no ombro de Josi e ofereceu o braço a Delly, levando-a para fora da Cutelo. Juntos, eles se afastaram de uma parte importante de suas vidas.

Lorde Feringal e Meralda caminhavam lado a lado no jardim, de mãos dadas, apreciando a fragrância e beleza da primavera. O plano de Wulfgar havia funcionado. Feringal e todo o feudo acreditava novamente que Meralda fora a vítima, libertando-a dos dedos apontados e o jovem lorde do ridículo.

A mulher realmente sofria por ter perdido sua filha, mas ela, assim como seu casamento, parecia estar se recuperando. Ela continuou dizendo a si mesma repetidamente que o bebê estava com um homem bom e forte, um pai muito melhor do que Jaka jamais poderia ter sido. Diversas foram as vezes em que Meralda chorara por sua filha perdida, mas ela sempre se repetia a mesma coisa e se lembrava que sua vida, dados seus erros e sua posição por nascimento, era muito melhor do que ela jamais poderia imaginar. Sua mãe e seu pai estavam saudáveis e Tori a visitava todos os dias, surgindo feliz entre as flores e se mostrando um incômodo maior para Priscilla do que Meralda jamais conseguiria ser.

Agora o casal estava apenas apreciando o esplendor da primavera enquanto a mulher se ajustava à sua nova vida. De repente, Feringal estalou os dedos e se afastou. Meralda olhou para ele com curiosidade.

— Esqueci uma coisa — respondeu seu marido.

Feringal fez sinal para que ela aguardasse e então correu de volta para o castelo, quase atropelando Priscilla, que estava chegando no jardim.

É claro, Priscilla não acreditava nem um pouco na história de Wulfgar. Ela olhou feio para Meralda, mas a jovem apenas deu as costas e foi até a muralha observar as ondas.

— Esperando seu próximo amante? — murmurou Priscilla em voz baixa enquanto ela passava.

A lady frequentemente lançava pequenas agressões verbais na direção de Meralda e ela frequentemente apenas as ignorava.

Mas não dessa vez. Meralda parou na frente de sua cunhada, com as mãos nos quadris.

— Você nunca sentiu nenhuma emoção honesta em sua vida miserável, Priscilla Auck, e é por isso que você é tão amarga — disse ela. — Não me julgue.

Os olhos de Priscilla se arregalaram com o choque e ela tremeu, por não estar acostumada com que falassem com ela de maneira tão direta.

— Você está pedin...

— Não estou pedindo, estou dizendo — disse Meralda sem espaço para discussões.

Priscilla se levantou e fez uma careta, então deu um tapa no rosto de Meralda. Sentindo a dor, Meralda a esbofeteou com ainda mais força.

— Não me julgue, ou falarei a verdade sobre você para seu irmão — avisou Meralda de forma tão calma e planejada que suas palavras foram o suficiente para fazer Priscilla corar. — Você não duvide que ele me escute — terminou Meralda. — Já imaginou como uma vida na vila entre os camponeses poderia ser para você?

Assim que ela terminou, seu marido retornou, com um buquê de flores imenso em sua mão, flores para sua amada Meralda. Priscilla deu uma olhada para seu irmão apaixonado, deu um grito alto e correu de volta para o castelo. Feringal a viu se afastar, confuso, mas se importava tão pouco com o que Priscilla pensava ou sentia nos últimos dias que sequer perdeu tempo de perguntar a Meralda sobre o que havia acontecido.

Meralda também observou a mulher se afastando. Seu sorriso nascia por mais motivos além do deleite trazido pelo presente de seu marido. Muito mais.

Morik se despediu de Wulfgar e Delly, então começou a se reestabelecer imediatamente nas ruas de Luskan. Ele alugou um quarto em uma taverna, mas passava pouco tempo por lá, porque estava trabalhando duro, revelando sua identidade àqueles que precisavam saber e estabelecendo uma reputação como um homem completamente diferente, Ladrão Brandeburg, para aqueles que não precisavam.

Ao fim da semana, muitos já assentiam em deferência quando passavam por ele nas ruas. Ao fim do mês, ele não temia mais a retribuição das autoridades. Estava em casa novamente, e logo as coisas voltariam a ser como eram antes de Wulfgar sequer chegar a Luskan.

Ele estava pensando exatamente isso quando saiu pela porta de seu quarto que dava no corredor do andar superior da taverna. Em vez de entrar no corredor, ele se viu deslizando em um túnel desnorteante, até parar em uma sala cristalina cujas paredes circulares faziam parecer um andar em uma torre.

Tonto, Morik tentou levar sua mão até sua adaga, mas viu as formas de pele escura e mudou de ideia, sendo inteligente o suficiente para não resistir ao drow.

— Você me conhece, Morik — disse Kimmuriel Oblodra, se aproximando do homem.

Morik de fato reconheceu o drow como o mensageiro que fora até ele um ano antes, dizendo para vigiar Wulfgar.

— Apresento meu amigo, Rai-guy — disse Kimmuriel de forma educada, indicando o outro drow no local, um com uma expressão particularmente sinistra. — Não pedimos para vigiar aquele chamado Wulfgar? — perguntou Kimmuriel.

Morik gaguejou, sem saber o que dizer.

— E você não falhou conosco? — continuou Kimmuriel.

— Mas... isso foi há um ano — protestou Morik. — Não ouvi nada desde então.

— Agora você está escondido, disfarçado, sabendo de seu crime contra nós — disse Kimmuriel.

— Meus supostos crimes são outra história — gaguejou Morik, sentindo-se como se as paredes estivessem se encolhendo ao redor dele. — Estou me escondendo das autoridades de Luskan, não de vocês.

— Deles você se esconde? — disse o outro drow. — Ajudar eu posso!

Ele foi até Morik e levantou as mãos. Lâminas de fogo irromperam de seus dedos, queimando o rosto de Morik e pondo fogo em seu cabelo. O ladrão gritou e caiu no chão, tentando afastar o fogo de sua pele queimada.

— Agora você tem outra aparência — comentou Kimmuriel, e ambos os drow riram de forma maligna. Eles o arrastaram pelas escadas até outra sala, onde um drow careca segurando um grande chapéu emplumado estava sentado de forma confortável em uma cadeira.

— Sinto muito, Morik — disse ele. — Meus tenentes se empolgam com facilidade.

— Estive com Wulfgar por meses — afirmou Morik, obviamente à beira de um ataque histérico. — As circunstâncias nos afastaram e o forçaram a sair de Luskan. Eu posso encontrar ele pra vocês.

— Não é preciso — disse o drow na cadeira, levantando a mão para acalmar o homem prostrado. — Eu sou Jarlaxle, de Menzoberranzan, e o perdoo por completo.

Morik passou uma mão sobre o que sobrara de seu cabelo, como se dizendo que desejava que Jarlaxle houvesse sido tão piedoso um pouco mais cedo.

— Eu planejava para que Wulfgar fosse meu parceiro comercial principal em Luskan, meu representante aqui — explicou Jarlaxle. — Agora que ele se foi, peço para que assuma o papel.

Morik piscou e seu coração quase parou.

— Você será rico e poderoso além do que jamais sonhou — explicou o líder mercenário, e Morik acreditou nele. — Você não vai precisar se esconder das autoridades. Na verdade, muitos o convidarão para as suas casas quase diariamente, porque desejarão desesperadamente ser vistos por você com bons olhos. Se houver alguém que deseje que seja... eliminado... isso, também, pode ser resolvido.

Morik lambeu o que sobrou dos seus lábios.

— Parece uma posição à qual Morik, o Renegado, almejaria? — perguntou Jarlaxle, e Morik, o Renegado, devolveu o olhar do drow com dez vezes mais intensidade. — E devo avisar — disse Jarlaxle, se aproximando de sua cadeira, com os olhos escuros brilhando —, se você, em algum, momento, falhar comigo, meu amigo Rai-guy vai alterar sua aparência mais uma vez.

— E mais uma vez — acrescentou alegremente o mago.

— Odeio magos! — murmurou Morik baixinho.

Wulfgar e Delly olharam para Águas Profundas, a Cidade dos Esplendores. A cidade mais maravilhosa e poderosa da Costa da Espada era um lugar de grandes sonhos e poder ainda maior.

— Onde você acha que a gente vai ficar? — perguntou a mulher, feliz, embalando gentilmente a criança.

Wulfgar balançou a cabeça.

— Eu tenho moedas — respondeu —, mas não sei quanto tempo vamos ficar em Águas Profundas.

— Você não tá pensando na gente ganhar a vida por aqui?

O bárbaro deu de ombros, porque não havia parado para pensar muito no assunto. Ele fora até Águas Profundas por outro motivo. Ele esperava encontrar o Capitão Deudermont e o *Fada do Mar* no porto, ou esperava que chegassem em breve, como frequentemente o faziam.

— Já esteve no mar? — perguntou ele à mulher, sua melhor amiga e agora parceira, com um sorriso largo.

Era hora de recuperar Presa de Égide.

DRIZZT DO'URDEN VAI VOLTAR

Para acompanhar as novidades da Jambô e acessar conteúdos gratuitos de RPG, quadrinhos e literatura, visite nosso site e siga nossas redes sociais.

www.jamboeditora.com.br

facebook.com/jamboeditora

twitter.com/jamboeditora

instagram.com/jamboeditora

youtube.com/jamboeditora

twitch.com/jamboeditora

Para ainda mais conteúdo, incluindo colunas, resenhas, quadrinhos, contos e material de jogo, faça parte da *Dragão Brasil*, a maior revista de cultura nerd do país.

www.dragaobrasil.com.br

E para aventuras inéditas e completas ambientadas no universo de Tormenta, incluindo mapas de batalha, fichas e tokens, faça parte da *Revista Tormenta20*, a fonte oficial de aventuras do maior RPG do Brasil!

www.catarse.me/revistatormenta20

Rua Coronel Genuíno, 209 • Centro Histórico
Porto Alegre, RS • 90010-350
contato@jamboeditora.com.br